喚醒你的英文語感！

Get a Feel for English !

喚醒你的英文語感！

Get a Feel for English !

English Vocabulary Guide

延伸 → 擴散 → 聯想式記憶

英文字彙
速記指引

Use advanced word-association techniques to improve
the depth, breadth, and quality of your English vocabulary.

詞彙關連性愈高，形式記憶愈深！
cast → plot → trailer → Easter egg → premiere → sequel
antagonist → extra → cameo
Essential Words > Everyday Phrases >
Popular Expressions > Test Vocabulary

系統化組織，串連高頻詞彙，
→ 快速熟悉生活必備字＆應試必考字。
視覺導向擴展，縮短記憶時間，
→ 全方位補給搭配詞、同反義字、用法和註解！

主編序

我一個卑微的火苗如何去照亮別人？

我短暫的生命要如何激起下一代的努力？

當我頭髮漸白、體力漸弱時，

心愛的孩子啊，只要你們成長茁壯！

當我聲音沙啞、老態畢露、演講不再魅力無限時，

心愛的孩子啊，只要你們個個神采奕奕、出類拔萃！

一個平凡的我，若能成就不平凡的你們，

我的生命就已不平凡。

當年這群優秀、努力、令人疼愛的年輕作者，今天
都更上一層樓，已成為言之有物、教之有效、疼愛
學生、能夠激發學生學習之火的良師！

郭岱宗

作 者 序

　　從進淡江的第一個月遇到郭岱宗教授之後，就結下了十年之緣。郭教授很迷人，英語優雅、氣質也出眾，課堂上充滿了藝術感，踏實穩重的她總能讓學生安心，不知不覺就聽話地乖乖學習，即便這麼多年來見過許多大師，她在我心中依然獨一無二，能當她的學生我覺得自己非常幸運。郭教授不只是口譯方面造詣極高，同時對商務、外交、財經等專業知識也相當豐富，她的課堂上不只教英文，也培養學生良好的語言及思考習慣，時而與我們分享人生經驗、鼓勵我們探索世界。她的愛心、耐心及有效的教學方法改變了許多人。身為郭教授第一個收的研究生，我很榮幸能參與本書著作過程，和更多朋友們分享有效的英語學習方法。

　　英文和中文不同，結構、層次、主次都必須掌握，系統化學習才能加速語言表現。不論是單字、文法、文章都得條理分明、脈絡清晰，遵循這樣的原則，本著作為入門讀者整理系統化的群組單字，讓大家能快速熟悉生活中常見字彙，短時間內建立基本的英語能力。速度及反覆練習是語言實力的基本功，單字不只是要背下來，而是要能做到不經思考地反應出來，才算通過口譯的基本要求。感謝郭教授帶給我們的一切，並預祝同學們學習愉快！

王有慧

　　從二十歲開始在補習班教英文，今年居然已經是我作為英文老師的第十？個年頭了。十多年來，我教授過的學生年齡層是 all ages，以業界術語來說叫作「一條龍」。我發現，不管是哪個年齡層的同學，往往都覺得學英文的時候，就屬背單字這個部分最痛苦。而且有些單字長得很像，讓人背得慢忘得快，還容易記錯。實不相瞞，對於這點，我本人也感同身受。

猶記高中時期，同學人手一套高中英文 7000 單字，大家都力拼背好背滿，期望在升大學考試中得到高分。該套書中把篩選出來的必考英文單字按照字典的排列方式編排，儘管針對每個單字都附上了例句及翻譯，還是讓人好難記清楚。後來，我自己成為英文老師之後，開始輔導學生準備英文能力考試，因此也會幫學生準備單字表，並且規劃背誦進度。根據我的輔導經驗，發現主題式單字表遠比字典式單字表讓學生更願意背誦，同時縮短背誦時間，可謂事半功倍。

　　本著作廣蒐多元化的英文字彙，是匯集我們所學、所教之集大成。書中單字係依主題分類，並且用聯想線引導讀者跟著作者的思緒一步步聯想，建立起實用且完整的單字寶庫。有人說，如果你的字彙庫中有 10 個動詞、10 個形容詞和 10 個名詞，以數學邏輯來說，你就可能創造出 1000 個語彙。當然依語言邏輯來看可能沒有這麼多，因為有些詞無法互相搭配。但是，若是我們藉著主題式單字聯想的幫助，幾近無痛地把 10 放大到數千呢？

　　祝福各位讀者都能在書中享受學習與進步，進而感受愈來愈無礙的英語溝通。

解鈴容

　　多年的教學經驗讓我知道，有效的方法可使學習事半功倍。若想將英文學好並活用，無論聽、說、讀、寫，字彙都是一切的基礎。此書以邏輯聯想方式帶領讀者由淺入深擴充字彙量，每單元再配合生活化的造句和會話練習讓讀者更容易記住單字的使用方法，達到「會用就不會忘」的高效率學習，值得推薦給所有想精進英文的讀者。誠摯希望藉由本書，讓更多台灣學子接觸到郭岱宗教授「翻譯大師系列」的獨到學習法，不僅能提升學習效率，同時並建立自信心、開拓國際視野，達成人生目標。學習英文非難事，相信我，你們都可以做到！

詹婷婷

筆者於淡江大學英文學系受教於恩師郭岱宗教授的日子裡，累積了大量的英文單字、紮實的句型結構、極佳的台風和出色的中英文口調。而這些技能都可以立即運用在英語教學、英語演講、英語口譯、英語簡報，以及職場上、學校裡的任何一個角落。一旦運用自如，你將與眾不同、出類拔萃。

吳岳峰

....

　　在英文學習和語言使用上單字特別重要，本著作打破一般大眾背單字的窠臼，不再只是「背」單字，而是串聯單字之間的連結來記憶單字。人類大腦學習傾向有意義的串連，除了腦容量空間有效運用，也較符合我們希望的長久記憶模式 (long-term memory)，此外我也鼓勵讀者們透過經常性閱讀來讓這本單字書達到最佳的輔助記憶效果。

戴蕙珊

CONTENTS

Part 1 食物 Food

Part 2 人物 People

Part 3 生活 Everyday Life

本書使用方式

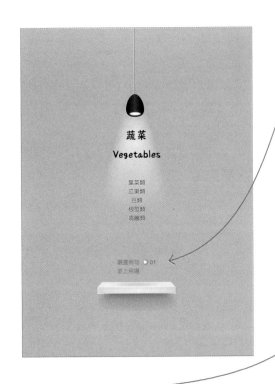

單元目錄

▶ 代表附有發音示範，數字為 MP3 軌數。

* MP3 音檔請上網啟用序號
詳細使用說明見p.011

單字主題
藉由「聯想法」，擴充、記憶主題字。

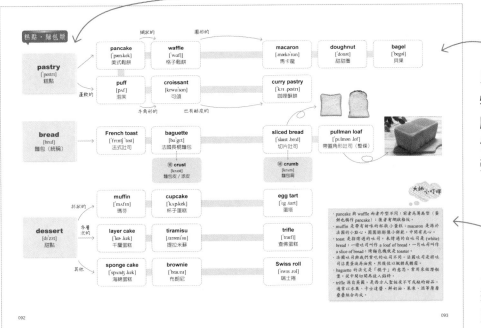

跨頁編排
特別設計的橫向排版，讓單字聯想延伸得更廣，匯集更強大的字彙庫。

大師小叮嚀
提點、補充關鍵字用法和注意事項。

嚴選例句

將單字融入句子呈現，示範用法。

派上用場

單元結束後進行各式練習，熟悉單字如何運用，並驗收學習成效。

嚴選例句　▶ 24

1　If you are in Paris and love shopping, then you must visit "La Vallee **Outlet Shopping Village**."
如果你身在巴黎又愛購物，那一定要去逛「山谷批發購物村」。

2　They're having a **close-out sale**. Everything is 80% off.
他們正在清倉拍賣，所有商品都是兩折。

3　Let's get some more canned tuna. It's "**buy one, get one free**."
我們多買點鮪魚罐頭吧，它現在是買一送一。
Note　canned [kænd] (a.) 裝成罐頭的

4　Do you accept **credit cards**?
請問你們收信用卡嗎？

5　You can get **coupons** from Sunday papers, campus papers, or the Internet.
你可以從週日報紙、校刊或網上取得折價券。

6　I'm sorry. I can't give you a **refund** without a **receipt**.
很抱歉，沒有收據我沒辦法幫您辦理退款。

7　Let's go to the **food court** downstairs. I'm so hungry!
我們去樓下的美食街吧。我好餓喔！

8　We can put our bags in a **locker** while we shop.
我們逛街時可以把包包放在寄物櫃。

9　Items in this area are all **new arrivals**.
這一區的商品都是新貨。
Note　item ['aɪtəm] (n.) 品項；項目

10　We're all out of the small, but we should have it back **in stock** next week.
我們目前都沒有小號的了，不過下週應該會再進貨。

168

派上用場　▶ 25

Exercise 請聆聽音檔，並根據所聽到的對話完成填空。

Anna: Oh! Sabrina. Can't we just 1. 〔到此為止〕? We've been shopping all afternoon. I'm happy with the 2. 〔東西〕 I bought today, but 3. 〔我快要走不得了〕.
Sabrina: Come on. We're almost there. You never know 4. 〔有什麼特價品〕 around the next corner.
Anna: Alright .... You're such a 5 〔購物狂〕.
Sabrina: Hey! Look at that. There's a 6. 〔最後出清〕.

Salesclerk: Hello. Are you girls looking for 7. 〔特定的東西〕?
Sabrina: Thanks, but we're just 8. 〔瀏覽〕.
Anna: Wow, Sabrina. Check this out. This kind of 9. 〔條紋襯衫〕 is exactly what I've been looking for. Oh boy! And it's 10 〔打四折〕!
Sabrina: Nice.
Anna: Excuse me. 11. 〔還有別的顏色嗎？〕.
Salesclerk: We do. It 12. 〔有〕 white and pink. But right now we only have white 13. 〔有現貨〕.
Anna: 14. 〔我可以試穿嗎？〕.
Salesclerk: Sure. The 15. 〔更衣室〕 is right over there.

Salesclerk: That comes to 320 dollars. How would you like to pay?
Anna: Cash.
Salesclerk: Here is your 16 〔收據〕. By the way, there will be new arrivals in a couple of days.
Anna: Thank you. 17. 〔這真是太好了~〕.
Sabrina: OK. Let's find somewhere to sit down. There's a 18. 〔美食街〕 downstairs. What do you say?
Anna: Great! I'm starving.

169

多樣化練習，讓學習不無聊！

除了例句、對話之外，本書還編寫了其他不同形式的練習，包括填空、字謎、連連看等，目的在於幫助讀者提升學習動力，讓背單字不再是苦差事。

派上用場

Exercise 下列為「地中海風味雞」的食譜，請依提示填入材料與作法。

Mediterranean Marinated Chicken

Ingredients:

1/3 cup 1. 〔油〕
3 tablespoons 2. 〔醋〕
1 tablespoon chopped sun-dried 3. 〔蕃茄〕
1 teaspoon 4. 〔大蒜〕 powder
1 teaspoon 5. 〔義大利式〕 seasoning
1/4 teaspoon 6. 〔研磨黑胡椒〕
1 pound boneless, skinless 7. 〔雞胸肉〕
1 teaspoon 8. 〔檸檬〕 & 9. 〔胡椒〕 seasoning 10. 〔鹽〕

Directions:

1. Mix all ingredients, except 11. 〔雞肉〕, in a 12. 〔碗〕.
2. Place the chicken in a large plastic bag or a glass 13. 〔盤〕. Add the marinade① ; turn to coat② well.
3. Refrigerate 30 minutes, or longer for extra flavor. Remove it from the marinade. Discard③ any remaining marinade.
4. 14. 〔烤〕 over 15. 〔中溫〕 6 to 7 minutes per side or until the chicken is cooked thoroughly.

057

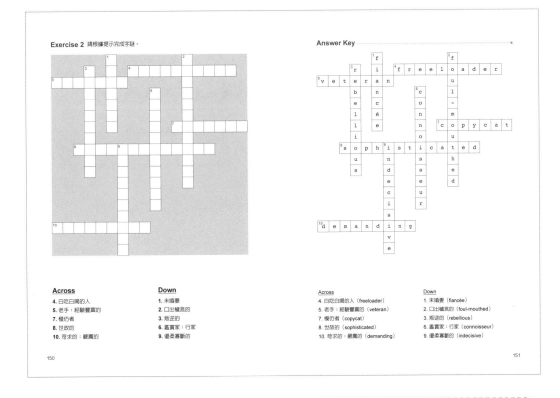

Answer Key

Across
4. 白吃白喝的人
5. 老手；經驗豐富的
7. 模仿者
8. 世故的
10. 苛求的；嚴厲的

Down
1. 未婚妻
2. 口出穢言的
3. 叛逆的
6. 鑑賞家；行家
9. 優柔寡斷的

Across
4. 白吃白喝的人（freeloader）
5. 老手；經驗豐富的（veteran）
7. 模仿者（copycat）
8. 世故的（sophisticated）
10. 苛求的；嚴厲的（demanding）

Down
1. 未婚妻（fiancée）
2. 口出穢言的（foul-mouthed）
3. 叛逆的（rebellious）
6. 鑑賞家；行家（connoisseur）
9. 優柔寡斷的（indecisive）

略語說明

n. = noun（名詞）　　　　v. = verb（動詞）　　　　a. = adjective（形容詞）
adv. = adverb（副詞）　　sth. = something（某物）　　sb. = somebody（某人）
【美】美式用法　　　　　【英】英式用法　　　　　【法】原字為法文
搭＝搭配詞　　　同＝同義字　　　反＝反義字　　　補＝相關字補充

刮刮卡使用說明

本書之 mp3 音檔收錄「嚴選例句」和「派上用場」（對話）內容，請透過書內所附之刮刮卡，上網啟用序號後即可下載聆聽。
網址：https://reurl.cc/8G0bKj
或請掃描右方 QR code

貝塔會員網

圖片來源

Part

1

食物
Food

蔬菜
Vegetables

葉菜類
瓜果類
豆類
根莖類
高纖類

嚴選例句 ▶ 01
派上用場

葉菜類

green
[grin]
綠葉蔬菜

kale
[kel]
甘藍菜

cabbage
[ˈkæbɪdʒ]
高麗菜

broccoli
[ˈbrɑkəlɪ]
綠花椰菜

leaf mustard
[ˈlif ˈmʌstəd]
芥菜

海中的菜

seaweed
[ˈsiˌwid]
海藻

kelp
[kɛlp]
海帶

瓜果類

⊜ **bitter melon**

bitter gourd
[ˈbɪtə ˈgɔrd]
苦瓜

cucumber
[ˈkjukəmbə]
黃瓜

loofah
[ˈlufə]
絲瓜

tomato
[təˈmeto]
蕃茄

eggplant
[ˈɛgˌplænt]
茄子

green pepper
[ˈgrin ˈpɛpə]
青椒

豆類

soybean(s)
[ˈsɔɪˌbin(z)]
黃豆

pea(s)
[pi(z)]
豌豆

bean sprout(s)
[ˈbin ˌspraʊt(s)]
豆芽菜

Chinese cabbage
[tʃaɪˈniz ˈkæbɪdʒ]
白菜

lettuce
[ˈlɛtɪs]
萵苣

cauliflower
[ˈkɔləˌflauə]
花椰菜

spinach
[ˈspɪnɪtʃ]
菠菜

nori
[ˈnɔri]
海苔 / 紫菜

在北美，因爲 cabbage（葉子較薄）和 kale（葉子較厚）很像，所以常以 kale and cabbage 一起稱呼這兩種蔬菜。

winter gourd
[ˈwɪntə ˈgɔrd]
冬瓜

同 **winter melon**

pumpkin
[ˈpʌmpkɪn]
南瓜（圓形）

squash
[skwaʃ]
南瓜（長條形）

pepper 泛指各種椒類，而青紅黃等甜椒可通稱爲 bell pepper。同樣地，蕈菇類的植物也通稱 mushroom [ˈmʌʃrum]。

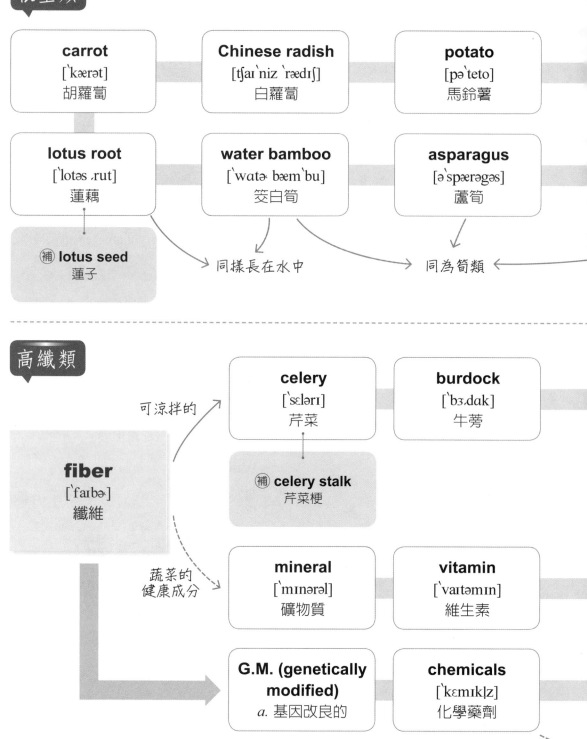

carrot
['kærət]
胡蘿蔔

Chinese radish
[tʃaɪˈniz ˈrædɪʃ]
白蘿蔔

potato
[pəˈteto]
馬鈴薯

lotus root
[ˈlotəs ˌrut]
蓮藕

water bamboo
[ˈwatɚ bæmˈbu]
茭白筍

asparagus
[əˈspærəgəs]
蘆筍

(補) **lotus seed**
蓮子

同樣長在水中

同為筍類

高纖類

可涼拌的

celery
[ˈsɛlərɪ]
芹菜

burdock
[ˈbɝˌdɑk]
牛蒡

fiber
[ˈfaɪbɚ]
纖維

(補) **celery stalk**
芹菜梗

蔬菜的
健康成分

mineral
[ˈmɪnərəl]
礦物質

vitamin
[ˈvaɪtəmɪn]
維生素

G.M. (genetically modified)
a. 基因改良的

chemicals
[ˈkɛmɪkl̩z]
化學藥劑

相反，天然的

sweet potato
[ˈswit pəˈteto]
地瓜／番薯

yam
[jæm]
山藥（薯）；山芋；淮山

taro
[ˈtaro]
芋頭

bamboo shoot(s)
[bæmˈbu ˈʃut(s)]
竹筍

okra
[ˈokrə]
秋葵

starch
[startʃ]
澱粉

organic
[ɔrˈgænɪk]
a. 有機的

Vegetables

嚴選例句

1 The **sweet potato** is rich in dietary **fiber** as well as **vitamins** A and C.
地瓜含有豐富的膳食纖維以及維他命 A 和 C。
Notes dietary [ˈdaɪəˌtɛrɪ] (a.) 飲食的

2 We all know that a jack-o-lantern is a hollow **pumpkin** cut to resemble a human —or ghostly—face.
我們都知道南瓜燈籠就是被刻成人臉或鬼臉模樣的南瓜空殼。
Notes resemble [rɪˈzɛmb̩l] (v.) 像；類似

3 **Cucumbers** can be pickled for flavor or for a longer shelf life.
黃瓜可以醃漬處理以加強風味或延長存放時間。
Notes shelf life 食品的耐儲時間

4 Many people do not like **bitter gourd** because of its bitterness.
很多人不喜歡苦瓜是因為它的苦味。
Notes bitterness [ˈbɪtənɪs] (n.) 苦味

5 However, like most bitter-tasting foods, the **bitter gourd** stimulates digestion.
不過跟大部分苦澀的食物一樣，苦瓜可以促進消化。
Notes stimulate [ˈstɪmjəˌlet] (v.) 刺激；促進……的功能

6 **Tomatoes** are consumed in diverse ways, raw or cooked, in many dishes, sauces, salads, and drinks.
蕃茄有多種食用方式，可生食或烹煮，用於菜餚、調味醬、沙拉和飲料中。
Notes consume [kənˈsjum] (v.) 吃／喝；消耗

7 More and more people now eat **organic** food.
現在愈來愈多人吃有機食物。

8 Both corn and **potatoes** have a lot of **starch**.
玉米和馬鈴薯都含有大量的澱粉。

派上用場

Exercise 請將下列單字依顏色歸類。

carrot	eggplant	lettuce	potato
pea	taro	cauliflower	tomato
bamboo shoot	cucumber	leek	spinach
broccoli	asparagus	celery	tofu

◆ white / light yellow:

_____

_____

◆ green:

_____

_____

◆ orange / red:

_____

_____

◆ purple:

_____

_____

Answer Key

◆ white/light yellow:

bamboo shoot 竹筍　cauliflower 花椰菜（白色）　potato 馬鈴薯　tofu 豆腐

◆ green:

asparagus 蘆筍　broccoli 花椰菜（綠色）　celery 芹菜　cucumber 黃瓜　leek 韭菜

lettuce 萵苣　pea 碗豆　spinach 菠菜

◆ orange/red:

carrot 紅蘿蔔　tomato 番茄

◆ purple:

eggplant 茄子　taro 芋頭

水果
Fruits

潤喉的
酸甜的
須剝皮的
有籽的 / 有核的
柑橘類
莓果類
堅果類
水果相關字

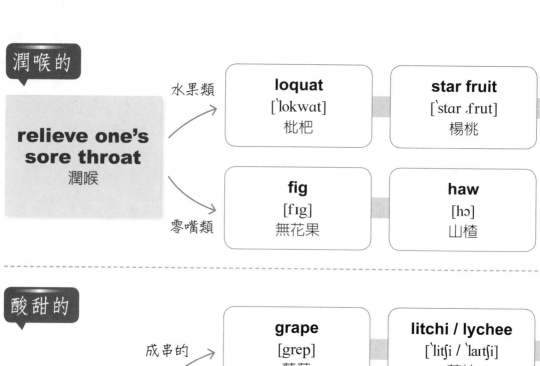

relieve one's sore throat
潤喉

水果類 →

loquat
[ˋlokwat]
枇杷

star fruit
[ˋstar ˌfrut]
楊桃

零嘴類 →

fig
[fɪg]
無花果

haw
[hɔ]
山楂

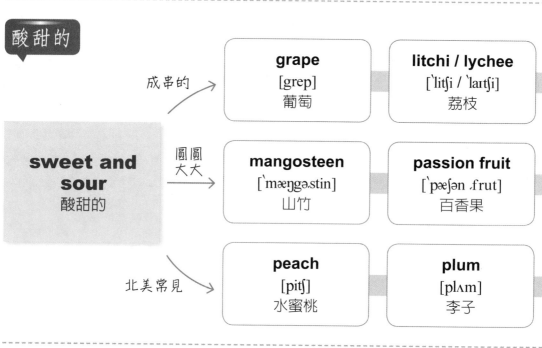

sweet and sour
酸甜的

成串的 →

grape
[grep]
葡萄

litchi / lychee
[ˋlitʃi / ˋlaɪtʃi]
荔枝

圓圓大大 →

mangosteen
[ˋmæŋgəˌstin]
山竹

passion fruit
[ˋpæʃən ˌfrut]
百香果

北美常見 →

peach
[pitʃ]
水蜜桃

plum
[plʌm]
李子

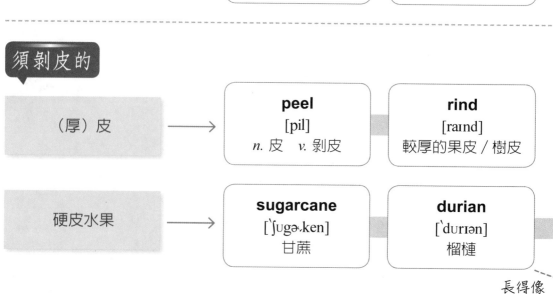

（厚）皮 →

peel
[pil]
n. 皮　*v.* 剝皮

rind
[raɪnd]
較厚的果皮 / 樹皮

硬皮水果 →

sugarcane
[ˋʃugɚˌken]
甘蔗

durian
[ˋdʊrɪən]
榴槤

長得像

pear
[pɛr]
梨子

大師 小叮嚀

水果的熟成以 ripe 來表示，不熟則是 unripe / raw；食物煮熟了以 cooked，未煮熟即爲 uncooked。

---

longan
[ˋlɑŋgən]
龍眼

大師 小叮嚀

persimmon
[pəˋsɪmən]
柿子

本章所有水果只要超過一個或一粒，字尾都要加 "s"。
植物的<u>成長</u>以 grow 表示，但<u>生產作物</u>則使用 yield。
例：These mango trees yield plenty of fruit in favorable
　　weather.
　　這些芒果樹在良好的氣候下結實累累。

apricot
[ˋeprɪˌkat]
杏桃

date
[det]
棗子

大師 小叮嚀

jackfruit
[ˋdʒækˌfrut]
菠蘿蜜

‧甘蔗汁爲 sugarcane juice。
‧榴槤又名 king of fruits，它那獨特的味道 (unique odor)
　令人又愛又怕！

有籽的／有核的

seed
[sid]
籽

多籽類 →

cantaloupe
[ˋkæntˏlop]
哈蜜瓜

papaya
[pəˋpaɪə]
木瓜

pit
[pɪt]
果核

有核類 →

avocado
[ˏævəˋkado]
酪梨

mango
[ˋmæŋgo]
芒果

柑橘類

citrus
[ˋsɪtrəs]
柑橘

加以分解 →

a segment (of)
[ˋsɛgmənt]
一瓣

fiber
[ˋfaɪbə]
纖維

補 **fibrous**
[ˋfaɪbrəs]
a. 纖維的

由小到大 →

kumquat
[ˋkʌmkwɑt]
金桔

lime
[laɪm]
萊姆

026

guava
[ˈgwavə]
芭樂

kiwi
[ˈkiwɪ]
奇異果

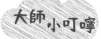

wax apple
[ˈwæks æpl]
蓮霧

圓 **bell fruit**

吃水果時吐籽的動作可以這樣表達：spit out the seeds。

· 台灣所謂的綠色檸檬其實是萊姆 (lime)；lemon 則是黃色的，常見於美洲。
· 水果對人體實在好處多多，其中柚子和葡萄柚可稀釋血液中的脂肪 (dilute [daɪˈlut] the lipids [ˈlɪpɪds] in the blood)、治療貧血 (cure anemia [əˈnimɪə])，還能預防血癌 (prevent leukemia [luˈkimɪə])。

tangerine
[ˌtændʒəˈrin]
橘子

grapefruit
[ˈgrep͵frut]
葡萄柚

pomelo
[ˈpaməlo]
文旦

圓 **shaddock**
[ˈʃædək]

莓果類 （複數均為 berries）

berry
[ˈbɛrɪ]
莓果

→

cranberry
[ˈkrænˌbɛrɪ]
小紅莓；蔓越莓

raspberry
[ˈræzˌbɛrɪ]
覆盆子

blueberry
[ˈbluˌbɛrɪ]
藍莓

堅果類 （複數皆於字尾加 "s"）

nuts
[nʌts]
堅果

常帶殼

pistachio
[pɪsˈtaʃɪo]
開心果

chestnut
[ˈtʃɛsˌnʌt]
栗子

常不帶殼

hazelnut
[ˈhezḷˌnʌt]
榛果

cashew
[ˈkæʃu]
腰果

水果相關字

nutrition
[njuˈtrɪʃən]
營養

由內而外

pulp
[pʌlp]
果肉

shell
[ʃɛl]
殼

促進消化

enzyme
[ˈɛnzaɪm]
酵素

yeast
[jist]
酵母

補 **nutritious**
[njuˈtrɪʃəs]
a. 有營養的

mulberry
[ˈmʌlˌbɛrɪ]
桑椹

wild berry
[ˈwaɪld ˈbɛrɪ]
小藍莓

大師 小叮嚀

水果的美味一般用 delicious 或 flavorful 來形容，比較特別的描述則有 juicy「多汁」、sweet「甜」，以及 astringent [əˈstrɪndʒənt]「澀澀的」。

walnut
[ˈwɔlnət]
胡桃

almond
[ˈɑmənd]
杏仁

大師 小叮嚀

優酪乳 (yogurt) 內含的是酵母 (yeast)，而水果（如鳳梨）所富含的是酵素 (enzyme)。

嚴選例句 ▶ 02

1 Taiwanese students usually mistake **oranges** for **tangerines** when speaking English.

台灣學生講英文時常把柳橙誤說成橘子。

Notes mistake [mɪsˈtek] (v.) 誤解

2 Dietary **fiber** in fruit is proven to be effective in reducing the risk of bowel cancer.

水果中的膳食纖維經證實能有效降低罹患腸癌的風險。

Notes effective [ɪˈfɛktɪv] (a.) 有效的　reduce [rɪˈdjus] (v.) 降低　bowel [ˈbauəl] (n.) 腸

3 **Sugarcane** is a tropical plant from whose stems sugar can be extracted.

甘蔗是一種熱帶植物，可從它的莖部萃取蔗糖。

Notes tropical [ˈtrɑpɪkl] (a.) 熱帶的　extract [ɪkˈstrækt] (v.) 萃取

4 **Limes** are as sour as **lemons**, but smaller and greenish in color.

萊姆和檸檬一樣酸，但較小顆，且偏綠色。

Notes greenish [ˈgrinɪʃ] (a.) 略帶綠色的

5 **Durian**'s foul scent and prickly rind scare a lot of people.

榴槤刺鼻的臭味和多刺的外皮令許多人避而遠之。

Notes foul [faul] (a.) 臭的　scent [sɛnt] (n.) 味道

6 Nobody enjoys spitting out the seeds while eating **passion fruit**.

沒有人喜歡邊吃百香果邊吐籽。

Notes spit [spɪt] (v.) 吐

7 **Persimmons** are delicious when fully ripe, but usually astringent when unripe.

熟成的柿子讓人齒頰留香，但不熟時通常帶有澀味。

8 **Mangos** are popular for their juicy, sweet, and aromatic pulp.

芒果因其香氣四溢又甜美多汁的果肉而大受歡迎。

Notes aromatic [ærəˈmætɪk] (a.) 香的

9 Few people know that the **dates** we eat come from palm trees.

很少人知道我們吃的棗子原來長在棕櫚樹上。

Exercise 請聆聽音檔，並根據所聽到的對話完成填空。

(Anna has just come back from a nearby supermarket. Sabrina is her roommate.)

Anna: Sabrina, the fruit was 1. ＿＿＿（特價中）. I've bought 2. ＿＿＿（一籃水果）. I hope you'll like it.

Sabrina: I'm sure I will. What did you get today?

Anna: 3. ＿＿＿（木瓜）, 4. ＿＿＿（芭樂）, 5. ＿＿＿（葡萄）, 6. ＿＿＿（橘子）, 7. ＿＿＿（葡萄柚）, 8. ＿＿＿（蓮霧）, 9. ＿＿＿（梨子）, and 10. ＿＿＿（柚子）. Would you like some grapes?

Sabrina: No, no grapes. You have to keep 11. ＿＿＿（吐籽） when eating them. That's 12. ＿＿＿（太麻煩了）.

Anna: Well, then try 13. ＿＿＿（幾片） shaddock and 14. ＿＿＿（一瓣） grapefruit. They're fresh. They can 15. ＿＿＿（稀釋脂肪） in the blood, 16. ＿＿＿（治療貧血）, and also help prevent 17. ＿＿＿（血癌）. That is because they're rich in vitamin C.

Sabrina: I know that the 18. ＿＿＿（果肉） of papayas and the 19. ＿＿＿（纖維） of pears can 20. ＿＿＿（促進） bowel movements and ease constipation.

Anna: I think the main reason you should eat all kinds of fruit is they're really 21. ＿＿＿（營養的）.

Answer Key

1. on sale	8. wax apples	15. dilute the lipids
2. a basket of fruit	9. pears	16. cure anemia
3. Papayas	10. pomelos	17. leukemia
4. guavas	11. spitting seeds out	18. pulp
5. grapes	12. too troublesome	19. fiber
6. tangerines	13. some pieces of	20. speed up
7. grapefruits	14. a segment of	21. nutritious

Translation

（*Anna 剛從附近的超級市場買東西回來。Sabrina 是她的室友。*）

Anna：莎賓娜，超市水果正在特價，我買了一籃水果，希望妳會喜歡。

Sabrina：我當然喜歡囉。妳今天買了什麼？

Anna：有木瓜、芭樂、葡萄、橘子、葡萄柚、蓮霧、梨子，還有柚子。妳現在要吃些葡萄嗎？

Sabrina：不，不要葡萄。每次吃的時候都要一直吐籽，太麻煩了。

Anna：這樣的話，那就吃幾片柚子和來一瓣葡萄柚吧。很新鮮喔。它們能稀釋血液中的脂肪、治療貧血，而且還能預防血癌，因為它們含有豐富的維他命 C。

Sabrina：我知道木瓜的果肉和梨子的纖維可以促進腸的蠕動，並且緩解便秘。

Anna：我覺得妳應該多吃各種水果，因為它們真的很營養。

肉品
Meats

豬肉
雞肉
加工類肉品
紅肉
烹調方式

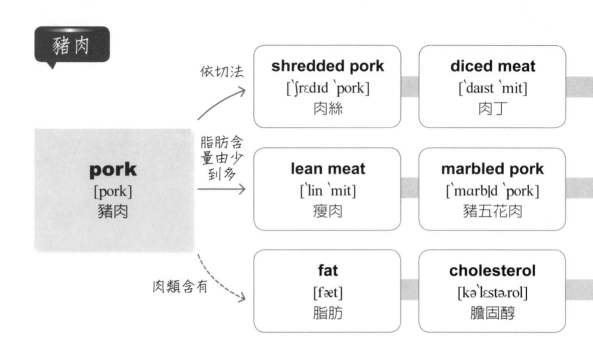

豬肉

pork
[pork]
豬肉

依切法 →

脂肪含量由少到多 →

肉類含有 ⟶

shredded pork
[ˈʃrɛdɪd ˈpork]
肉絲

diced meat
[ˈdaɪst ˈmit]
肉丁

lean meat
[ˈlin ˈmit]
瘦肉

marbled pork
[ˈmarbḷd ˈpork]
豬五花肉

fat
[fæt]
脂肪

cholesterol
[kəˈlɛstəˌrol]
膽固醇

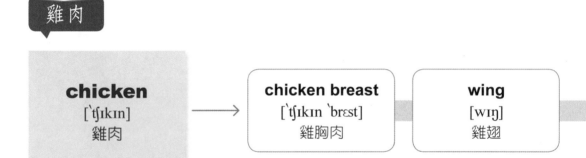

雞肉

chicken
[ˈtʃɪkɪn]
雞肉

→

chicken breast
[ˈtʃɪkɪn ˈbrɛst]
雞胸肉

wing
[wɪŋ]
雞翅

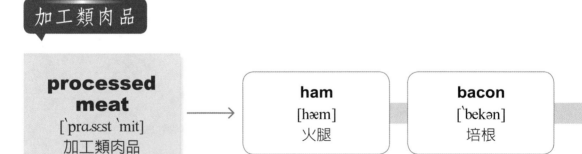

加工類肉品

processed meat
[ˈprɑˌsɛst ˈmit]
加工類肉品

→

ham
[hæm]
火腿

bacon
[ˈbekən]
培根

sliced meat
[`slaɪst `mit]
肉片

fat meat
[`fæt `mit]
肥肉

protein
[`protiɪn]
蛋白質

iron
[`aɪən]
鐵質

多攝取鐵質可預防貧血。
例：Anemia is caused by a lack of iron.
　　貧血是缺乏鐵質所致。

drumstick
[`drʌmˌstɪk]
雞腿

美國人常以 white meat 稱呼雞胸肉，因其含有較少脂肪和較多的蛋白質；以 dark meat 稱呼雞腿及雞翅等含有較多油脂的部位。

sausage
[`sɔsɪdʒ]
香腸

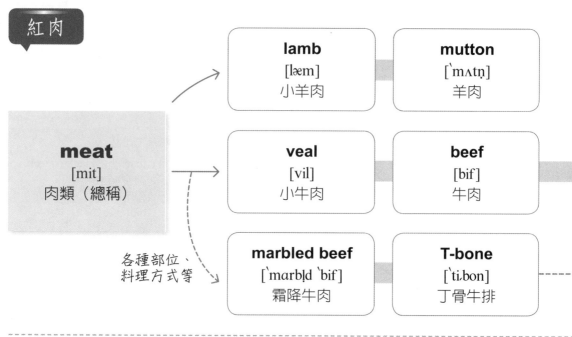

紅肉

meat
[mit]
肉類（總稱）

各種部位、
料理方式等

lamb
[læm]
小羊肉

mutton
[ˈmʌtn̩]
羊肉

veal
[vil]
小牛肉

beef
[bif]
牛肉

marbled beef
[ˈmɑrbl̩d ˈbif]
霜降牛肉

T-bone
[ˈtiˌbon]
丁骨牛排

烹調方式

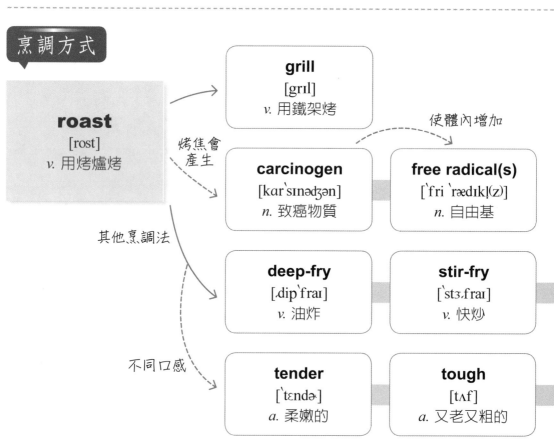

roast
[rost]
v. 用烤爐烤

烤焦會
產生

其他烹調法

不同口感

grill
[grɪl]
v. 用鐵架烤

carcinogen
[karˈsɪnədʒən]
n. 致癌物質

使體內增加

free radical(s)
[ˈfri ˈrædɪkl̩](z)
n. 自由基

deep-fry
[ˌdipˈfraɪ]
v. 油炸

stir-fry
[ˈstɜˌfraɪ]
v. 快炒

tender
[ˈtɛndə]
a. 柔嫩的

tough
[tʌf]
a. 又老又粗的

patty
[ˋpætɪ]
漢堡肉

ground beef
[ˋgraʊnd ˋbif]
絞牛肉

steakhouse / steak house
[ˋstek ˏhaʊs]
牛排館

grill 當名詞也可指「烤架；燒烤店」；當動詞則為「烤」之意。

stew
[stju]
v. 燉

fishy
[ˋfɪʃɪ]
a. 帶魚腥味的

bland
[blænd]
a. 平淡無味的

greasy
[ˋgrizɪ]
a. 油膩的

gamy
[ˋgemɪ]
a. 帶腥羶味的

1 **Beef** is one of the principal meats used in European and American cuisines.

牛肉是歐美菜餚中主要使用的肉類。

Notes principal [ˈprɪnsəpl] (a.) 主要的；最重要的

2 **Grilled T-bone** steaks are her favorite.

烤丁骨牛排是她的最愛。

3 We should avoid ingesting too much high-**cholesterol** food.

我們應該少吃高膽固醇的食物。

Notes ingest [ɪnˈdʒɛst] (v.) 攝取

4 The word **protein** comes from Greek; it means "of primary importance."

蛋白質的英文源自於希臘文，意指「首要之物」。

5 You are anemic. You need to get some more **iron** in your diet.

你貧血，要多吃些含鐵的食物。

Notes diet [ˈdaɪət] (n.) 飲食；節食

6 You need to **stir-fry** the cabbage if you want it to stay crisp.

高麗菜要快炒才會保持青脆。

Notes crisp [krɪsp] (a.) 脆的；酥的

7 The doctor said I should stay in bed and eat only **bland** foods.

醫生要我躺著休息，並且只能吃清淡的食物。

8 Tonight we're going to have hot pot. I bought some **marbled beef**, **mutton**, and **chicken**.

今晚我們要吃火鍋。我買了霜降牛肉、羊肉，還有雞肉。

Exercise 請聆聽音檔，並根據所聽到的對話完成填空。

(Sabrina and Anna are trying to lose some weight. They are shopping in a supermarket and bump into Patrick.)

Sabrina: Look! 1._____（義大利臘腸）, it usually goes on Pizza. It's my favorite. We've got to get some!

Anna: OK. I'd like some 2._____（排骨）. Do you prefer 3._____（小羊排）or 4._____（豬排）?

Sabrina: I fancy 5._____（小羊排）! They're bellissimo!

Butcher: Would you also like to have some 6._____（培根）?

Sabrina: No, it's all fat. It's really 7._____（高膽固醇）. Let's get something else.

Anna: This 8._____（丁骨牛排）looks nice. What do you think?

Sabrina: Sure, let's roast it until it's 9._____（全熟）. With some steak sauce, it'll be delicious!

Anna: 10._____（全熟）? I suggest we have it 11._____（半熟）so that it's 12._____（嫩）and juicy.

Sabrina: No problem! I'm fine with that. What else shall we get? 13._____（火雞）? 14._____（肋排）? Or some 15._____（絞肉）?

Patrick: Hey girls, why are you getting so much meat?

Sabrina: We're trying out the Atkins diet.

Patrick: You mean that high-protein, low-carbohydrate diet? I heard that some recent research has suggested that it could be risky.

Anna: Really?

Patrick: 16._____（我是說真的。）I think a 17._____（均衡飲食）combined with regular exercise is the best way.

Sabrina: Maybe you're right. 18._____（急速節食）are probably a little too drastic. Let's put all the meat back and get something else.

Answer Key

1. Pepperoni
2. chops
3. lamb chops
4. pork chops
5. a lamb chop
6. bacon

7. high in cholesterol
8. T-bone steak
9. well-done
10. Well-done
11. medium
12. tender

13. Turkey
14. Ribs
15. ground meat
16. No kidding.
17. balanced diet
18. Crash diets

Translation

（*Sabrina* 和 *Anna* 正在減肥中。她們在超市買菜時遇到了 *Patrick*。）

Sabrina：妳看！有義大利臘腸，披薩上常有的那種。我超愛吃的，我們一定要買一點！

Anna：好啊，我想買一些排骨，妳比較喜歡小羊排還是豬排？

Sabrina：我很愛吃小羊排！超好吃的！

肉鋪老闆：要不要也來點培根？

Sabrina：不要啦，它整個都是肥肉，膽固醇又高。我們買點別的吧。

Anna：這個丁骨牛排看來不錯呢！妳覺得呢？

Sabrina：當然好啊。我們可以把它烤到全熟，加點醬料，一定很好吃。

Anna：全熟？我建議半熟就好了，才會又嫩又多汁。

Sabrina：沒問題，我可以接受。我們還要買其他東西嗎？火雞？肋排？還是一點絞肉？

Patrick：嘿！妳們怎麼買那麼多肉啊？

Sabrina：我們正在試艾金斯瘦身法。

Patrick：妳是說那種高蛋白質和低碳水化合物的飲食法嗎？最近有些研究說它可能會影響健康喔！

Anna：真的嗎？

Patrick：我是說真的。我想均衡飲食搭配規律的運動是最好的方式。

Sabrina：也許你是對的。急速的節食可能太劇烈了。我們把這些肉放回去，買點別的吧。

海鮮
Seafood

甲殼類・貝類
軟體動物
魚類

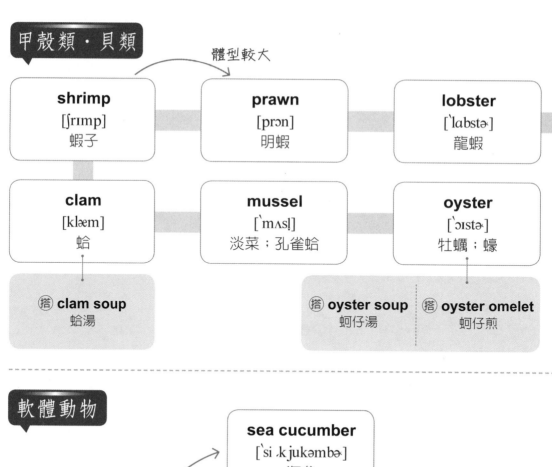

甲殼類・貝類

體型較大

shrimp
[ʃrɪmp]
蝦子

prawn
[prɔn]
明蝦

lobster
[ˋlɑbstɚ]
龍蝦

clam
[klæm]
蛤

mussel
[ˋmʌsl̩]
淡菜;孔雀蛤

oyster
[ˋɔɪstɚ]
牡蠣;蠔

搭 **clam soup**
蛤湯

搭 **oyster soup**
蚵仔湯

搭 **oyster omelet**
蚵仔煎

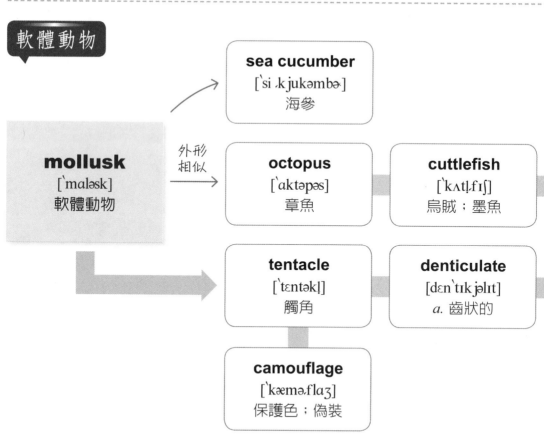

軟體動物

sea cucumber
[ˋsiˏkjukəmbɚ]
海參

mollusk
[ˋmɑləsk]
軟體動物

外形
相似

octopus
[ˋɑktəpəs]
章魚

cuttlefish
[ˋkʌtl̩ˏfɪʃ]
烏賊;墨魚

tentacle
[ˋtɛntəkl̩]
觸角

denticulate
[dɛnˋtɪkjəlɪt]
a. 齒狀的

camouflage
[ˋkæməˏflɑʒ]
保護色;偽裝

crab
[kræb]
蟹

abalone
[æbəˋlonɪ]
鮑魚

scallop
[ˋskɑləp]
干貝

・同種 shrimp 複數不須加 "s"。
・prawn 是體型較大的蝦種，在餐宴中常可見到。

大師小叮嚀

・章魚、墨魚等軟體動物的觸角上都有齒狀的 (denticulate) 吸盤 (suckers)。
・花枝、章魚等冷血動物的皮膚能變成保護色 (camouflage)。
例：This is its camouflage. 這是牠的保護色。

squid
[skwɪd]
花枝

dent(s)
[dɛnt(s)]
齒狀之物（非牙齒）

sucker
[ˋsʌkə]
吸盤

prey
[pre]
獵物

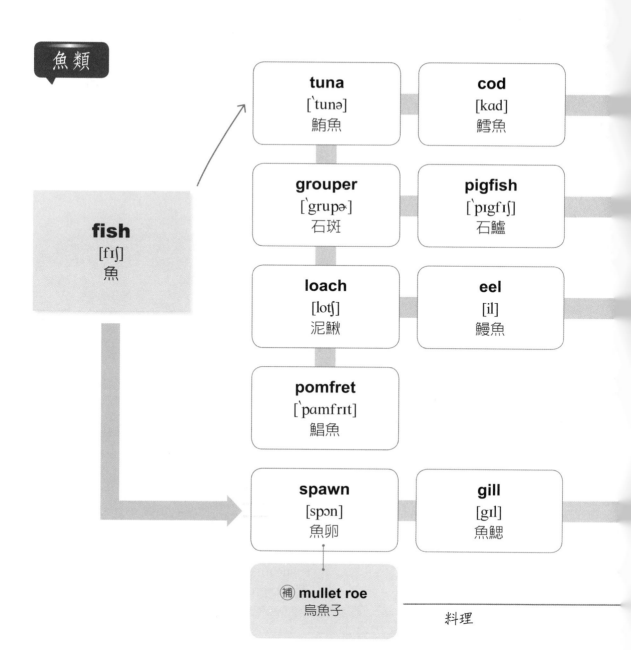

魚類

fish
[fɪʃ]
魚

tuna
[ˋtunə]
鮪魚

cod
[kɑd]
鱈魚

grouper
[ˋgrupɚ]
石斑

pigfish
[ˋpɪgfɪʃ]
石鱸

loach
[lotʃ]
泥鰍

eel
[il]
鰻魚

pomfret
[ˋpɑmfrɪt]
鯧魚

spawn
[spɔn]
魚卵

gill
[gɪl]
魚鰓

補 **mullet roe**
烏魚子

料理

bream
[brim]
鯛魚

carp
[kɑrp]
鯉魚

trout
[traʊt]
鱒魚

milkfish
[ˈmɪlkˌfɪʃ]
虱目魚

swordfish
[ˈsordˌfɪʃ]
劍魚

flounder
[ˈflaʊndɚ]
比目魚

Pacific saury
[pəˈsɪfɪk ˌsɔrɪ]
秋刀魚

salmon
[ˈsæmən]
鮭魚

sea perch
[ˈsi ˌpɝtʃ]
鱸魚

(搭) **grilled Pacific saury**
烤秋刀魚

fin
[fɪn]
魚鰭

shark fin
[ˈʃɑrk ˌfɪn]
魚翅

scale
[skel]
n. 魚鱗　*v.* 刮去魚鱗

(搭) **shark fin soup**
魚翅湯

(搭) **remove the scales / scale a fish**
去除魚鱗

大師小叮嚀

scale 當名詞也有「秤；規模；刻度」等意思。

1 **Salmon** is a popular food, because it's high in protein and low in fat.
鮭魚是很受歡迎的食物，因為牠含有豐富蛋白質和低脂肪。

2 **Groupers** are a kind of fish that have a stout body and a big mouth. Because of the black spots covering their body, the Chinese name is "stone spot."
石斑魚是擁有龐大身軀和嘴巴的魚種。由於身上佈滿黑色斑點，所以中文名稱為「石斑」。
Notes stout [staʊt] (a.) 結實的；粗壯的

3 **Milkfish** is a very common kind of fish in stores and markets in Southeast Asia. My mom usually cooks it with black beans and pineapple.
虱目魚是東南亞店家和市場很普遍的魚種。我媽媽通常會用黑豆和鳳梨來料理牠。

4 **Flounders** are very different from other fish. They have both eyes situated on the same side of their head. Furthermore, their camouflage allows them to blend in with their environment just like **cuttlefish**.
比目魚和其他魚類非常不同。牠們的兩顆眼睛都位於頭的同一側，而且，牠們的保護色可以讓牠們與周遭環境合而為一，就像墨魚一般。
Notes situate [ˈsɪtʃuˌet] (v.) 位於　　blend in with 與……混合

5 Open a **scallop** and you'll see it has two parts: the meaty, white scallop and the soft, red roe.
打開干貝殼，你會看到兩個部分：又白又多肉的干貝和紅紅軟軟的卵。

6 **Mussels** and **clams** are bivalves and cannot be eaten uncooked, because their shells stay tightly closed until they are cooked.
淡菜和蛤都屬於雙殼貝，不能生吃，因為牠們的殼在未煮熟前是緊閉的。
Notes bivalve [ˈbaɪvælv] (n.) 雙殼貝類

7 From little **clams** and **abalones** to bigger **squid**, **cuttlefish**, and **octopi**, **mollusks** can look quite different from each other, but they all share many similar traits.
從小小的蛤、鮑魚到較大的花枝、墨魚和章魚，軟體動物看起來彼此不同卻又有著許多相似處。
Notes trait [tret] (n.) 特徵；特性

Exercise 請聆聽音檔,並根據所聽到的對話完成填空。

(Tina and Evelyn are at the 1. ＿＿＿（水族館）＿＿＿ *.)*

Tina: Which area do you want to go to first?

Evelyn: Let's go to the 2. ＿（軟體動物館）＿ . I like them a lot.

(After arriving at the 2. ＿＿（軟體動物館）＿＿ *.)*

Tina: Why do you like 3. ＿＿（軟體動物）＿＿ ? They're so ugly and scary.

Evelyn: I don't think so. They're interesting animals. Look! The 4. ＿＿＿（墨魚）＿＿＿ is securing its prey with its arms. That's cool!

Tina: Yuck! I don't like their arms at all. They've got all those scary 5. ＿＿＿（吸盤）＿＿＿ . Wait! 6. ＿＿（我是不是眼花啦?）＿＿ Why does it have ten arms? I thought they had only eight arms, just like spiders.

Evelyn: No! They're 7. ＿＿＿（章魚）＿＿＿ . Cuttlefish and 8. ＿＿＿（魷魚）＿＿＿ are different. They have eight arms and two 9. ＿＿＿（觸角）＿＿＿ , just like what you see in this 10. ＿＿（水族箱）＿＿ . That's how people distinguish cuttlefish from octopi.

Tina: You're the expert. I am only interested in how to eat sea creatures. 11. ＿＿＿（鰻魚）＿＿＿ is my favorite fish. I order it every time I go to a BBQ restaurant. 12. ＿＿（龍蝦）＿＿ , 13. ＿＿＿（干貝）＿＿＿ , and 14. ＿＿＿（海參）＿＿＿ are really delicious, too. That's one of the reasons why I like to go to wedding 15. ＿＿＿（宴會）＿＿＿ so much.

Evelyn: Yeah, there's always good seafood at weddings.

Tina: You bet!

Answer Key

1. aquarium
2. mollusk zone
3. mollusks
4. cuttlefish
5. suckers
6. Am I seeing double?
7. octopuses
8. squid
9. tentacles
10. tank
11. Eel
12. Lobsters
13. scallops
14. sea cucumbers
15. banquets

Translation

（*Tina 和 Evelyn 兩人在水族館。*）

　　Tina： 妳想先看哪一區？
Evelyn： 我們先去軟體動物館好了，我很喜歡軟體動物。

（*到了軟體動物館。*）

　　Tina： 妳為什麼喜歡軟體動物？牠們又醜又嚇人。
Evelyn： 我不這麼覺得，我覺得牠們是很有趣的動物。妳看！這隻墨魚正在用牠的手抓捕獵物，超酷的！
　　Tina： 好噁！我一點都不喜歡牠們的手，上面都是恐怖的吸盤。等等！我是不是眼花啦？為什麼牠有十隻手？我以為牠們跟蜘蛛一樣，只有八隻手。
Evelyn： 不！那是章魚，但墨魚和魷魚就不同了。牠們有八隻手和兩隻觸角，就像妳在這個水族箱裡看到的一樣，這就是如何分辨墨魚和章魚的辦法。
　　Tina： 妳真是牠們的專家啊。說到海底動物，我只對如何吃牠們有興趣。我最喜歡吃鰻魚，每次去燒烤店都會點。龍蝦、干貝和海參也都很好吃。這就是我為什麼喜歡去喝喜酒的原因之一。
Evelyn： 對，喜宴上總是有好吃的海鮮。
　　Tina： 沒錯！

調味料
Seasonings

家常香料
基本調味
異國香料
味道
醬料

嚴選例句　▶ 08
派上用場

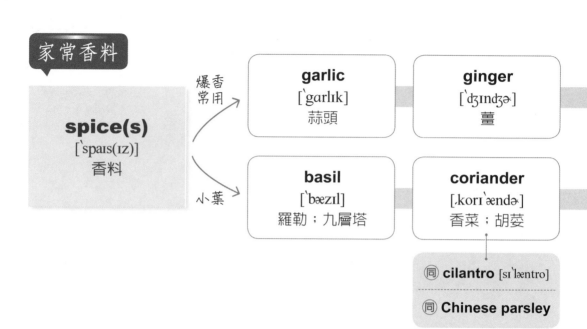

家常香料

spice(s)
[ˋspaɪs(ɪz)]
香料

爆香常用 →

garlic
[ˋɡɑrlɪk]
蒜頭

ginger
[ˋdʒɪndʒɚ]
薑

小葉 →

basil
[ˋbæzɪl]
羅勒;九層塔

coriander
[ˌkorɪˋændɚ]
香菜;胡荽

(同) **cilantro** [sɪˋlæntro]

(同) **Chinese parsley**

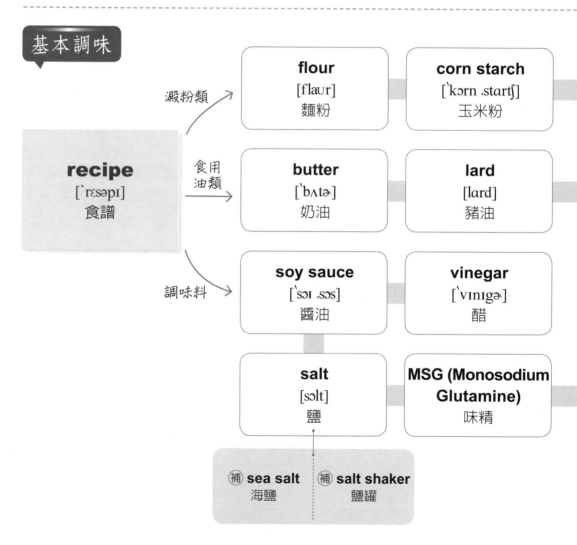

基本調味

recipe
[ˋrɛsəpɪ]
食譜

澱粉類 →

flour
[flaʊr]
麵粉

corn starch
[ˋkɔrn ˌstɑrtʃ]
玉米粉

食用油類 →

butter
[ˋbʌtɚ]
奶油

lard
[lɑrd]
豬油

調味料 →

soy sauce
[ˋsɔɪ ˌsɔs]
醬油

vinegar
[ˋvɪnɪgɚ]
醋

salt
[sɔlt]
鹽

MSG (Monosodium Glutamine)
味精

(補) **sea salt**
海鹽

(補) **salt shaker**
鹽罐

外形相似

onion
[ˈʌnjən]
洋蔥

scallion
[ˈskæljən]
青蔥

leek
[lik]
韭菜

peppercorn
[ˈpɛpɚˌkɔrn]
胡椒粒

大師小叮嚀

· 胡椒粉叫作 ground pepper，也就是研磨過的胡椒（「研磨」的原形爲 grind）。
· 黑胡椒叫作 black pepper；白胡椒則是 white pepper。

potato starch
[pəˈteto ˌstartʃ]
太白粉

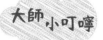

大師小叮嚀

pepper grinder 在西餐廳或牛排館可見，供客人於餐桌上轉動罐身現磨胡椒佐餐點享用。

soybean oil
[ˈsɔɪbin ˌɔɪl]
沙拉油

olive oil
[ˈalɪv ˌɔɪl]
橄欖油

sesame oil
[ˈsɛsəmɪ ˌɔɪl]
麻油

(補) **extra virgin olive oil**
（第一道初榨）特級橄欖油

sugar
[ˈʃugɚ]
白糖

sweetener
[ˈswitn̩ɚ]
代糖

pepper
[ˈpɛpɚ]
胡椒粉

(補) **brown sugar**
紅糖

(補) **pepper grinder**
胡椒研磨罐

(補) **coffee grinder**
咖啡研磨器

異國香料

exotic spices
[ɪgˋzatɪk ˋspaɪsɪz]
異國香料

常用於
西式料理 →

rosemary
[ˋrozmɛrɪ]
迷迭香

thyme
[taɪm]
百里香

lemongrass
[ˋlɛməngræs]
香茅

泰國

saffron
[ˋsæfrən]
番紅花

西班牙

常用於
糕點 →

vanilla
[vəˋnɪlə]
香草

cinnamon
[ˋsɪnəmən]
肉桂

味道

flavor
[ˋflevɚ]
n. 味道

不太可口 →

salty
[ˋsɔltɪ]
a. 鹹的

bitter
[ˋbɪtɚ]
a. 苦的

可口的 →

flavorful
[ˋflevɚfəl]
a. 有風味的

delicious
[dɪˋlɪʃəs]
a. 美味的

同 **tasty**
[ˋtestɪ]

parsley
[ˋpɑrslɪ]
巴西里

chili
[ˋtʃɪlɪ]
紅番椒；辣椒

墨西哥

curry
[ˋkɝɪ]
咖哩

印度和泰國

anise
[ˋænɪs]
八角

中國

mint
[mɪnt]
薄荷

大師小叮嚀

印度的香料舉世聞名，最經典的綜合香料叫作 Garam
Masala，簡稱 masala，大致包含：cinnamon 肉桂、cumin
[ˋkʌmɪn] 小茴香、clove [klov] 丁香、nutmeg [ˋnʌtmɛg] 肉豆
蔻、cardamom [ˋkɑrdəməm] 小豆蔻、fennel [ˋfɛnl] 茴香等。

astringent
[əˋstrɪndʒənt]
a. 澀的

hot
[hɑt]
a. 辣的；燙的

pungent
[ˋpʌndʒənt]
a. 刺鼻的；辛辣的

(同) **spicy**
[ˋspaɪsɪ]
a. 辛辣的

大師小叮嚀

hot 和 spicy 意思相近，但
hot 多用來表示辣椒的辣
味，而 spicy 則偏向指香
辣而重口味。

mouth-watering
[ˋmauθ͵wɔtərɪŋ]
a. 讓人口水直流的

savory
[ˋsevərɪ]
a. 開胃的

(同) **appetizing**
[ˋæpə͵taɪzɪŋ]
a. 刺激食慾的

(補) **appetite**
[ˋæpə͵taɪt]
n. 食慾；胃口

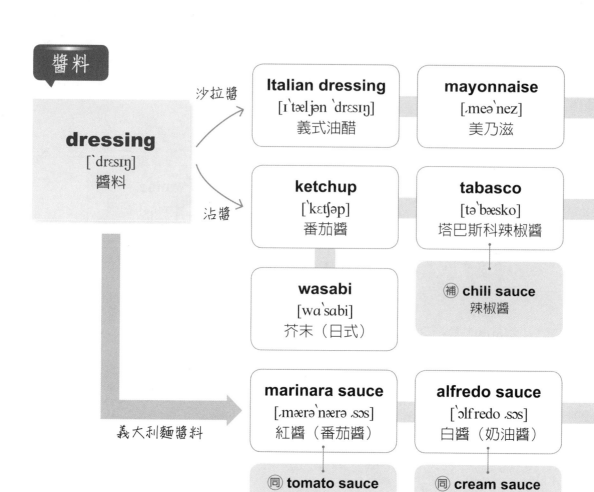

醬料

dressing
[ˋdrɛsɪŋ]
醬料

沙拉醬

Italian dressing
[ɪˋtæljən ˋdrɛsɪŋ]
義式油醋

mayonnaise
[ˌmeəˋnez]
美乃滋

沾醬

ketchup
[ˋkɛtʃəp]
番茄醬

tabasco
[təˋbæsko]
塔巴斯科辣椒醬

wasabi
[waˋsabi]
芥末（日式）

補 **chili sauce**
辣椒醬

義大利麵醬料

marinara sauce
[ˌmærəˋnærə ˌsɔs]
紅醬（番茄醬）

alfredo sauce
[ˋɔlfredo ˌsɔs]
白醬（奶油醬）

同 **tomato sauce**

同 **cream sauce**

Thousand Island dressing
[ˈθauzn̩d ˈaɪlənd ˌdrɛsɪŋ]
千島沙拉醬

Caesar salad dressing
[ˈsizɚ ˌsæləd ˌdrɛsɪŋ]
凱薩沙拉醬

sesame paste
[ˈsɛsəmɪ ˌpest]
芝麻醬

peanut butter
[ˈpiˌnʌt ˌbʌtɚ]
花生醬

mustard
[ˈmʌstəd]
芥末醬（西式）

pesto sauce
[ˈpɛsto ˌsɔs]
青醬（羅勒醬）

大師小叮嚀

- tabasco（商標名）是北美人常用的紅辣椒醬，極辣！
- 美乃滋 mayonnaise 簡稱 mayo。
- mustard 是由芥子做的，常使用於漢堡、熱狗上，比較不辣；wasabi 則是以山葵為原料，多作為生魚片的沾醬。
- 義式沙拉醬以橄欖油調醋做成，酸酸甜甜，所以又稱為 oil and vinegar。凱撒沙拉醬以橄欖油為底，加上芥末醬、優格等，熱量較高。千島沙拉醬則由美乃滋、蕃茄醬等為底，加上其他香料而成，滋味濃郁，熱量也不低。
- dip 可當動詞「沾」，例：dip the French fries into ketchup；或當名詞指「濃稠的醬料」，例：cheese dip、salsa dip。
- condiment [ˈkɑndəmənt] 是指食物被烹調完成後所使用的調味品，例如番茄醬、芥末醬等。而 seasoning 可以說是廣義的「調味料」，任何可改變餐餚風味的物品，通常添加於烹煮時。

1 Could you pass me the **salt**?

你可以把鹽遞給我嗎？

2 A **delicious** dish will combine **seasonings** that go well with each other.

一道美味菜餚必有和諧的調味。

Notes combine [kəmˋbaɪn] (v.)（使）結合；兼備

3 Many people are very familiar with the **pungent** odor of **garlic**.

大家都很熟悉大蒜刺鼻的味道。

Notes odor [ˋodɚ] (n.)（常指難聞的）氣味

4 These cakes look **mouth-watering**.

這些蛋糕看起來令人垂涎三尺。

5 **Ginger** is commonly used as a **spice** in cuisines throughout the world.

薑是世界各地都愛用的調味品。

Notes cuisine [kwɪˋzin] (n.) 菜餚；烹調法

6 Would you like **oil and vinegar** on your salad?

你的沙拉要淋上一點油醋嗎？

7 **Rosemary** has a **bitter**, **astringent** taste.

迷迭香帶有一點苦澀的味道。

Notes taste [test] (n.) 味道；滋味

8 I haven't got much of an **appetite**.

我現在不太有胃口。

9 I smell something **appetizing** from the kitchen.

我聞到廚房裡誘人的香味。

10 If you want to make some authentic Italian food, just follow these **recipes**.

如果你想做些道地的義大利菜，就按照這些食譜去做。

Notes authentic [ɔˋθɛntɪk] (a.) 真正的；可信的

派上用場

Exercise 下列為「地中海風味雞」的食譜，請依提示填入材料與作法。

Mediterranean Marinated Chicken

Ingredients:

1/3 cup 1. _____（油）

3 tablespoons 2. _____（醋）

1 tablespoon chopped sun-dried 3. _____（番茄）

1 teaspoon 4. _____（大蒜） powder

1 teaspoon 5. _____（義大利式） seasoning

1/4 teaspoon 6. _____（研磨黑胡椒）

1 pound boneless, skinless 7. _____（雞胸肉）

1 teaspoon 8. _____（檸檬） & 9. _____（胡椒） seasoning 10. _____（鹽）

Directions:

1. Mix all ingredients, except 11. _____（雞肉）, in a 12. _____（碗）.

2. Place the chicken in a large plastic bag or a glass 13. _____（盤）. Add the marinade①; turn to coat② well.

3. Refrigerate 30 minutes, or longer for extra flavor. Remove it from the marinade. Discard③ any remaining marinade.

4. 14. _____（烤） over 15. _____（中溫） 6 to 7 minutes per side or until the chicken is cooked thoroughly.

Answer Key

1. oil
2. vinegar
3. tomatoes
4. garlic
5. Italian

6. ground black pepper
7. chicken breast
8. lemon
9. pepper
10. salt

11. chicken
12. bowl
13. dish
14. Grill
15. medium heat

Notes

① marinade [ˈmærəned] (n.) 滷汁
② coat [kot] (v.) 覆蓋……的表面
③ discard [ˈdɪskɑrd] (v.) 丟棄

Translation

材料：

油　1/3 杯

醋　3 湯匙

切塊蕃茄乾　1 湯匙

大蒜粉　1 茶匙

義式調味料　1 茶匙

研磨黑胡椒　1/4 茶匙

雞胸肉（去骨去皮）　1 磅

檸檬胡椒鹽　1 茶匙

作法：

1. 將雞肉以外的所有材料於碗中均勻混合。

2. 將雞肉放在一個大塑膠袋或玻璃盤裡，淋上滷汁，翻動沾勻。

3. 置入冰箱三十分鐘，放久一點會更入味。將雞肉從滷汁中取出，並倒掉剩餘的滷汁。

4. 用中溫兩面各烤六～七分鐘直至熟透。

飲料
Drinks

碳酸飲料和茶
水和咖啡
酒類
飲酒

碳酸飲料和茶

beverage
[ˋbɛvərɪdʒ]
飲料

茶類 →

ice(d) tea
[ˋaɪs(t) ˋti]
冰紅茶

oolong tea
[ˋulɔŋ ˏti]
烏龍茶

soft drink
[ˋsɔft ˋdrɪŋk]
無酒精飲料

碳酸類 →

soda
[ˋsodɑ]
汽水

ginger ale
[ˋdʒɪndʒɚ ˏel]
薑汁汽水

milk shake
[ˋmɪlk ˏʃek]
奶昔

smoothie
[ˋsmuðɪ]
冰沙

水和咖啡

water
[ˋwɔtɚ]
水

→

lemonade
[ˏlɛmənˋed]
檸檬水

mineral water
[ˋmɪnərəl ˏwɔtɚ]
礦泉水

coffee
[ˋkɔfɪ]
咖啡

→

instant coffee
[ˋɪnstənt ˋkɔfɪ]
即溶咖啡

decaf
[ˋdikæf]
低咖啡因咖啡

補 **ice(d) coffee**
冰咖啡

補 **coffee grounds**
咖啡渣

補 **caffeine**
[ˋkæfiɪn]
咖啡因

herbal tea
[ˋhɝbl̩ ˌti]
花草茶

fruit tea
[ˋfrut ˌti]
水果茶

Jasmine green tea
[ˋdʒæsmɪn ˋgrin ˌti]
茉莉綠茶

root beer
[ˋrut ˌbɪr]
沙士

cola
[ˋkolə]
可樂

補 **soybean milk** ┊ 補 **rice and peanut milk**
豆漿 ┊ 米漿

在國外，奶昔和冰沙常被視為甜點而非飲料。

補 **sparkling water**
氣泡礦泉水

咖啡好夥伴

non-dairy creamer
[ˌnanˋdɛrɪ ˋkrimɚ]
奶精

**two lumps /
cubes of sugar**
兩塊方糖

decaf 是 decaffeinated [dɪˋkæfɪˌnetɪd]「無咖啡因」的縮寫。

酒類

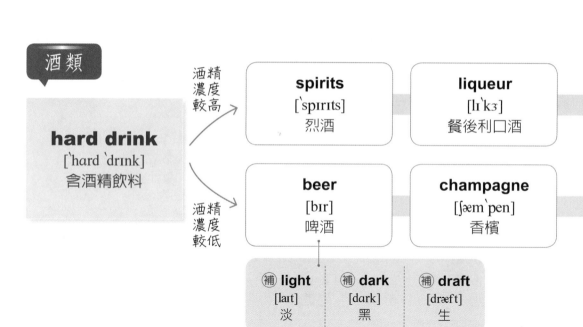

酒精濃度較高

spirits	liqueur
[ˋspɪrɪts]	[lɪˋkɝ]
烈酒	餐後利口酒

hard drink
[ˋhɑrd ˋdrɪŋk]
含酒精飲料

酒精濃度較低

beer	champagne
[bɪr]	[ʃæmˋpen]
啤酒	香檳

補 light	補 dark	補 draft
[laɪt]	[dɑrk]	[dræft]
淡	黑	生

基酒的種類

whiskey	brandy	gin
[ˋhwɪskɪ]	[ˋbrændɪ]	[dʒɪn]
威士忌	白蘭地	琴酒

rum	vodka	tequila
[rʌm]	[ˋvadkə]	[təˋkilə]
蘭姆酒	伏特加	龍蘭舌

飲酒

alcohol
[ˋælkəˏhɔl]
n. 酒精

可能會引發的反應

tipsy	drunk
[ˋtɪpsɪ]	[drʌŋk]
a. 微醺的	*a.* 酒醉的

cocktail
[ˈkɑk.tel]
雞尾酒

（補）雞尾酒通常是以「利口酒」、「基酒」和「果汁」等調製而成。

red / white wine
[ˈrɛd / ˈhwaɪt ˈwaɪn]
紅 / 白酒

大師小叮嚀

- 法國葡萄酒的品質分為四級，皆來自法文。
  最高級：AOC *(Appellation d'Origine Contrôlée)*，意指「原產地命名控制」，其中 origin 隨酒的產地而改變；
  第二級：VDQS *(Vin Délimité de Qualité Supérieure)*，意指「優良地區優質酒」；
  第三級：VDP *(Vin de Pays)*，意指「地區葡萄酒」；
  第四級：VDT *(Vin de Table)*，意指「日常餐酒」。
- 英文的 dry、德文的 trocken、法文的 sec，字面上的意思都是「乾燥」，也就是指不甜的酒種。
- on the rocks「加冰塊」
  例：I want my whiskey on the rocks. 我的威士忌要加冰塊。
- straight up「去冰」
  例：I want it straight up. 我不要加冰塊。

burp
[bɝp]
v. 打（飽）嗝

have the hiccups
[ˈhɪkəps]
打小嗝

hangover
[ˈhæŋˌovə]
n. 宿醉

（補）**alcoholic**
[ˌælkəˈhɔlɪk]
n. 酒鬼

1 How would you like your **coffee**?
您的咖啡需要加點什麼（糖或奶精）嗎？

2 Here is your **herbal tea**. Be careful. It's piping hot.
這是您的花草茶。請小心，這很燙。
Notes piping [ˋpaɪpɪŋ] (adv.) 滾熱地

3 My parents always celebrate their wedding anniversary with a bottle of **champagne**.
我父母總是在結婚紀念日開香檳慶祝。
Notes anniversary [ˌænəˋvɜsərɪ] (n.) 週年紀念

4 Forty proof **gin** is about 20 percent **alcohol**.
40 度的琴酒大約含 20% 的酒精。
Notes proof [pruf] (n.) 酒精濃度

5 I stopped drinking **coffee** after it started giving me heart palpitations.
我喝咖啡會心悸，後來我就不再喝了。
Notes heart palpitations [ˌpælpəˋteʃənz] 心悸

6 She's **tipsy** because she's had several glasses of **wine**.
她有點微醺了，因為她已經喝了好幾杯酒。

7 Typical **hangover** symptoms are headache, fatigue, and vomiting.
宿醉最常見的症狀就是頭痛、疲倦和嘔吐。
Notes typical [ˋtɪpɪkl] (a.) 典型的　symptom [ˋsɪmptəm] (n.) 症狀　vomit [ˋvɑmɪt] (v.) 嘔吐

派上用場

▶ 10

Exercise 請聆聽音檔，並根據所聽到的對話完成填空。

(Patrick is preparing some drinks for a party next Sunday. Sabrina and Anna drop by for a visit.)

Anna: Hey Patrick, what are you doing in the kitchen?

Sabrina: You've got a lot of 1. _____（酒） here. Are you a 2. _____（調酒師） now?

Patrick: Not really. Well, next Sunday, I'm going to host a party at home and I'm deciding what 3. _____（飲料） to serve[1].

Anna: Let me see. Since you have 4. _____（伏特加） and orange juice, you could make screwdrivers for your guests.

Sabrina: I agree with Anna. That would be a nice choice.

Patrick: Thanks, I'll take that into account.[2] Say, how about this one? (points to recipe) Long Island Iced Tea. Do you think tea would be a better choice?

Anna: That's not tea. 5. _____（相反地）, it's a very strong drink! It has 6. _____（伏特加）, 7. _____（龍舌蘭酒）, 8. _____（蘭姆酒）, and 9. _____（琴酒） all mixed together. Your guests would probably all get terrible 10. _____（宿醉） the next day.

Patrick: Oh, I'm glad you told me that. I'll go with the screwdrivers then.

Answer Key

Notes

① serve [sɝv] (v.) 提供（食物或飲料）；服務
② take sth. into account 考慮到；顧及

Translation

（*Patrick 正在為了下禮拜的派對準備飲料。Sabrina 和 Anna 剛好來訪。*）

    Anna：嘿，Patrick，你在廚房做什麼？

Sabrina：你這裡好多酒啊。你現在成了調酒師啦？

 Patrick：沒有啦。下星期日我家有場派對，我正在想要準備什麼飲料。

    Anna：我看看。既然你有伏特加和柳橙汁，你可以為客人準備「螺絲起子」。

Sabrina：我同意 Anna 說的。那會是個不錯的選擇。

 Patrick：謝謝，我會把它列入考慮的。對了，那這個呢？（指向食譜）長島冰茶。妳們覺得茶會是更好的選擇嗎？

    Anna：那可不是茶。相反地，那是種很烈的飲料！它把伏特加、龍舌蘭酒、蘭姆酒和琴酒都混在一起。你的客人們隔天可能會嚴重宿醉喔。

 Patrick：噢，還好妳告訴我。我還是選「螺絲起子」好了。

道地美味
Local Delicacies

熱門美食
麵食、湯和鍋類
夜市小吃

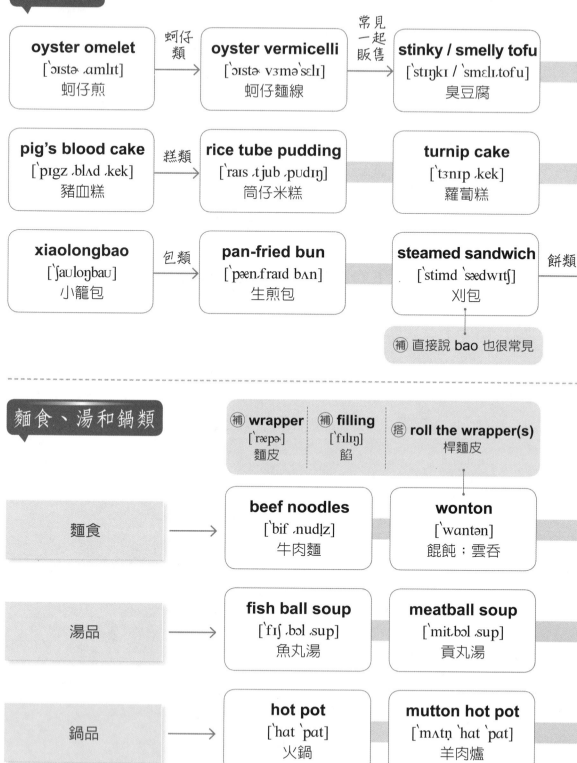

熱門美食

oyster omelet [ˋɔɪstɚ ˏɑmlɪt] 蚵仔煎	蚵仔類 → **oyster vermicelli** [ˋɔɪstɚ vɝməˏsɛlɪ] 蚵仔麵線	常見一起販售 → **stinky / smelly tofu** [ˋstɪŋkɪ / ˋsmɛlɪˏtofu] 臭豆腐
pig's blood cake [ˋpɪgz ˏblʌd ˏkek] 豬血糕	糕類 → **rice tube pudding** [ˋraɪs ˏtjub ˏpudɪŋ] 筒仔米糕	**turnip cake** [ˋtɝnɪp ˏkek] 蘿蔔糕
xiaolongbao [ˋʃaʊloŋbaʊ] 小籠包	包類 → **pan-fried bun** [ˋpænˏfraɪd bʌn] 生煎包	**steamed sandwich** [ˋstimd ˋsædwɪtʃ] 刈包 餅類

(補) 直接說 bao 也很常見

麵食、湯和鍋類

	(補) **wrapper** [ˋræpɚ] 麵皮	(補) **filling** [ˋfɪlɪŋ] 餡	(搭) **roll the wrapper(s)** 桿麵皮
麵食 →	**beef noodles** [ˋbif ˏnudḷz] 牛肉麵		**wonton** [ˋwantən] 餛飩；雲吞
湯品 →	**fish ball soup** [ˋfɪʃ ˏbɔl ˏsup] 魚丸湯		**meatball soup** [ˋmitˏbɔl ˏsup] 貢丸湯
鍋品 →	**hot pot** [ˋhat ˋpat] 火鍋		**mutton hot pot** [ˋmʌtṇ ˋhat ˋpat] 羊肉爐

補 或直接說 bawan
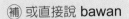

Taiwanese meatball
[ˌtaɪwəˋniz ˋmit͵bɔl]
肉圓

delicacy [ˋdɛləkəsɪ] 是「美食」；local delicacy
則是「地方美食」。

chicken fillet
[ˋtʃɪkɪn ˋfɪlɪt]
雞排

spring roll
[ˋsprɪŋ ͵rol]
春捲；潤餅

pepper cake
[ˋpɛpə ͵kek]
胡椒餅

scallion pancake
[ˋskæljən ˋpan͵kek]
蔥抓餅

· 水餃或包子的內餡為 filling；壽司、披薩或冰淇淋上的餡料為 topping；沙拉上的醬料則為 dressing。
· 水餃常會沾醬食用，可用搭配詞 dip in the sauce「沾醬」來表示。
· 歐美也有在用餐時持續加溫的大鍋料理，稱作 chafing dish，宴會或自助餐廳裡常可見到。
· 以各種食材去沾鍋內融化的乳酪來食用，這種火鍋則稱為 cheese <u>fondue</u> [fanˋdu]。

dumpling
[ˋdʌmplɪŋ]
水餃

pot sticker
[ˋpat ͵stɪkə]
煎餃；鍋貼

steamed dumpling
[ˋstimd ˋdʌmplɪŋ]
蒸餃

clam soup
[ˋklæm ͵sup]
蛤蜊湯

seaweed soup
[ˋsi͵wid ͵sup]
紫菜湯

pork thick soup
[ˋpɔrk ͵θɪk ͵sup]
肉羹湯

ginger duck soup
[ˋdʒɪndʒə ͵dʌk ͵sup]
薑母鴨

sesame oil chicken soup
[ˋsɛsəmɪ ͵ɔɪl ˋtʃɪkɪn ͵sup]
麻油雞

夜市小吃

米食 →

braised pork rice
[ˈbrezd ˈpɔrk ˌraɪs]
滷肉飯

fried rice
[ˈfraɪd ˈraɪs]
炒飯

飲料 →

bubble (milk) tea
[ˈbʌbl̩ (ˈmɪlk) ˌti]
珍珠奶茶

papaya milk
[pəˈpaɪə ˌmɪlk]
木瓜牛奶

大師小叮嚀

加珍珠的茶是 bubble tea，但裡面的「珍珠」叫作 pearls。

甜點 →

wheel pie
[ˈhwil ˌpaɪ]
車輪餅

adzuki bean soup
[ədˈzuki ˈbin ˌsup]
紅豆湯

補 **mung bean soup**
綠豆湯

其他相關字 →

night market
[naɪt ˈmarkɪt]
夜市

street vendor
[ˈstrit ˈvɛndɚ]
小販

補 或直接說 wagui

fried rice noodles
[`fraɪd `raɪs ˌnudl̩z]
炒米粉

salty rice pudding
[`sɔltɪ `raɪs ˌpudɪŋ]
碗粿

plum juice
[`plʌm ˌdʒus]
酸梅汁

star fruit juice
[`star ˌfrut ˌdʒus]
楊桃汁

sugar cane juice
[`ʃugɚ ˌken ˌdʒus]
甘蔗汁

tofu pudding
[`tofu ˌpudɪŋ]
豆花

hot grass jelly
[`hat `græs ˌdʒɛlɪ]
燒仙草

lemon aiyu jelly
[`lɛmən `aɪyu ˌdʒɛlɪ]
檸檬愛玉

food stand
[`fud ˌstænd]
小吃攤

stool
[stul]
小凳子

disposable chopsticks / bowl
[dɪ`spozəbl̩ `tʃap.stɪks / bol]
免洗筷 / 碗

補 **disposable**
[dɪ`spozəbl̩]
a. 用完即丟棄的

1 Many materials can be used for **wonton** and **dumpling fillings**. Some options are Chinese cabbage, leek, pork, or shrimp.
許多食材都可作為雲吞和水餃的餡料，白菜、韭菜、豬肉或蝦子是其中一些選擇。
Notes leek [lik] (n.) 韭蔥

2 You can find lots of **local delicacies** at the Shilin Night Market.
你可以在士林夜市找到各種當地小吃。

3 **Oyster omelet** is a common dish in night markets.
蚵仔煎是夜市常見的小吃。

4 **Bubble milk tea** originated in Taiwan.
珍珠奶茶創始於台灣。
Notes originate [əˈrɪdʒə.net] (v.) 發源自……

5 The smell of **stinky tofu** scares certain people.
有些人對臭豆腐的味道聞之卻步。
Notes smell [smɛl] (n.) 氣味；香味；臭味

6 **Spring roll** wrappers are made from rice.
潤餅的餅皮是用米做成的。

7 The caterer had set up a long row of **chafing dishes**, so there was no shortage of hot food even at the end of the evening.
宴席廚師準備了一長列的熱鍋料理，所以直到晚間結束也不乏熱食。
Notes caterer [ˈketərɚ] (n.) 酒席承辦者；飲食提供者

8 Of all the various kinds of **hot pot**, I like **mutton** the best.
在所有火鍋當中，我最喜歡羊肉爐。

9 Fried Chinese **dumplings** are usually called **pot stickers**.
用油煎的水餃通常叫作鍋貼。

派上用場

 12

Exercise 請聆聽音檔，並根據所聽到的對話完成填空。

(Patrick, Anna, and Sabrina are at a night market.)

Anna: So ... what are we going to have for dinner?

Patrick: I don't know what to choose. Uh, I'd like to try an 1. _____（蚵仔煎）_____, 2. _____（筒仔米糕）, tempura, 3. _____（牛肉麵）_____, and 4. _____（臭豆腐）_____.

Sabrina: That's too much for me. I just want 5. _____（炒飯）_____.

Anna: The 6. _____（蒸餃）_____ and 7. _____（珍珠奶茶）_____ are quite good here. Also, we have to try the 8. _____（鍋貼）_____.

Patrick: Look! This 9. _____（火鍋）_____ 10. _____（攤販）_____ looks good. Wanna try it?

Anna: Sounds great. Let's start with hot pot then.

Sabrina: Start with? You mean?

Anna: After hot pot, we'll eat all the food we want!

Sabrina: Oh no. My stomach is starting to hurt already ...

Answer Key

1. oyster omelet
2. rice tube pudding
3. beef noodles
4. smelly tofu
5. fried rice
6. steamed dumplings
7. pearl milk tea
8. pot stickers
9. hot pot
10. stand

Translation

（*Patrick*、*Anna* 和 *Sabrina* 在逛夜市。）

　　Anna：那……我們晚餐要吃什麼？

Patrick：不知道怎麼選呢。啊，我想試試蚵仔煎、筒仔米糕、天婦羅、牛肉麵和臭豆腐。

Sabrina：那樣對我來說太多了。我只想吃炒飯。

　　Anna：這裡的蒸餃和珍珠奶茶還不錯。還有，我們得嚐嚐鍋貼。

Patrick：看！這個火鍋攤看起來很棒。要不要試試？

　　Anna：好啊。那我們就從火鍋開始吧。

Sabrina：開始？妳是說？

　　Anna：吃完火鍋，我們還要把所有想吃的都吃遍！

Sabrina：噢不，我的胃已經痛起來了……。

寰宇名菜
Fine Foods

中式料理
日本料理
韓國料理
法式料理
義式料理
墨西哥料理

中式料理

full Manchu-Han banquet
[ˈfʊl mænˈtʃu ˌhan ˈbæŋkwɪt]
滿漢全席

豬 → **roast suckling pig**
[rost ˈsʌklɪŋ ˈpɪg]
烤乳豬

各種肉類 ------

雞 → **drunken chicken**
[ˈdrʌŋkən ˈtʃɪkɪn]
醉雞

kung pao chicken
[ˈkɔŋ ˌbau ˈtʃɪkɪn]
宮保雞丁

鴨 → **Peking Duck**
[ˈpiˈkɪŋ ˌdʌk]
北京烤鴨

豬肉料理 **spareribs with black bean sauce**
[ˈspɛrˌrɪbz wɪð ˈblæk ˈbin ˌsɔs]
豉汁排骨

魚類料理 **sweet and sour yellow fish**
[ˌswit ən ˈsauə ˈjɛlo ˈfɪʃ]
糖醋黃魚

其他常見料理 **cabbage with dried shrimp**
[ˈkæbɪdʒ wɪð ˈdraɪd ˌʃrɪmp]
開陽白菜

蔬菜

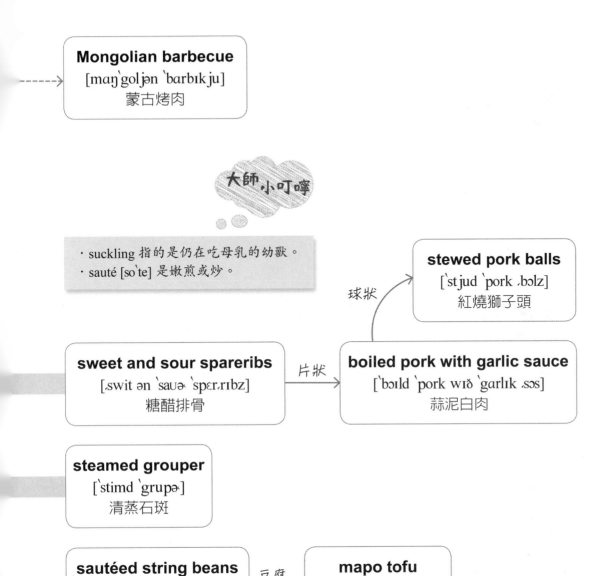

Mongolian barbecue
[maŋˋgoljən ˋbarbɪkˌju]
蒙古烤肉

大師小叮嚀

· suckling 指的是仍在吃母乳的幼獸。
· sauté [soˋte] 是嫩煎或炒。

stewed pork balls
[ˋstjud ˋpork ˌbɔlz]
紅燒獅子頭

球狀

sweet and sour spareribs
[ˌswit ən ˋsauɚ ˋspɛrˌrɪbz]
糖醋排骨

片狀

boiled pork with garlic sauce
[ˋbɔɪld ˋpork wɪð ˋgarlɪk ˌsɔs]
蒜泥白肉

steamed grouper
[ˋstimd ˋgrupɚ]
清蒸石斑

sautéed string beans
[soˋted ˋstrɪŋ ˌbinz]
乾煸四季豆

豆腐

mapo tofu
[ˋmaˌpo ˋtofu]
麻婆豆腐

Japanese cuisine
[ˈdʒæpəˈniz kwɪˈzin]
日本料理

→

sashimi
[saˈʃimɪ]
生魚片

tempura
[ˈtɛmpʊrə]
天婦羅

Korean cuisine
[koˈriən kwɪˈzin]
韓國料理

→

Korean barbecue
[koˈriən ˈbarbɪkju]
韓國烤肉

stone fire-pot
[ˈston ˌfaɪrˌpat]
石頭火鍋

French cuisine
[frɛntʃ kwɪˈzin]
法式料理

→

escargot
[ɛskarˈgo]
可食用蝸牛

tongs
[tɔŋz]
（夾蝸牛用的）鉗子

foie gras
[fwa ˈgra]
鵝肝醬

caviar
[ˌkævɪˈar]
魚子醬

sushi	**sukiyaki**	**yakimono**
[ˋsuʃɪ]	[ˏsukiˋjaki]	[jakiˏmono]
壽司	壽喜燒	燒物；燒烤

kimchi
[ˋkɪmtʃi]
韓國泡菜

· sushi 是由 vinegared rice（用醋浸泡過的米飯）製作而成，可分成很多種：
1. 用海苔包飯捲起，再切成一小圈的捲壽司是 maki-sushi 或 roll。
2. 飯上面有生海鮮的握壽司是 nigiri-sushi。
3. 稻荷（豆皮）壽司是 inari-sushi。
4. 手捲是 temaki-sushi 或 hand roll。
5. 加州捲 (California roll) 的外圍常包裹橘色魚卵，內餡有海鮮、蔬菜。
· 燒物指的即爲「燒烤類食物」。
· 壽喜燒的材料主要以牛肉、青蔥、蔬菜、蒟蒻、豆腐爲主，在鍋中以醬汁烹煮。

spaghetti / pasta
[spə`gɛtɪ / `pastə]
義大利麵

→

多層次
lasagna
[lə`zanjə]
千層麵

螺旋狀
rotini
[ro`tɪni]
螺旋麵

risotto
[rɪ`sɔto]
義大利燉飯

飯類

ravioli
[ˌrævɪ`olɪ]
義大利方餃

餃類

---

tortilla
[tɔr`tija]
墨西哥玉米餅（皮）

→

fajita(s)
[fə`hitə(z)]
法士達

taco(s)
[`tako(z)]
塔可；包餅

enchilada(s)
[ˌɛntʃə`ladə(z)]
肉餡玉米捲餅

tortilla chips
[tɔr`tija ˌtʃɪps]
墨西哥玉米脆片

tortilla chips

寬的	扁狀	管狀
fettuccine [ˌfɛtəˈtʃini] 義大利寬麵	**linguine** [ˌlɪnˈkwɪni] 義大利扁細麵	**penne** [ˈpɛne] 筆管麵

rolled taco(s) / flauta(s)
[ˈrold ˈtako(z) / flauˈta(z)]
塔可捲

salsa
[ˈsalsə]
莎莎醬

tacos

- enchilada 和 taco 都是用玉米餅或麵皮包裹內餡的墨西哥食物。前者狀似春捲，後者則有點像韭菜盒子。
- fajita 像我們的「潤餅捲」，但是用 tortilla 包青椒、肉、洋蔥……等餡料現吃。
- salsa 是一種以蕃茄和洋蔥做成的辣味醬汁，吃玉米脆片時常會搭配食用。

1 The materials used to cook a **full Manchu-Han banquet** are varied, but the food always looks beautiful and tastes delicious.
滿漢全席的食材包羅萬象，但食物總是看起來漂亮，嚐起來也美味。

2 **Peking Duck** is famous for its thin and crispy skin.
北京烤鴨以又薄又脆的鴨皮聞名。
Notes crispy [ˋkrɪspɪ] (a.) 酥脆的

3 **Mongolian barbecue** has nothing to do with Mongolia or barbecue. It is a cooking style where the meat and vegetables are stir-fried at a high temperature on a big iron griddle.
蒙古烤肉和蒙古及烤肉一點關係都沒有。它是一種在大鐵鍋上以高溫翻炒肉和蔬菜的烹調方式。
Notes griddle [ˋgrɪdl] (n.) 淺鍋

4 My mom always cooks **sweet and sour yellow fish** with ketchup, vinegar, and garlic.
我媽媽都用番茄醬、醋和大蒜來料理糖醋黃魚。

5 When it comes to Japanese cuisine, **sashimi** is often the first thing that comes to mind.
每當提到日本美食，總是第一個想到生魚片。
Notes When it comes to ... 提及／說到…… come to mind 浮現腦海

6 **Kimchi** is rich in vitamins and calcium, and it also contains dietary fiber, all of which have well-known health benefits.
泡菜含有豐富維他命、鈣質和膳食纖維，這些對健康都有為人熟知的好處。

7 **Escargot** is a dish of cooked snails that are eaten with a special snail fork and snail tongs.
法式蝸牛是用特殊叉子和夾子來食用的蝸牛料理。
Notes fork [fɔrk] (n.) 叉 tong [taŋ] (n.) 夾子（烤肉夾、分食夾等）

8 **Enchiladas** are made by wrapping **tortillas** around a filling of meat, vegetables, or cheese.
墨西哥捲餅是以玉米薄餅包裹肉、蔬菜或起士等內餡製成的。

9 **Lasagna** is an Italian dish made with layers of **pasta**, cheese, and sauce.
千層麵是一種用層層麵皮、起士和醬汁做成的義大利麵食。

Exercise 請聆聽音檔，並根據所聽到的對話完成填空。

(Tina and Evelyn are in a Japanese restaurant.)

Tina: Wow, all the food on the menu looks so delicious! What are we going to order? The 1. （生魚片） looks fresh and I heard the 2. （天婦羅） is tasty, too.

Evelyn: How about some 3. （壽司）. I'd like to eat some cold food first. We shouldn't eat cold and hot food at the same time though. It's bad for our stomachs.

Tina: Do you want some 4. （握壽司）? That way we can have rice and sashimi together.

Evelyn: 4. （握壽司） is fine. I'd like some 5. （豆皮壽司） and a 6. （鰻魚手捲） as well.

(While waiting.)

Tina: My cousins came back from Canada on their summer vacation last week and I took them to a Chinese restaurant yesterday.

Evelyn: Had they ever had 7. （中國菜）?

Tina: They sometimes eat 8. （水餃）, 9. （鍋貼）, or 10. （雲吞）. But they eat 11. （速食） most of the time.

Evelyn: What did you eat yesterday?

Tina: Some traditional Chinese food: 12. （宮保雞丁）, 13. （紅燒獅子頭）, and 14. （麻婆豆腐）.

Evelyn: Do you like Chinese food? I like 15. （墨西哥菜） better. It's a little spicy, but really flavorful. I like to eat chicken 16. （捲餅） and guacamole.

Tina: Hey, the food is here. I guess we should start eating before it gets cold.

Evelyn: It's already cold!

Answer Key

1. sashimi
2. tempura
3. sushi
4. nigiri-sushi
5. inari-sushi
6. eel temaki-sushi
7. Chinese food
8. dumplings
9. pot stickers
10. wontons
11. fast food
12. kung pao chicken
13. stewed pork balls
14. mapo tofu
15. Mexican food
16. enchiladas

Translation

（*Tina* 和 *Evelyn* 在日式餐廳用餐。）

Tina：哇，菜單上的食物看起來都好好吃喔！我們要點些什麼？生魚片很新鮮，聽說天婦羅也很好吃。

Evelyn：來點壽司如何？我想先吃點冷的食物，冷食跟熱食最好不要一起吃，這樣對胃不好。

Tina：妳要握壽司嗎？那樣就可以一起吃到飯和生魚片。

Evelyn：好啊，點握壽司，我還要豆皮壽司跟鰻魚手捲。

（等待餐點時）

Tina：我表兄妹上星期從加拿大回來過暑假，我昨天帶他們去一間中餐廳用餐。

Evelyn：他們吃過中國菜嗎？

Tina：他們有時候會吃水餃、鍋貼或雲吞，但他們最常吃的還是速食。

Evelyn：妳們昨天吃了什麼？

Tina：一些傳統中式料理，宮保雞丁、紅燒獅子頭和麻婆豆腐。

Evelyn：妳喜歡中國菜嗎？我比較喜歡墨西哥菜，有點辣，但很好吃，我喜歡雞肉捲餅和酪梨沙拉醬。

Tina：嘿，餐點來了。我想我們該開動了，不然它們會冷掉。

Evelyn：它們本來就是冷的啊！

零食和甜點
Snacks & Sweets

蜜餞
乾果類
糖果類
肉乾類
脆片類
餅乾類
冰品類
糕點・麵包類

preserved fruit
[prɪˈzɝvd ˌfrut]
蜜餞

→

prune
[prun]
梅乾

dried plum
[ˈdraɪd ˈplʌm]
話梅

olive
[ˈɑlɪv]
橄欖

dried fig
[ˈdraɪd ˈfɪg]
無花果

乾果類

peanut
[ˈpiˌnʌt]
花生米

broad bean
[ˈbrɔd ˈbin]
蠶豆

melon seed
[ˈmɛlən ˌsid]
瓜子

water caltrop
[ˈwatɚ ˌkæltrəp]
菱角

walnut
[ˈwɔlnət]
核桃

cashew
[ˈkæʃu]
腰果

marron glacé
[ˈmærən glɑˈse]
【法】糖漬栗子

lotus seed
[ˈlotəs ˌsid]
蓮子

搭 **white fungus and lotus seed soup**
銀耳蓮子湯

tangerine peel prune [ˌtændʒəˈrin ˈpil ˌprun] 陳皮梅	raisin [ˈrezn̩] 葡萄乾

大師小叮嚀

蜜餞的製作通常是將水果以特殊方式除去水分、醃漬或以糖汁包裹，得以保存較久時間，所以稱為 preserved fruit、candied fruit 或 glace fruit。

jujube [ˈdʒudʒub] 紅棗	打成泥 →	jujube paste [ˈdʒudʒub ˌpest] 棗泥

大師小叮嚀

· 蠶豆也可說 fava (bean) [fɑvə]，因此一種遺傳疾病「蠶豆症」叫作 favism [ˈfɑvɪzəm]。
· 一般常見的黑瓜子是特別栽種、作為食用的西瓜子 (watermelon seed(s))；若是葵瓜子則為 sunflower seed(s)。
· jujube 是中藥或調味常用的紅棗，煙燻過後 (be smoked) 成為黑棗，更具風味。中國糕點中的棗泥內餡就是由黑棗製成。
· paste 通常指將蔬菜、水果煮爛成泥的糊狀物。

糖果類

其他常見糖果

chewing gum
[ˋtʃuɪŋ ˏɡʌm]
口香糖

bubble gum
[ˋbʌbḷ ˏɡʌm]
泡泡糖

lollipop
[ˋlɑlɪˏpɑp]
棒棒糖

caramel
[ˋkærəml̩]
牛奶糖；焦糖

toffee
[ˋtɑfɪ]
太妃糖

maltose
[ˋmɔltos]
麥芽糖

可製成

可製成

肉乾類

常見一起販售

吃完肉乾可能需要

beef jerky
[ˋbif ˏdʒɝkɪ]
牛肉乾

pork jerky
[ˋpork ˏdʒɝkɪ]
豬肉乾

pork floss
[ˋpork ˏflɔs]
豬肉鬆

添加防腐劑保存

preservative
[prɪˋzɝvətɪv]
防腐劑

包裝方式

exhaust
[ɪgˋzɔst]
v. 抽出空氣

seal
[sil]
v. 封袋

脆片類

cereal
[ˋsɪrɪəl]
穀物片

oatmeal
[ˋotˏmil]
麥片

cornflakes
[ˋkɔrnfleks]
玉米片

potato chips
[pəˋteto ˏtʃɪps]
洋芋片

tortilla chips
[tɔrˋtijɑ ˏtʃɪps]
墨西哥玉米脆片

nougat
[`nugət]
牛軋糖

marshmallow
[`marʃ͵mælo]
棉花糖

syrup
[`sɪrəp]
糖漿

糖果常摻有

pigment
[`pɪgmənt]
（人工或天然）色素

dental floss
[`dɛntl̩ `flɔs]
牙線

西方人早餐喜歡吃 milk ＋ cereal。

**biscuit /
【美】cookie**
[`bɪskɪt / `kukɪ]
餅乾

wafer
[`wefɚ]
威化餅

gingerbread man
[`dʒɪndʒɚ‚brɛd ‚mæn]
薑餅人

fortune cookie
[`fɔrtʃən `kukɪ]
幸運餅乾

soda cracker
[`sodə ‚krækɚ]
蘇打餅

almond brittle
[`amənd ‚brɪtl]
杏仁薄脆

lady finger
[`ledɪ ‚fɪŋgɚ]
手指餅乾

ice cream cone
[`aɪs ‚krim `kon]
冰淇淋甜筒

soft ice cream / soft serve
[`sɔft `aɪs ‚krim / `sɔft `sɝv]
霜淇淋

sundae
[`sʌnde]
冰淇淋聖代

parfait
[par`fe]
冰淇淋水果凍；芭菲

Eskimo Pie
[`ɛskə‚mo ‚paɪ]
北美最常吃的一種雪糕

smoothie
[`smuθi]
冰沙

scone
[skon]
司康

**butter biscuit /
【美】butter cookie**
[ˈbʌtɚ ˌbɪskɪt / ˈkukɪ]
奶酥餅乾

大師小叮嚀

· biscuit 和 scone 在不同國家代表不同的食物。biscuit 在英國指餅乾（例：英國著名的 digestive biscuit「消化餅」），相當於北美的 cookie 或 cracker；在北美 biscuit 則為速食店常見的副餐 (side dish)，國人常譯為「比斯吉」。而司康 (scone) 則為英式比斯吉，常見於英國下午茶。
· lady finger 是「指狀餅乾」，常與 tiramisu「提拉米蘇」搭配食用。

banana split
[bəˈnænə ˌsplɪt]
香蕉船

shaved ice
[ˈʃevd ˈaɪs]
刨冰

大師小叮嚀

· parfait 是混合冰淇淋和水果等材料的杯裝甜點，源自法文，意思是「完美的」。
· 包裹冰淇淋的錐形餅乾，北美稱為 cone，英國人稱作 cornet [ˈkɔrnɪt]。
· Eskimo Pie 原是註冊商標；在冰淇淋店欲購買巧克力雪糕，一般說 a chocolate bar 亦可。

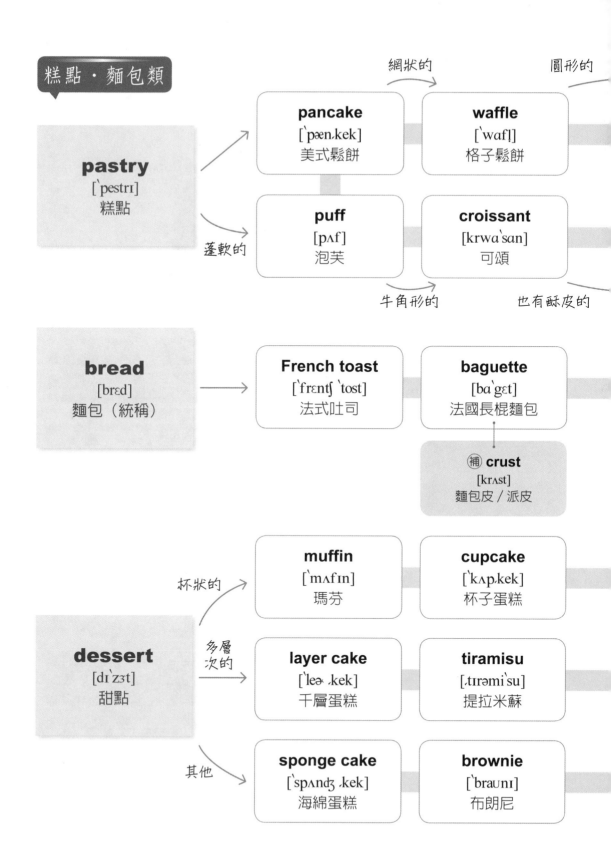

糕點・麵包類

網狀的

圓形的

pastry
[ˈpestrɪ]
糕點

pancake
[ˈpænˌkek]
美式鬆餅

waffle
[ˈwafl]
格子鬆餅

蓬軟的

puff
[pʌf]
泡芙

croissant
[krwaˈsan]
可頌

牛角形的

也有酥皮的

bread
[brɛd]
麵包（統稱）

French toast
[ˈfrɛntʃ ˈtost]
法式吐司

baguette
[baˈgɛt]
法國長棍麵包

(補) **crust**
[krʌst]
麵包皮 / 派皮

杯狀的

muffin
[ˈmʌfɪn]
瑪芬

cupcake
[ˈkʌpˌkek]
杯子蛋糕

多層
次的

layer cake
[ˈleəˌkek]
千層蛋糕

tiramisu
[ˌtɪrəmiˈsu]
提拉米蘇

dessert
[dɪˈzɝt]
甜點

其他

sponge cake
[ˈspʌndʒˌkek]
海綿蛋糕

brownie
[ˈbraʊnɪ]
布朗尼

macaron
[ˌmækəˈran]
馬卡龍

doughnut
[ˈdonət]
甜甜圈

bagel
[ˈbegəl]
貝果

curry pastry
[ˈkɜɪ ˌpestrɪ]
咖哩酥餅

sliced bread
[ˈslaɪst ˌbrɛd]
切片吐司

pullman loaf
[ˈpʊlmən ˌlof]
帶蓋角形吐司（整條）

(補) **crumb**
[krʌm]
麵包屑

egg tart
[ˈɛg ˌtart]
蛋塔

trifle
[ˈtraɪfl]
查佛蛋糕

Swiss roll
[ˈswɪs ˌrol]
瑞士捲

大師小叮嚀

- pancake 與 waffle 兩者外型不同：前者爲薄扁型（蛋餅也稱作 pancake）；後者有網狀格紋。
- muffin 是帶有甜味的杯狀小蛋糕；macaron 是源於法國的小點心，圓圓膨膨像小餅乾，中間有夾心。
- toast 是指烤過的吐司，未烤過的白吐司是 (white) bread；一條吐司叫作 a loaf of bread，一片吐司叫作 a slice of bread；烤麵包機就是 toaster。
- 法國吐司與我們常吃的吐司不同。法國吐司是將吐司沾裹蛋液再油煎，然後佐以楓糖或糖霜。
- baguette 的法文是「棍子」的意思，常用來做潛艇堡，從中間切開再放入餡料。
- trifle 源自英國，是西方人聖誕夜不可或缺的甜品。通常以水果、卡士達醬、鮮奶油、果凍、酒等層層疊疊組合而成。

1 **Jujubes** are used in traditional Chinese medicine and are believed to calm the nerves and purify the blood.

紅棗被使用在傳統中藥當中，一般認為它可以穩定神經和清血。

Notes calm [kɑm] (v.) 使平靜

2 Although the **olive** and **plum** look similar, they do not belong to the same family. The former has been a source of edible oil since ancient times, whereas the latter has long been fermented into plum wine, plum juice, or jam.

雖然橄欖與梅子看起來很像，但它們不是同一科水果。前者從古早時代就一直是食用油的來源之一；後者則是長久以來被發酵製為梅酒、梅汁或果醬。

Notes ferment [fɝˋmɛnt] (v.) 使發酵

3 **Melon seeds** are a favorite snack in China. They are often eaten with tea and are frequently served at wedding banquets.

瓜子是中國人最喜歡的零嘴之一。它們常搭配茶一起食用，也常作為婚宴點心。

Notes snack [snæk] (n.) 點心；小吃

4 After all the air is sucked out, the bag is **sealed** to keep the flavor in.

空氣完全被抽出後，袋子被密封來保持風味。

Notes flavor [ˋflevɚ] (n.) 口味；（食物或飲料的）風味

5 Although **marshmallows** tend to be white, they can be made in different colors with the use of food coloring.

雖然棉花糖一般是白色，但可以食用色素加工把它們做成不同顏色。

Notes tend to 趨向；趨於

Exercise 請聆聽音檔，並根據所聽到的對話完成填空。

Evelyn: Yummy ...

Tina: What are you eating? 1. (聞起來好香喔！)

Evelyn: I'm eating 2. (甜甜圈) . I just bought them from the store 3. (對街) . I had to 4. (排隊) for a long time. What are you reading?

Tina: I know that store—it's always full of people. I'm reading a 5. (食譜) for 6. (提拉米蘇) . Do you know what 7. (手指餅乾) are ?

Evelyn: Of course I do! Don't you remember that I 8. (超愛吃甜食) ? It's a kind of 9. (餅乾) that is always eaten with 10. (提拉米蘇) , and just like the name, it's shaped like rather large, fat fingers. Why don't you make 11. (奶油泡芙) or 12. (瑪芬) ? I like them better.

Tina: You like them better?! 13. (拜託) , you like all kinds of 14. (甜點) . I bet you would eat anything as long as it was 15. (甜的) .

Evelyn: Maybe you're right.

Tina: If you don't control yourself, your fingers will become as big and fat as 16. (手指餅乾) sooner or later. Anyway, I'm going to the supermarket to get some stuff, do you want to eat anything?

Evelyn: You know me so well.

Answer Key

1. It smells so good!
2. doughnuts
3. across the street
4. stand in line
5. recipe
6. tiramisu
7. lady fingers
8. have a sweet tooth
9. cookie
10. tiramisu
11. cream puffs
12. muffins
13. Come on
14. desserts
15. sweet
16. lady fingers

Translation

Evelyn：真好吃⋯⋯

　Tina：妳在吃什麼？聞起來好香喔。

Evelyn：我在吃甜甜圈，我剛在對街的商店買的。我可是排了很久的隊才買到的。妳在看什麼啊？

　Tina：我知道那家店，總是擠滿了人。我在看提拉米蘇的食譜，妳知道手指餅乾是什麼嗎？

Evelyn：當然啊！妳不記得我超愛吃甜食的嗎？那是一種經常搭配提拉米蘇吃的餅乾，就像它的名字一樣，看起來像又粗又肥的手指。妳為什麼不做奶油泡芙或瑪芬？我比較喜歡吃這些。

　Tina：妳比較喜歡吃那些？！拜託，妳什麼甜點都喜歡吧。我猜只要是甜的，妳應該都會吃。

Evelyn：妳說的也許沒錯。

　Tina：如果妳不節制一點，妳的手指很快就會像手指餅乾一樣又大又肥。不說了，我要去超市買一些東西了，妳要吃什麼嗎？

Evelyn：妳真了解我。

Part 2

人物
People

身體外部

Parts of the Body: External

嚴選例句 ▶ 17
派上用場

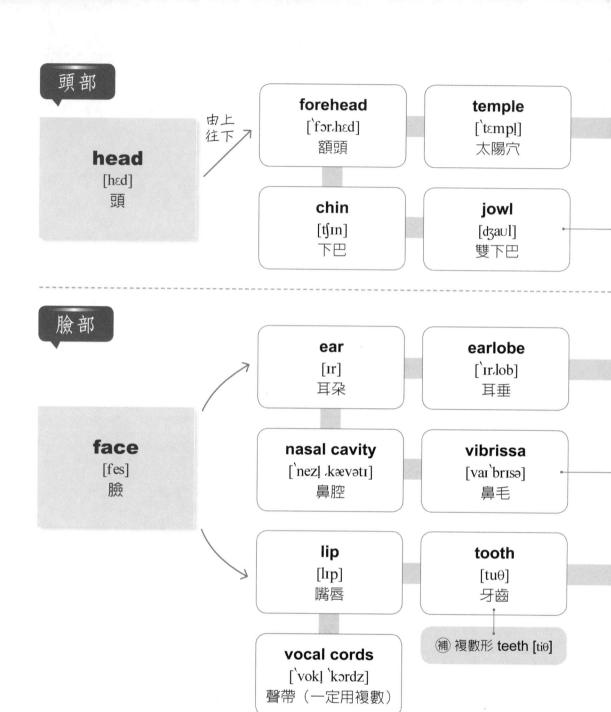

頭部

head
[hɛd]
頭

由上
往下

forehead
[ˈfɔrˌhɛd]
額頭

temple
[ˈtɛmpl̩]
太陽穴

chin
[tʃɪn]
下巴

jowl
[dʒaʊl]
雙下巴

臉部

face
[fes]
臉

ear
[ɪr]
耳朵

earlobe
[ˈɪrˌlob]
耳垂

nasal cavity
[ˈnezl̩ ˌkævətɪ]
鼻腔

vibrissa
[vaɪˈbrɪsə]
鼻毛

lip
[lɪp]
嘴唇

tooth
[tuθ]
牙齒

vocal cords
[ˈvokl̩ ˈkɔrdz]
聲帶（一定用複數）

補 複數形 teeth [tiθ]

cheek
[tʃik]
臉頰

philtrum
[ˋfɪltrəm]
人中

jaw
[dʒɔ]
顎

（同）double chin

nose
[noz]
鼻子

bridge (of the nose)
[brɪdʒ]
鼻樑

nostril
[ˋnɑstrɪl]
鼻孔

（同）一般則說 nose hair

gum(s)
[gʌm(z)]
牙齦

tongue
[tʌŋ]
舌頭

throat
[θrot]
喉嚨

大師小叮嚀

· 其他相關字彙還有：
  抬頭紋 forehead lines　法令紋 laugh lines　crow's feet 魚尾紋　髮際線 hairline
· 上、下嘴唇分別為 upper lip、lower lip；upper「上面的」、lower「下面的」。
· 乳齒為 baby teeth 或 milk teeth；智齒為 wisdom teeth；臼齒則為 molars。

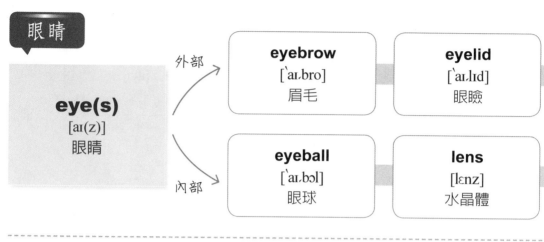

眼睛

eye(s)
[aɪ(z)]
眼睛

外部 →

內部 →

eyebrow
[ˈaɪˌbro]
眉毛

eyelid
[ˈaɪˌlɪd]
眼瞼

eyeball
[ˈaɪˌbɔl]
眼球

lens
[lɛnz]
水晶體

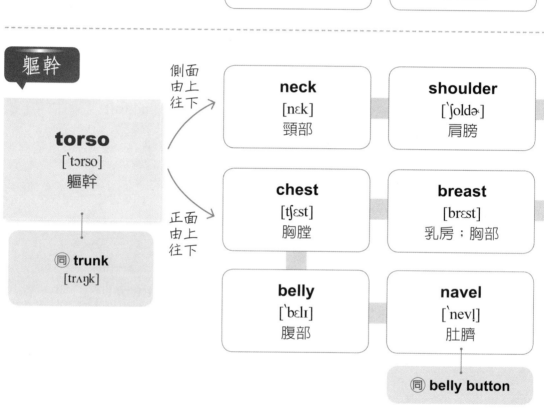

軀幹

torso
[ˈtɔrso]
軀幹

同 **trunk**
[trʌŋk]

側面
由上
往下 →

正面
由上
往下 →

neck
[nɛk]
頸部

shoulder
[ˈʃoldɚ]
肩膀

chest
[tʃɛst]
胸膛

breast
[brɛst]
乳房；胸部

belly
[ˈbɛlɪ]
腹部

navel
[ˈnevl]
肚臍

同 **belly button**

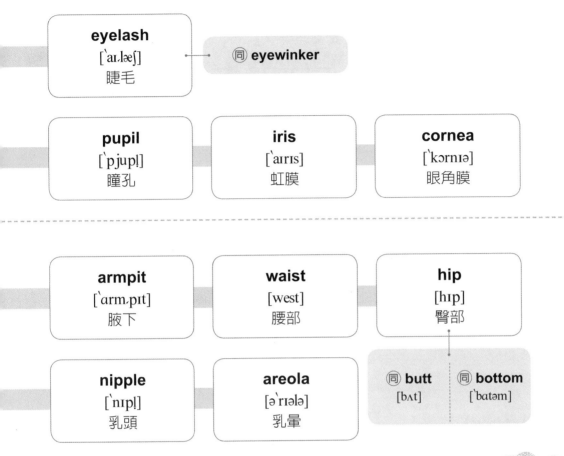

eyelash
[ˋaɪ͵læʃ]
睫毛

同 **eyewinker**

pupil
[ˋpjupl̩]
瞳孔

iris
[ˋaɪrɪs]
虹膜

cornea
[ˋkɔrnɪə]
眼角膜

armpit
[ˋɑrm͵pɪt]
腋下

waist
[west]
腰部

hip
[hɪp]
臀部

nipple
[ˋnɪpl̩]
乳頭

areola
[əˋrɪələ]
乳暈

同 **butt**
[bʌt]

同 **bottom**
[ˋbɑtəm]

大師小叮嚀

· blind spot 盲點
  例：It is very dangerous to change lanes without checking your blind spot.
      不先確認盲點就變換車道是很危險的。
· 因為進行檢查動作的不是自己，所以要用使役動詞 "have ＋ p.p."（「使」別人替我勞
  「役」）來表達「接受檢查」——做各種體檢應該說「have my 身體部位 checked」，而
  不是「check my 身體部位」。（老外並不會說 have my "body" checked，而會表明
  「某個部位」。）使役動詞的類似範例有：
  <u>have</u> my hair <u>cut</u>「剪髮」、<u>have</u> my bangs <u>trimmed</u>「修瀏海」。
        p.p.   p.p.

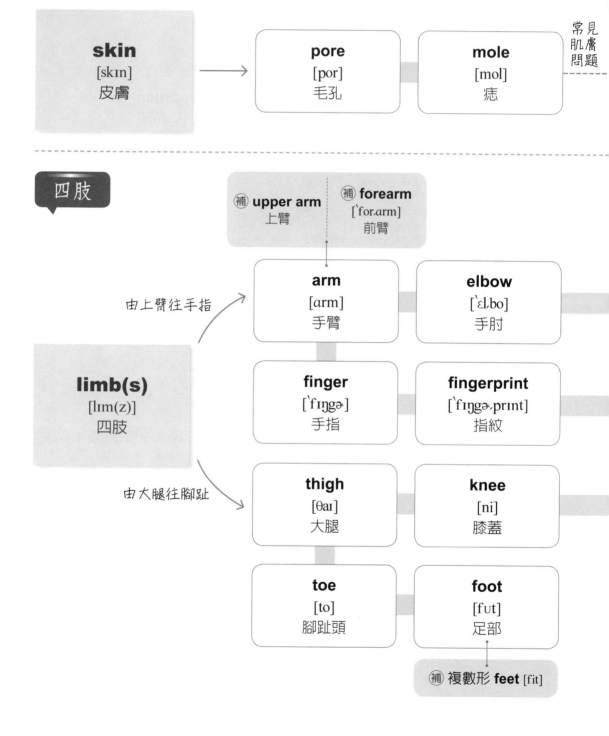

skin
[skɪn]
皮膚

pore
[por]
毛孔

mole
[mol]
痣

常見肌膚問題

四肢

㆙ **upper arm**
上臂

㆙ **forearm**
[ˋforˌarm]
前臂

arm
[arm]
手臂

elbow
[ˋɛlˌbo]
手肘

limb(s)
[lɪm(z)]
四肢

由上臂往手指

finger
[ˋfɪŋɚ]
手指

fingerprint
[ˋfɪŋɚˌprɪnt]
指紋

由大腿往腳趾

thigh
[θaɪ]
大腿

knee
[ni]
膝蓋

toe
[to]
腳趾頭

foot
[fʊt]
足部

㆙ 複數形 **feet** [fit]

| **pimple**
[ˋpɪmpl̩]
面皰 | **pockmark**
[ˋpɑkˌmark]
痘疤 | 同 **pock**
[pɑk] |

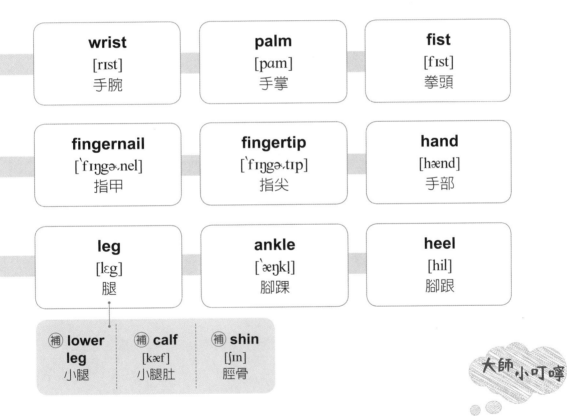

wrist [rɪst] 手腕	**palm** [pɑm] 手掌	**fist** [fɪst] 拳頭
fingernail [ˋfɪŋgɚˌnel] 指甲	**fingertip** [ˋfɪŋgɚˌtɪp] 指尖	**hand** [hænd] 手部
leg [lɛg] 腿	**ankle** [ˋæŋkl̩] 腳踝	**heel** [hil] 腳跟

| 補 **lower leg**
小腿 | 補 **calf**
[kæf]
小腿肚 | 補 **shin**
[ʃɪn]
脛骨 |

大師小叮嚀

· 手指頭的名稱如下：
  thumb「大拇指」；index finger「食指」；middle finger「中指」；ring finger「無名指」；pinkie/pinky「小拇指」。
· 有句源自希臘神話的俚語 Achilles' heel「阿基里斯的腳跟」，意指一個人最大的弱點。

身形

瘦／弱 →

slim
[slɪm]
a. 苗條的

thin
[θɪn]
a. 瘦的

frail
[ˈfrel]
a. 虛弱的

weak
[wik]
a. 柔弱的

胖／壯 →

fat
[fæt]
a. 肥胖的

overweight
[ˈovɚˌwet]
a. 體重過重的

strong
[strɔŋ]
a. 強壯的

athletic
[æθˈlɛtɪk]
a. 體格健美的

(補) bony
[ˋbonɪ]
a. 皮包骨的

slender
[ˋslɛndɚ]
a. 修長纖細的

in shape
[ˋɪn ˌʃep]
穠纖合度的

skinny
[ˋskɪnɪ]
a. 骨感的

pale
[pel]
a. 臉色蒼白的

emaciated
[ɪˋmeʃɪˌetɪd]
a. 因病消瘦憔悴的

exhausted
[ɪgˋzɔstɪd]
a. 精疲力盡的

(補) haggard
[ˋhægɚd]
a. 因疲憊或年老而憔悴的

chubby
[ˋtʃʌbɪ]
a. 肉肉的

plump
[plʌmp]
a. 胖嘟嘟的

fleshy
[ˋflɛʃɪ]
a. 肉多豐滿的

stout
[staʊt]
a. 壯碩的

husky
[ˋhʌskɪ]
a. 魁梧的

wiry
[ˋwaɪrɪ]
a. 瘦而結實的

1 A **pimple** is the result of clogged **pores**.
面皰的生成是因為毛孔堵塞。
Notes clog [klɑg] (v.) 堵塞

2 **Pupils** contract in bright light, and dilate in darkness.
瞳孔在強光下會收縮，在黑暗中會擴大。
Notes contract [kənˋtrækt] (v.) 收縮　　dilate [daɪˋlet] (v.) 擴大；膨脹

3 Many women like to beautify their **fingernails** with nail polish.
很多女性喜歡擦指甲油來美化指甲。
Notes nail polish 指（趾）甲油

4 No one has exactly the same **fingerprints** as anyone else.
沒有人的指紋會跟他人完全一樣。

5 He was so **frail** and **emaciated** that he could barely care for himself.
他這麼虛弱又憔悴，幾乎連自己都照顧不了。
Notes care for sb. 照料；護理

6 Wearing clothes with vertical stripes will make you look **slimmer**.
穿直條紋的衣服會讓你看起來比較苗條。
Notes vertical [ˋvɜtɪkl] (a.) 垂直的；豎的

7 He was **exhausted** after swimming for forty minutes.
游泳四十分鐘後，他已經精疲力盡了。

派上用場

Exercise 請依據中文填入對應的英文單字。

Head & Face

下　巴〔　　　　　　　〕　　嘴　唇〔　　　　　　　　　〕

太陽穴〔　　　　　　　〕　　額　頭〔　　　　　　　　　〕

臉　頰〔　　　　　　　〕　　牙　齦〔　　　　　　　　　〕

髮際線〔　　　　　　　〕　　人　中〔　　　　　　　　　〕

Torso & Limbs

小　腿〔　　　　　　　〕　　手　臂〔　　　　　　　　　〕

腋　下〔　　　　　　　〕　　胸　膛〔　　　　　　　　　〕

大　腿〔　　　　　　　〕　　手指頭〔　　　　　　　　　〕

手　腕〔　　　　　　　〕　　腳　踝〔　　　　　　　　　〕

腰　部〔　　　　　　　〕　　拳　頭〔　　　　　　　　　〕

Skin & Eyes

瞳　孔〔　　　　　　　〕　　痣　　〔　　　　　　　　　〕

虹　膜〔　　　　　　　〕　　水晶體〔　　　　　　　　　〕

毛　孔〔　　　　　　　〕　　眼　球〔　　　　　　　　　〕

眼角膜〔　　　　　　　〕　　面　皰〔　　　　　　　　　〕

Answer Key

Head & Face

下巴 chin　太陽穴 temple　臉頰 cheek　髮際線 hairline　嘴唇 lip　額頭 forehead
牙齦 gum　人中 philtrum

Torso & Limbs

小腿 lower leg　腋下 armpit　大腿 thigh　手腕 wrist　腰部 waist　手臂 arm
胸膛 chest　手指頭 finger　腳踝 ankle　拳頭 fist

Skin & Eyes

瞳孔 pupil　虹膜 iris　毛孔 pore　眼角膜 cornea　痣 mole　水晶體 lens
眼球 eyeball　面皰 pimple

身體內部

Parts of the Body: Internal

腦部
內部器官和構造
消化系統
泌尿系統

嚴選例句　▶ 18
派上用場

腦部

brain
[bren]
腦

cerebrum
[ˈsɛrəbrəm]
大腦

cerebellum
[ˌsɛrəˈbɛləm]
小腦

內部器官和構造

internal organs
[ɪnˈtɝṇḷ ˈɔrgənz]
內臟

heart
[hɑrt]
心臟

輸送血液

liver
[ˈlɪvɚ]
肝臟

gallbladder
[ˈgɔlˌblædɚ]
膽囊

補 **bile**
[baɪl]
膽汁

blood vessel
[ˈblʌd ˌvɛsḷ]
血管

血液成分

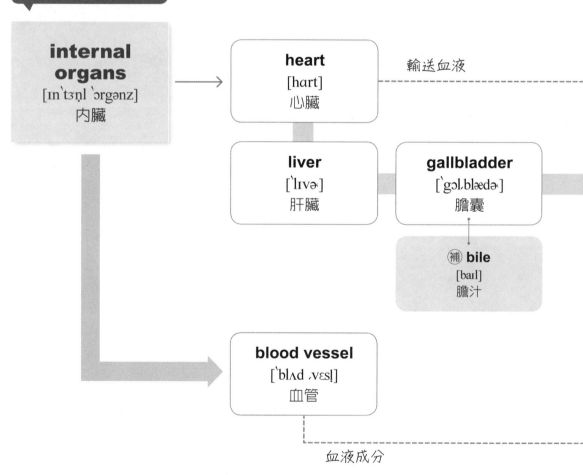

medulla
[mɪˋdʌlə]
延腦

---

artery
[ˋɑrtərɪ]
動脈

vein
[ven]
靜脈

lung
[lʌŋ]
肺臟

spleen
[splin]
脾臟

pancreas
[ˋpæŋkrɪəs]
胰臟（胰腺）

位於胸腔和腹腔之間的橫膈膜是 diaphragm [ˋdaɪə͵fræm]。

red blood cell
[ˋrɛd ˋblʌd ͵sɛl]
紅血球

white blood cell
[ˋhwaɪt ˋblʌd ͵sɛl]
白血球

platelet
[ˋpletlɪt]
血小板

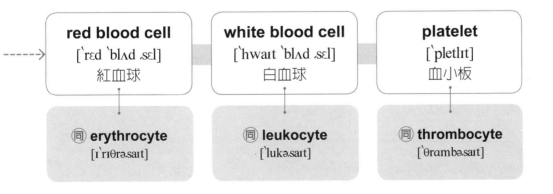

（同）**erythrocyte**
[ɪˋrɪθrə͵saɪt]

（同）**leukocyte**
[ˋlukə͵saɪt]

（同）**thrombocyte**
[ˋθrɑmbə͵saɪt]

消化系統

esophagus [iˈsafəgəs] 食道	**stomach** [ˈstʌmək] 胃	**small intestine** [ˈsmɔl ɪnˈtɛstɪn] 小腸
appendix [əˈpɛndɪks] 盲腸	**rectum** [ˈrɛktəm] 直腸	**anus** [ˈenəs] 肛門

補 **appendicitis**
[ə.pɛndəˈsaɪtɪs]
盲腸炎

泌尿系統

kidney [ˈkɪdnɪ] 腎臟	**bladder** [ˈblædɚ] 膀胱	**urethra** [juˈriθrə] 尿道

男

女

補 **urine**
[ˈjʊrɪn]
尿液

large intestine
['lɑrdʒ ɪn'tɛstɪn]
大腸

大師小叮嚀

- 腹瀉的常見說法為 have diarrhea [.daɪə'riə] 或 have loose bowels。
- 相反，便秘的英文是：
constipation [.kɑnstə'peʃən] (n.)
constipated ['kɑnstə.petɪd] (a.)

penis
['pinɪs]
陰莖

testicle
['tɛstɪkl]
睪丸

sperm
[spɝm]
精子

vagina
[və'dʒaɪnə]
陰道

womb
[wum]
子宮

ovary
['ovərɪ]
卵巢

ovum
['ovəm]
卵子

1 Hardening of the **arteries** can ultimately lead to a **heart** attack.

動脈硬化最終可能引起心臟病發。

Notes hardening [ˈhɑrdnɪŋ] (n.) 硬化

2 Exposure to secondhand smoke is likely to cause heart disease and **lung** cancer in nonsmoking adults.

不抽菸的成人接觸二手菸也可能罹患心臟病和肺癌。

3 A hiccup is an uncontrollable spasm of the **diaphragm**.

打嗝就是橫膈膜不由自主地痙攣。

Notes spasm [ˈspæzm] (n.) 痙攣

4 I had my **appendix** removed when I was ten because of **appendicitis**.

我十歲時就因盲腸炎切除了盲腸。

5 My brother will probably **have diarrhea** tonight, because he had hot pot, stinky tofu, taro cake, and five cups of sugarcane juice.

我弟弟今晚大概會拉肚子，因為他吃了火鍋、臭豆腐、芋頭糕，還有五杯甘蔗汁。

6 He burst into tears when the doctor told him that he needed a **kidney** transplant.

當醫生告訴他需要移植腎臟時，他不禁哭了出來。

Notes transplant [trænsˈplænt] (n.) 移植

7 Brian will be back soon. He just went to empty his **bladder**.

布萊恩馬上就回來，他只是去小解一下。

8 **Intestines** are a part of the digestive system.

腸是消化系統的一部分。

9 Cod **liver** oil is a nutritional supplement that is rich in omega-3 fatty acids, as well as vitamins A and D.

魚肝油是富含歐米加 3 脂肪酸、維他命 A 和維他命 D 的營養補充品。

10 Clinical studies have shown that chocolate helps expand the **blood vessels**.

臨床報告顯示巧克力有助於擴張血管。

Notes clinical [ˈklɪnɪk!] (a.) 臨床的

派上用場

Exercise 請將下列器官名之選項填入 1 ～ 8 正確的定義描述前之括弧。

Ⓐ testicles   Ⓓ lungs   Ⓖ brain   Ⓙ skin
Ⓑ liver   Ⓔ heart   Ⓗ bladder   Ⓚ spleen
Ⓒ stomach   Ⓕ intestine   Ⓘ kidneys   Ⓛ anus

(　　) 1. the organ that circulates blood throughout the body

(　　) 2. a bag-like organ in the lower part of your body that stores urine

(　　) 3. a dark reddish-brown organ in the upper part of the abdomen that produces bile and cleans our blood

(　　) 4. a long tubular organ through which food passes while it is being digested and absorbed

(　　) 5. an organ inside the skull that is in charge of feeling, memory, thought and movement

(　　) 6. two round male sex organs below and behind the penis that produce sperm

(　　) 7. the largest organ that covers the whole body

(　　) 8. a pair of organs in the chest with which you breathe

Answer Key

1.Ⓔ 2.Ⓗ 3.Ⓑ 4.Ⓕ 5.Ⓖ 6.Ⓐ 7.Ⓙ 8.Ⓓ

身體疾病
Physical Diseases

頭部・腦部
骨頭
呼吸系統
心血管
眼睛
皮膚

嚴選例句 ▶ 19
派上用場

headache
[ˈhɛdˌek]
n. 頭痛

migraine
[ˈmaɪgren]
n. 偏頭痛

concussion
[kənˈkʌʃən]
n. 腦震盪

dizzy
[ˈdɪzɪ]
a. 頭暈的

可能原因

carsick
[ˈkarˌsɪk]
a. 暈車的

seasick
[ˈsiˌsɪk]
a. 暈船的

症狀

feel like throwing up
想吐

nauseated
[ˈnɔsɪˌetɪd]
a. 作嘔的

骨頭

bone diseases
[bon dɪˈzizɪz]
骨頭毛病

fracture
[ˈfræktʃə]
n. 骨折

spinal disorder
[ˈspaɪn̩ dɪsˈɔrdə]
脊椎問題

dislocation
[ˌdɪsloˈkeʃən]
n. 脫臼

(補) **dislocate**
[ˈdɪsləˌket]
v. 使……脫臼

dislocation「脫臼」：
My shoulder <u>is dislocated</u>. 我肩膀脫臼了。

大師小叮嚀

coma
[ˈkomə]
n. 昏迷

cerebral palsy
[ˈsɛrəbrəl ˈpɔlzɪ]
腦性麻痺

airsick
[ˈɛrˌsɪk]
a. 暈機的

jet-lagged
[ˈdʒɛtˌlægd]
a. 有時差現象的

(同) **sick**
[sɪk]
a. 噁心的

(補) **jet lag**
時差

- coma「昏迷」：
  She was in a coma.
  她處於昏迷狀態。
  She fell into a coma.
  她陷入昏迷狀態。
- jet lag「時差」：
  I suffered from jet lag.
  我受了時差所苦。

bone spur
[ˈbon ˌspɝ]
骨刺

osteoporosis
[ˌɑstɪopəˈrosɪs]
n. 骨質疏鬆

rickets
[ˈrɪkɪts]
n. 軟骨病

呼吸系統

cold [kold] 感冒	flu [flu] 流感	stuffy nose [ˈstʌfɪ ˈnoz] 鼻塞
pneumonia [njuˈmonjə] 肺炎	bronchitis [branˈkaɪtɪs] 支氣管炎	asthma [ˈæzmə] 氣喘

心血管

cardiovascular disease(s) [ˌkardɪoˈvæskjʊləˈ dɪˈziz(ɪz)] 心血管疾病

與血壓 有關 →

hypotension [ˌhaɪpəˈtɛnʃən] 低血壓	hypertension [ˌhaɪpɜˈtɛnʃən] 高血壓

與血糖 有關 →

diabetes [ˌdaɪəˈbitiz] 糖尿病	diabetic [ˌdaɪəˈbɛtɪk] *a.* 糖尿病的 *n.* 糖尿病患者

與心臟 有關 →

heart disease [ˈhart ˌdɪˈziz] 心臟病	heart attack [ˈhart ˌəˈtæk] 心臟病發

arteriosclerosis [arˈtɪrɪˌoskliˈrosɪs] 動脈硬化

血管破裂

(補) **nosebleed**
[ˈnozˌblid]
n. 流鼻血

(補) **asthmatic**
[æzˈmætɪk]
氣喘患者

· nosebleed (n.)
bleed 本來是動詞，例：Your nose is bleeding. 你在流鼻血。
· stuffy 為「塞住的」之意，也可用來指「頭昏腦脹」。
例：My head is stuffy. 我的頭很昏。

(補) **blood sugar**
血糖

· 認識下列字根字首，對於記單字很有幫助：cardio-「心臟的」、vascular「血管的」、arteri-「動脈的」、myo-「肌肉的」。
· heart attack 的使用範例：
He had a heart attack last night. 他昨晚心臟病發。

血流不順

apoplexy
[ˈæpəˌplɛksɪ]
腦溢血；中風

stroke
[strok]
中風

myocardial infarction
[ˌmaɪəˈkardɪəl ɪnˈfarkʃən]
心肌梗塞

(補) **heat stroke**
中暑

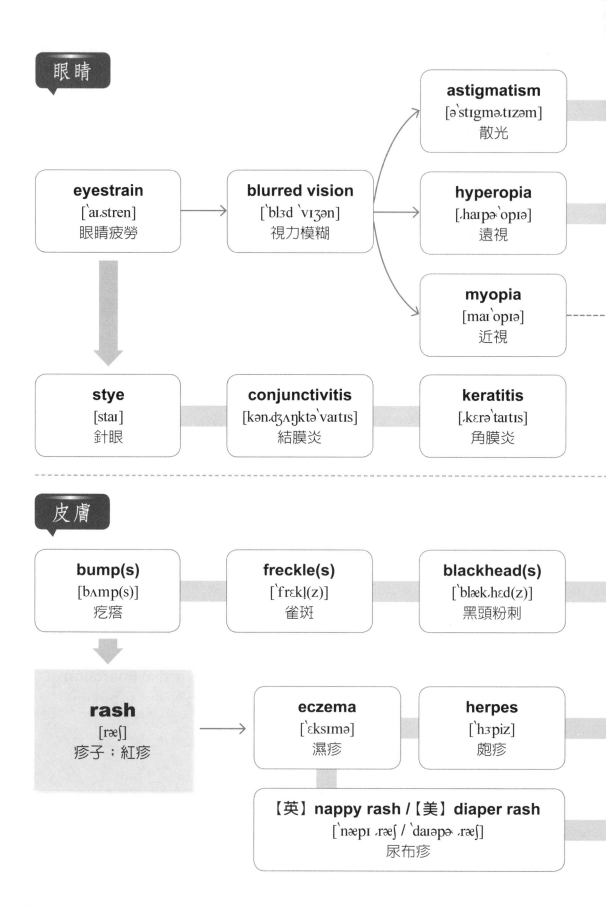

眼睛

astigmatism
[əˈstɪɡməˌtɪzəm]
散光

eyestrain
[ˈaɪˌstren]
眼睛疲勞

blurred vision
[ˈblɝd ˈvɪʒən]
視力模糊

hyperopia
[ˌhaɪpəˈopɪə]
遠視

myopia
[maɪˈopɪə]
近視

stye
[staɪ]
針眼

conjunctivitis
[kənˌdʒʌŋktəˈvaɪtɪs]
結膜炎

keratitis
[ˌkɛrəˈtaɪtɪs]
角膜炎

皮膚

bump(s)
[bʌmp(s)]
疙瘩

freckle(s)
[ˈfrɛk̩l(z)]
雀斑

blackhead(s)
[ˈblækˌhɛd(z)]
黑頭粉刺

rash
[ræʃ]
疹子；紅疹

eczema
[ˈɛksɪmə]
濕疹

herpes
[ˈhɝpiz]
皰疹

【英】nappy rash /【美】diaper rash
[ˈnæpɪ ˌræʃ / ˈdaɪəpəˌ ˌræʃ]
尿布疹

photophobia

[fotə`fobɪə]

畏光

color blind

[`kʌlə ,blaɪnd]

色盲

presbyopia

[,prɛzbɪ`opɪə]

老花眼

- - - →

reading glasses

[`ridɪŋ ,glæsɪz]

老花眼鏡

- - - →

LASIK

[`lesɪk]

雷射近視手術

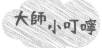

・blurred vision：I have blurred vision. 我眼花了。
也可説成：My vision is blurred.。
・myopia 也可稱作 nearsightedness；
nearsighted 則是形容詞。
例：She is nearsighted. 她有近視。
・hyperopia 也可稱作 farsightedness；
farsighted 則是形容詞。

---

pus

[pʌs]

膿

boil

[bɔɪl]

瘡

hives

[haɪvz]

蕁麻疹

→ (補) **itching / itchy**

[`ɪtʃɪŋ / `ɪtʃɪ]

a. 癢癢的

prickly heat

[`prɪklɪ `hit]

痱子

→ (補) **talcum powder**

痱子粉

・陽光中有會使皮膚變黑的
UV（ultraviolet [,ʌltrə`vaɪəlɪt]
紫外線），但是皮膚的
melanin（[`mɛlənɪn] 黑色素）
可保護我們免受傷害。
・雞皮疙瘩的英文是 goose
bumps。
・不管是濕疹、蕁麻疹還是尿
布疹，紅紅一片的疹子都可
稱為 rash。

1 I was **jet-lagged** and homesick during my first week in the States.

我到美國的第一個禮拜，不但為時差所苦又想家。

Notes homesick [ˈhom.sɪk] (a.) 思鄉的；想家的

2 Take a little break every hour when you use a computer in order to avoid **eyestrain**.

使用電腦每隔一小時就要休息一下，才不會眼睛疲勞。

Notes take a break 休息；暫停

3 Menopausal women tend to suffer from **osteoporosis**.

停經婦女容易罹患骨質疏鬆症。

Notes menopausal [ˌmɛnoˈpozl] (a.) 停經的

4 Put on some suntan lotion to prevent **freckles**.

擦一些防曬油以避免長雀斑。

Notes suntan lotion 防曬油

5 **Asthmatics** are not able to play strenuous sports.

氣喘病患不能從事激烈運動。

Notes strenuous [ˈstrɛnjuəs] (a.) 激烈的

6 Asians are luckier than Caucasians, because they have more **melanin** in their skin to protect them from sun damage.

黃種人比白種人幸運，因為他們的皮膚有較多黑色素來保護他們免於日曬傷害。

Notes Caucasian [kɔˈkeʒən] (n./a.) 白種人（的）

7 Stay away from greasy foods that can cause **cardiovascular diseases**.

避免吃油膩的食物，會引發心血管疾病。

Notes greasy [ˈgrizɪ] (a.) 油膩的

8 My mom noticed a **rash** on my leg. She's sensitive to that kind of thing since she has **eczema** too.

我母親發現我的腿起了紅疹。因為她自己也得了濕疹，所以對這類東西很敏感。

Notes sensitive [ˈsɛnsətɪv] 敏感的

派上用場

Exercise 請將下列選項填入 1 ～ 10 正確的定義描述前之括弧。

Ⓐ melanin   Ⓓ diabetic   Ⓖ cardiovascular disease   Ⓙ freckles

Ⓑ stuffy nose   Ⓔ concussion   Ⓗ pus   Ⓚ dislocation

Ⓒ migraine   Ⓕ stroke   Ⓘ pimple   Ⓛ herpes

(　　) 1. someone who suffers from unstable blood sugar and must be careful about eating sweet foods

(　　) 2. small, dark spots on the face that are caused by exposure to the sun

(　　) 3. the yellowish liquid in an infected wound

(　　) 4. what happens when blood vessels in the brain become blocked or burst

(　　) 5. dark pigment in our skin that helps prevent sun damage

(　　) 6. a painful headache that makes you feel ill

(　　) 7. If someone feels dizzy, confused, and nauseated after a blow to the head, they may have one of these.

(　　) 8. Hypertension, hypotension, heart attack, and stroke all belong to this category.

(　　) 9. If someone has difficulty breathing when he or she gets a cold, it's probably partly due to this.

(　　) 10. skin problems that teenagers often endure due to oily skin

Answer Key

1. Ⓓ   2. Ⓙ   3. Ⓗ   4. Ⓕ   5. Ⓐ   6. Ⓒ   7. Ⓔ   8. Ⓖ   9. Ⓑ   10. Ⓘ

NOTES

精神疾病
Mental Disorders

各種精神疾病相關字

嚴選例句 ▶ 20
派上用場

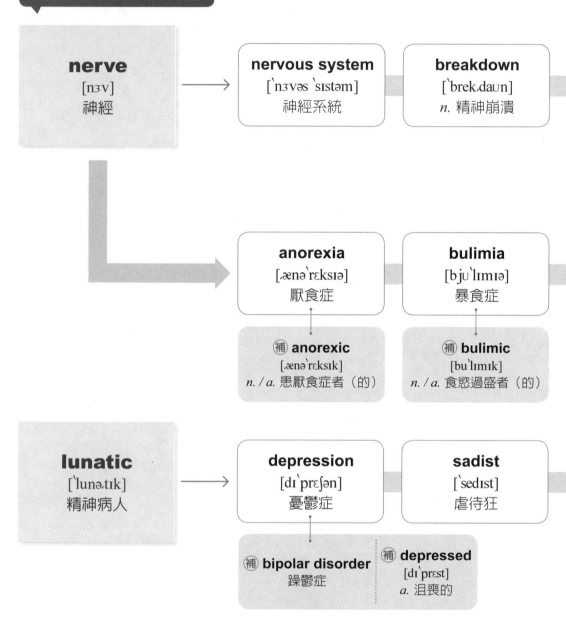

nerve
[nɝv]
神經

nervous system
[ˋnɝvəs ˋsɪstəm]
神經系統

breakdown
[ˋbrekˏdaʊn]
n. 精神崩潰

anorexia
[ˏænəˋrɛksɪə]
厭食症

bulimia
[bjuˋlɪmɪə]
暴食症

補 **anorexic**
[ˏænəˋrɛksɪk]
n. / a. 患厭食症者（的）

補 **bulimic**
[buˋlɪmɪk]
n. / a. 食慾過盛者（的）

lunatic
[ˋlunəˏtɪk]
精神病人

depression
[dɪˋprɛʃən]
憂鬱症

sadist
[ˋsedɪst]
虐待狂

補 **bipolar disorder**
躁鬱症

補 **depressed**
[dɪˋprɛst]
a. 沮喪的

hysterical
[hɪsˈtɛrɪkl]
a. 歇斯底里的

insomnia
[ɪnˈsamnɪə]
n. 失眠

lethargy
[ˈlɛθəˌdʒɪ]
昏睡症

補 **hysteria**
[hɪsˈtɪrɪə]
n. 歇斯底里

補 **sleepless**
[ˈsliplɪs]
a. 失眠的

amnesia
[æmˈniʒɪə]
健忘症

Alzheimer's disease
[ˈaltsˌhaɪməz ˌdɪˈziz]
老年癡呆症；阿茲海默症

補 **amnesiac**
[æmˈniziæk]
n. / a. 健忘症患者（的）

masochist
[ˈmæzəkɪst]
被虐待狂

大師小叮嚀

· 上述幾個補充字的使用範例：
As soon as the band took the stage, mass hysteria erupted throughout the arena.
樂隊一上台，整場的群眾便開始歇斯底里。
Bulimics often make themselves throw up or resort to laxatives to control their weight.
暴食症者常會催吐或使用瀉藥來控制體重。
Many anorexics exercise far more than is normal.
許多厭食症者會比平常人過度運動。
Amnesiacs may forget what they have said just seconds before.
健忘症患者可能會忘記他們幾秒前說過的話。

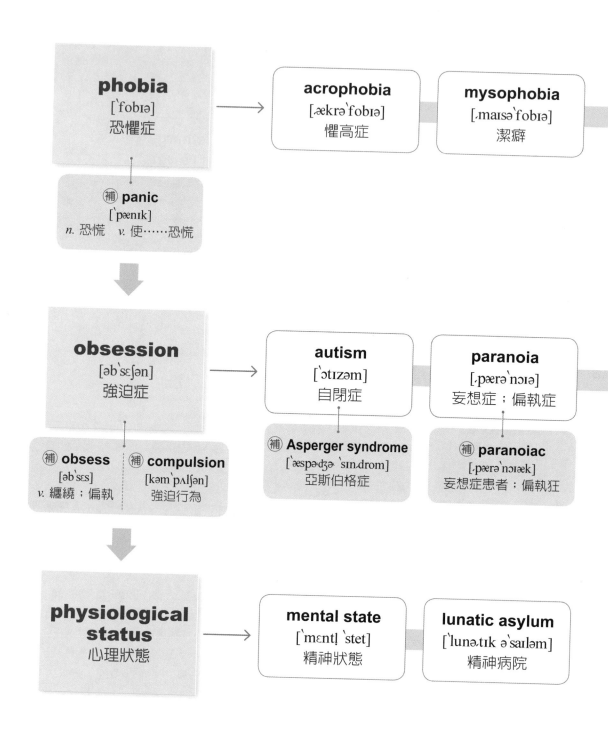

phobia
['fobɪə]
恐懼症

(補) **panic**
['pænɪk]
n. 恐慌   *v.* 使⋯⋯恐慌

acrophobia
[ˌækrə'fobɪə]
懼高症

mysophobia
[ˌmaɪsə'fobɪə]
潔癖

obsession
[əb'sɛʃən]
強迫症

(補) **obsess**
[əb'sɛs]
v. 纏繞；偏執

(補) **compulsion**
[kəm'pʌlʃən]
強迫行為

autism
['ɔtɪzəm]
自閉症

paranoia
[ˌpærə'nɔɪə]
妄想症；偏執症

(補) **Asperger syndrome**
['æspədʒə ˌsɪndrom]
亞斯伯格症

(補) **paranoiac**
[ˌpærə'nɔɪæk]
妄想症患者；偏執狂

physiological status
心理狀態

mental state
['mɛntļ 'stet]
精神狀態

lunatic asylum
['lunəˌtɪk ə'saɪləm]
精神病院

agoraphobia
[ˌæɡərəˈfobɪə]
廣場恐懼症（害怕公共場合）

xenophobia
[ˌzɛnəˈfobɪə]
仇（懼）外症

henpecked
[ˈhɛnˌpɛkt]
a. 怕太太的

(補) **xenophobe**
[ˈzɛnəˌfob]
仇（懼）外國人者

(補) **xenophile**
[ˈzɛnəˌfaɪl]
媚外者

schizophrenia
[ˌskɪtsəˈfrinɪə]
思覺失調症

pedophilia
[ˌpidəˈfɪlɪə]
戀童癖

(補) **schizophrenic**
[ˌskɪtsəˈfrɛnɪk]
n. / a. 思覺失調患者（的）

(補) **pedophile**
[ˈpɛdəfaɪl]
戀童癖者

大師小叮嚀

· panic 當動詞的使用範例：Don't panic! 不要恐慌！
· 再來認識幾個字首字根：
　hen「母雞」，henpecked 的字面意義為「被母雞啄」，所以 henpecked 指「怕太太的」。
　xeno- 是「外國人」之意；agora 則是「大市場」的意思。
　ped 是 child 的字根；philia 則是「喜愛」，因此 pedophilia 指的就是「戀童癖」。
· lunatic 原本跟 lunar（月亮）有關。狼人 (werewolf [ˈwɪrˌwʊlf]) 滿月時會變身，月亮讓人聯想到「瘋狂」，因此 lunatic 作「精神病患者」解。

1 The last thing you should do during an earthquake is being **hysterical**.

地震時你最不該做的就是歇斯底里。

Notes the last thing 最不想要或最不喜歡的事物

2 Narcotics damage the human **nervous system**.

毒品損害人類的神經系統。

Notes narcotic [nar`katɪk] (n.) 毒品

3 Repeatedly going on crash diets may lead to **anorexia**.

反覆地過度節食可能會導致厭食症。

Notes crash [kræʃ] (a.) 速成的

4 **Autism** is a mental disorder that impairs the sufferer's ability to respond to others.

自閉症是一種精神異常，會使患者無法與他人互動。

Notes disorder [dɪs`ɔrdə] (n.) 失調　impair [ɪm`pɛr] (v.) 損害

5 Unfair immigration laws are often driven by **xenophobia** rather than economic interests.

不公平的移民法通常都是由排外情結造成，而非經濟上的利益。

6 Recurrent behavior, such as the repeated washing of hands, is one of the common symptoms of **mysophobia**.

重複性的行為像是不斷洗手，就是潔癖的特徵之一。

Notes recurrent [rɪ`kзənt] (a.) 一再發生的；定期重複的

7 When she discovered that her child was missing, she called the police in a panic.

當她發現她的小孩走失，她慌張地報了警。

8 My parents are obsessed with my shortcomings. They only see my weaknesses.

我的父母執著於我的短處，他們只看見我的缺點。

Notes be obsessed with 著迷於

9 Why are you taking so many classes? Are you a **masochist** or something?

你為什麼修這麼多課，你是被虐狂啊？

派上用場

Exercise 請將下列疾病名之選項填入 1 ～ 9 正確的定義描述前之括弧。

Ⓐ hysteria	Ⓓ acrophobia	Ⓖ anorexia
Ⓑ pedophilia	Ⓔ depression	Ⓗ agoraphobia
Ⓒ lunatic	Ⓕ autism	Ⓘ henpecked

(   ) 1. erratic eating patterns caused by a fear of weight gain

(   ) 2. feelings of uneasiness when in places with lots of people

(   ) 3. being sexually attracted to children

(   ) 4. feelings of sadness and a lack of motivation

(   ) 5. a person whose behavior is unpredictable and annoying

(   ) 6. married men who are nagged and dominated by their wives

(   ) 7. an irrational fear of heights

(   ) 8. uncontrollable outbursts of anger or excitement

(   ) 9. a condition in which a person is unable to easily communicate emotion to others

Answer Key

1. Ⓖ   2. Ⓗ   3. Ⓑ   4. Ⓔ   5. Ⓒ   6. Ⓘ   7. Ⓓ   8. Ⓐ   9. Ⓕ

NOTES

描述人物
Describing People

正面特質
負面特質
形容各種人格特質
一樣米養百樣人

人物形象

positive qualities
正面特質

intelligent
[ɪnˈtɛlədʒənt]
a. 聰明的

shrewd
[ʃrud]
a. 精明的

extrovert
[ˈɛkstro͵vɝt]
外向的人

confident
[ˈkɑnfədənt]
a. 有自信的

creative
[krɪˈetɪv]
a. 有創造力的

 introvert
[ˈɪntrə͵vɝt]
內向的人

 unpleasant
[ʌnˈplɛznt]
a. 令人討厭的

 impatient
[ɪmˈpeʃənt]
a. 急躁的；缺乏耐性的

mature
[məˈtjʊr]
a. 成熟的

pleasant
[ˈplɛznt]
a. 討喜的

patient
[ˈpeʃənt]
a. 有耐性的

easy-going
[ˈizɪ͵goɪŋ]
a. 隨和的

generous
[ˈdʒɛnərəs]
a. 大方的

philosophical
[͵fɪləˈsafɪkl]
a. 豁達的

138

optimistic
[ˌɑptəˈmɪstɪk]
a. 樂觀的

active
[ˈæktɪv]
a. 活潑的

energetic
[ˌɛnəˈdʒɛtɪk]
a. 活力充沛的

㊰ **pessimistic**
[ˌpɛsəˈmɪstɪk]
a. 悲觀的

㊰ **passive**
[ˈpæsɪv]
a. 消極的；被動的

charming
[ˈtʃɑrmɪŋ]
a. 有魅力的

diligent
[ˈdɪlədʒənt]
a. 勤奮的

frugal
[ˈfrugl]
a. 節儉的

㊜ **frugality**
[fruˈgælətɪ]
n. 節約

tolerant
[ˈtɑlərənt]
a. 寬容的

understanding
[ˌʌndəˈstændɪŋ]
a. 體貼、善解人意的

photogenic
[ˌfotəˈdʒɛnɪk]
a. 上相的

altruistic
[ˌæltruˈɪstɪk]
a. 博愛的；利他主義的

大師小叮嚀

- 字尾 -holic 有「狂熱」的意思，例：work<u>aholic</u>「工作狂」、shop<u>aholic</u>「購物狂」、choco<u>holic</u>「巧克力狂」、talk<u>holic</u>「長舌的人」、alco<u>holic</u>「酒鬼」等。
- photo 是「相片」，genic 為「有遺傳基因」之意。「有相片的基因」換句話說就是「上相」的意思。

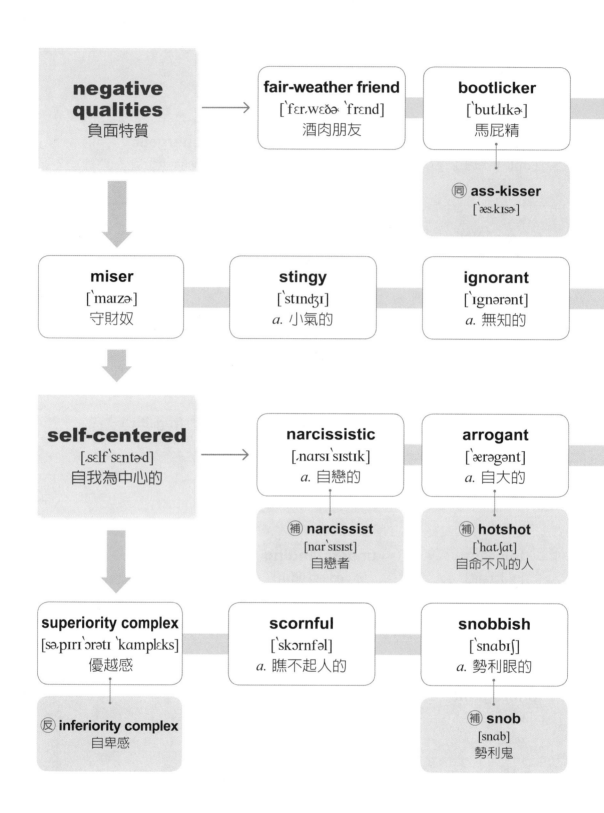

negative qualities
負面特質

fair-weather friend
[ˈfɛr.wɛðɚ ˈfrɛnd]
酒肉朋友

bootlicker
[ˈbut.lɪkɚ]
馬屁精

(同) **ass-kisser**
[ˈæs.kɪsɚ]

miser
[ˈmaɪzɚ]
守財奴

stingy
[ˈstɪndʒɪ]
a. 小氣的

ignorant
[ˈɪgnərənt]
a. 無知的

self-centered
[ˌsɛlfˈsɛntɚd]
自我為中心的

narcissistic
[ˌnarsɪˈsɪstɪk]
a. 自戀的

arrogant
[ˈærəgənt]
a. 自大的

(補) **narcissist**
[narˈsɪsɪst]
自戀者

(補) **hotshot**
[ˈhat.ʃat]
自命不凡的人

superiority complex
[səˌpɪrɪˈɔrətɪ ˈkamplɛks]
優越感

scornful
[ˈskɔrnfəl]
a. 瞧不起人的

snobbish
[ˈsnabɪʃ]
a. 勢利眼的

(反) **inferiority complex**
自卑感

(補) **snob**
[snab]
勢利鬼

hypocrite
[ˈhɪpəˌkrɪt]
偽君子

formula
[ˈfɔrmjələ]
客套話

補 **hypocritical**
[ˌhɪpəˈkrɪtɪkl̩]
a. 偽善的

picky
[ˈpɪkɪ]
a. 挑剔的

大師小叮嚀

· two-faced [ˈtuˈfest] (a.) 雙面的;表裡不一的
· jerk [dʒɝk] (n.) 笨蛋;渾球

selfish
[ˈsɛlfɪʃ]
a. 自私的

形容各種人格特質

同 indecisive
[ˌɪndɪˈsaɪsɪv]
a. 優柔寡斷的

perverse
[pɚˈvɜs]
a. 故意作對的；
違反常情的

rebellious
[rɪˈbɛljəs]
a. 叛逆的

wishy-washy
[ˈwɪʃɪˌwɑʃɪ]
a. 三心二意的

反 obedient
[əˈbidjənt]
a. 服從的

反 decisive
[dɪˈsaɪsɪv]
a. 果斷的

phony
[ˈfonɪ]
a. 虛偽的；做作的

horny
[ˈhɔrnɪ]
a. 好色的

sophisticated
[səˈfɪstɪˌketɪd]
a. 世故的

forgetful
[fɚˈgɛtfəl]
a. 健忘的

foul-mouthed
[ˈfaʊlˌmaʊðd]
a. 口出穢言的

bitchy
[ˈbɪtʃɪ]
a. 惡意的；壞脾氣的

一樣米養百樣人

copycat
[ˈkɑpɪˌkæt]
模仿者

tattletale
[ˈtætḷˌtel]
搬弄是非者

instigator
[ˈɪnstəˌgetɚ]
煽動者

black sheep
害群之馬

couch potato
終日懶散的人

skirt chaser
花心的男人

與 foul [faʊl]「下流的」相關的用法還有 foul language「髒話」。
例：Foul language is unacceptable. 髒話是不被容忍的。

open-minded
[`opən`maɪndɪd]
a. 心胸寬闊的

（反）**narrow-minded**
[`næro`maɪndɪd]
a. 心胸狹隘的

simple-minded
[`sɪmpl̩`maɪndɪd]
a. 頭腦簡單的；
憨直的

（補）**quick-witted**
[ˌkwɪk`wɪtɪd]
a. 機智的

veteran
[`vɛtərən]
n. 老手；老兵
a. 經驗豐富的

（反）**beginner**
[bɪ`gɪnə]
n. 新手；初學者

articulate
[ɑr`tɪkjəlɪt]
a. 口齒伶俐的

nervous
[`nɜvəs]
a. 神經質的；緊張的

flirtatious
[flɝ`teʃəs]
a. 調情的

capricious
[kə`prɪʃəs]
a. 任性的；善變的

demanding
[dɪ`mændɪŋ]
a. 苛求的；嚴厲的

testy
[`tɛstɪ]
a. 易怒的；不耐煩的

freeloader
[`friˌlodə]
白吃白喝的人

scatterbrain
[`skætəˌbren]
健忘的人；易分心者

two-timer
[`tu`taɪmə]
腳踏兩條船者

slave driver
逼迫他人拚命工作者

big mouth
大嘴巴；多話之人

a pain in the ass
讓人厭煩的人

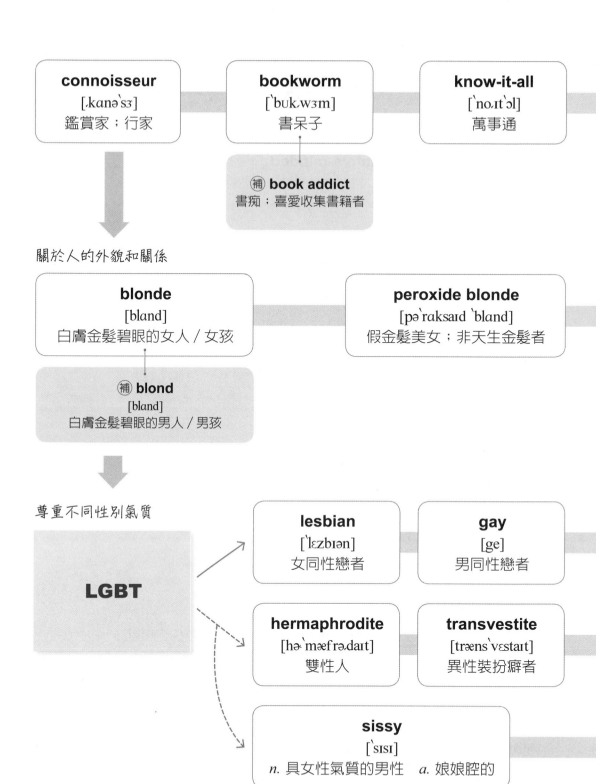

connoisseur
[ˌkanəˈsɝ]
鑑賞家；行家

bookworm
[ˈbʊkˌwɝm]
書呆子

know-it-all
[ˈnoˌɪtˌɔl]
萬事通

補 **book addict**
書痴；喜愛收集書籍者

關於人的外貌和關係

blonde
[blɑnd]
白膚金髮碧眼的女人／女孩

peroxide blonde
[pəˈraksaɪd ˈblɑnd]
假金髮美女；非天生金髮者

補 **blond**
[blɑnd]
白膚金髮碧眼的男人／男孩

尊重不同性別氣質

LGBT

lesbian
[ˈlɛzbɪən]
女同性戀者

gay
[ge]
男同性戀者

hermaphrodite
[həˈmæfrəˌdaɪt]
雙性人

transvestite
[trænsˈvɛstaɪt]
異性裝扮癖者

sissy
[ˈsɪsɪ]
n. 具女性氣質的男性   *a.* 娘娘腔的

numbskull
[ˋnʌm͵skʌl]
笨蛋

sucker
[ˋsʌkɚ]
易受騙上當的傻瓜

fiancée
[͵fiənˋse]
未婚妻

childhood sweetheart
[ˋtʃaɪld͵hud ˋswit͵hart]
青梅竹馬

(補) **fiancé**
[͵fiənˋse]
未婚夫

bisexual
[ˋbaɪˋsɛkʃuəl]
雙性戀者

transgender
[͵trænzˋdʒɛndɚ]
跨性別者

transsexual
[trænsˋsɛkʃuəl]
n. 變性者　*a.* 改變性別的

tomboy
[ˋtam͵bɔɪ]
具男性氣質的女性

大師小叮嚀

- peroxide 是「雙氧水」。要將頭髮染成金色，常須先用雙氧水將深色頭髮漂淡再上色。
- 現在大多已用 blond 來指稱男女兩性，不再細分 blonde（女）和 blond（男）。
- 字首 trans- 是「跨越」的意思，例如 transfer（轉車；轉學）、translate（翻譯）、transcontinental（橫貫大陸的）等。

1 My father, who is a very **generous** person, gave me a Mercedes as a birthday present.

我老爸非常慷慨，送我一台賓士當生日禮物。

2 Everyone wants to get to know my teacher, because he is **intelligent**, **optimistic**, and **understanding**.

每個人都想認識我的老師，因為他聰明、樂觀又善解人意。

3 If you want to get along well with your friends, you can't be so **selfish**.

如果你想跟朋友相處融洽，就不可以那麼自私。

4 He is such a **narcissist**! He thought all the girls in our class had a crush on him.

他是個超級自戀狂！他以為全班的女孩都為他傾倒。

5 To be a good colleague, you need to be **patient**, **mature**, and **easy-going**.

要當個好同事，你必須有耐心、成熟而且好相處。

6 My brother is so **forgetful**. He can never remember what textbooks to take to school.

我弟弟有夠健忘的，他總是不記得要帶哪些課本去學校。

7 I can't believe you'd rather ride your bike in the rain than take a taxi! Don't be so **stingy**.

我不敢相信你居然寧願冒雨騎車也不肯搭計程車！別這麼小氣吧。

8 I asked him for help, but it seems he was just a **fair-weather friend**.

我請他幫忙，但是看來他只是個酒肉朋友。

9 You don't have to be **nervous**. It's no big deal.

你不用緊張，這沒什麼大不了的。

10 Larry Page and Sergey Brin, **confident** and **charming**, are idolized by many young people.

賴瑞・佩吉和謝爾蓋・布林（Google 的創辦人）充滿自信又有魅力，是許多年輕人的偶像。

Notes idolize [ˈaɪdḷˌaɪz] (v.) 把……偶像化

11 Parents and teachers shouldn't shirk the responsibility of disciplining **rebellious** teenagers.

家長和師長都不應推卸教養叛逆青少年的責任。

shirk the responsibility 推卸責任

12 Be a peacemaker instead of an **instigator** when coping with conflicts between your son and daughter-in-law.

處理兒子和媳婦的衝突時，要當和事佬而不是煽風點火者。

cope with 處理

13 You'd better stay away from Bob—he's a little **testy** this morning.

你最好離鮑伯遠一點，他今天早上有一點焦躁。

14 My boyfriend may be **capricious**, but at least he isn't a **skirt chaser** like yours.

我男友或許善變，但至少他不像你男友是個花心大少。

15 She's always making up **phony** excuses for being late.

她總是為遲到編造藉口。

16 Mimiocorp are **copycats**. They often infringe on other people's patent rights and haven't had an original idea in ten years.

Mimiocorp 是抄襲者。他們經常侵犯他人的專利權，而且已經十年沒有原創構想了。

infringe [ɪnˈfrɪndʒ] (v.) 侵犯　patent right 專利權

Exercise 1 請聆聽音檔，並根據所聽到的對話完成填空。

(Patrick is talking to Anna about his new job.)

Anna: Hey Patrick! I've heard that you finally got the job you want. How is it? Is it what you expected?

Patrick: Well. The job is just fine, but I can't stand the people that I work with. I never expected to meet so many 1. ＿＿（討厭鬼）＿＿ all in one place.

Anna: Wow! What happened?

Patrick: I've got a grouchy and 2. ＿＿（苛求的）＿＿ supervisor who gets mad at just about every little thing. And some of my colleagues are total 3. ＿＿（馬屁精）＿＿. They 4. ＿＿（奉承）＿＿ the supervisor and 5. ＿（對我頤指氣使）＿ all the time. Luckily there's a new guy like me, a 6. ＿＿（電腦高手）＿＿, who sometimes helps me with things. But again he is a bit 7. ＿＿（呆呆的）＿＿ and 8. ＿＿（害羞）＿＿.

Anna: Have you ever thought about speaking to the boss about this?

Patrick: Mmm. The boss is a great guy but a 9. ＿＿（工作狂）＿＿ as well. So I don't think he has time to worry about this stuff.

Anna: Then what are you going to do?

Patrick: Since the pay is good, I don't feel like 10. ＿＿（換工作）＿＿. I think I'll just be 11. ＿（表裡不一的）＿ about it and act however I have to in order to get along with them. I'll probably just keep speaking ill of them behind their backs like I'm doing now.

Anna: Ha! What a 12. ＿＿（偽君子）＿＿!

Answer Key

1. pricks
2. demanding
3. ass-kissers
4. flatter

5. boss me around
6. computer geek
7. nerdy
8. shy

9. workaholic
10. quitting
11. two-faced
12. hypocrite

Translation

（*Patrick 正和 Anna 聊他的新工作。*）

Anna：嗨，Patrick！聽說你終於得到你想要的那份工作了。如何？跟你想像中的一樣嗎？

Patrick：嗯……工作本身是不錯，但我受不了跟我共事的那些人，我從來沒想過同一個地方能有這麼多討厭鬼。

Anna：哇！發生什麼事了？

Patrick：我的主管脾氣暴躁又苛刻，為了一點小事就抓狂。有些同事又是馬屁精，他們奉承上司，對我卻總是頤指氣使。幸好有一個電腦高手，跟我一樣是新來的，他有時會幫我忙。不過他也有點呆呆的，人又害羞。

Anna：你有沒有想過要告訴老闆這些事？

Patrick：嗯……老闆是個大好人，卻也是個工作狂，所以我想他大概沒時間管這些吧。

Anna：那你想怎麼辦？

Patrick：因為薪水還不錯，我不打算換工作，我想我會表裡不一，盡力跟他們好好相處。我大概只會像現在這樣繼續在背後說他們的壞話吧。

Anna：哈！真是一個偽君子！

Exercise 2 請根據提示完成字謎。

Across

4. 白吃白喝的人

5. 老手；經驗豐富的

7. 模仿者

8. 世故的

10. 苛求的；嚴厲的

Down

1. 未婚妻

2. 口出穢言的

3. 叛逆的

6. 鑑賞家；行家

9. 優柔寡斷的

Answer Key

```
              1f                    2f
        3r    i        4f r e e l o a d e r
5v e t e r a n                      u
        b     n                     l
        e     c          6c         -
        l     é          o          m
        l     e          n        7c o p y c a t
        i                n          u
      8s o p h  9i s t i c a t e d
        u        n       s          h
        s        d       s          e
                 e       e          d
                 c       u
                 i       r
                 s
10d e m a n d i n g
                 v
                 e
```

Across
4. 白吃白喝的人（freeloader）
5. 老手；經驗豐富的（veteran）
7. 模仿者（copycat）
8. 世故的（sophisticated）
10. 苛求的；嚴厲的（demanding）

Down
1. 未婚妻（fiancée）
2. 口出穢言的（foul-mouthed）
3. 叛逆的（rebellious）
6. 鑑賞家；行家（connoisseur）
9. 優柔寡斷的（indecisive）

NOTES

職業和專家
Occupations & Professions

公司職稱
自由業
公職
技術工程人員
其他職業

嚴選例句 ▶ 23
派上用場

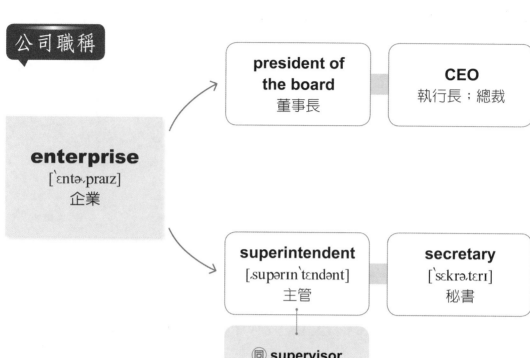

enterprise
[ˈɛntə.praɪz]
企業

president of the board
董事長

CEO
執行長；總裁

superintendent
[.supərɪnˈtɛndənt]
主管

secretary
[ˈsɛkrə.tɛrɪ]
秘書

(同) **supervisor**
[.supəˈvaɪzə]

自由業

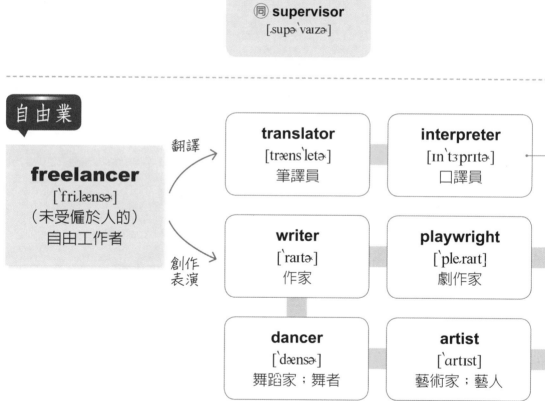

freelancer
[ˈfri.lænsə]
（未受僱於人的）
自由工作者

翻譯

translator
[trænsˈletə]
筆譯員

interpreter
[ɪnˈtɜprɪtə]
口譯員

創作
表演

writer
[ˈraɪtə]
作家

playwright
[ˈple.raɪt]
劇作家

dancer
[ˈdænsə]
舞蹈家；舞者

artist
[ˈartɪst]
藝術家；藝人

general manager
['dʒɛnərəl 'mænɪdʒə·]
總經理

vice general manager
副總經理

stockholder
['stak͵holdə·]
【美】股東

shareholder
['ʃɛr͵holdə·]
【英】股東

administrative assistant
[əd'mɪnə͵stretɪv ə'sɪstənt]
行政助理

employee
[͵ɛmplɔɪ'i]
員工

大師 小叮嚀

ceo 執行長：chief executive officer，cfo 財務長：chief financial officer。

補 **sign language interpreter**
手譯員

columnist
['kaləmɪst]
專欄作家

painter
['pentə·]
畫家

musician
[mju'zɪʃən]
音樂家；音樂創作人

blogger
[blagə·]
部落客

vlogger
[vlagə·]
影音部落客

例 **YouTuber**

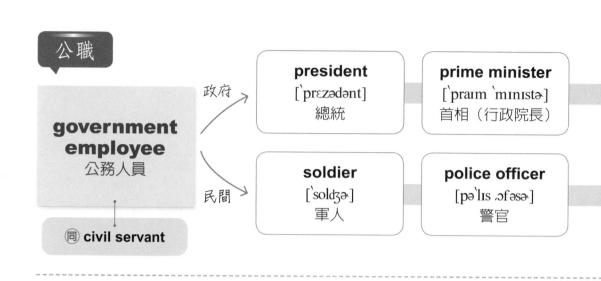

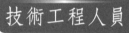

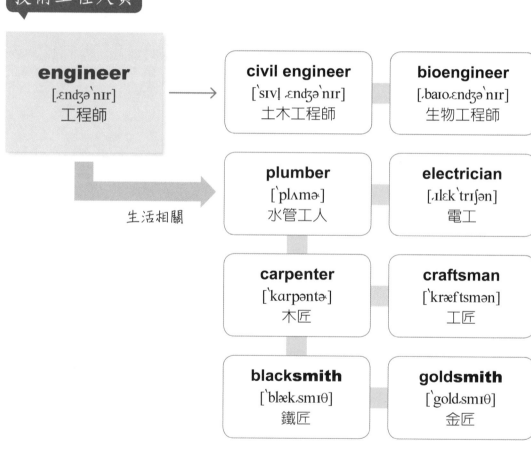

ambassador
[æmˈbæsədɚ]
大使

diplomat
[ˈdɪpləmæt]
外交官

firefighter
[ˈfaɪrˌfaɪtɚ]
消防員

EMT (emergency medical technician)
緊急救護技術員

大師小叮嚀

· 政府文職員可稱 official；
武官則為 officer。
· 大使館是 embassy；大使是
ambassador，女性大使是
ambassadress [æmˈbæsədrɪs]。

---

mechanical engineer
[məˈkænɪkl̩ ˌɛndʒəˈnɪr]
機械工程師

computer engineer
[kəmˈpjutɚ ˌɛndʒəˈnɪr]
電腦工程師

chemical engineer
[ˈkɛmɪkl̩ ˌɛndʒəˈnɪr]
化學工程師

technician
[tɛkˈnɪʃən]
技術人員

appliance service technician
[əˈplaɪəns]
家電維修人員

motorcycle mechanic
摩托車維修人員

automotive service technician
[ˌɔtəˈmotɪv]
汽車修理人員

locksmith
[ˈlɑkˌsmɪθ]
鎖匠

大師小叮嚀

plumber 的 b 不發音。"m" 之後的 "b" 經常不發音，
例如 climb（爬）、comb（梳頭）、lamb（小羊）、
bomb（炸彈）等。

其他職業

landlord
[ˈlænd͵lɔrd]
房東

擁有 →
real estate
[ˈriəl ɪsˈtet]
房地產

real estate agency
[ˈriəl ɪsˈtet ˈedʒənsɪ]
房地產仲介公司

契約
關係 →
tenant
[ˈtɛnənt]
房客

簽訂 - - - - - - - - - -

lawyer
[ˈlɔjɚ]
律師

architect
[ˈɑrkə͵tɛkt]
建築師

interior designer
[ɪnˈtɪrɪɚ dɪˈzaɪnɚ]
室內設計師

pharmacist
[ˈfɑrməsɪst]
藥師

physical therapist
[ˈfɪzɪkḷ ˈθɛrəpɪst]
物理治療師

hairstylist
[ˈhɛr͵staɪlɪst]
髮型設計師

journalist
[ˈdʒɜnəlɪst]
新聞工作者

採訪
撰稿 →
reporter
[rɪˈportɚ]
記者

correspondent
[͵kɔrəˈspandənt]
特派記者

棚內
播報 →
news anchor
[ˈnjuz ͵æŋkɚ]
主播

其他節目類型 - - - - - - - - - -

real estate agent
[ˈrɪəl ɪsˈtet ˈedʒənt]
房地產仲介員

（同）**realtor**
[ˈrɪəltɚ]

lease
[ˈlis]
租約

（同）**rental agreement**

accountant
[əˈkaʊntənt]
會計師

pilot
[ˈpaɪlət]
機師

vet
[vɛt]
獸醫師

cook
[kʊk]
廚師

（補）**chef**
[ʃɛf]
廚師（尊稱）；主廚

大師小叮嚀

· vet 為 veterinarian [ˌvɛtərəˈnɛrɪən] 之省略。
·「他很會做菜」的英文這麼說：He's a good cook.
· 記者會：press conference

host
[host]
主持人

1 My **landlord** always treats her **tenants** well.
我的房東對房客一向很好。

2 My **lease** will expire at the end of this month.
我的租約月底就要到期了。

3 A good **real estate agent** can be especially helpful when trying to buy or sell a particularly valuable property.
買賣高價房地產時，好的房屋仲介業者會特別有幫助。

4 After talking with the senior **correspondent**, I knew more about mass communication.
跟這位資深特派記者談話後，我更瞭解大眾傳播了。
Notes mass communication 大眾傳播

5 My sister always wanted to be a **news anchor**, because to her they seemed so elegant and intelligent.
我姐姐一直很想成為女主播，因為對她來說主播既高雅又聰明。

6 As a qualified simultaneous **interpreter**, you must be cool-headed and have great concentration.
身為一位合格的同步翻譯人員，你必須冷靜沉著，並擁有高度的集中力。
Notes simultaneous [ˌsaɪmlˈtenɪəs] (a.) 同時的　concentration [ˌkɑnsɛnˈtreʃən] (n.) 專注

7 Do you want to attend a talk with me tomorrow? A software **engineer** is going to share his experience developing a large accounting system.
你明天要跟我一起去聽演講嗎？有位軟體工程師要分享他研發一套大型會計系統的經驗。
Notes software engineer 軟體工程師

8 The company maintains a website with information for its current **stockholders**.
公司維護一個網站，上頭載有資訊供現有股東們參考。
Notes current [ˈkɝənt] (a.) 目前的

9 In the series *Sex and the City*, Sarah Jessica Parker plays the role of Carrie, a **columnist**.
在《慾望城市》影集中，莎拉‧潔西卡‧派克飾演凱莉，一位專欄作家。

派上用場

Exercise 請根據提示完成字謎。

Across

2. 技術人員　　**15.** 主持人
7. 會計師
10. 外交官
12. 工程師
14. 企業

Down

1. 新聞工作者　　**8.** 廚師（尊稱）
3. 口譯員　　　　**9.** 房客
4. 水管工人　　　**11.** 房東
5. 專欄作家　　　**13.** 主播
6. 獸醫

Answer Key

Crossword grid:

Across letters:
- 2. t e c h n i c i a n (technician)
- 7. a c c o u n t a n t (accountant)
- 10. d i p l o m a t (diplomat)
- 12. e n g i n e e r (engineer)
- 14. e n t e r p r i s e (enterprise)
- 15. h o s t (host)

Down letters:
- 1. j o u r n a l i s t (journalist)
- 3. i n t e r p r e t e d (interpreter)
- 4. p l u m b e r (plumber)
- 5. c o l u m n a i s t (columnist)
- 6. v e t (vet)
- 8. c l u m (chef)
- 9. t e n a n t (tenant)
- 11. l a n d l o r d (landlord)
- 13. a n c h o r (anchor)

Across

2. 技術人員（technician）

7. 會計師（accountant）

10. 外交官（diplomat）

12. 工程師（engineer）

14. 企業（enterprise）

15. 主持人（host）

Down

1. 新聞工作者（journalist）

3. 口譯員（interpreter）

4. 水管工人（plumber）

5. 專欄作家（columnist）

6. 獸醫（vet）

8. 廚師（chef）

9. 房客（tenant）

11. 房東（landlord）

13. 主播（anchor）

Part

3

生活
Everyday Life

購物
Shopping

價格
櫃檯與付款

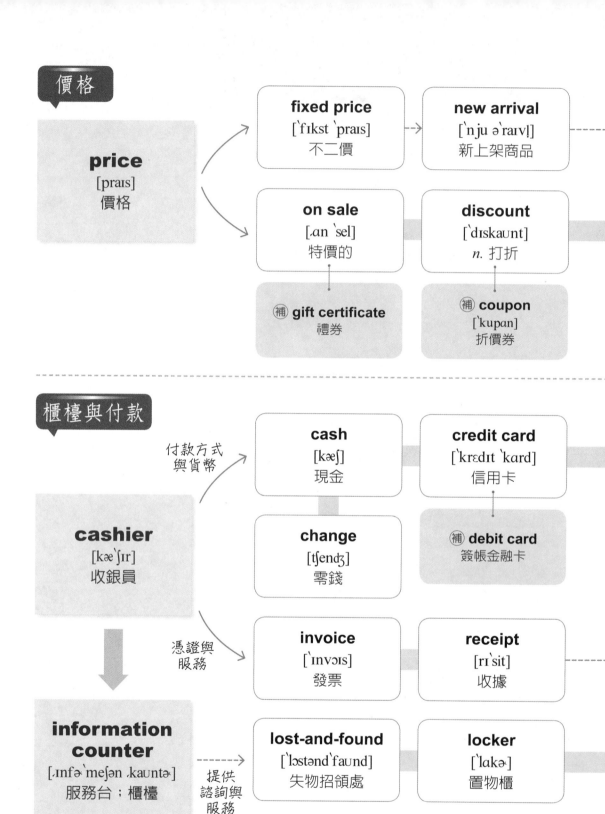

価格

price
[praɪs]
價格

fixed price
[ˈfɪkst ˈpraɪs]
不二價

new arrival
[ˈnju əˈraɪvl̩]
新上架商品

on sale
[ˌɑn ˈsel]
特價的

discount
[ˈdɪskaʊnt]
n. 打折

(補) **gift certificate**
禮券

(補) **coupon**
[ˈkupɑn]
折價券

櫃檯與付款

cashier
[kæˈʃɪr]
收銀員

付款方式
與貨幣

cash
[kæʃ]
現金

credit card
[ˈkrɛdɪt ˈkard]
信用卡

change
[tʃendʒ]
零錢

(補) **debit card**
簽帳金融卡

憑證與
服務

invoice
[ˈɪnvɔɪs]
發票

receipt
[rɪˈsit]
收據

information counter
[ˌɪnfəˈmeʃən ˌkaʊntə]
服務台；櫃檯

提供
諮詢與
服務

lost-and-found
[ˈlɔstəndˈfaʊnd]
失物招領處

locker
[ˈlakə]
置物櫃

in stock
[ɪn ˋstɑk]
有現貨的

pre-order
[ˌpriˋɔrdɚ]
v. / n. 預購（商品）

final sale
[ˋfaɪnḷ ˋsel]
最後折扣

final clearance
[ˋfaɪnḷ ˋklɪrəns]
最後出清

同 **close-out sale**

note / bill
[not / bɪl]
鈔票

coin
[kɔɪn]
硬幣

同 **with tax**
含稅

反 **without tax**
不含稅

including tax
[ɪnˋkludɪŋ ˋtæks]
含稅

需要收據

refund
[ˋrɪˏfʌnd]
n. 退款

warranty
[ˋwɔrəntɪ]
n. 保固

food court
[ˋfud ˏkɔrt]
美食街

1 If you are in Paris and love shopping, then you must visit "La Vallee **Outlet Shopping Village**."
如果你身在巴黎又愛購物，那一定要去逛「山谷批發購物村」。

2 They're having a **close-out sale**. Everything is 80% off.
他們正在清倉拍賣，所有商品都是兩折。

3 Let's get some more canned tuna. It's "**buy one, get one free**."
我們多買點鮪魚罐頭吧，它現在買一送一。
Notes canned [kænd] (a.) 裝成罐頭的

4 Do you accept **credit cards**?
請問你們收信用卡嗎？

5 You can get **coupons** from Sunday papers, campus papers, or the Internet.
你可以從週日報紙、校刊或網上取得折價券。

6 I'm sorry. I can't give you a **refund** without a **receipt**.
很抱歉，沒有收據我沒辦法幫您辦理退款。

7 Let's go to the **food court** downstairs. I'm so hungry!
我們去樓下的美食街吧。我好餓喔！

8 We can put our bags in a **locker** while we shop.
我們逛街時可以把包包放在寄物櫃。

9 Items in this area are all **new arrivals**.
這一區的商品都是新貨。
Notes item [ˈaɪtəm] (n.) 品項；項目

10 We're all out of the small, but we should have it back **in stock** next week.
我們目前都沒有小號的了，不過下週應該會再進貨。

Exercise 請聆聽音檔，並根據所聽到的對話完成填空。

Anna: Oh! Sabrina. Can't we just 1. ＿＿（到此為止）＿＿? We've been shopping all afternoon. I'm happy with the 2. ＿＿（東西）＿＿ I bought today, but 3. ＿＿（我的腿痠得不得了）＿＿.

Sabrina: Come on. We're almost there. You never know 4. ＿＿（有什麼特價品）＿＿ around the next corner.

Anna: Alright .... You're such a 5. ＿＿（購物狂）＿＿.

Sabrina: Hey! Look at that. There's a 6. ＿＿（最後出清）＿＿.

Salesclerk: Hello. Are you girls looking for 7. ＿＿（特定的東西）＿＿?

Sabrina: Thanks, but we're just 8. ＿＿（看看）＿＿.

Anna: Wow, Sabrina. Check this out. This kind of 9. ＿＿（條紋襯衫）＿＿ is exactly what I've been looking for. Oh boy! And it's 10. ＿＿（打四折）＿＿!

Sabrina: Nice.

Anna: Excuse me. 11. ＿＿（這件有別的顏色嗎？）＿＿

Salesclerk: We do. It 12. ＿＿（有）＿＿ white and pink. But right now we only have white 13. ＿＿（有現貨）＿＿.

Anna: 14. ＿＿（我可以試穿嗎？）＿＿

Salesclerk: Sure. The 15. ＿＿（更衣間）＿＿ is right over there.

Salesclerk: That comes to 320 dollars. How would you like to pay?

Anna: Cash.

Salesclerk: Here is your 16. ＿＿（收據）＿＿. By the way, there will be new arrivals in a couple of days.

Anna: Thank you. 17. ＿＿（這真是划算。）＿＿

Sabrina: OK. Let's find somewhere to sit down. There's a 18. ＿＿（美食街）＿＿ downstairs. What do you say?

Anna: Great! I'm starving.

Answer Key

1. call it a day
2. stuff
3. my legs are killing me
4. what's on sale
5. shopaholic
6. final clearance
7. anything in particular
8. looking
9. striped shirt
10. 60% off
11. Do you have this in different colors?
12. comes in
13. Can I try this on?
14. fitting room
15. in stock
16. receipt
17. That was such a good bargain.
18. food court

Translation

Anna：噢！Sabrina，今天能不能到此為止？我們已經逛了一整個下午。雖然我對今天買到的東西很滿意，但我的腿痠得不得了。

Sabrina：拜託，我們就快到了。妳永遠不知道下個轉角會有什麼特價品。

Anna：好吧⋯⋯妳真是一個購物狂。

Sabrina：嘿！妳看。最後出清耶。

店員：哈囉。妳們有特別在找什麼東西嗎？

Sabrina：謝謝，不過我們只是看看而已。

Anna：哇，Sabrina，快看這個。這種條紋襯衫我已找很久了。噢，天啊！它現在打四折耶！

Sabrina：真不賴。

Anna：不好意思。這件有別的顏色嗎？

店員：有，它有白色和粉紅色。但目前只有白色有現貨。

Anna：我可以試穿嗎？

店員：當然。更衣間就在那邊。

店員：總共 320 美元。您要怎麼付款？

Anna：付現。

店員：這是您的收據。對了，我們這幾天會進新貨。

Anna：謝謝。這真是划算。

Sabrina：好啦，我們找個地方坐一下吧。樓下有美食街，妳覺得如何？

Anna：太好了！我快餓死了。

服飾
Clothing

衣服和尺寸
內著
上衣
褲子和裙子
正式服裝
質料

嚴選例句 ▶ 26
派上用場

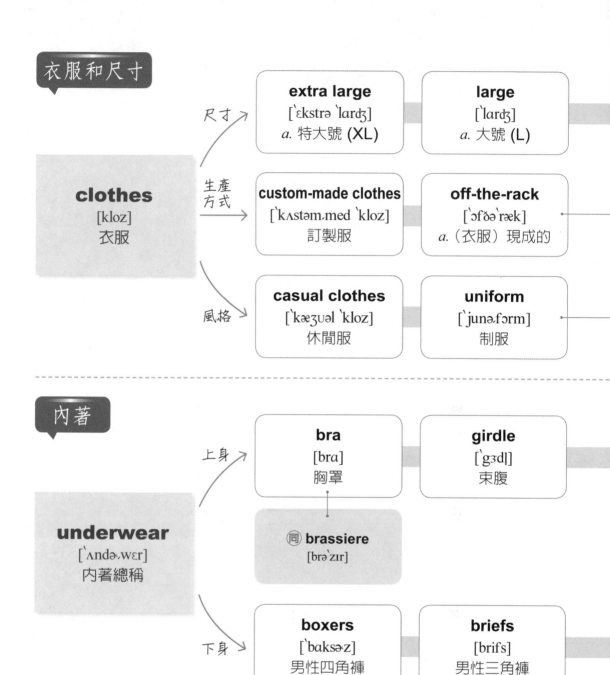

衣服和尺寸

extra large
[ˈɛkstrə ˈlardʒ]
a. 特大號 (XL)

large
[ˈlardʒ]
a. 大號 (L)

尺寸

clothes
[kloz]
衣服

生產
方式

custom-made clothes
[ˈkʌstəmˌmed ˈkloz]
訂製服

off-the-rack
[ˈɔfðəˈræk]
a.（衣服）現成的

風格

casual clothes
[ˈkæʒʊəl ˈkloz]
休閒服

uniform
[ˈjunəˌfɔrm]
制服

內著

underwear
[ˈʌndəˌwɛr]
內著總稱

上身

bra
[bra]
胸罩

girdle
[ˈgɝdl̩]
束腹

（同）**brassiere**
[brəˈzɪr]

下身

boxers
[ˈbaksəz]
男性四角褲

briefs
[brifs]
男性三角褲

medium
[`mɪdɪəm]
a. 中號 (M)

small
[`smɔl]
a. 小號 (S)

extra small
[`ɛkstrə `smɔl]
a. 特小號 (XS)

(同) **ready-made (clothes)**

(補) **uniformed**
[`junə.fɔrmd]
a. 穿制服的

cloth（單數）爲「布料」，fabric [`fæbrɪk] 也是「布料」。

pajamas
[pə`dʒæməs]
睡衣（二件式）

(補) **nightgown**
[`naɪt.gaʊn]
連身式睡袍

· 女性內衣的單杯尺寸英文稱爲 cup size。
· 女性的高腰三角褲也叫作 briefs。

panties
[`pæntɪz]
女性內褲

thong
[θɔŋ]
丁字褲

(同) **G-string**
[`dʒistrɪŋ]

上衣

outerwear
[ˈaʊtəˌwɛr]
外衣

→

jacket
[ˈdʒækɪt]
夾克

bomber jacket
[ˈbamə ˌdʒækɪt]
棒球外套

sweater
[ˈswɛtə]
毛衣

穿著方式

→

pullover
[ˈpʊˌlovə]
套頭毛衣

cardigan
[ˈkardɪgən]
開襟毛衣

領口設計

→

turtleneck
[ˈtɜtl̩ˌnɛk]
高領毛衣

V-neck
[ˈviˈnɛk]
V 領衫

褲子和裙子

pants
[pænts]
褲子

→

jeans
[dʒinz]
牛仔褲

bell-bottoms
[ˈbɛlˌbatəmz]
喇叭褲

shorts
[ʃɔrts]
運動短褲

skirt
[skɜt]
裙子

→

pleats
[plits]
百褶裙

miniskirt
[ˈmɪnɪskɜt]
迷你裙

同 **pleated skirt**

leather jacket

[ˈlɛðɚ ˌdʒækɪt]

皮夾克

coat

[kot]

大衣

down coat

[ˈdaʊn ˌkot]

羽絨外套

overcoat

[ˈovɚˌkot]

風衣

crewneck

[ˈkruˌnɛk]

圓領衫

swim trunks

[ˈswɪm ˌtrʌŋks]

泳褲

swimsuit

[ˈswɪmsut]

泳衣

bikini

[bɪˈkinɪ]

比基尼

culottes

[kjuˈlɑts]

褲裙

lining

[ˈlaɪnɪŋ]

內裡；內襯

slip

[slɪp]

襯裙

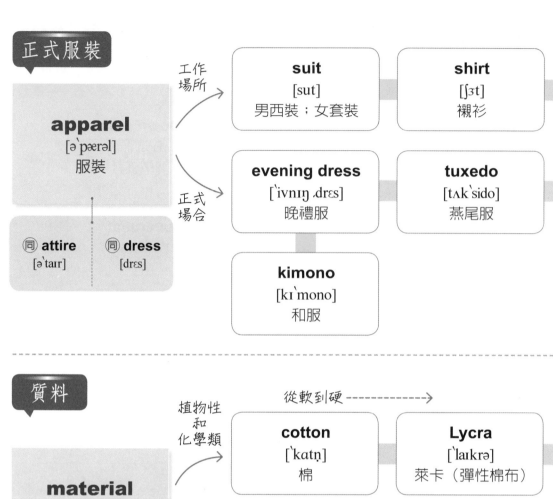

正式服裝

工作場所

suit
[sut]
男西裝；女套裝

shirt
[ʃɜt]
襯衫

正式場合

evening dress
[ˈivnɪŋ ˌdrɛs]
晚禮服

tuxedo
[tʌkˈsido]
燕尾服

kimono
[kɪˈmono]
和服

apparel
[əˈpærəl]
服裝

同 **attire**
[əˈtaɪr]

同 **dress**
[drɛs]

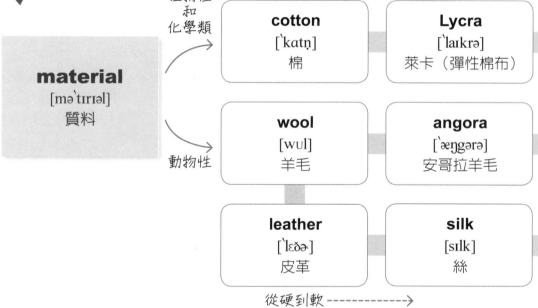

質料

植物性和化學類

從軟到硬 ------------>

cotton
[ˈkatn̩]
棉

Lycra
[ˈlaɪkrə]
萊卡（彈性棉布）

material
[məˈtɪrɪəl]
質料

動物性

wool
[wʊl]
羊毛

angora
[ˈæŋgərə]
安哥拉羊毛

leather
[ˈlɛðə]
皮革

silk
[sɪlk]
絲

從硬到軟 ------------>

blouse
[blaʊz]
女性襯衫

necktie
[ˈnɛkˌtaɪ]
領帶

cheongsam
[ˈtʃiaŋˈsam]
旗袍

大師小叮嚀

· 旗袍可說 Chinese gown，也可說 cheongsam（廣東話指「長衫」）。

· dress 當作名詞是「洋裝（連身裙）」，
　例：I like your dress a lot! 我好喜歡妳的洋裝！
　當作動詞的時候則是「穿著；打扮」的意思。
　例：How should I dress for your party tonight?
　　　今晚我該穿什麼參加你的派對？

khaki
[ˈkakɪ]
卡其布

denim
[ˈdɛnɪm]
丹寧（牛仔）布

polyester
[ˌpalɪˈɛstə]
聚脂纖維

cashmere
[ˈkæʃmɪr]
羊絨毛

nylon
[ˈnaɪlan]
尼龍

velvet
[ˈvɛlvɪt]
絲絨

satin
[ˈsætɪn]
緞

嚴選例句

▶ 26

1 Quality, long-lasting **fabrics** like **wool** and **cashmere** are actually more economical than the cheap ones.

像羊毛或喀什米爾毛（毛絨）這樣品質好又耐用的料子，其實比廉價品更經濟。

Notes quality [ˈkwɑlətɪ] (a.) 優質的；(n.) 品質

2 You can buy this terrific **Lycra** dress for only $15. That's a reasonable price.

你只要花 15 美元就可以買到這件很棒的萊卡洋裝。價錢很合理。

Notes terrific [təˈrɪfɪk] (a.) 極好的；極大的

3 He grabbed his black **leather jacket** and rushed out of the door.

他抓起他的黑色皮衣就衝出門了。

4 **Jeans** are made of **denim**, a thick **cotton** cloth that is usually blue.

牛仔褲的材料是丹寧布，一種常染成藍色的厚棉布。

5 I bought this **pullover** yesterday, but it's too big. Can I exchange it?

我昨天買了這件套頭毛衣，但太大了。可以換貨嗎？

6 All of the celebrities who attended the ceremony wore **custom-made clothes**.

所有出席典禮的名人都穿訂製服。

Notes celebrity [səˈlɛbrətɪ] (n.) 名人

7 A **uniformed** steward came to greet me and served me a cup of coffee.

一位身穿制服的空服員過來跟我打招呼，並端給我一杯咖啡。

8 On the streets of the Gion district of Kyoto, you can see still geishas wearing **kimonos** among the crowds.

走在京都祇園的街道上，你還能見到穿著和服的藝妓穿梭人群中。

Notes geisha [ˈgeʃə] (n.) 藝妓

9 I want these Hello Kitty **pajamas**. They're so cute.

我想要這套 Hello Kitty 睡衣，好可愛喔。

派上用場

Exercise 請根據提示完成字謎。

Across

3. 服裝
5. 燕尾服
7. 丁字褲
11. 開襟毛衣
12. 和服
14. 尼龍
15. 男性四角褲

Down

1. 絲絨
2. 女性襯衫
4. 套頭毛衣
6. 風衣
8. 運動短褲
9. 內裡
10. 制服
13. 丹寧布

Answer Key

Across

3. 服裝（apparel）

5. 燕尾服（tuxedo）

7. 丁字褲（thong）

11. 開襟毛衣（cardigan）

12. 和服（kimono）

14. 尼龍（nylon）

15. 男性四角褲（boxers）

Down

1. 絲絨（velvet）

2. 女性襯衫（blouse）

4. 套頭毛衣（pullover）

6. 風衣（overcoat）

8. 運動短褲（shorts）

9. 內裡（lining）

10. 制服（uniform）

13. 丹寧布（denim）

配件
Accessories

包包
鞋子
飾品
帽子與其他穿戴品

嚴選例句 ▶ 27
派上用場

包包

suitcase
[ˈsutˌkes]
手提箱

機場託運

briefcase
[ˈbrifˌkes]
小型手提箱；公事包

bag
[bæg]
包包；袋子

工作

出差常見

日常

wallet
[ˈwɑlɪt]
皮夾

purse
[pɝs]
（女用）皮包；錢包

由小至大

鞋子

shoes
[ʃuz]
鞋子

從休閒到正式

slippers
[ˈslɪpɚz]
拖鞋

flip-flops
[ˈflɪpˌflɑps]
夾腳拖

moccasins
[ˈmɑkəsn̩z]
莫卡辛鞋

sneakers
[ˈsnikɚz]
運動鞋；球鞋

穆勒鞋

牛津鞋

check-in luggage	不託運的	carry-on bag
[ˈtʃɛk.ɪn ˈlʌgɪdʒ]		[ˈkærɪ.ɑn ˈbæg]
托運行李		隨身行李

backpack 作動詞用時指「背簡便行李旅行」；backpacker [ˈbæk.pækɚ] 則為背包旅行者（背包客）。

handbag	tote bag	backpack
[ˈhænd.bæg]	[ˈtot .bæg]	[ˈbæk.pæk]
手提包	托特包	背包

sandals	mules	loafers
[ˈsænd.l̩z]	[mjulz]	[ˈlofɚz]
涼鞋	穆勒鞋	樂福鞋

Mary Janes	high heels	oxford shoes
[ˈmɛrɪ .dʒenz]	[ˈhaɪ ˈhilz]	[ˈɑksfəd .ʃuz]
娃娃鞋	高跟鞋	牛津鞋

· 穆勒鞋的最大特色就是露出腳後跟的設計。
· 莫卡辛鞋通常為平底，並採用柔軟的皮革製成。
· 樂福鞋為淺口無鞋帶設計的一種鞋款，可休閒亦可正式。
· 牛津鞋則正式許多。常見於男士皮鞋，與西裝、制服搭配。
· 其他鞋子相關字：
鞋底 sole [sol]、鞋墊 [ˈɪn.sol]、鞋帶 shoelace [ˈʃu.les]、鞋油 shoe polish

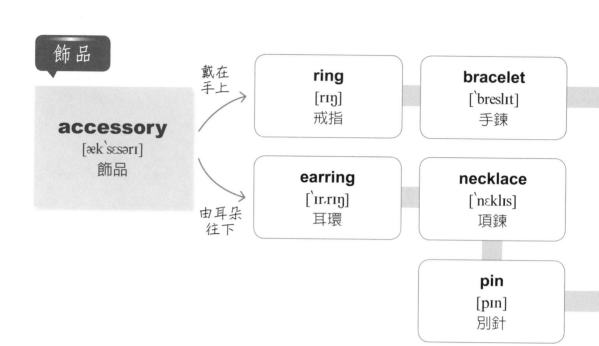

accessory
[æk`sɛsərɪ]
飾品

戴在
手上

ring
[rɪŋ]
戒指

bracelet
[`breslɪt]
手鍊

由耳朵
往下

earring
[`ɪr.rɪŋ]
耳環

necklace
[`nɛklɪs]
項鍊

pin
[pɪn]
別針

帽子與其他穿戴品

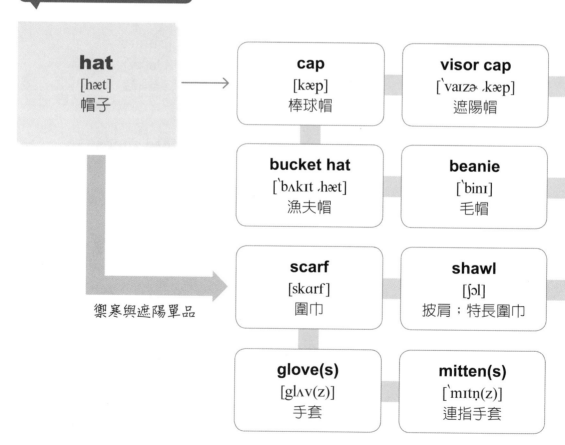

hat
[hæt]
帽子

cap
[kæp]
棒球帽

visor cap
[`vaɪzə .kæp]
遮陽帽

bucket hat
[`bʌkɪt .hæt]
漁夫帽

beanie
[`binɪ]
毛帽

scarf
[skɑrf]
圍巾

shawl
[ʃɔl]
披肩;特長圍巾

禦寒與遮陽單品

glove(s)
[glʌv(z)]
手套

mitten(s)
[`mɪtn̩(z)]
連指手套

184

charm bracelet	bangle
[ˈtʃɑrm ˈbreslɪt]	[ˈbæŋgl̩]
飾有垂墜小物的手鍊	手環

· charm bracelet 上頭的垂墜飾物就叫作 charm。
· brooch 是明確地指女用胸針或領針；pin 則泛指任何種類的別針。

brooch	corsage	anklet
[brotʃ]	[kɔrˈsɑʒ]	[ˈæŋklɪt]
胸針	胸花	腳鍊

straw hat	panama hat	newsboy hat
[ˈstrɔ ˌhæt]	[ˈpænəˌmɑ ˌhæt]	[ˈnjuzˌbɔɪ ˌhæt]
草帽	巴拿馬草帽	報童帽

beret	bowler
[bəˈre]	[ˈbolɚ]
【法】貝雷帽	圓頂禮帽

sunglasses
[ˈsʌnˌglæsɪz]
太陽眼鏡

· glove 的種類：
oven glove 烤箱手套　baseball glove 棒球手套
boxing glove 拳擊手套
· sth. fits (sb.) like a glove 意指「某物非常合（某人）身」。
例：That dress fits her like a glove.
　　那件洋裝她穿起來很合身。
· shawl 和 scarf 的差別在於：
shawl 較大，可披於肩上包裹身體；scarf 較短小，只能
圍在頸部。

1 **Straw hats** are not only worn in Taiwan, but were also worn in Europe. This can be seen in many of Pisanello's paintings.

草帽不只台灣人會戴，歐洲也很常見。在 Pisanello 的許多畫中都看得到。

Notes Pisanello（畢薩內洛）爲義大利文藝復興時期的名畫家。

2 I bought my new **Mary Janes** at a clearance sale, and they cost only NT$1,200. What a bargain!

我的新瑪莉珍鞋是在出清特賣時買的，只花了我新台幣 1200 元。真划算！

Notes bargain [ˋbɑrgɪn] (n.) 便宜商品

3 Every man needs to prepare at least three pairs of shoes for casual occasions: **sneakers**, **sandals**, and **loafers**.

每個男人都應爲非正式場合準備三雙鞋：運動鞋、涼鞋和樂福鞋。

4 When traveling on the Paris Metro, watch out for pickpockets. Dozens of **wallets**, cell phones, and **purses** are stolen every day.

搭乘巴黎地鐵時要小心扒手。每天都有幾十個皮夾、手機和錢包失竊。

Notes pickpocket [ˋpɪkˌpɑkɪt] (n.) 扒手

5 If your **suitcase** exceeds the weight limit, you'll have to pay an additional fee.

如果你的行李箱超重，你就得額外付費。

Notes exceed [ɪkˋsid] (v.) 超出　additional [əˋdɪʃən!] (a.) 額外的

6 A **backpack** is a kind of bag; a person who **backpacks** is called a backpacker.

背包是一種包包；帶著背包到處旅行的人叫「背包客」。

7 A "**cap**" is a kind of hat; a "cop" refers to a police officer; a "cab" means a taxi.

Cap 是一種帽子；cop 指的是警察；cab 則是計程車。

樂福鞋

派上用場

Exercise 請依據中文填入對應的英文單字。

Accessories

腳 鍊 〔   〕   手 環 〔   〕

別 針 〔   〕   胸 花 〔   〕

耳 環 〔   〕   項 鍊 〔   〕

Hats & Others

遮陽帽 〔   〕   圍 巾 〔   〕

棒球帽 〔   〕   貝雷帽 〔   〕

披 肩 〔   〕   毛 帽 〔   〕

手 套 〔   〕   漁夫帽 〔   〕

Bags

手提箱 〔   〕   背 包 〔   〕

女用皮包〔   〕   隨身行李〔   〕

手提包 〔   〕   託運行李〔   〕

Shoes

樂福鞋 〔   〕   夾腳拖 〔   〕

涼 鞋 〔   〕   球 鞋 〔   〕

穆勒鞋 〔   〕   鞋 底 〔   〕

鞋 墊 〔   〕   高跟鞋 〔   〕

Answer Key

Accessories

腳鍊 anklet　手環 bangle　別針 pin　胸花 corsage　耳環 earring(s)　項鍊 necklace

Hats & Others

遮陽帽 visor cap　圍巾 scarf　棒球帽 cap　貝雷帽 beret　披肩 shawl　毛帽 beanie
手套 glove(s)　漁夫帽 bucket hat

Bags

手提箱 suitcase　背包 backpack　女用皮包 purse　隨身行李 carry-on bag
手提包 handbag　託運行李 check-in luggage

Shoes

樂福鞋 loafers　夾腳拖 flip-flops　涼鞋 sandals　球鞋 sneakers　穆勒鞋 mules
鞋底 sole　鞋墊 insole　高跟鞋 high heels

珠寶
Jewelry

珠寶

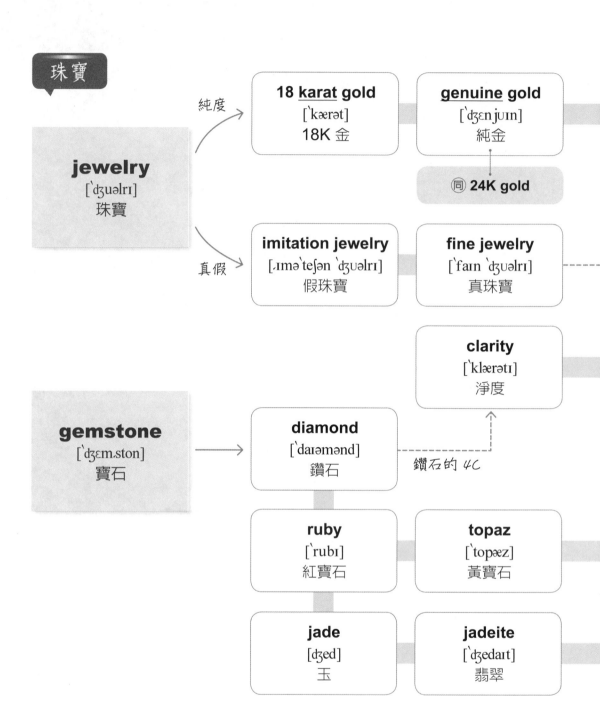

珠寶

jewelry
[ˋdʒuəlrɪ]
珠寶

純度 →

18 karat gold
[ˋkærət]
18K 金

genuine gold
[ˋdʒɛnjuɪn]
純金

同 **24K gold**

真假 →

imitation jewelry
[ˌɪməˋteʃən ˋdʒuəlrɪ]
假珠寶

fine jewelry
[ˋfaɪn ˋdʒuəlrɪ]
真珠寶

gemstone
[ˋdʒɛmˌston]
寶石

→

diamond
[ˋdaɪəmənd]
鑽石

clarity
[ˋklærətɪ]
淨度

鑽石的 4C

ruby
[ˋrubɪ]
紅寶石

topaz
[ˋtopæz]
黃寶石

jade
[dʒed]
玉

jadeite
[ˋdʒedaɪt]
翡翠

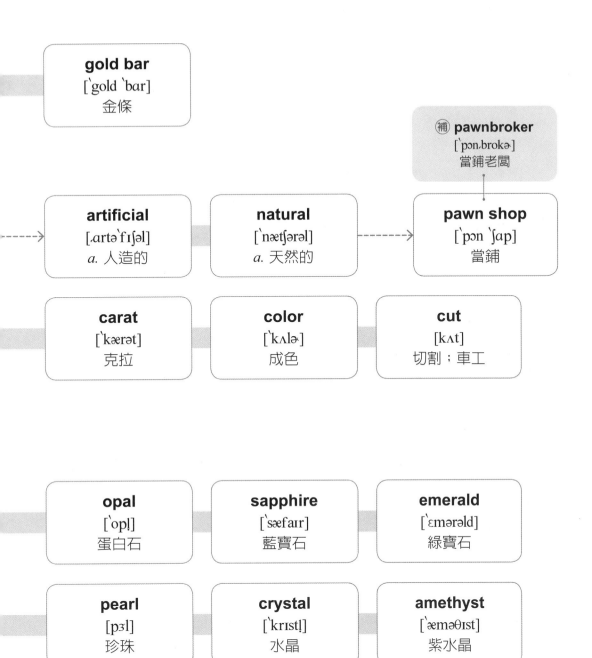

gold bar
[ˈgold ˈbɑr]
金條

補 **pawnbroker**
[ˈpɔnˌbrokə]
當鋪老闆

artificial
[ˌɑrtəˈfɪʃəl]
a. 人造的

natural
[ˈnætʃərəl]
a. 天然的

pawn shop
[ˈpɔn ˈʃɑp]
當鋪

carat
[ˈkærət]
克拉

color
[ˈkʌlə]
成色

cut
[kʌt]
切割；車工

opal
[ˈopḷ]
蛋白石

sapphire
[ˈsæfaɪr]
藍寶石

emerald
[ˈɛmərəld]
綠寶石

pearl
[pɝl]
珍珠

crystal
[ˈkrɪstḷ]
水晶

amethyst
[ˈæməθɪst]
紫水晶

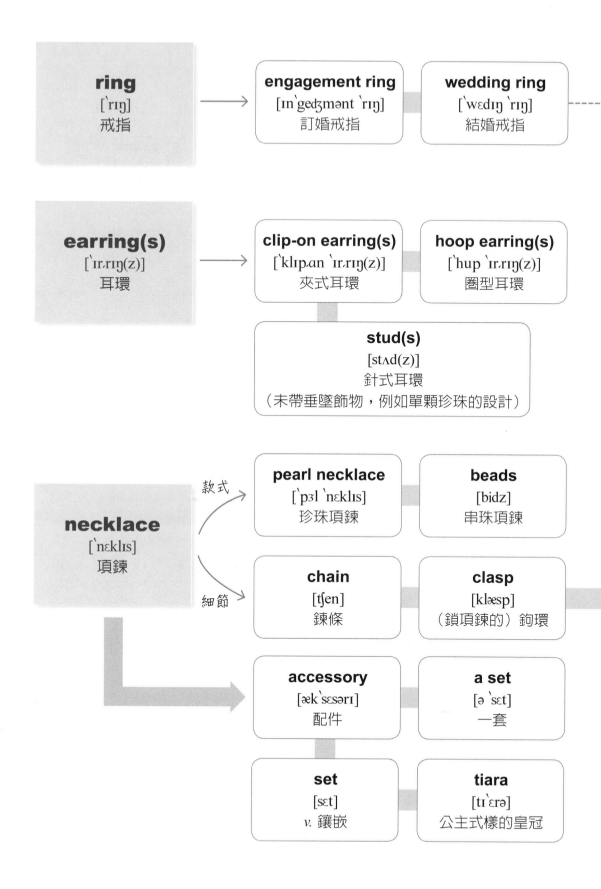

ring
[ˋrɪŋ]
戒指

engagement ring
[ɪnˋgeʤmənt ˋrɪŋ]
訂婚戒指

wedding ring
[ˋwɛdɪŋ ˋrɪŋ]
結婚戒指

earring(s)
[ˋɪrˌrɪŋ(z)]
耳環

clip-on earring(s)
[ˋklɪpˌɑn ˋɪrˌrɪŋ(z)]
夾式耳環

hoop earring(s)
[ˋhup ˋɪrˌrɪŋ(z)]
圈型耳環

stud(s)
[stʌd(z)]
針式耳環
（未帶垂墜飾物，例如單顆珍珠的設計）

necklace
[ˋnɛklɪs]
項鍊

款式

pearl necklace
[ˋpɝl ˋnɛklɪs]
珍珠項鍊

beads
[bidz]
串珠項鍊

細節

chain
[tʃen]
鍊條

clasp
[klæsp]
（鎖項鍊的）鉤環

accessory
[ækˋsɛsərɪ]
配件

a set
[ə ˋsɛt]
一套

set
[sɛt]
v. 鑲嵌

tiara
[tɪˋɛrə]
公主式樣的皇冠

setting
[ˈsɛtɪŋ]
（尚未鑲上寶石的）戒指底座

ring finger
[ˈrɪŋ ˈfɪŋgə]
無名指

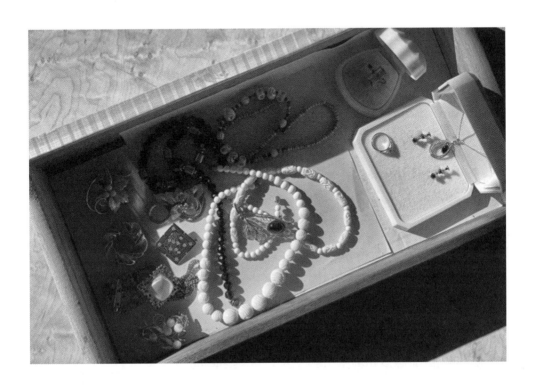

pendant
[ˈpɛndənt]
墜子

locket
[ˈlɑkɪt]
可打開（如內有照片）的墜子

大師 小叮嚀

· ring finger「無名指」是因人們常將戒指戴在無名指而得名。
· 結婚戒指若是沒有裝飾、寶石，只有一圈，就叫作 wedding band。
· 鼻環稱爲 nose ring；舌環通常是 tongue stud。
· hoop earrings 中的 hoop 指的就是「圈狀物」。
· set「鑲嵌」
　例 1：I had the diamond set <u>in</u> my watch. 我把鑽石鑲在錶中。
　例 2：The pendant is set <u>with</u> jadeite. 這個墜子鑲著翡翠。

1 Her fiancé gave her a beautiful **wedding ring** with a classic design.
她的末婚夫送給她一個造型典雅的結婚戒指。

2 She likes to wear furs, **pearl rings**, and **brooches**, and pretend that she's a celebrity.
她喜歡穿戴毛皮、珍珠戒指和胸針,假裝自己是名媛。

3 **Pawn shops** don't usually accept **imitation jewelry**.
當鋪通常不收假珠寶。

4 **Artificial gemstones** are less dazzling—but they are cheaper.
人工寶石的光彩比較沒那麼耀眼,但也比較便宜。
Notes dazzling [ˈdæzlɪŋ] (a.) 燦爛耀眼的

5 A fine diamond with high **clarity** and a fine **cut** costs a fortune.
具有高淨度和完美車工的真鑽價值不菲。
Notes cost a fortune 花費一大筆錢

6 The 2008 Beijing Olympic Games medals were made using different colors of **jade**, a mineral that symbolizes Chinese culture.
2008 北京奧運的獎牌是由不同顏色的玉做成,玉石礦物象徵著中國的文化。
Notes medal [ˈmɛdl̩] (n.) 獎章;獎牌

7 This **charm bracelet** has charms shaped like hearts.
這條墜鍊的墜飾是心型的。

8 Since Ariel doesn't want to have her ears pierced, she can only wear **clip-on earrings**.
愛麗兒不想穿耳洞,所以她只能帶夾式耳環。
Notes have one's ears pierced 穿耳洞

9 Can you fix the broken **clasp** on my **necklace**?
你能修理我項鍊上壞掉的釦環嗎?

10 Ann keeps her grandmother's photo in the **locket** she wears around her neck.
安把她奶奶的照片保存在她戴在脖子上的小盒墜子裡。

派上用場

▶ 29

Exercise 請聆聽音檔，並根據所聽到的對話完成填空。

Clerk: May I help you?

Customer: I want to get my mother some 1.＿＿＿（配件）＿＿＿ for Mother's Day.

Clerk: Does she prefer 2.＿＿＿（純金）＿＿＿ accessories or 3.＿＿＿（寶石）＿＿＿? Oh, if she is more traditional, she might like a 4.＿＿＿（玉鐲）＿＿＿.

Customer: My mother has a very 5.＿＿＿（優雅的）＿＿＿ disposition. 6.＿＿＿（珍珠）＿＿＿ may be the best choice. Can I take a look at that pair of 7.＿＿＿（珍珠耳環）＿＿＿?

Clerk: 8.＿＿（您的品味真好！）＿＿ They are one of our 9.＿＿＿（熱賣商品）＿＿＿. In fact, we have a whole 10.＿＿＿（套）＿＿＿, which includes studs, a 11.＿＿＿（項鍊）＿＿＿, and a 12.＿＿＿（胸針）＿＿＿.

Customer: Fabulous! I'll take them. Now I still need something for my 13.＿＿＿（婆婆）＿＿＿. 14.＿＿（她獨愛紅寶石）＿＿ ① What would you 15.＿＿＿（推薦）＿＿＿?

Clerk: We have two exquisite② 16.＿＿＿（紅寶石）＿＿＿ over here; one is set in a 17.＿＿＿（戒指）＿＿＿, and the other in a 18.＿＿＿（墜鍊）＿＿＿.

Customer: Wow! I'm afraid that I can't 19.＿＿＿（負擔）＿＿＿ both. I think I'll just take the ring.

Clerk: Yes, ma'am. Would you like me to 20.＿＿＿（包裝）＿＿＿ them for you?

Customer: Yes, please.

Answer Key

1. accessories
2. 24 karat gold
3. gemstones
4. jade bangle
5. elegant
6. Pearls
7. pearl studs
8. You have good taste!
9. bestsellers
10. set

11. necklace
12. brooch
13. mother-in-law
14. She is obsessed with rubies.
15. recommend
16. rubies
17. ring
18. pendant
19. afford
20. gift-wrap

Notes

① be obsessed with/by 對⋯⋯著迷
② exquisite [ˈɛkskwɪzɪt] (a.) 精美的；精巧的

Translation

店員：需要幫忙嗎？

顧客：我想買些飾品給媽媽當母親節禮物。

店員：她比較喜歡純金飾品還是寶石？噢，如果她比較傳統一點，她可能會喜歡玉鐲。

顧客：我媽媽的氣質很優雅，珍珠或許是最好的選擇。我能看看那副珍珠耳環嗎？

店員：您的品味真好！這是我們店裡的熱賣商品之一，其實我們有全套的商品，包含一對耳環、項鍊和胸針。

顧客：好極了！我買這套。現在我還得要買個東西給我婆婆。她獨愛紅寶石，妳有什麼可以推薦的嗎？

店員：我們有兩款精緻的紅寶石，一個鑲在戒指，另一個鑲在墜鍊。

顧客：哇！兩樣都買我恐怕負擔不起。我帶戒指就好。

店員：好的，小姐。您需要包裝嗎？

顧客：好，麻煩了。

化妝品
Cosmetics

防曬
護膚
敷臉
彩妝

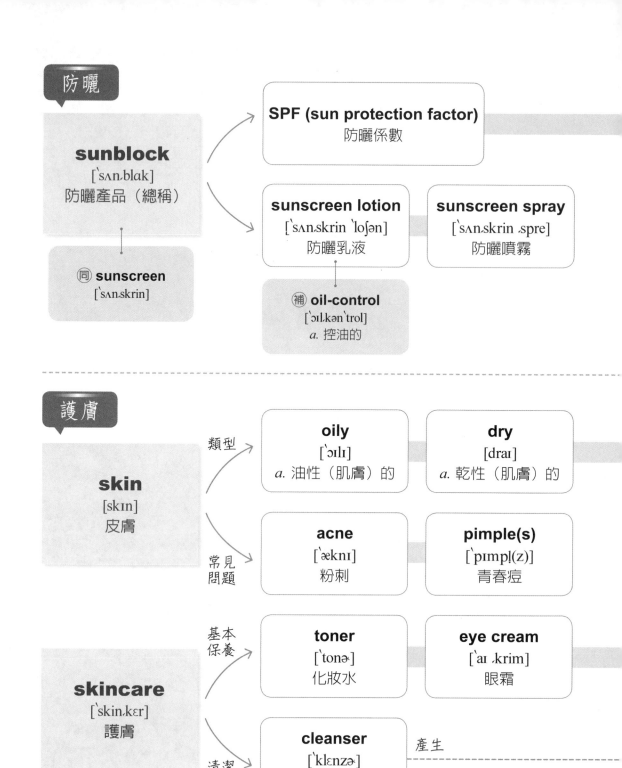

防曬

sunblock
[ˈsʌnˌblak]
防曬產品（總稱）

（同）**sunscreen**
[ˈsʌnˌskrin]

SPF (sun protection factor)
防曬係數

sunscreen lotion
[ˈsʌnˌskrin ˈloʃən]
防曬乳液

sunscreen spray
[ˈsʌnˌskrin ˌspre]
防曬噴霧

（補）**oil-control**
[ˈɔɪlˌkənˌtrol]
a. 控油的

護膚

skin
[skɪn]
皮膚

類型

oily
[ˈɔɪlɪ]
a. 油性（肌膚）的

dry
[draɪ]
a. 乾性（肌膚）的

常見
問題

acne
[ˈæknɪ]
粉刺

pimple(s)
[ˈpɪmpl̩(z)]
青春痘

skincare
[ˈskɪnˌkɛr]
護膚

基本
保養

toner
[ˈtonɚ]
化妝水

eye cream
[ˈaɪ ˌkrim]
眼霜

清潔

cleanser
[ˈklɛnzɚ]
洗面乳

產生

UV rays (ultraviolet rays)
[ˌʌltrəˈvaɪəlɪt]
紫外線

「曬黑」是 get a tan 或 get tan，不是 become black 喔！
例：I got a tan while I was in Kenting last week.
　　我上禮拜去墾丁時曬黑了。

normal
[ˈnɔrml̩]
a. 中性（肌膚）的

combination
[ˌkɑmbəˈneʃən]
混合性（肌膚）

essence
[ˈɛsn̩s]
精華液

lotion
[ˈloʃən]
乳液

foam
[fom]
泡沫（集合名詞）

bubble
[ˈbʌbl̩]
泡沫（可數）

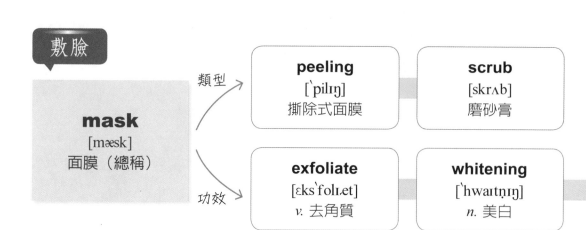

敷臉

類型 →

peeling
[ˈpilɪŋ]
撕除式面膜

scrub
[skrʌb]
磨砂膏

mask
[mæsk]
面膜（總稱）

功效 →

exfoliate
[ɛksˈfolɪet]
v. 去角質

whitening
[ˈhwaɪtn̩ɪŋ]
n. 美白

彩妝

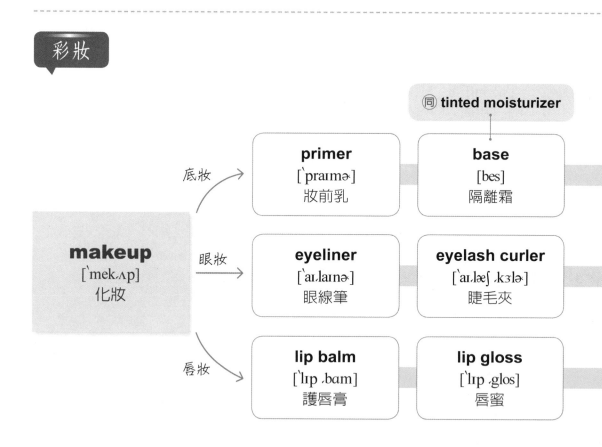

圓 **tinted moisturizer**

底妝 →

primer
[ˈpraɪmɚ]
妝前乳

base
[bes]
隔離霜

makeup
[ˈmekʌp]
化妝

眼妝 →

eyeliner
[ˈaɪˌlaɪnɚ]
眼線筆

eyelash curler
[ˈaɪˌlæʃ ˌkɝlɚ]
睫毛夾

唇妝 →

lip balm
[ˈlɪp ˌbɑm]
護唇膏

lip gloss
[ˈlɪp ˌɡlɔs]
唇蜜

revitalize
[ri`vaɪtḷˌaɪz]
v. 活化

anti-aging
[ˋæntɪˌedʒɪŋ]
a. 抗老化的

anti-wrinkle
[ˋæntɪˌrɪŋkḷ]
a. 抗皺的

nutritious
[njuˋtrɪʃəs]
a. 滋養的

(補) **aging**
[ˋedʒɪŋ]
n. 老化

(補) **wrinkle**
[ˋrɪŋkḷ]
皺紋

(補) **moisturizer**
[ˋmɔɪstʃəˌraɪzɚ]
潤膚乳

blush
[blʌʃ]
腮紅

foundation
[faʊnˋdeʃən]
粉底液

concealer
[kənˋsilɚ]
遮瑕膏

loose powder
[ˋlus ˋpaʊdɚ]
蜜粉

mascara
[mæsˋkærə]
睫毛膏

eye shadow
[ˋaɪ ˌʃædo]
眼影

eyebrow pencil
[ˋaɪˌbraʊ ˋpɛnsḷ]
眉筆

lipstick
[ˋlɪpˌstɪk]
唇膏

lipliner
[ˋlɪpˌlaɪnɚ]
唇筆

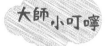

· 粉底還有壓製成餅狀的粉餅，英文稱作 pressed powder [ˋprɛst ˋpaʊdɚ] 或 compact [ˋkampækt]。
· BB 霜、CC 霜的英文爲 BB cream、CC cream；局部打亮的產品稱作 highlighter [ˋhaɪˌlaɪtɚ]，動詞爲 highlight。

1 Drink as much water as possible and use **lip balm** to hydrate your lips.

盡量多喝水並使用護唇膏以滋潤雙唇。

Notes hydrate [ˈhaɪdret] (v.) 使……滋潤

2 This new formula gently removes even **waterproof mascara**.

這個新配方連防水型睫毛膏都能溫和地卸除。

Notes formula [ˈfɔrmjələ] (n.) 配方　remove [rɪˈmuv] (v.) 去除

3 This **foaming scrub** effectively cleanses and **exfoliates** in one easy step.

這款泡沫磨砂膏只要一個步驟，就能有效地清潔和去角質。

4 The **cleanser** can clarify **combination** and **oily** skin.

潔面乳能夠淨化混合及油性肌膚。

5 **Sunblock** helps prevent your skin from **aging** by screening out damaging UVA and UVB rays.

防曬乳能阻擋有害的紫外線，有助於預防肌膚老化。

Notes damaging [ˈdæmɪdʒɪŋ] (a.) 有害的　screen [skrin] (v.) 掩蔽；遮護

6 The **blush** looks good on you. It's quite natural.

妳擦的腮紅很好看，很自然。

7 This **moisturizer** will give you smoother and younger-looking skin. It's perfect for you.

這款潤膚乳可以使肌膚更光滑、看起來更年輕。非常適合你。

8 This **eye shadow** is easy to apply. It can also help you achieve a beautiful makeup look.

這款眼影很好用，而且它能為妳完成漂亮的妝感。

Notes apply [əˈplaɪ] (v.) 塗上；擦上

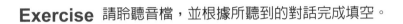
Exercise 請聆聽音檔，並根據所聽到的對話完成填空。

Sabrina: I have 1.（敏感乾性肌膚）. Do you have any suggestions for me? And how can I get rid of the 2.（黑眼圈）?

Beautician: Well, you can try to put on 3.（遮瑕膏） to cover it, and you shouldn't 4.（熬夜） too late. As for your skin, you can 5.（塗抹） some 6.（保濕露與精華液） before you sleep. They should help to 7.（調理和滋養） your skin.

Sabrina: I see. Is it really necessary to put on 8.（防曬品） whenever I go out? Because I tend to 9.（流汗） a lot. Can I just use an umbrella to 10.（遮陽）?

Beautician: I'm afraid that's not enough. 11.（紫外線） are everywhere. You should always 12.（塗抹） sunblock whenever you go out, and if you're going to be in the sun a long time, make sure that the 13.（防曬乳） is at least 14.（防曬係數） 30. I also 15.（建議） that you use 16.（防水） makeup and always put on a 17.（隔離霜）.

Sabrina: OK. And how can I look good all day?

Beautician: You won't look good if you only use 18.（粉底液）, so put on some 19.（睫毛膏） to emphasize your eyes and a light touch of 20.（腮紅） could 21.（打亮） your 22.（顴骨） and give you a little color.

Sabrina: Thank you so much. Wow! Looking good is never easy, is it?

Answer Key

1. dry, sensitive skin
2. dark circles under my eyes
3. concealer
4. stay up
5. apply
6. moisturizer and essence
7. condition and nourish
8. sunblock
9. sweat
10. block the sun
11. ultraviolet rays
12. wear
13. sunscreen
14. SPF
15. recommend
16. waterproof
17. base
18. foundation
19. mascara
20. blush
21. highlight
22. cheek bones

Translation

Sabrina：我是敏感乾性肌膚。妳可以給我一些建議嗎？還有我要怎樣才能消除黑眼圈？

美容師：嗯，妳可以試試用遮瑕膏來遮住它，還有不要熬夜到太晚。至於妳的皮膚，可以在睡前擦一些保濕露與精華液，這應該會幫助調理和滋養皮膚。

Sabrina：了解。每次出門都需要擦防曬品嗎？因為我很容易流汗，可不可以只用陽傘遮陽？

美容師：這樣恐怕是不夠的。紫外線無所不在，只要出門就應該要擦防曬，而如果要長時間待在陽光下，一定要擦防曬係數 30 以上的防曬乳。此外，我也推薦妳使用防水的化妝品，且務必要上隔離霜。

Sabrina：好的。那我要怎樣才能一整天都容光煥發呢？

美容師：單靠粉底液無法使妳看起來漂亮，刷些睫毛膏來突顯雙眸，淡掃一點點腮紅可以打亮顴骨，氣色也會較紅潤。

Sabrina：真的非常謝謝妳。哇！要看起來漂亮還真不容易，不是嗎？

修容・衛生用品
Toiletries

刮鬍用品
沐浴用品
牙齒保健
衛浴設備
馬桶相關

嚴選例句 ▶ 32
派上用場

修容 →

razor
[ˈrezɚ]
刮鬍刀

electric razor
[ɪˈlɛktrɪk ˈrezɚ]
電動刮鬍刀

razor blade
[ˈrezɚ ˌbled]
刮鬍刀片

shaving cream
[ˈʃevɪŋ ˌkrim]
刮鬍膏

洗髮 →

shampoo
[ʃæmˈpu]
洗髮精

conditioner
[kənˈdɪʃənɚ]
潤髮乳

洗澡 →

shower
[ˈʃauɚ]
n. 淋浴

showerhead
[ˈʃauɚˌhɛd]
蓮蓬頭

soap
[sop]
肥皂

bath
[bæθ]
泡澡

bath mat
[ˈbæθ ˌmæt]
浴室腳踏墊

towel rail
[ˈtauəl ˌrel]
（單根的）毛巾吊桿

(同) **shaver**
[ˈʃevɚ]

(補) **shaving foam**
刮鬍泡沫

five o'clock shadow
此爲在大部分人都朝九晚五工作的時代中產生的片語，
意指早上刮過、到晚上又新生的鬍渣。傳統認爲是不重
視儀容或疲憊的表現，但現在已成爲一種造型用語。
例：By the time he gets off work, he already has a five
o'clock shadow.
到了下班時間，他已經又是鬍渣滿腮了。

hairdryer
[ˈhɛrˌdraɪɚ]
吹風機

hair spray
[ˈhɛr ˌspre]
噴霧定型液

(補) **hair gel** | (補) **hair wax** | (補) **mousse**
髮膠 | 髮蠟 | [mus]
 | | 慕絲

shower cap
[ˈʃaʊɚ ˌkæp]
浴帽

shower curtain
[ˈʃaʊɚ ˌkɝtn̩]
浴簾

shower gel
[ˈʃaʊɚ ˌdʒɛl]
沐浴乳

bathtub
[ˈbæθˌtʌb]
浴缸

bath towel
[ˈbæθ ˌtaʊəl]
浴巾

towel rack
[ˈtaʊəl ˌræk]
各式各樣的毛巾架

condition 當動詞時表「調節」，字尾加上 -er 就成爲
具調節功能的物品，因此調整髮質的 hair conditioner
即爲「潤髮乳」（也可簡稱 conditioner）；調節空氣
的 air conditioner 就是「空調」。

刷牙 →

toothbrush
[ˈtuθ͵brʌʃ]
牙刷

toothpaste
[ˈtuθ͵pest]
牙膏

洗手台 →

sink
[sɪŋk]
（廚房、浴室的）水槽

faucet
[ˈfɔsɪt]
水龍頭

drain
[dren]
排水管

soap stand / dish
[ˈsop ͵stænd / ͵dɪʃ]
肥皂台 / 碟

toilet
[ˈtɔɪlɪt]
馬桶
→

toilet seat
[ˈtɔɪlɪt ͵sit]
馬桶座

(toilet) lid
[lɪd]
馬桶蓋

sanitary pad
[ˈsænə͵tɛrɪ ͵pæd]
衛生棉

toilet paper
[ˈtɔɪlɪt ͵pepɚ]
衛生紙

toothpick
[ˈtuθ͵pɪk]
牙籤

dental floss
[ˈdɛntl̩ ˈflɔs]
牙線

mouthwash
[ˈmauθ͵waʃ]
漱口水

(補) **floss**
[flɔs]
v. 用牙線潔牙

tap water
[ˈtæp ͵watə]
自來水

plug
[plʌg]
塞子；栓子

mirror
[ˈmɪrə]
鏡子

air freshener
[ˈɛr ͵frɛʃənə]
芳香劑

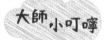

大師小叮嚀

look (at oneself) in the mirror 指
「照鏡子」。例：
You look terrible! Go and look at
yourself in the mirror.
你看來糟透了！去照照鏡子吧。

(toilet) tank
[tæŋk]
水箱

toilet brush
[ˈtɔɪlɪt ͵brʌʃ]
馬桶刷

plunger
[ˈplʌndʒə]
（疏通水管、馬桶等的）橡膠吸盤

(補) **tissue**
[ˈtɪʃʊ]
面紙

嚴選例句

1 You should apply some **shaving cream** before you shave.
在刮鬍子之前，你應該先抹一些刮鬍膏。

2 Dentists advise people to **floss** regularly.
牙醫師建議大家養成用牙線潔牙的習慣。

3 Don't forget to put on a **shower cap** if you don't want to get your hair wet.
你若不想弄濕頭髮，別忘了戴上浴帽。

4 It would be pointless to dry your body with a wet **towel**.
用濕毛巾來擦乾身體是沒意義的。
Notes pointless [ˈpɔɪntlɪs] (a.) 無意義的

5 The **mirror** fogs up whenever someone takes a shower.
只要有人淋浴，鏡子就會起霧。
Notes fog up 因霧而變模糊

6 I was on the **toilet** when the doorbell rang.
門鈴響時我正在上廁所。

7 Of course it wasn't until after I was in the stall that I discovered there was no **toilet paper**.
我當然是一直到進了廁所間才發現沒有衛生紙。
Notes stall [stɔl] (n.) 隔間

8 She always uses a lot of **mousse** and **hair spray** to style her hair.
她總是用很多幕絲和定型液來做頭髮造型。
Notes style [staɪl] (v.) 設計

派上用場

Exercise Sabrina 和 Patrick 剛搬進一間新公寓。他們需要買些個人用品，請依據中文幫他們列出所需項目的英文名稱。

Shopping List

For Shaving

刮鬍刀 〔   〕   刮鬍膏   〔   〕

For Teeth

牙 刷 〔   〕   牙 膏   〔   〕

漱口水 〔   〕   牙 線   〔   〕

For Bathing

洗髮精 〔   〕   潤髮乳   〔   〕

浴 帽 〔   〕   浴 巾   〔   〕

Others

肥皂台 〔   〕   捲筒衛生紙 〔   〕

浴 簾 〔   〕   衛生棉   〔   〕

Answer Key

<u>For Shaving</u>

刮鬍刀 razor　刮鬍膏 shaving cream

<u>For Teeth</u>

牙刷 toothbrush　牙膏 toothpaste　漱口水 mouthwash　牙線 dental floss

<u>For Bathing</u>

洗髮精 shampoo　潤髮乳 conditioner　浴帽 shower cap　浴巾 bath towel

<u>Others</u>

肥皂台 soap dish　捲筒衛生紙 rolls of toilet paper　浴簾 shower curtain
衛生棉 sanitary pad

住宅
Housing

房屋種類
租購房屋
房屋各部分

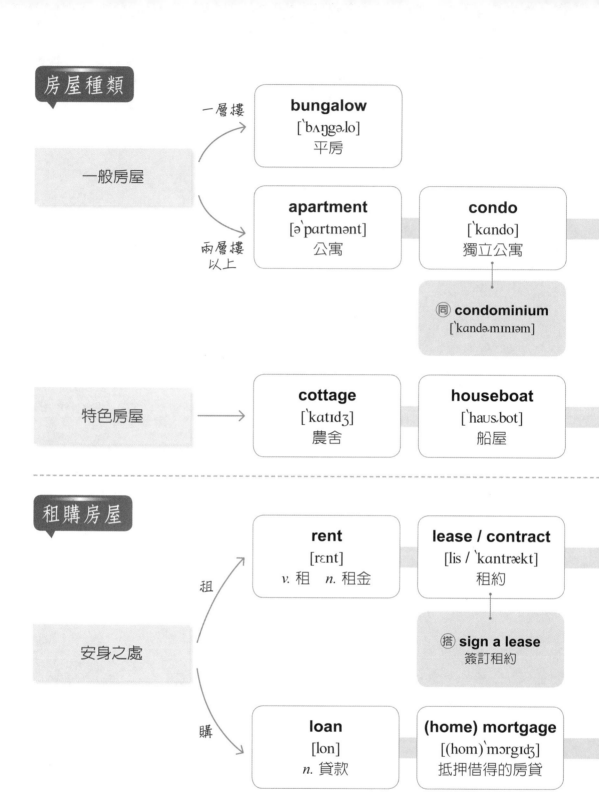

房屋種類

一般房屋

一層樓 → **bungalow**
[ˋbʌŋɡəˏlo]
平房

兩層樓
以上 → **apartment**
[əˋpɑrtmənt]
公寓

condo
[ˋkɑndo]
獨立公寓

（同）**condominium**
[ˋkɑndəˏmɪnɪəm]

特色房屋 → **cottage**
[ˋkɑtɪdʒ]
農舍

houseboat
[ˋhaʊsˏbot]
船屋

租購房屋

安身之處

租 → **rent**
[rɛnt]
v. 租　*n.* 租金

lease / contract
[lis / ˋkɑntrækt]
租約

（搭）**sign a lease**
簽訂租約

購 → **loan**
[lon]
n. 貸款

(home) mortgage
[(hom)ˋmɔrɡɪdʒ]
抵押借得的房貸

penthouse
[`pɛnt‚haʊs]
大樓頂層的豪華公寓

mansion
[`mænʃən]
大廈；宅第

villa
[`vɪlə]
別墅

同 **trailer**
[`trelə]

mobile home
[`mobḷ ‚hom]
拖車型活動房屋

log cabin
[`lɔg `kæbɪn]
小木屋

prefab
[`pri‚fæb]
組合屋

landlord
[`lænd‚lɔrd]
房東

tenant
[`tɛnənt]
房客

補 **landlady**
[`lænd‚ledɪ]
女房東

real estate
[`rɪəl ə`stet]
房地產

房屋各部分

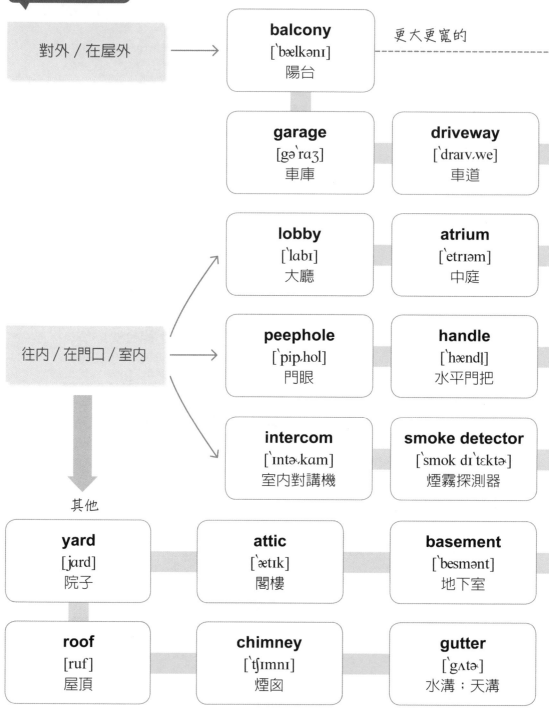

對外 / 在屋外 →

balcony
[ˈbælkənɪ]
陽台

------ 更大更寬的

garage
[gəˈraʒ]
車庫

driveway
[ˈdraɪvˌwe]
車道

往內 / 在門口 / 室內 →

lobby
[ˈlabɪ]
大廳

atrium
[ˈetrɪəm]
中庭

peephole
[ˈpipˌhol]
門眼

handle
[ˈhændl̩]
水平門把

intercom
[ˈɪntəˌkam]
室內對講機

smoke detector
[ˈsmok dɪˈtɛktə]
煙霧探測器

其他

yard
[jɑrd]
院子

attic
[ˈætɪk]
閣樓

basement
[ˈbesmənt]
地下室

roof
[ruf]
屋頂

chimney
[ˈtʃɪmnɪ]
煙囪

gutter
[ˈgʌtə]
水溝；天溝

deck [dɛk] 露天平台	平台上 可見 →	satellite dish [ˈsætḷˌaɪt ˈdɪʃ] 衛星接收盤	TV antenna [ˈtiˈvi ænˈtɛnə] 電視天線

parking lot [ˈparkɪŋ ˈlat] 停車場	可能 須支付 →	parking fee [ˈparkɪŋ ˈfi] 停車費	fine [faɪn] v. / n. 罰款

hall [hɔl] 走廊	elevator [ˈɛləˌvetə] 電梯	補 escalator [ˈɛskəˌletə] 電扶梯

doorknob [ˈdorˌnab] 喇叭鎖門把	buzzer [ˈbʌzə] 門鈴	同 doorbell [ˈdorˌbɛl]

fire alarm [ˈfaɪr əˈlarm] 火災警報（器）	fire extinguisher [ˈfaɪr ɪkˈstɪŋgwɪʃə] 滅火器

cellar [ˈsɛlə] 地窖；酒窖	drainpipe [ˈdrenˌpaɪp] 排水管

大師小叮嚀

- buzzer 和 doorbell 雖然同義，但搭配的動詞不同。「按門鈴」可以說 <u>press</u> the buzzer 或 <u>ring</u> the doorbell。
- peephole 的 peep (v./n.) 為「窺視；偷看」之意，而「偷窺狂」則是 peeping Tom。
- 「高額罰金」要如何表示？和 heavy 這個字搭配使用即可。
  例：be fined (v.) heavily「被罰重金」；a heavy fine (n.)「高額罰金」。

1 The **real estate** broker found me an **apartment** with ridiculously high **rent**.
房仲業者幫我找了一間房租高得離譜的公寓。
Notes ridiculously [rɪˋdɪkjələslɪ] (adv.) 荒謬地

2 The **gutters** get flooded whenever a typhoon hits.
每次颱風來襲，水溝都會淹水。
Notes flood [flʌd] (v.) 淹沒

3 I pressed the **buzzer**, but there was no answer.
我按了門鈴，卻沒人來應門。

4 The thief fled from the police by climbing down a **drainpipe**.
小偷沿著排水管爬下，逃開了警察。
Notes flee [fli] (v.) 逃走

5 Check the **peephole** before you unlock the door.
開門前先從門眼確認一下。
Notes unlock [ʌnˋlɑk] (v.) 開鎖；開啟

6 **Smoke detectors** are a basic safety device that should be installed in every building.
煙霧探測器是基本的安全裝置，每棟大樓應該都要裝設。

7 Run for your life if the **fire alarm** goes off!
要是火災警報器響了，就快逃命吧！
Notes go off（警報）響起

8 Taking the **elevator** is a lot easier on my legs than taking the stairs.
坐電梯比起爬樓梯，我的腿會輕鬆得多。
Notes take the stairs 爬樓梯

9 We couldn't get out because there was a car parked at the bottom of the **driveway**.
有輛車停在車道盡頭，我們出不去。

10 Marvin got **fined** for eating on the subway.
馬文因為在地鐵吃東西被罰款。

Exercise 請聆聽音檔，並根據所聽到的對話完成填空。

Evelyn: Do you have any 1. ＿＿＿（公寓）＿＿＿ or houses for 2. ＿＿（出租）＿＿ ?

Landlord: Yes, I have a 3. ＿＿（三層樓的）＿＿ house that includes basic 4. ＿＿（家具）＿＿ and a 5. ＿（衛星接收盤）＿ .

Evelyn: There are just two of us.

Landlord: Oh, OK. Well, I also have a nice new apartment that you might be interested in. It's very modern and has almost everything you can think of, including an 6. ＿＿（電梯）＿＿ , an 7. ＿＿（空調）＿＿ , a 8. ＿（煙霧探測器）＿ , and a 9. ＿（火災警報器）＿ .

Evelyn: That's great! Does the door have a 10. ＿＿（門眼）＿＿ ? I'm very 11. ＿（注重安全）＿ .

Landlord: It sure does. And you can use the 12. ＿（室內對講機）＿ to talk with the 13. ＿（大門守衛）＿ in the 14. ＿＿（大廳）＿＿ anytime you want.

Evelyn: Nice. By the way, I'm 15. ＿（對蚊子過敏）＿, so is it OK if I install① an extra 16. ＿＿（紗窗）＿＿ on all the windows?

Landlord: That's fine.

Evelyn: Good. And does the building have parking?

Landlord: There's an 17. ＿（地下停車場）＿, which charges② NT$500 per car monthly.

Evelyn: Sounds 18. ＿＿（合理的）＿＿ ③. Where do we sign the lease?

Answer Key

1. apartments
2. rent
3. three-story
4. furnishings
5. satellite dish
6. elevator
7. air conditioner
8. smoke detector
9. fire alarm
10. peephole
11. concerned about safety
12. intercom
13. doorman
14. lobby
15. allergic to mosquitoes
16. screens
17. underground parking lot
18. reasonable

Notes

① install [ɪnˈstɔl] (v.) 安裝。從家具、機器、設備乃至電腦軟體的安裝都可以用這個字表達。
② charge [tʃɑrdʒ] (v.) 收費
③ reasonable [ˈriznəbl] (a.) （價錢）公道的；不貴的

Translation

Evelyn：妳有任何公寓或房屋要出租嗎？

　房東：有啊，我有一間三層樓的房子，附基本家具和一個衛星接收盤。

Evelyn：我們只有兩個人。

　房東：喔，好，那我有一間超棒的新公寓妳可能會有興趣。它非常現代化，幾乎具備所有妳想得到的東西，包括電梯、空調、煙霧探測器和火災警報器。

Evelyn：太好了！那大門有沒有門眼？我很注重安全的。

　房東：當然有。而且妳還可以隨時用室內對講機跟大廳的大門守衛聯繫。

Evelyn：真好。順便請問一下，因為我對蚊子過敏，我可不可以在所有窗戶加裝紗窗？

　房東：可以。

Evelyn：好，這棟樓有停車場嗎？

　房東：我們的大樓有地下停車場，收費是每部車每月 500 元。

Evelyn：聽起來很合理。我們要在哪裡簽約？

家具
Furniture

客廳
窗戶
臥室
洗衣間
廚房
其他

嚴選例句 ▶ 35
派上用場

living room
[ˈlɪvɪŋ ˌrum]
客廳

休息處

couch / sofa
[kautʃ / ˈsofə]
沙發

armchair
[ˈɑrmˌtʃɛr]
扶手椅

電器類

light switch
[ˈlaɪt ˌswɪtʃ]
電源開關

lamp
[læmp]
檯燈

其他物件

carpet
[ˈkɑrpɪt]
地毯

screen
[skrin]
屏風

cabinet
[ˈkæbənɪt]
櫥櫃

bookshelf
[ˈbukˌʃɛlf]
書架

bookend
[ˈbukˌɛnd]
書擋

window
[ˈwɪndo]
窗戶

各種窗型

French window
[ˈfrɛntʃ ˈwɪndo]
落地窗

screen
[skrin]
紗窗；紗門

window pane
[ˈwɪndo ˌpen]
窗玻璃片

window sill
[ˈwɪndo ˌsɪl]
窗台

cushion
[ˈkuʃən]
坐墊；靠墊

coffee table
[ˈkɔfɪ ˌtebḷ]
茶几

stool
[stul]
凳子

air conditioner
[ˈɛr kənˈdɪʃənə]
冷氣

television
[ˈtɛləˌvɪʒən]
電視

remote control
[rɪˈmot kənˈtrol]
遙控器

補 **heater**
[ˈhitə]
暖氣機

補 **ashtray**
[ˈæʃˌtre]
菸灰缸

bookcase
[ˈbukˌkes]
書櫃

大師小叮嚀

常用家具相關說法：
一件家具 a piece of furniture
一套家具 a set of furniture
附家具的 / 未附家具的 furnished/unfurnished
二手家具 secondhand furniture

shutters
[ˈʃʌtəz]
百葉窗

curtain
[ˈkɝtṇ]
窗簾；簾子

大師小叮嚀

同 **blinds**
[blaɪndz]

落地窗通常不只一片玻璃，所以 window 經常使用
複數形。

臥室

bedroom
[ˈbɛdˌrum]
臥室

各種
床型 →

single bed
[ˈsɪŋɡl̩ ˈbɛd]
單人床

double bed
[ˈdʌbl̩ ˈbɛd]
雙人床

bunk bed
[ˈbʌŋk ˌbɛd]
上下鋪雙層床

crib
[krɪb]
嬰兒床

(補) **bedframe / bedstead**
[ˈbɛdˌfrem / ˈbɛdˌstɛd]
床架

bedding set
[ˈbɛdɪŋ ˌsɛt]
床組

sheet
[ʃit]
床單

mattress
[ˈmætrɪs]
床墊

comforter
[ˈkʌmfətə˞]
棉被

quilt
[kwɪlt]
薄被

其他物件

nightstand
[ˈnaɪtˌstænd]
床頭櫃

wardrobe
[ˈwɔrdˌrob]
衣櫃

dresser
[ˈdrɛsə˞]
梳妝台

(同) **night table**

(同) **closet**
[ˈklɑzɪt]

queen-size bed
['kwin‚saɪz 'bɛd]
大號雙人床

kind-size bed
['kɪŋ‚saɪz 'bɛd]
特大號雙人床

twin bed
['twɪn 'bɛd]
兩張單人床

cradle
['kredl̩]
搖籃

hammock
['hæmək]
吊床

cot
[kɑt]
行軍床

 同 **camp bed**

pillow
['pɪlo]
枕頭

pillowcase
['pɪlo‚kes]
枕頭套

大師小叮嚀

摺棉被的「摺；疊」動作的英文是 fold [fold]。

rocking chair
['rakɪŋ ‚tʃɛr]
搖椅

blanket
['blæŋkɪt]
毯子

mat
[mæt]
踏墊

洗衣間

laundry room
[ˈlɔndrɪ ˈrum]
洗衣間

→

laundry
[ˈlɔndrɪ]
n. 送洗衣物

washing machine
[ˈwɑʃɪŋ məˈʃin]
洗衣機

廚房

kitchen
[ˈkɪtʃɪn]
廚房

↗

counter
[ˈkaʊntɚ]
流理台

stove / range
[stov / rendʒ]
火爐

microwave
[ˈmaɪkroˌwev]
微波爐

induction burner
[ɪnˈdʌkʃən ˌbɜnɚ]
電磁爐

dishwasher
[ˈdɪʃˌwɑʃɚ]
洗碗機

cupboard
[ˈkʌbəd]
碗櫥

* 更多廚房器具名稱詳見下一單元「廚房用具 Kitchenware 篇」

其他

tile(s)
[taɪl(z)]
瓷磚

floor
[flor]
地板

ceiling
[ˈsilɪŋ]
天花板

spin

[spɪn]

v. 脫水

dryer

[ˋdraɪɚ]

烘乾機

iron

[ˋaɪən]

v. 熨衣服

補 **drip-dry**

[ˋdrɪpˋdraɪ]

v. 自然風乾

refrigerator

[rɪˋfrɪdʒəˌretɚ]

冰箱

oven

[ˋʌvən]

烤箱

toaster

[ˋtostɚ]

烤麵包機

補 **freezer**

[ˋfrizɚ]

冰箱上層的冷凍庫

大師小叮嚀

trash can

[ˋtræʃ ˌkæn]

【美】垃圾桶

- burner [ˋbɝnɚ] 也可譯為「爐子」，但較常用來指香爐類的容器（incense burner）。
- 冰箱常簡稱為 fridge [frɪdʒ]。
- microwave 作動詞用時表「用微波爐烹調食物」。
- 垃圾桶還有下列幾種說法：
  【美】garbage can　【英】garbage bin　【英】rubbish bin

molding

[ˋmoldɪŋ]

天花板的飾條

1 When playing hide-and-seek, a **wardrobe** is not the most creative hiding place.

玩捉迷藏時躲在衣櫥裡實在是沒什麼創意。

Notes hide-and-seek 捉迷藏

2 Would you help me **microwave** the fish?

你可以幫我微波這條魚嗎？

3 This **furniture set** is too lavish to be put to everyday use.

這套家具作為日常使用太奢華了。

Notes lavish [ˈlævɪʃ] (a.) 浪費的；揮霍的

4 She usually washes her sweaters by hand and lets them **drip-dry** on the balcony.

她通常都手洗毛衣，再掛在陽台上晾乾。

5 I dream of sleeping on a **hammock** hung between two trees on a tropical beach.

我夢想著在熱帶海灘、吊在兩棵樹之間的吊床上睡覺。

6 Make it a habit of **folding** your **quilt** every time you get out of bed.

要養成你每次起床摺棉被的習慣。

Notes make it a habit 養成習慣

7 It takes me quite a long time to **iron** a shirt properly.

我要花蠻常時間才能燙好一件襯衫。

8 We should empty the **trash can** every day to keep the kitchen from smelling.

我們應該每天清空垃圾桶，廚房才不會發臭。

Notes empty [ˈɛmptɪ] (v.) 倒空

派上用場

Exercise 請根據提示完成字謎。

Across

1. 櫥櫃

4. 床墊

6. 菸灰缸

9. 棉被

10. 流理台

11. 紗窗

14. 坐墊

15. 熨斗

Down

2. 烤麵包機

3. 送洗衣物

5. 百葉窗

7. 冰箱

8. 衣櫃

12. 搖籃

13. 窗簾

Answer Key

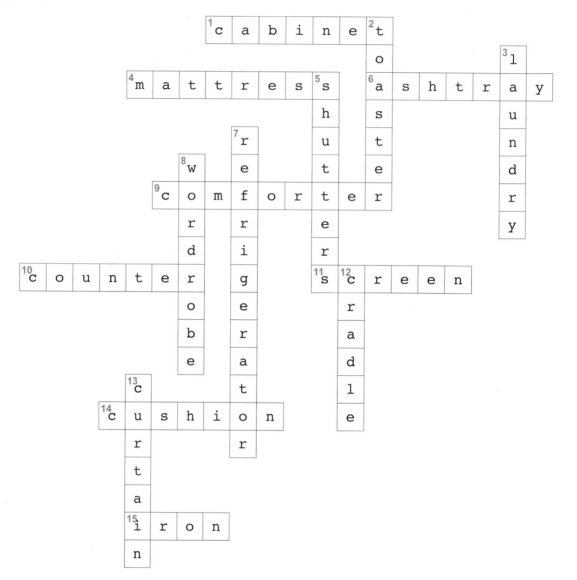

Across

1. 櫥櫃（cabinet）

4. 床墊（mattress）

6. 菸灰缸（ashtray）

9. 棉被（comforter）

10. 流理台（counter）

11. 紗窗（screen）

14. 坐墊（cushion）

15. 熨斗（iron）

Down

2. 烤麵包機（toaster）

3. 送洗衣物（laundry）

5. 百葉窗（shutters）

7. 冰箱（refrigerator）

8. 衣櫃（wordrobe）

12. 搖籃（cradle）

13. 窗簾（curtain）

廚房用具
Kitchenware

鍋類
碗瓢杯壺
料理器具
其他

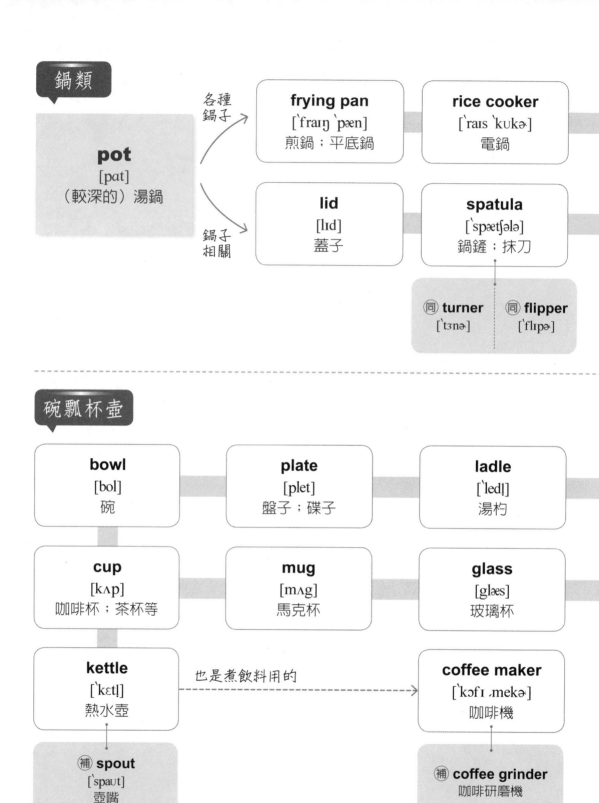

鍋類

pot
[pɑt]
（較深的）湯鍋

各種鍋子

frying pan
[ˈfraɪŋ ˈpæn]
煎鍋；平底鍋

rice cooker
[ˈraɪs ˈkʊkə]
電鍋

鍋子相關

lid
[lɪd]
蓋子

spatula
[ˈspætʃələ]
鍋鏟；抹刀

同 **turner**
[ˈtɜnə]

同 **flipper**
[ˈflɪpə]

碗瓢杯壺

bowl
[bol]
碗

plate
[plet]
盤子；碟子

ladle
[ˈledl]
湯杓

cup
[kʌp]
咖啡杯；茶杯等

mug
[mʌg]
馬克杯

glass
[glæs]
玻璃杯

kettle
[ˈkɛtl]
熱水壺

也是煮飲料用的

coffee maker
[ˈkɔfɪ ˌmekə]
咖啡機

補 **spout**
[ˈspaʊt]
壺嘴

補 **coffee grinder**
咖啡研磨機

pressure cooker
[ˈprɛʃə ˈkʊkə]
快鍋；壓力鍋

casserole
[ˈkæsəˌrol]
砂鍋；燉鍋

wok
[wak]
中式炒菜鍋

cutting board
[ˈkʌtɪŋ ˈbord]
砧板

cleaver
[ˈklivə]
中式（剁肉）菜刀

（補）**air fryer**
氣炸鍋

（同）**chopping board**

（補）**knife**
[naɪf]
西式廚刀

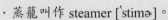

spoon
[spun]
湯匙

goblet
[ˈgablɪt]
高腳杯

大師小叮嚀

- 蒸籠叫作 steamer [ˈstimə]。
- 美國常見的平底烤盤（煎牛排等）稱作 griddle [ˈgrɪdl]。
- tumbler [ˈtʌmblə] 原指平底無柄的杯子，現在咖啡店的隨行杯也叫作 tumbler。
- 盤子是 plate，但若要表達「一盤菜」，則須用 dish 這個字。

potholder(s)
[ˈpɑtˌholdɚ(z)]
隔熱手套／套墊

measuring spoon
[ˈmɛʒrɪŋ ˈspun]
量匙

can opener
[ˈkæn ˌopənɚ]
開罐器

補 **measuring cup**
量杯

補 **bottle opener**
開瓶器

plastic wrap
[ˈplæstɪk ˈræp]
保鮮膜

aluminum foil
[əˈlumɪnəm ˌfɔɪl]
鋁箔紙

strainer
[ˈstrenɚ]
濾網

sieve
[sɪv]
篩子（過濾粉狀物）

rolling pin
[ˈrolɪŋ ˈpɪn]
擀麵棍

apron
[ˈeprən]
圍裙

booster seat
[ˈbustɚ ˈsit]
嬰孩用的餐椅

lazy Susan
[ˈlezɪ ˈsuzn̩]
餐桌中央的轉盤

waffle iron
[ˈwafl̩ ˈaɪɚn]
鬆餅機

placemat
[ˈplesˈmæt]
桌墊；餐墊

coaster
[ˈkostɚ]
杯墊

dish rack
[ˈdɪʃ ˈræk]
碗盤瀝水架

peeler
[`pilɚ]
削皮器

timer
[`taɪmɚ]
定時器

whisk
[hwɪsk]
打蛋器

同 (egg) beater

・「隔熱手套」也可稱為 oven mitt/glove 或 heat (resistant) glove。
・strainer 和 sieve 不一樣：
　strainer 是用來分離固態和液態食物，例如撈水餃的杓子或是廚房水槽使用的濾網；
　而 sieve 的洞孔較小，用來過濾粉狀物，分離大小顆粒。
・鋁箔紙常簡稱為 foil。

mixer
[`mɪksɚ]
果菜榨汁機

同 **blender**
[`blɛndɚ]

saucer
[`sɔsɚ]
茶杯下的淺碟

・華人常用的菜瓜布則叫 loofah [`lufə]。
・有些人習慣洗完碗盤後用 dishtowel「擦碗布」或 paper towel「紙巾」擦乾。

1 Heat some oil in the **frying pan** before you throw in the garlic.
在你丟進蒜頭之前，倒一些油在煎鍋裡加熱。
Notes heat [hit] (v.) 加熱

2 How can you make pancakes without a **spatula**?
你沒有鍋鏟怎麼做煎餅？

3 If you want to make noodles, it's useful to have a good **rolling pin**.
如果你要做麵，有根擀麵棍是很有用的。

4 The kitchen counter is a mess, because my mom forgot to put the **lid** on the **blender**.
我媽忘了把果汁機的蓋子蓋上，現在廚房的流理台是一團糟。
Notes mess [mɛs] (n.) 混亂

5 We have a stainless steel **dish rack**, but I'm thinking about getting a wooden one.
我們有個不鏽鋼碗架，但我考慮買個木製的。
Notes stainless steel 不鏽鋼

6 My sister-in-law is planning to buy a **booster seat**, so her baby girl can join us at the dining table.
我弟妹計畫要買張兒童餐椅，好讓她的小女兒能和我們一起在餐桌用餐。

7 The whistle on the **kettle** is broken, so you have to watch for the steam coming out of the **spout**.
熱水壺上的汽笛壞了，所以你要注意壺口冒出的水蒸氣。
Notes whistle [ˈhwɪsl] (n.) 口哨；汽笛　　steam [stim] (n.) 蒸汽；水蒸氣

8 Please put a **coaster** under the **glass** or you'll leave a stain on the tea table.
請在玻璃杯下放一個杯墊，不然你會在茶桌上留下印子。
Notes stain [sten] (n.) 污漬

9 A candle-lit dinner would be more romantic with champagne in **goblets**.

搭配上斟有香檳的高腳杯，燭光晚餐會更浪漫。

Notes lit 為 light 的過去式和過去分詞。

10 **Plastic wrap** and **aluminum foil** are useful for wrapping up leftovers.

保鮮膜和鋁箔紙在收拾剩菜時非常有用。

Notes leftover [ˈlɛftˌovɚ] (n.) 剩餘物

11 A **rice cooker** is a treasure for many homesick Asian students studying abroad.

對於思鄉的海外亞洲學生而言，電鍋是一件寶貝。

12 You should scour these pots with a **loofah** first.

你應該先用菜瓜布刷掉這些斑點。

Notes scour [skaʊr] (v.) 擦掉；擦亮

Exercise 請聆聽音檔，並根據所聽到的對話完成填空。

Mother: All I have to do is put on a 1. ＿＿（宴席）＿＿ like the full Manchu-Han banquet at every 2. ＿＿（家庭聚會）＿＿ ① and everything will be just fine, right?

Daughter: That's why all the 3. ＿＿（親戚）＿＿ enjoy the yearly event so much, "master chef." The sea cucumber cubes are ready on the 4. ＿＿（砧板）＿＿.

Mother: Thank you. Please 5. ＿＿（遞給）＿＿ me the 6. ＿＿（炒菜鍋）＿＿ and the 7. ＿＿（鍋鏟）＿＿, and I still need 8. ＿＿（半茶匙）＿＿ of salt. Oh, can you check the 9. ＿＿（蒸籠）＿＿ first? I think the 10. ＿＿（清蒸石斑）＿＿ is almost done.

Daughter: OK. By the way, Jill is already setting the table. ②

Mother: She'd better be careful. The 11. ＿＿（烤乳豬）＿＿ is still hot from the 12. ＿＿（烤箱）＿＿.

Daughter: You're right. I'll remind her. I'll also have her put the 13. ＿＿（電磁爐）＿＿ on the table to keep the 14. ＿＿（餛飩湯）＿＿ warm.

Mother: OK. She may need some 15. ＿＿（隔熱手套）＿＿, too. And don't forget the 16. ＿＿（湯杓）＿＿ for the soup.

Daughter: Mom! Aunt Gigi is here with Jamie. She brought some 17. ＿＿（人蔘燉雞）＿＿ in a 18. ＿＿（壓力鍋）＿＿.

Mother: Super! Could you get out the 19. ＿＿（兒童餐椅）＿＿ for Jamie?

Daughter: Sure. I bet I can find her favorite cartoon 20. ＿＿（餐墊）＿＿, too!

Answer Key

1. banquet
2. family reunion
3. relatives
4. cutting board
5. hand
6. wok
7. turner
8. half a teaspoon
9. steamer
10. steamed grouper
11. roast suckling pig
12. oven
13. hot plate
14. wonton soup
15. potholders
16. ladle
17. ginseng chicken soup
18. pressure cooker
19. booster seat
20. place mat

Notes

① reunion [rɪˋjunjən] (n.) 團聚
② set the table 擺放餐具

Translation

媽媽：每次家庭聚會，我都非得辦一個像滿漢全席的宴席就是了，對吧？

女兒：這就是為什麼所有的親戚都非常喜愛這個年度盛事啊，「大廚」！海蔘切丁已經準備好在砧板上了。

媽媽：謝謝。請把炒菜鍋和鍋鏟遞給我，另外我還要半茶匙的鹽。對了，妳先去看看蒸籠好嗎？我想清蒸石斑快好了。

女兒：好。順便跟妳說，吉兒已經在擺餐具了。

媽媽：她最好小心一點。烤乳豬剛出爐還很燙呢。

女兒：妳說的沒錯，我會提醒她。我也會叫她把電磁爐擺到桌上讓餛飩湯保溫。

媽媽：好，她可能還需要隔熱手套。還有，不要忘了盛湯用的湯杓。

女兒：媽！琪琪阿姨和潔美已經到了。她用壓力鍋帶了人參燉雞來。

媽媽：太好了！妳能把兒童餐椅拿出來給潔美嗎？

女兒：當然，我相信我還可以找到她最喜歡的卡通餐墊！

居家清潔
Household Cleaning

洗衣
打掃用具

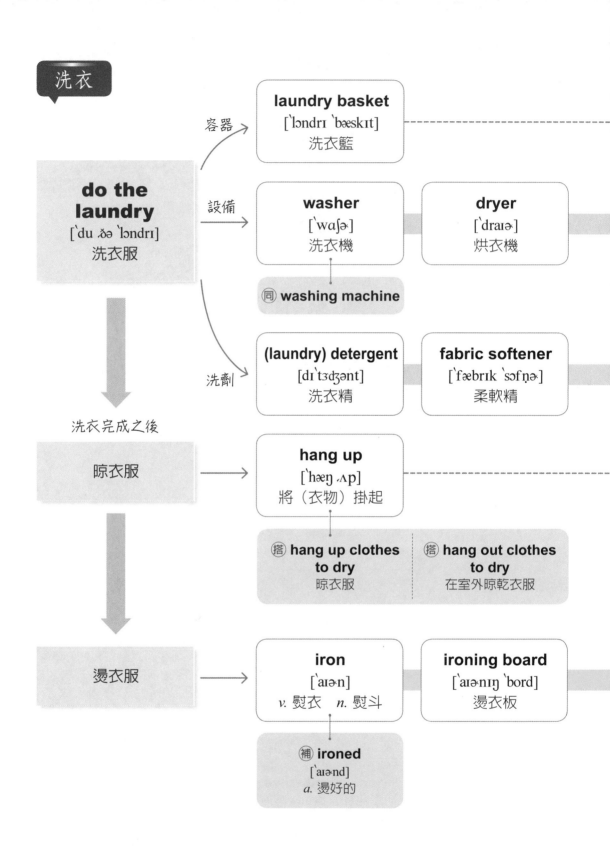

洗衣

do the
laundry
[ˈdu ˌðə ˈlɔndrɪ]
洗衣服

容器 → laundry basket
[ˈlɔndrɪ ˈbæskɪt]
洗衣籃

設備 → washer
[ˈwɑʃə]
洗衣機

dryer
[ˈdraɪə]
烘衣機

同 washing machine

洗劑 → (laundry) detergent
[dɪˈtɜdʒənt]
洗衣精

fabric softener
[ˈfæbrɪk ˈsɔfŋə]
柔軟精

洗衣完成之後

晾衣服 → hang up
[ˈhæŋ ˌʌp]
將（衣物）掛起

搭 hang up clothes
to dry
晾衣服

搭 hang out clothes
to dry
在室外晾乾衣服

燙衣服 → iron
[ˈaɪən]
v. 熨衣　n. 熨斗

ironing board
[ˈaɪənɪŋ ˈbord]
燙衣板

補 ironed
[ˈaɪənd]
a. 燙好的

sort the laundry
[ˈsɔrt ðə ˈlɔndrɪ]
將衣物分類

load the washer
[ˈlod ðə ˈwɑʃə]
將衣物放入洗衣機

unload the dryer
[ʌnˈlod ðə ˈdraɪə]
將衣物從烘衣機取出

utility sink
[juˈtɪlətɪ ˈsɪŋk]
洗滌槽

dry-clean
[ˈdraɪˈklin]
v. 乾洗

bleach
[blitʃ]
n. 漂白劑　v. 漂白

stain remover
[ˈsten rɪˈmuvə]
去漬劑

hanger
[ˈhæŋə]
衣架

clothespin
[ˈklozˌpɪn]
曬衣夾

clothesline
[ˈklozˌlaɪn]
曬衣繩

stretch out wrinkles
[ˈstrɛtʃ ˌaut ˈrɪŋkļz]
拉平縐褶

spray starch
[ˈspre ˈstɑrtʃ]
助熨澱粉噴霧

wrinkled
[ˈrɪŋkļd]
a. 皺巴巴的

大師小叮嚀

・「洗碗」的說法與洗衣服相似，叫作 do the dishes；「洗碗精」的英文
　也與洗衣精一樣，就是 detergent。
・spray
　(n.)「噴灑液；噴霧器」，例：「噴霧殺蟲劑」是 insect spray。
　(v.)「噴灑」，例：「在自己身上噴香水」是 spray perfume on oneself。

sweep
[swip]
v. / n. 打掃；清掃

乾

duster
[ˋdʌstə˞]
雞毛撢子

broom
[brum]
掃把

vacuum cleaner
[ˋvækjʊəm ˋklinə˞]
吸塵器

dustpan
[ˋdʌstˏpæn]
畚箕

(搭) **vacuum cleaner bag**
集塵袋

(補) **plug in**
插電

濕

rag
[ræg]
抹布

bucket
[ˋbʌkɪt]
水桶

scrub brush
[ˋskrʌb ˋbrʌʃ]
硬毛刷

sponge
[spʌndʒ]
海綿

mop
[mɑp]
n. 拖把　*v.* 用拖把拖

(搭) **mop the floor**
拖地

・「搓洗」就是 scrub (v.)。
　例：scrub the bucket 刷水桶
・「用吸塵器吸」就是 vacuum (v.)。
　例：vacuum the carpet 用吸塵器吸地毯

1 Armed with only a **bucket** and **sponge**, I started washing my car.
只帶著水桶和海綿，我開始洗車。
Notes be armed with 準備

2 Can woolens be **dry-cleaned**?
毛料衣服能乾洗嗎?

3 **Sorting laundry** involves more than separating clothes according to color and fabric type; one should also check for stains and damage.
衣物分類不是只根據顏色跟布料而已，還要檢查污漬和破損處。
Notes involve [ɪnˋvɑlv] (v.) 需要；包含；涉及

4 It takes more than five minutes to **iron** a **wrinkled** dress properly.
要把一件皺巴巴的洋裝燙好，得花五分鐘以上。

5 My mom always **hangs** laundry **up** to dry instead of using a clothes **dryer**.
我媽媽都是把洗好的衣服自然晾乾而不是用烘衣機。

6 **Clothespins** are indispensable for hanging clothes.
曬衣夾在晾衣服時是不可缺少的。
Notes indispensable [ˌɪndɪsˋpɛnsəbl] (a.) 不可或缺的

7 You can spray water on **wrinkled** clothing and pull on them to **stretch out wrinkles**, or you can spray the clothes while ironing them.
你可以在皺巴巴的衣物上噴點水後拉平縐褶，或是在燙衣服的時候噴水。

8 My mom always **bleaches** my white shirts whenever she does the laundry.
我媽媽洗衣服時都會漂白我的白襯衫。

9 Be sure to use a lot of **detergent** when you wash the frying pan. It's really, really greasy.
洗平底鍋時記得要多用些洗碗精，它非常非常油膩。

10 I like to **vacuum** the floor instead of sweeping it.
我喜歡用吸塵器吸地甚於掃地。

Exercise 請聆聽音檔，並根據所聽到的對話完成填空。

Husband: Honey, the kitchen floor needs a good 1. _____（刷洗）_____.

Wife: I know. But take a look at the 2. _____（曬衣繩）_____. I 3. _____（洗衣服）_____ all day yesterday! I even 4. _____（漂白）_____ the white sheets, and 5. _____（燙平）_____ several of your 6. _____（皺巴巴的）_____ shirts. I think I deserve a day off.①

Husband: I know you do, but I really need your help. You are an 7. _____（專家）_____ at this stuff. Why don't we give the whole house a 8. _____（大掃除）_____ together.

Wife: Alright. 9. _____（我會很感激）_____ it if you'd be willing to② be in charge of③ 10. _____（掃地）_____ and scrubbing though.

Husband: No problem. I'll do the kitchen and bathroom floor first and then the yard.

Wife: Maybe you could also 11. （用吸塵器吸） the 12. _____（地毯）_____ a little or 13. _____（用拖把拖）_____ our bedroom.

Husband: Can I ask you something? What are you in charge of?

Wife: Getting everything ready. There are so many things you're going to need: the 14. _____（掃把）_____, the 15. _____（畚箕）_____, the 16. _____（吸塵器）_____, the 17. _____（水桶）_____, the 18. _____（硬毛刷）_____, and probably a 19. _____（海綿）_____ and some 20. _____（抹布）_____ too.

Husband: Yeah, anything else?

Wife: Oh! Well, I'd be happy to 21. _____（插電）_____ the vacuum cleaner for you too.

Husband: You're too kind!

Answer Key

1. scrubbing
2. clothesline
3. did the laundry
4. bleached
5. ironed
6. wrinkled
7. expert

8. good cleaning
9. I would appreciate it
10. sweeping
11. vacuum
12. carpet
13. mop
14. broom

15. dustpan
16. vacuum cleaner
17. bucket
18. scrub brush
19. sponge
20. rags
21. plug in

Notes

① take ... off 休假（多久時間）。例：take one week off 請假一週。
② be willing to + V 願意……
③ in charge of + sth. 負責……

Translation

先生：親愛的，廚房地板需要好好刷洗一番了。

太太：我知道。不過看一下曬衣繩吧。我昨天洗了一整天的衣服！還漂白了白色床單、燙了幾件你皺巴巴的襯衫。我想我應該可以休息一天。

先生：我知道妳可以，不過我真的需要妳的幫忙。妳是這方面的專家。我們何不一起給整個房子好好來個大掃除？

太太：好吧。如果你願意負責掃地和刷洗的話，我會很感激的。

先生：沒問題。我會先弄廚房和浴室的地板，然後再打掃院子。

太太：或許你也可以用吸塵器吸一下地毯，或用拖把拖一下我們的臥室。

先生：我可以問妳一件事嗎？那妳要負責什麼？

太太：把所有東西準備好啊。你會需要很多東西：掃把、畚箕、吸塵器、水桶、硬毛刷，可能還需要海綿和抹布。

先生：是喔，還有呢？

太太：噢！我也很樂意幫你把吸塵器的插頭插上。

先生：妳也太好心了吧！

餐廳
Restaurants

訂位用餐與服務
菜單
烹調

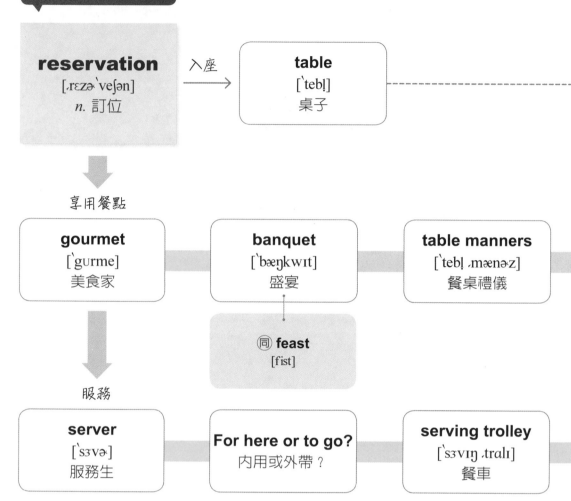

訂位用餐與服務

reservation
[ˌrɛzəˈveʃən]
n. 訂位

入座 →

table
[ˈtebḷ]
桌子

享用餐點

gourmet
[ˈgʊrme]
美食家

banquet
[ˈbæŋkwɪt]
盛宴

table manners
[ˈtebḷ ˌmænəz]
餐桌禮儀

(同) **feast**
[fist]

服務

server
[ˈsɝvə]
服務生

For here or to go?
內用或外帶？

serving trolley
[ˈsɝvɪŋ ˌtralɪ]
餐車

table cloth
[ˈtebl̩ ˌklɔθ]
桌巾

napkin
[ˈnæpkɪn]
餐巾

- 訂位時可說：I'd like to make a reservation for 人數 at 時間 .。
- 吃太飽可能會想吐，英文會用到 throw up 此片語或 puke [pjuk] 這個俚語；vomit 也是「嘔吐」的意思，不過是比較正式的說法。
- 現在一般以中性名詞 server 來泛稱餐廳侍者，不再特別區分男女。
- service charge 通常已含在帳單內，而 tip 是客人額外給的。一般早午餐給 10%、晚餐 20%；若特別滿意，也可多給。

full
[fʊl]
a. 飽了

check / bill
[tʃɛk / bɪl]
帳單

service charge
[ˈsɝvɪs ˌtʃɑrdʒ]
服務費

tip
[tɪp]
n. 小費　*v.* 給小費

補 **split the check**
各付各的

菜單

à la carte
[ˈɑ ˈlɑ ˈkɑrt]
a. / adv. 單點

menu
[ˈmɛnju]

order
[ˈɔrdɚ]
點菜

set
[sɛt]
套餐

包括

appetizer
[ˈæpəˌtaɪzɚ]
開胃菜

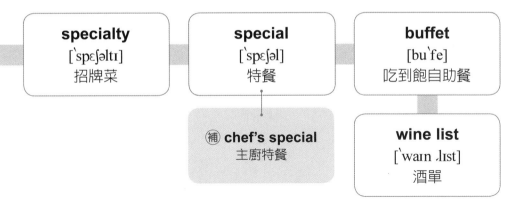

specialty
[ˋspɛʃəltɪ]
招牌菜

special
[ˋspɛʃəl]
特餐

(補) **chef's special**
主廚特餐

buffet
[buˋfe]
吃到飽自助餐

wine list
[ˋwaɪn ‚lɪst]
酒單

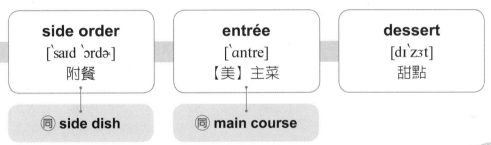

side order
[ˋsaɪd ‚ɔrdə]
附餐

(同) **side dish**

entrée
[ˋɑntre]
【美】主菜

(同) **main course**

dessert
[dɪˋzɝt]
甜點

・西餐的每道菜都有次序，以 course 為單位。例：
The second course was salad. 第二道菜是沙拉。
・想問店裡有什麼好吃的，直接說 What do you recommend? 就可以了。
・菜單上有時會標註 portion [ˋporʃən]，意指「份量」。
・dressing 指「佐醬」，若要醬少可說 Easy on the dressing, please.；
醬多則是 Extra dressing, please.。

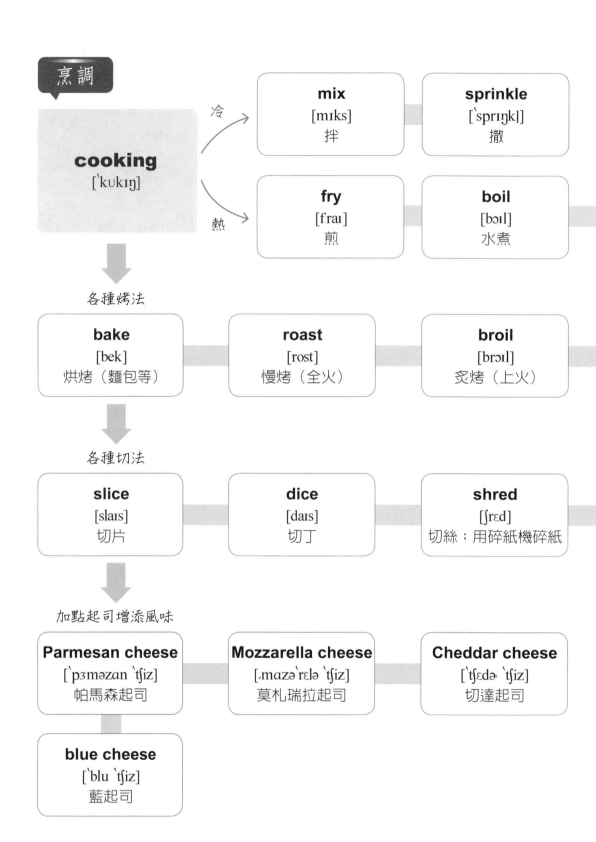

烹調

cooking
[ˈkʊkɪŋ]

冷 → **mix** [mɪks] 拌 → **sprinkle** [ˈsprɪŋkl̩] 撒

熱 → **fry** [fraɪ] 煎 → **boil** [bɔɪl] 水煮

各種烤法

bake [bek] 烘烤（麵包等）→ **roast** [rost] 慢烤（全火）→ **broil** [brɔɪl] 炙烤（上火）

各種切法

slice [slaɪs] 切片 → **dice** [daɪs] 切丁 → **shred** [ʃrɛd] 切絲；用碎紙機碎紙

加點起司增添風味

Parmesan cheese [ˈpɝməzan ˈtʃiz] 帕馬森起司 → **Mozzarella cheese** [ˌmazəˈrɛlə ˈtʃiz] 莫札瑞拉起司 → **Cheddar cheese** [ˈtʃɛdɚ ˈtʃiz] 切達起司

blue cheese [ˈblu ˈtʃiz] 藍起司

stew
[stju]
燉

stir-fry
[`stɜˌfraɪ]
炒

deep-fry
[ˌdip`fraɪ]
炸

steam
[stim]
蒸

grill
[grɪl]
網烤（下火）

barbecue
[`barbɪkju]
在戶外烤肉

chop
[tʃɑp]
剁

grind
[graɪnd]
v. 磨碎；絞碎

補 **ground**
[graʊnd]
a. 磨碎的；絞碎的

大師小叮嚀

- sprinkle 指大致均勻地撒。
  例：She sprinkled some chocolate chips on the cake. 她在蛋糕上撒了些巧克力碎片。
- 起司分很多種，其中 Mozzarella cheese（一般使用於披薩上）是最常見的一種；
  Parmesan 常用於義大利麵或磨成起司粉。
- blue cheese 的藍色條紋其實是一種青黴，在歐美是很受歡迎的食材，但因帶有強
  烈的氣味和顯著的黴斑，許多亞洲人較難接受。
- 補充幾種常見餐廳：
  steak house 牛排館、pizzeria 披薩店、fast-food restaurant 速食店、café 咖啡廳、
  cafeteria 自助餐館；大食堂（可見於一些機關團體）其中披薩店亦稱 pizza parlor。

1 If you're not that hungry, just get something **à la carte**.

如果你不是很餓，叫單點就好了。

2 Could I have the **check**, please?

麻煩你，我要買單。

3 He just ordered a hamburger **to go**.

他剛點了一個漢堡外帶。

4 I was already completely stuffed by the time the **main course** was served.

上主菜時，我就已經飽到不行了。

Notes stuffed [stʌfd] (a.) 撐飽的

5 The awards **banquet** will be a sit-down meal instead of a **buffet** this year.

今年的頒獎典禮晚宴將會由侍者上菜，而非自助式。

Notes sit-down meal 由侍者來服務用餐

派上用場

Exercise 請聆聽音檔，並根據所聽到的對話完成填空。

(Anna is tired and hungry after a day of shopping. Sabrina suggests that they go to a restaurant for dinner. They enter a restaurant around the corner from their place.)

Waiter: Can I help you?

Sabrina: Yes, I'd like a table for two.

Waiter: Do you have a 1. ＿＿＿（訂位）＿＿＿ ?

Sabrina: No, we don't. And if possible, we'd like to have 2. ＿＿＿（靠窗座位）＿＿＿ ?

Waiter: Umm ... let me check. Here we are. This way, please.

(The waiter gives them the menu. Since Anna cannot decide what she wants for dinner, she asks the waiter for a recommendation.)

Waiter: Do you enjoy seafood? The 3. ＿＿＿（明蝦）＿＿＿ are very good.

Anna: No, thanks. I'm 4. ＿＿＿（過敏）＿＿＿ to seafood.

Waiter: Then I suggest that you try our 5. ＿＿＿（烤牛肉）＿＿＿ . It's the house 6. ＿＿＿（招牌）＿＿＿ .

Anna: I do like roast beef. OK, I'll have that. What else do you 7. ＿＿＿（建議）＿＿＿ ?

Waiter: Spring rolls. They are stuffed with 8. ＿＿＿（絞碎的）＿＿＿ meat and 9. ＿＿＿（切絲的）＿＿＿ cabbage.

Anna: Sounds great. I'll have an order of that, too. And also a 10. ＿＿＿（生菜沙拉）＿＿＿ .

Answer Key

1. reservation	6. specialty
2. a table near the window	7. recommend
3. prawns	8. ground
4. allergic	9. shredded
5. roast beef	10. tossed salad

Translation

（*Anna 在一天的血拼後，又累又餓。Sabrina 提議她們到餐廳吃晚餐。她們去了附近一間位於街角的餐廳。*）

服務生：您好，請問需要服務嗎？

Sabrina：是的，我們兩位用餐。

服務生：請問有訂位嗎？

Sabrina：沒有。可以的話，我們想要靠窗座位。

服務生：嗯⋯⋯我幫您確認。有的，麻煩這邊請。

（*服務生送上菜單。Anna 不知道該點什麼作為晚餐，於是請服務生推薦。*）

服務生：您喜歡海鮮嗎？明蝦很棒。

Anna：不了，謝謝。我對海鮮過敏。

服務生：那我建議您試試烤牛肉，我們的招牌菜。

Anna：我蠻喜歡烤牛肉的，就點這個好了。你還有其他建議嗎？

服務生：春捲。裡面包了絞肉和高麗菜絲。

Anna：聽起來不賴。也來一份。還要一份生菜沙拉。

文具和事務用品
Stationery & Office Supplies

筆
其他文具
檔案和筆記
影印設備
紙・簿冊

嚴選例句 ▶ 42
派上用場

筆

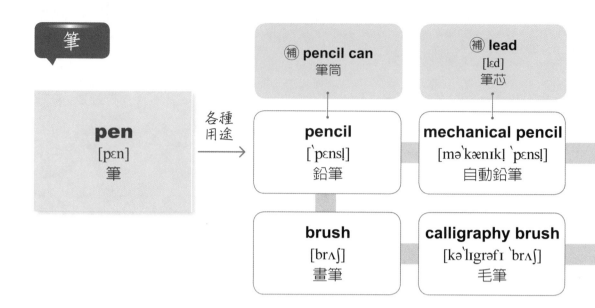

pen
[pɛn]
筆

各種
用途 →

補 **pencil can**
筆筒

pencil
[ˋpɛnsl̩]
鉛筆

補 **lead**
[lɛd]
筆芯

mechanical pencil
[məˋkænɪkl̩ ˋpɛnsl̩]
自動鉛筆

brush
[brʌʃ]
畫筆

calligraphy brush
[kəˋlɪgrəfɪ ˋbrʌʃ]
毛筆

其他文具

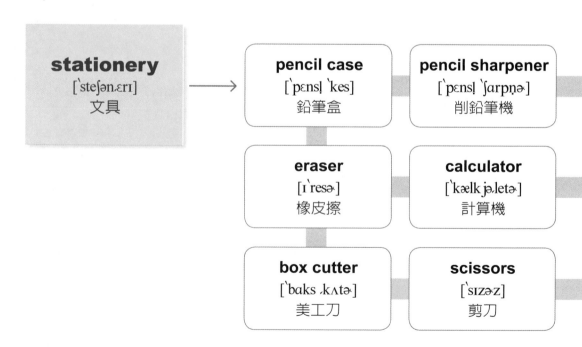

stationery
[ˋsteʃənˏɛrɪ]
文具

→

pencil case
[ˋpɛnsl̩ ˋkes]
鉛筆盒

pencil sharpener
[ˋpɛnsl̩ ˋʃarpn̩ə˞]
削鉛筆機

eraser
[ɪˋresə˞]
橡皮擦

calculator
[ˋkælkjəˏletə˞]
計算機

box cutter
[ˋbaks ˏkʌtə˞]
美工刀

scissors
[ˋsɪzə˞z]
剪刀

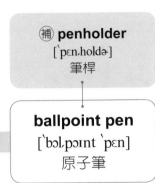

penholder
[ˈpɛnˌholdɚ]
筆桿

blackboard
[ˈblækˌbord]
黑板

whiteboard
[ˈhwaɪtˌbord]
白板

ballpoint pen
[ˈbɔlˌpɔɪnt ˈpɛn]
原子筆

chalk
[tʃɔk]
粉筆

marker
[markɚ]
麥克筆；白板筆

crayon
[ˈkreən]
蠟筆；彩色粉筆

fountain pen
[ˈfaʊntn̩ ˈpɛn]
鋼筆

highlighter
[ˈhaɪˌlaɪtɚ]
螢光筆

麥克筆亦稱 Sharpie [ˈʃarpɪ]（商標名）。

correction fluid

correction tape
修正帶

glue stick
口紅膠

ink
[ɪŋk]
墨水

whiteout
[ˈhwaɪtˌaʊt]
立可白；修正液

glue
[glu]
膠水

compasses
[ˈkʌmpəsɪz]
圓規

ruler
[ˈrulɚ]
尺

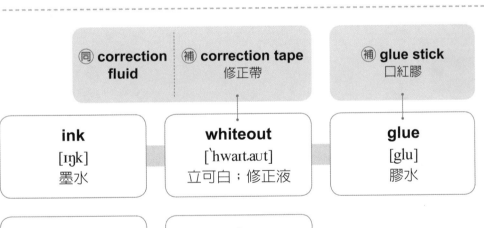

tape
[tep]
膠帶

・「一支圓規」的表達方式為 a pair of compasses。
・glue「膠水」為不可數名詞；亦可作動詞，指「用膠水黏」。

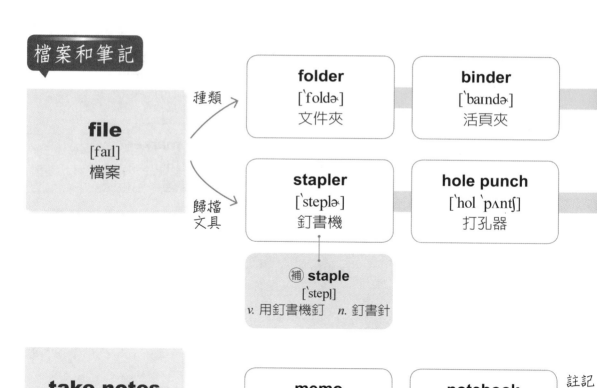

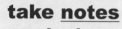

loose-leaf notebook
[ˋlusˏlif ˋnotˏbʊk]
活頁簿

→ (補) **loose-leaf**
[ˋlusˏlif]
a. 活頁式的

binder clip
[ˋbaɪndɚ ˏklɪp]
長尾夾

paper clip
[ˋpepɚ ˏklɪp]
迴紋針

rubber band
[ˋrʌbɚ ˋbænd]
橡皮筋

(補) **clip**
[klɪp]
v. 用夾子夾

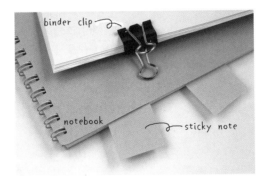

sticky note
[ˋstɪkɪ ˋnot]
便利貼

大師小叮嚀

便利貼亦稱 Post-it [ˋpostɪt]（商標名）。

paper shredder
[ˋpepɚ ˋʃrɛdɚ]
碎紙機

toner cartridge
[ˋtonɚ ˋkartrɪdʒ]
碳粉匣

(補) **ink cartridge**
墨水匣

大師小叮嚀

· 影印機亦稱 photocopier；動詞 photocopy 就是「影印」的意思。
· fax machine 中的 fax 可當動詞「傳真」。
　例：I just faxed three pages to you. 我剛剛傳了三頁給你。

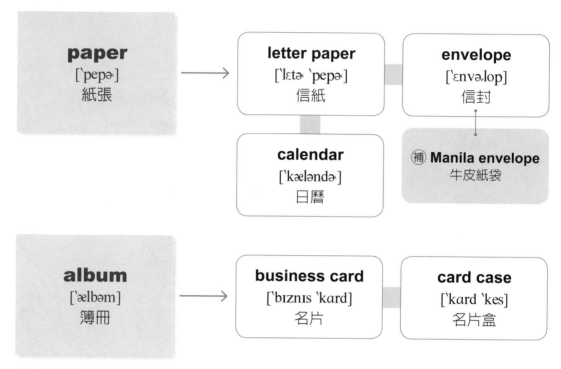

紙・簿冊

paper
[ˈpepɚ]
紙張

letter paper
[ˈlɛtɚ ˈpepɚ]
信紙

envelope
[ˈɛnvəˌlop]
信封

calendar
[ˈkæləndɚ]
日曆

補 **Manila envelope**
牛皮紙袋

album
[ˈælbəm]
簿冊
（收藏照片、郵票簽名等）

business card
[ˈbɪznɪs ˈkɑrd]
名片

card case
[ˈkɑrd ˈkes]
名片盒

大師小叮嚀

· paper 不可數，若要表達數量，比如「兩張紙」，就說 two sheets of paper。
· 信紙上方所印的文字（例如單位、地址、名稱等）叫作 letterhead [ˈlɛtɚˌhɛd]。

1 Some **crayons** and **paper** should keep him busy for a while.
一些蠟筆和畫紙應該可以讓他玩上好一陣子。
Notes for a while 暫時；一會兒

2 Could you **photocopy** these documents for me?
你可以幫我影印這些文件嗎？
Notes document [ˈdɑkjəmənt] (n.) 文件；（電腦）文檔

3 **Staple** all your **papers** together before you hand them in.
交件之前先把所有紙張裝訂好。
Notes hand in 繳交

4 Use **Post-its** to tag the most important pages in the book.
用便利貼標出書中最重要的頁面。
Notes tag [tæg] (v.) 貼標籤於……

5 Jot down the words you want to remember in your **notebook**.
在筆記本寫下你想記住的單字。
Notes jot down 迅速記下

6 Can you **glue** these scraps of paper back together?
你可以把這些碎紙片拼貼回原貌嗎？
Notes scraps of paper 碎紙片

7 After you fill in the form, please **fax** it to this number.
填好表格後請傳真到這個號碼。

8 If you don't have a **binder clip**, you can keep the package closed with a **rubber band** or two.
你如果沒有長尾夾，可以用一兩條橡皮筋將包裹束口。

9 Dot-matrix and ink-jet **printers** were gradually replaced by laser printers.
點陣和噴墨式印表機已逐漸被雷射印表機所取代。

10 **Paper clip** your picture to your résumé; don't **glue** it on.
照片用迴紋針夾在履歷上，不要用黏的。
Notes résumé [ˈrɛzəme] (n.) 履歷

派上用場

Exercise 請根據聯想放射圖中央的單字，依中文提示填入相對應的英文。

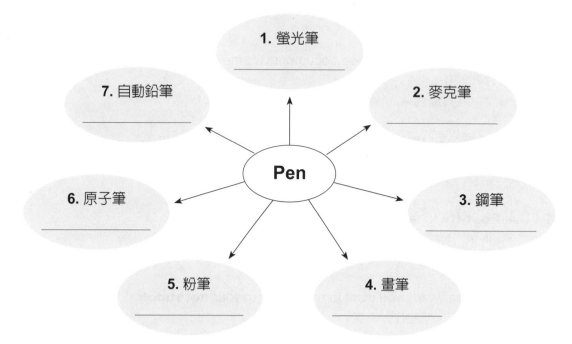

1. 螢光筆 _____

7. 自動鉛筆 _____

2. 麥克筆 _____

Pen

6. 原子筆 _____

3. 鋼筆 _____

5. 粉筆 _____

4. 畫筆 _____

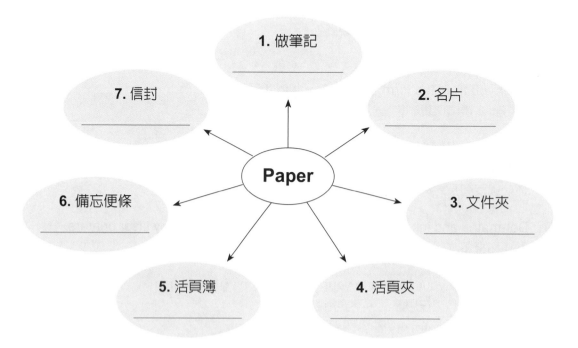

1. 做筆記 _____

7. 信封 _____

2. 名片 _____

Paper

6. 備忘便條 _____

3. 文件夾 _____

5. 活頁簿 _____

4. 活頁夾 _____

Answer Key

Pen

1. highlighter   2. marker   3. fountain pen   4. brush   5. chalk   6. ballpoint pen

7. mechanical pencil

Paper

1. take notes   2. business card   3. folder   4. binder   5. loose-leaf notebook

6. memo   7. envelope

NOTES

3C 電子產品

Computers, Communication &
Consumer Electronics

音響
手機
電話
電視
電腦
相機

嚴選例句 ▶ 43
派上用場 ▶ 44

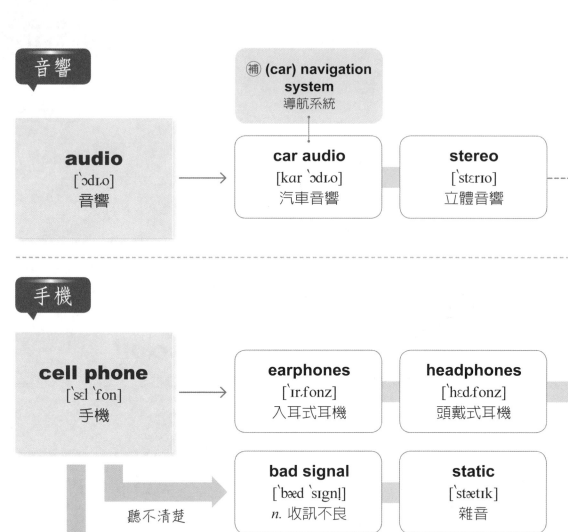

audio
[ˋɔdɪo]
音響

→

補 **(car) navigation system**
導航系統

car audio
[kar ˋɔdɪo]
汽車音響

stereo
[ˋstɛrɪo]
立體音響

手機

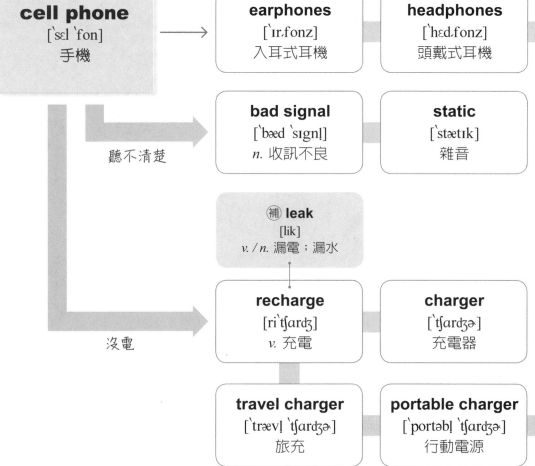

cell phone
[ˋsɛl ˋfon]
手機

→

earphones
[ˋɪr͵fonz]
入耳式耳機

headphones
[ˋhɛd͵fonz]
頭戴式耳機

聽不清楚

bad signal
[ˋbæd ˋsɪgnl̩]
n. 收訊不良

static
[ˋstætɪk]
雜音

補 **leak**
[lik]
v. / *n.* 漏電；漏水

沒電

recharge
[riˋtʃardʒ]
v. 充電

charger
[ˋtʃardʒɚ]
充電器

travel charger
[ˋtrævl̩ ˋtʃardʒɚ]
旅充

portable charger
[ˋportəbl̩ ˋtʃardʒɚ]
行動電源

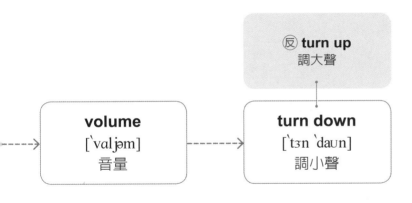

volume
['valjəm]
音量

turn down
['tɜn 'daʊn]
調小聲

反 **turn up**
調大聲

earbud(s)
['ɪr.bʌd(z)]
耳塞式耳機

text sb. (a message)
[tɛkst]
傳簡訊給某人

electromagnetic radiation
[ɪ'lɛktromæg'nɛtɪk ˌredɪ'eʃən]
電磁波

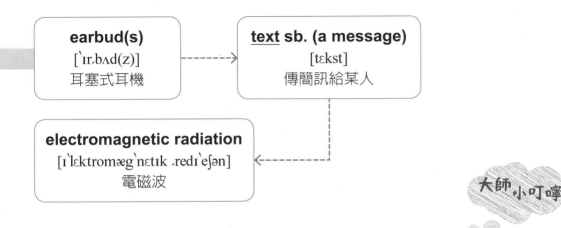

· 欲表達「手機收訊不良」可以說：
The signal is bad. 或 I'm getting poor reception.
· recharge 也可用來表示精神上的充電：recharge one's batteries。
例：Jacqueline took a trip to France to recharge her batteries.
賈桂琳到法國休息充電。
·「漏水的管子」就叫 (a) leaky pipe。leaky (adj.)「漏水的；漏電的」。

(charging) cable
[('tʃardʒɪŋ) 'kebl̩]
充電線

rechargeable battery
[ri'tʃardʒəbl̩ 'bætərɪ]
充電電池

電話

phone
[fon]
電話

→

make a phone call
打電話

answer the phone
接電話

相關器材 →

cordless phone
[ˈkɔrdlɪs ˈfon]
無線電話

answering machine
[ˈænsəˌɪŋ məˈʃin]
電話答錄機

電視

TV
電視

類型 →

flat-screen TV
[ˈflætˈskrin ˈtiˈvi]
平面電視

high-definition TV
[ˈhaɪˌdɛfəˈnɪʃən ˈtiˈvi]
高畫質電視 (= HDTV)

周邊器材 →

screen
[skrin]
螢幕

DVD player
[ˈdiˈviˈdi ˈpleə]
DVD 播放器

補 **slim**
[slɪm]
a. 薄型的

補 **DVD recorder**
DVD 錄放影機

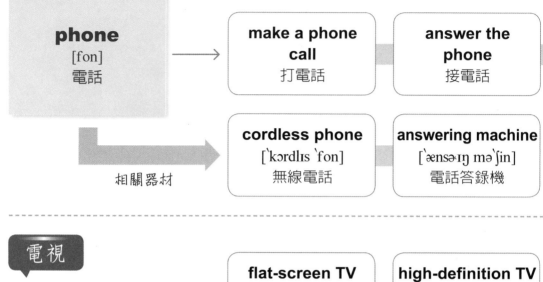
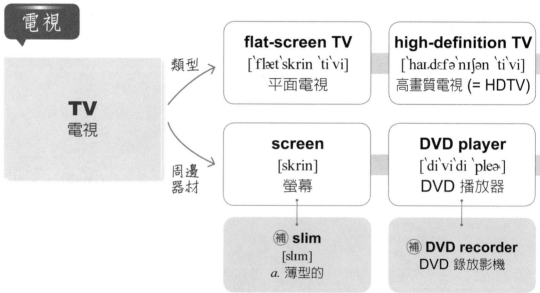

hang up	call waiting
[ˈhæŋ ˌʌp]	[ˈkɔl ˈwetɪŋ]
掛電話	*n.* 插撥（或撥接裝置）

- hang up on sb. 就是「掛某人電話」之意。
  例：How could you hang up on me? 你怎麼可以掛我電話？
- Do you have call waiting? 意思是「你的電話有沒有插撥裝置？」。若要表示「等一下，我有插撥」，則可以說：Hold on, I've got someone else on the line.

LCD TV
OLED TV
QLED TV

projector	karaoke machine	set-top box
[prəˈdʒɛktə]	[ˌkaraˈoke məˈʃin]	**(= STB)**
投影機	伴唱機	機上盒

補 **voice recorder**
錄音器；錄音筆

- 電視、電腦等的「螢幕」也可稱作 monitor [ˈmɑnətə]。
- LCD 是 liquid crystal display「液晶顯示」之縮寫。
- high-definition (HD) 中的 definition 意指「清晰度」。

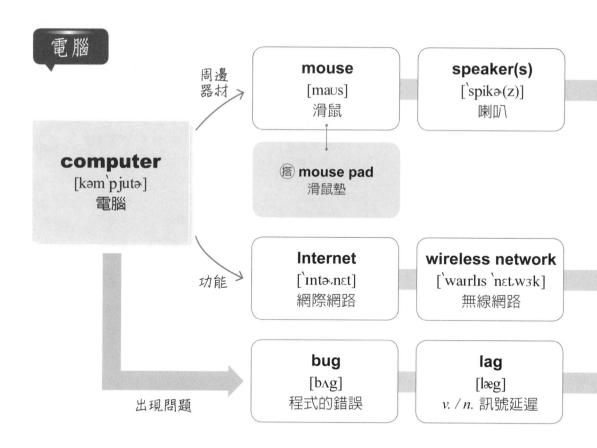

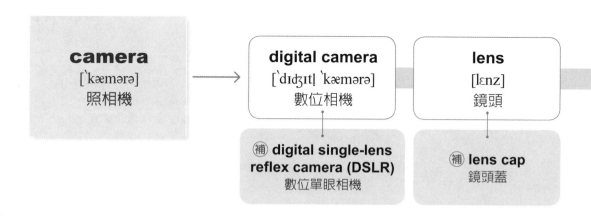

274

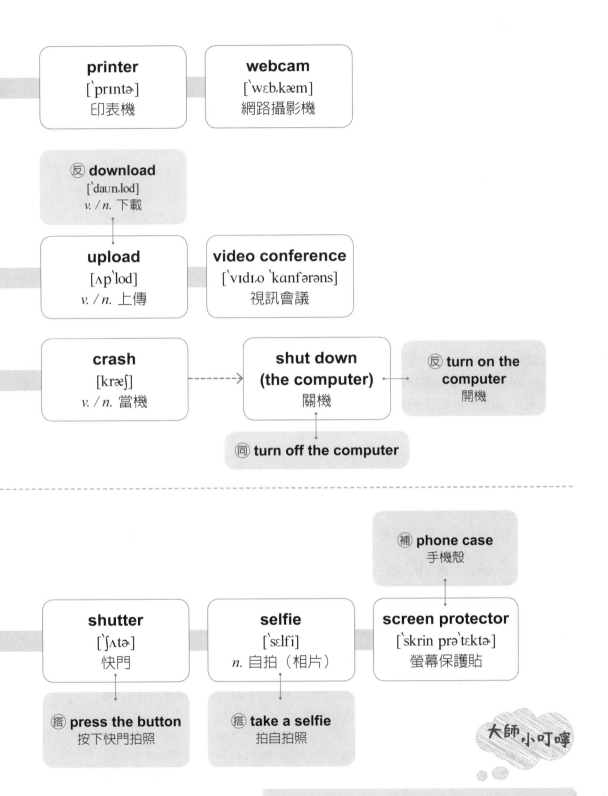

printer
['prɪntɚ]
印表機

webcam
['wɛb.kæm]
網路攝影機

(反) **download**
['daʊn.lod]
v. / n. 下載

upload
[ʌp'lod]
v. / n. 上傳

video conference
['vɪdɪo 'kɑnfərəns]
視訊會議

crash
[kræʃ]
v. / n. 當機

**shut down
(the computer)**
關機

(反) **turn on the
computer**
開機

(同) **turn off the computer**

(補) **phone case**
手機殼

shutter
['ʃʌtɚ]
快門

selfie
['sɛlfi]
n. 自拍（相片）

screen protector
['skrin prə'tɛktɚ]
螢幕保護貼

(搭) **press the button**
按下快門拍照

(搭) **take a selfie**
拍自拍照

大師小叮嚀

· 「廣角鏡頭」英文稱爲 wide-angle prime lens。
· 「自拍棒」的英文是 selfie stick。

1 The **computer** suddenly **crashed** while I was typing the final paper for my humanities class.

我在打人文課期末報告時，電腦突然當機了。

Notes humanity [hjuˈmænətɪ] (n.) 人文學科

2 Philip's electric shaver needs to be **charged** before his trip to Taiwan.

菲利普的電動刮鬍刀在他到台灣之前要先充電。

3 **Leaky** batteries can be a real health hazard.

漏電電池對健康可能會造成嚴重的危害。

Notes hazard [ˈhæzəd] (n.) 危險；危害物

4 I don't hear anything but **static**. Either we have a **bad signal** or the **cell phone** itself is just lousy.

我除了雜音什麼都聽不見，不是我們的收訊不良就是手機本身就很爛。

Notes lousy [ˈlaʊzɪ] (a.) 糟糕的；差勁的

5 People who live near high-voltage power lines might be exposed to dangerous levels of **electromagnetic radiation**.

住在高壓電線附近的人可能暴露在高危險量的電磁波中。

Notes high voltage 高壓　　be exposed to 被暴露在……之中

6 The newest **LCD TVs** have **slim**, high-definition **screens**.

最新的液晶電視螢幕既薄、畫質又好。

7 Are you crazy? How could you **hang up** on your boss!

你瘋了嗎？你怎能掛你老闆的電話！

8 Why didn't you **answer the phone**? I know you have **call waiting**.

你為什麼不接電話？我知道你有插撥裝置。

9 I'd like to **turn down** the television a little, but I can't find the remote.

我想把電視關小聲一點，可是我找不到遙控器。

Exercise 請聆聽音檔，並根據所聽到的對話完成填空。

Husband: I booked a 1. ＿＿＿（套房）＿＿ at a pretty nice hotel in Seoul for our
2. ＿（週年紀念）＿ .

Wife: Wow! How good is that?

Husband: It's got a private 3. ＿＿（陽台）＿＿ with a great view of the city. You'll
probably be more interested in the 4. （溫泉按摩浴缸） and 5. ＿（蒸汽浴）＿ .

Wife: Ooh, that does sound nice, but you know I still have to do some work
while we're there.

Husband: Yeah, I know. They've got 6. ＿＿（免費的）＿＿ WiFi and I'm sure the
7. ＿（商務中心）＿ has whatever else you might need.

Wife: I can't wait to 8. ＿（打包行李）＿ !

Husband: I'll rent a 9. ＿（行動式的）＿ WiFi 10. ＿＿（熱點）＿＿ at the airport so we can
use our phones when we go out.

Wife: Great. 11. ＿＿（提醒）＿＿ me to bring our 12. ＿＿（充電器）＿＿ . I always
forget them. Oh, and you have to remember the 13. （伸縮鏡頭） for the
camera and the 14. ＿＿（自拍棒）＿＿ .

Husband: I heard from the 15. ＿＿（旅行社）＿＿ that we can rent a 16. ＿（敞篷車）＿ .

Wife: Cool! We're going to have so much fun!

Answer Key

1. suite
2. anniversary
3. balcony
4. hot tub
5. sauna
6. complimentary

7. business center
8. pack
9. mobile
10. hotspot
11. Remind
12. chargers

13. zoom lens
14. selfie stick
15. travel agency
16. convertible

Translation

先生：我已經在首爾一家很不錯的飯店訂好了套房來慶祝我們的結婚週年紀念。

太太：哇！有多棒啊？

先生：房間附有面向市景的私人陽台，而且視野景觀非常好。妳可能對溫泉按摩浴缸和蒸汽浴更感興趣。

太太：噢，那聽起來確實不賴，但是你知道的，在那裡我還得處理一些公事。

先生：我知道。飯店有附贈免費的 WiFi，而且我相信商務中心裡任何妳可能會需要的應有盡有。

太太：我等不及要打包行李了！

先生：我還會在機場租一個 WiFi 行動網路分享器，所以當我們外出時也可以使用手機。

太太：太棒了。提醒我帶充電器喔，我老是會忘記。噢，還有你要記得帶相機的伸縮鏡頭和自拍棒。

先生：我聽旅行社說我們還可以租敞篷車。

太太：好酷喔！我們一定會玩得很開心！

醫院
Hospital

division
[dəˈvɪʒən]
部門

依身體
器官由
上往下
→

ophthalmology
[ˌɑfθælˈmalədʒɪ]
眼科

otolaryngology
[ˌotəˌlærɪŋˈgalədʒɪ]
耳鼻喉科

obstetrics & gynecology
（簡稱 OB-GYN）
婦產科

pediatrics
[ˌpidɪˈætrɪks]
小兒科

nephrology
[nɪˈfralədʒɪ]
腎臟科

其他與精神方面
→

anesthesia
[ˌænəsˈθiʒə]
麻醉科

radiology
[redɪˈalədʒɪ]
放射科

doctor
[ˈdaktə]
醫生

→

dentist
[ˈdɛntɪst]
牙醫師

obstetrician
[ˌabstɛˈtrɪʃən]
婦產科醫師

dermatologist
[ˌdɜməˈtalədʒɪst]
皮膚科醫師

psychiatrist
[saɪˈkaɪətrɪst]
精神科醫師

dentistry
['dɛntɪstrɪ]
牙科

pulmonary medicine
['pʌlməˌnɛrɪ 'mɛdəsn̩]
胸腔內科

gastroenterology
[ˌgæstroˌɛntə'ralədʒɪ]
胃腸科

orthopedics
[ˌɔrθə'pidɪks]
骨科

cardiology
[ˌkɑrdɪ'alədʒɪ]
心臟內科

urology
[jʊ'ralədʒɪ]
泌尿科

dermatology
[ˌdɜmə'talədʒɪ]
皮膚科

psychiatry
[saɪ'kaɪətrɪ]
精神科

psychology
[saɪ'kalədʒɪ]
心理科

pediatrician
[ˌpidɪə'trɪʃən]
小兒科醫師

surgeon
['sɜdʒən]
外科醫師

physician
[fɪ'zɪʃən]
醫生；（尤指）內科醫師

眼科醫師通常說 eye doctor 就可以了；但許多人喜歡用
ophthalmologist [ˌafθæl'malədʒɪst]。同樣地，耳鼻喉科簡
稱 ENT (ear, nose, and throat)，耳鼻喉科醫師就叫 ENT
doctor。

大師小叮嚀

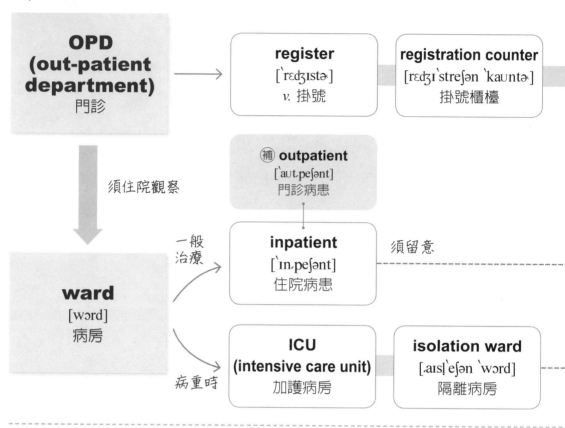

OPD (out-patient department) 門診

→ **register** [ˋrɛdʒɪstɚ] v. 掛號

registration counter [rɛdʒɪˋstreʃən ˋkauntɚ] 掛號櫃檯

須住院觀察

補 **outpatient** [ˋautˏpeʃənt] 門診病患

ward [wɔrd] 病房

一般治療 → **inpatient** [ˋɪnˏpeʃənt] 住院病患

須留意

病重時 → **ICU (intensive care unit)** 加護病房

isolation ward [ˏaɪslˋeʃən ˋwɔrd] 隔離病房

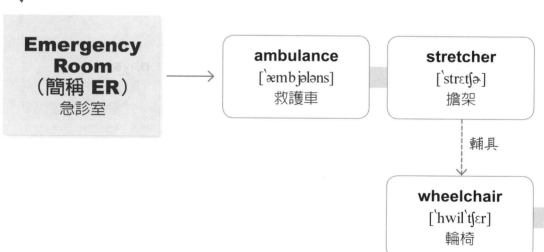

Emergency Room （簡稱 ER） 急診室

→ **ambulance** [ˋæmbjələns] 救護車

stretcher [ˋstrɛtʃɚ] 擔架

輔具

wheelchair [ˋhwilˏtʃɛr] 輪椅

health insurance card
[hɛlθ ɪnˈʃʊrəns ˈkɑrd]
健保卡

medical record
[ˈmɛdɪkḷ ˈrɛkəd]
病歷

 NHI card

weak
[wik]
虛弱的

allergy
[ˈæləʤɪ]
過敏症

補 **allergic**
[əˈlɜʤɪk]
a. 過敏的

CPR
(cardiopulmonary resuscitation)
心肺復甦法

· 丁形拐杖通常爲左右腋下各一，所以是 a pair of crutches。
· fill in the form 指「塡（某部分的）表格」；fill out the form 則是「塡（整張的）表格」。
· 救護車、警察、消防車等的警示汽笛鳴聲英文叫作 siren [ˈsaɪrən]。

walker
[ˈwɔkə]
助步器

crutches
[ˈkrʌtʃɪz]
丁形柺杖

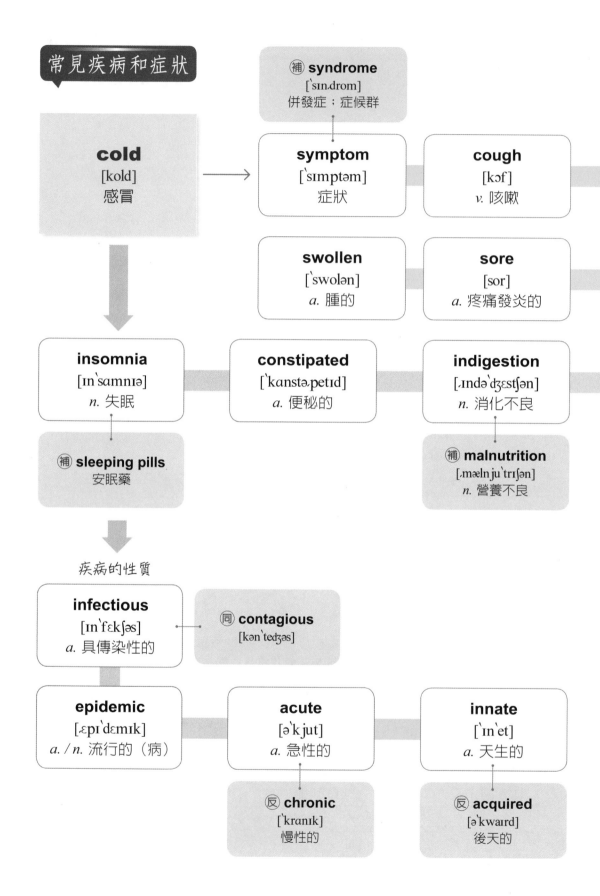

常見疾病和症狀

補 **syndrome**
[ˈsɪnˌdrom]
併發症；症候群

cold
[kold]
感冒

symptom
[ˈsɪmptəm]
症狀

cough
[kɔf]
v. 咳嗽

swollen
[ˈswolən]
a. 腫的

sore
[sor]
a. 疼痛發炎的

insomnia
[ɪnˈsɑmnɪə]
n. 失眠

constipated
[ˈkɑnstəˌpetɪd]
a. 便秘的

indigestion
[ˌɪndəˈdʒɛstʃən]
n. 消化不良

補 **sleeping pills**
安眠藥

補 **malnutrition**
[ˌmælnjuˈtrɪʃən]
n. 營養不良

疾病的性質

infectious
[ɪnˈfɛkʃəs]
a. 具傳染性的

同 **contagious**
[kənˈtedʒəs]

epidemic
[ˌɛpɪˈdɛmɪk]
a. / n. 流行的（病）

acute
[əˈkjut]
a. 急性的

innate
[ˈɪnˈet]
a. 天生的

反 **chronic**
[ˈkrɑnɪk]
慢性的

反 **acquired**
[əˈkwaɪrd]
後天的

sneeze	has/have a stuffy nose	has/have a runny nose
[sniz]	[ˋstʌfɪ]	流鼻水
v. 打噴嚏	鼻塞	

dizzy	headache	sinusitis
[ˋdɪzɪ]	[ˋhɛdͺek]	[ͺsaɪnəˋsaɪtɪs]
a. 暈眩的	n. 頭痛	鼻竇炎

nearsighted	anemia	hard of hearing
[ˋnɪrˋsaɪtɪd]	[əˋnimɪə]	n. / a. 重聽（的）
a. 近視的	n. 貧血	

反 farsighted
[ˋfɑrˋsaɪtɪd]
a. 遠視的

大師小叮嚀

- 字尾 -ache 表「身體的痛」，例：
  toothache [ˋtuθͺek] 牙痛、stomachache [ˋstʌmək͵ek] 胃痛。
- flu 是「流行性感冒」；cold 指一般的「傷風感冒」。
- 便秘使用的「通便劑」叫作 laxative [ˋlæksətɪv]。
- 「我近視」英文叫作 I'm nearsighted.；
  「我有散光」則是 I have astigmatism [əˋstɪgmə͵tɪzəm].。
- 下列字彙易混淆，請留意：
  anemia 貧血症；anorexia [ͺænəˋrɛksɪə] 厭食症；amnesia [æmˋniʒɪə] 健忘症。
- epidemic 的用法例：
  A highly contagious disease like COVID-19 must be contained quickly to prevent an epidemic.
  這種如 COVID-19 極具傳染性的疾病，一定要迅速控制以避免發生大流行。
- 易與 epidemic 搞混的字有：endemic [ɛnˋdɛmɪk] (n./a.) 水土不服（的）。
  例：She is suffering from an endemic disease. 她因水土不服而難受。

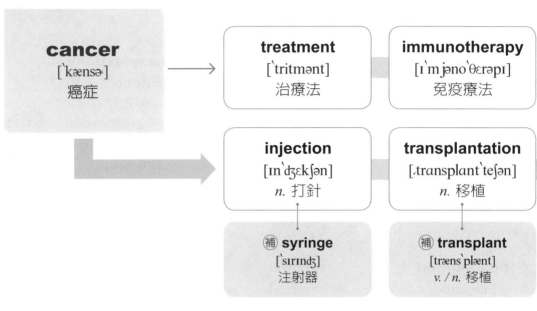

癌症

cancer
[ˈkænsɚ]
癌症

→ **treatment**
[ˈtritmənt]
治療法

immunotherapy
[ˌɪˈmjənoˈθɛrəpɪ]
免疫療法

injection
[ɪnˈdʒɛkʃən]
n. 打針

transplantation
[ˌtrænsplæntˈteʃən]
n. 移植

(補) **syringe**
[ˈsɪrɪndʒ]
注射器

(補) **transplant**
[trænsˈplænt]
v. / n. 移植

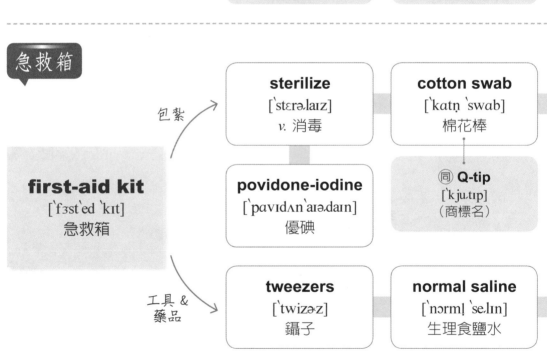

急救箱

first-aid kit
[ˈfɜstˈed ˈkɪt]
急救箱

包紮 → **sterilize**
[ˈstɛrəˌlaɪz]
v. 消毒

cotton swab
[ˈkatn̩ ˈswab]
棉花棒

povidone-iodine
[ˈpɑvɪdʌnˈaɪəˌdaɪn]
優碘

(同) **Q-tip**
[ˈkjuˌtɪp]
（商標名）

工具 &
藥品 → **tweezers**
[ˈtwizɚz]
鑷子

normal saline
[ˈnɔrml̩ ˈseˌlɪn]
生理食鹽水

大師小叮嚀

shot【口語】注射，例：get a shot in the arm 在手臂上打一針。

heal
[hil]
v. 治癒

（同）**cure**
[kjʊr]

recover
[rɪˋkʌvɚ]
v. 復原

（補）**recovery**
[rɪˋkʌvərɪ]
n. 康復；痊癒

band-aid
[ˋbænd͵ed]
OK 繃

gauze
[gɔz]
紗布

bandage
[ˋbændɪdʒ]
n. 繃帶　*v.* 用繃帶包紮

（搭）**apply a bandage to**
綁繃帶於……

thermometer
[θɚˋmamətɚ]
體溫計

cold / hot pack
[ˋkold / ˋhat͵pæk]
冷 / 熱敷袋

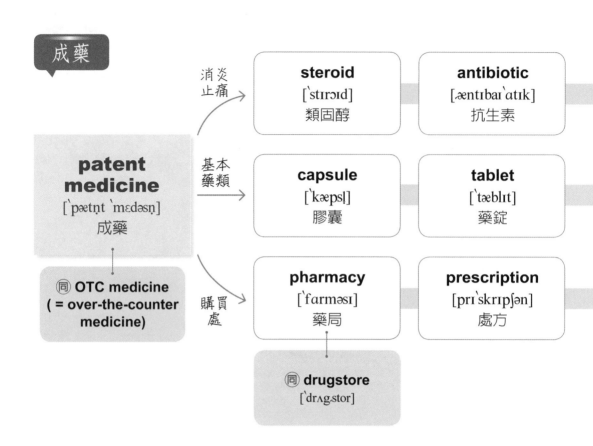

成藥

patent medicine
[ˋpætn̩t ˋmɛdəsn̩]
成藥

同 OTC medicine
(= over-the-counter medicine)

消炎止痛 →

steroid
[ˋstɪrɔɪd]
類固醇

antibiotic
[ͺæntɪbaɪˋatɪk]
抗生素

基本藥類 →

capsule
[ˋkæpsl̩]
膠囊

tablet
[ˋtæblɪt]
藥錠

購買處 →

pharmacy
[ˋfɑrməsɪ]
藥局

prescription
[prɪˋskrɪpʃən]
處方

同 **drugstore**
[ˋdrʌɡͺstor]

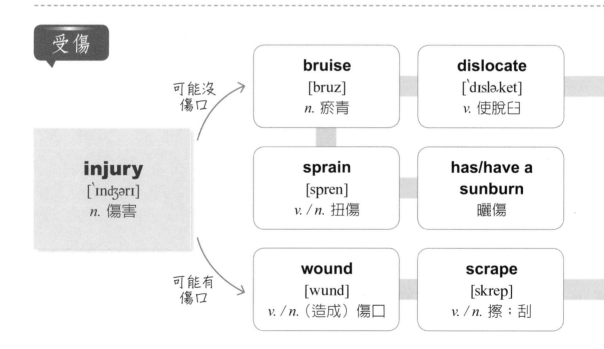

受傷

injury
[ˋɪndʒərɪ]
n. 傷害

可能沒傷口 →

bruise
[bruz]
n. 瘀青

dislocate
[ˋdɪsləͺket]
v. 使脫臼

sprain
[spren]
v. / n. 扭傷

has/have a sunburn
曬傷

可能有傷口 →

wound
[wund]
v. / n. (造成) 傷口

scrape
[skrep]
v. / n. 擦；刮

288

penicillin
[ˌpɛnɪˈsɪlɪn]
盤尼西林

aspirin
[ˈæspərɪn]
阿斯匹靈

painkiller
[ˈpenˌkɪlə]
止痛劑

ointment
[ˈɔɪntmənt]
藥膏

eye drops
[ˈaɪ ˌdrɑps]
眼藥水

cough syrup
[ˈkɔf ˌsɪrəp]
咳嗽糖漿

pharmacist
[ˈfɑrməsɪst]
藥師

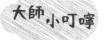

· prescription (n.) 處方
例：These tablets can be obtained by prescription only.
這些藥要有醫師處方箋才能購買。
prescribe [prɪˈskraɪb] (v.) 開藥方
例：The doctor prescribed three days worth of medicine
for her. 醫師開了三天份的藥給她。

---

fracture
[ˈfræktʃə]
v. / n. （使）骨折

break
[brek]
v. 折斷

補 **broken**
[ˈbrokən]
a. 斷掉的

關於「受傷」的英文單字使用
範例：
· I dislocated my wrist when I
fell. 我跌倒時手腕脫臼了。
· My hand hurts. 我的手好痛。
· I have a wound on my hand.
我的手上有個傷口。

scratch
[skrætʃ]
v. 抓；搔

cut
[kʌt]
v. 切

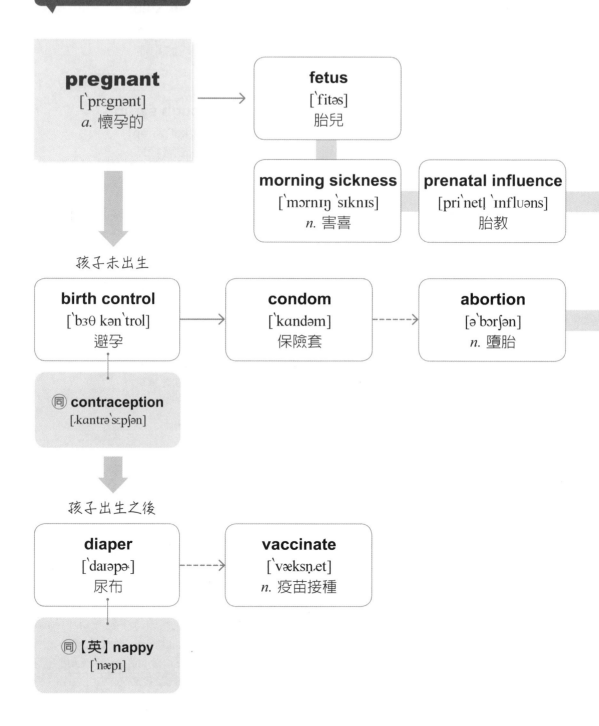

懷孕・嬰兒相關

pregnant
[`prɛgnənt]
a. 懷孕的

fetus
[`fitəs]
胎兒

morning sickness
[`mɔrnɪŋ `sɪknɪs]
n. 害喜

prenatal influence
[pri`netl `ɪnfluəns]
胎教

孩子未出生

birth control
[`bɝθ kən`trol]
避孕

condom
[`kandəm]
保險套

abortion
[ə`bɔrʃən]
n. 墮胎

⊜ **contraception**
[ˌkantrə`sɛpʃən]

孩子出生之後

diaper
[`daɪəpɚ]
尿布

vaccinate
[`væksn̩ˌet]
n. 疫苗接種

⊜ 【英】**nappy**
[`næpɪ]

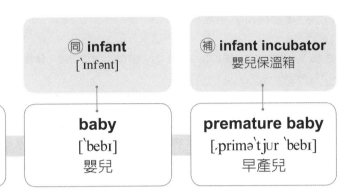

labor pains [ˈlebə ˈpenz] *n.* 陣痛	**baby** [ˈbebɪ] 嬰兒	**premature baby** [ˌprimə`tjʊr ˈbebɪ] 早產兒

miscarriage
[mɪs`kærɪdʒ]
n. 流產

- give birth to a baby 爲「生下嬰兒」之意；deliver a baby 則有「生產」和「接生」的意思。
- prenatal [pri`netl] 指「產前的」，是由 pre-「之前」和 natal「出生的」組成。
- vaccine [ˈvæksin]「疫苗」的用法：
  Doctors develop new flu vaccines every year.
  醫師們每年都研發出新的流行性感冒疫苗。

1 Please **fill out this form** and take it to the **registration counter**.
請填好這張表格後交到掛號櫃檯。

2 I have to wear a plaster cast on my arm because I **fractured** it.
我的手因為骨折而必須打上石膏。
Notes plaster cast 石膏

3 The doctor **prescribed** me some **antibiotics** for my eye infection.
醫生針對我的眼睛感染開了一些抗生素。

4 The boy was sent to the hospital on a **stretcher** after he fainted from heat stroke.
那個男孩中暑昏倒後被抬上擔架送去醫院。

5 The nurse rolled up his sleeve to **give him a shot**.
護理師為他捲起袖子以便打針。

6 We'll have to take an x-ray of your leg to make sure it isn't **broken**.
我們要幫你的腿照 X 光，以確定骨頭沒有斷裂。

7 Thanks to the doctor's expert treatment, he made a full **recovery**.
多虧醫生的專業治療，他完全痊癒了。

8 All the children should have already received their BCG **vaccination**, so you don't have to worry about them contracting for tuberculosis.
所有的小孩應該都接種過卡介苗，所以你不用擔心他們感染肺結核。
Notes tuberculosis [tʃuˌbɜkjəˈlosɪs] (n.) 肺結核

9 Take some **cough syrup** to ease your cough.
喝點感冒糖漿來止咳吧。
Notes ease [iz] (v.) 舒緩

10 It is essential for surgical instruments to be completely **sterilized** before an operation.
手術開始前所有的器具一定要經過消毒。

11 I've been prescribed **painkillers** for my **chronic headaches**.
我的慢性頭痛有請醫生開止痛藥。

12 Taking **sleeping pills** is usually not the best treatment for **insomnia**.
吃安眠藥通常不是失眠的最佳解決之道。

13 **Condoms** are not only used for **contraception** but also for protection against **infectious** diseases.
保險套不只是用來避孕，也能預防傳染病。

14 The nurse carefully **bandaged** his **wound** to prevent infection.
護理師小心地包紮他的傷口以防感染。

15 Overeating often causes **indigestion**.
暴飲暴食易造成消化不良。
Notes overeat [ˋovɚˋit] (v.) 暴食

16 If you're **constipated**, try eating more fiber.
如果你便秘，試著多攝取纖維。

派上用場

Exercise

Ⓐ 請根據右欄提示填入正確的單字。

1. r _____ the first thing you should do each time you go to see a doctor in a hospital or clinic

2. f _____ a cold or flu symptom in which your temperature is higher than normal

3. w _____ a kind of chair someone might need if he or she has a broken leg

4. I _____ a part of a hospital where seriously sick and injured people receive meticulous care

Ⓑ 請將下列診療科別名或醫師名稱填入 1 ～ 5 正確描述前的空格。

urology	pediatrics	surgeon
gynecology	psychiatry	cardiology
pediatrician	dermatologist	ophthalmology

1. _____ a doctor who specializes in treating skin, hair, and nail

2. _____ the study and treatment of medical conditions related to the heart

3. _____ an area of medicine which involves the diagnosis of mental health disorders

4. _____ a doctor who has been trained to treat children

5. _____ a medical specialist who performs surgery

© 請根據提示從下列單字中選出正確編號填入空格。

A pregnant	**E** heal	**I** malnutrition
B epidemic	**F** condom	**J** dislocate
C diagnose	**G** endemic	**K** insomnia
D symptom	**H** nearsightedness	**L** farsightedness

1. _____ physical weakness and bad health caused by a lack of food or an unbalanced diet

2. _____ to move a bone out of its normal position at a joint, usually in an accident

3. _____ a woman or a female animal carrying developing offspring within the body

4. _____ a sign of disorder or disease, for example, a cough that accompanies a cold

5. _____ to restore health or soundness—the same as cure

6. _____ inability to see distant things clearly

Answer Key

Ⓐ

1. register   2. fever   3. wheelchair   4. ICU

Ⓑ

1. dermatologist   2. cardiology   3. psychiatry   4. pediatrician   5. surgeon

Ⓒ

1. I   2. J   3. A   4. D   5. E   6. H

NOTES

數量表達
Units of Measurement

常見計量單位

嚴選例句 ▶ 46
派上用場

a slice of bread
[slaɪs]
一片吐司

a loaf of bread
[lof]
一條麵包

a six-pack of beer
[ˋsɪks͵pæk]
半打（一手）啤酒

two dozen eggs
[ˋdʌzn̩]
兩打雞蛋

a pack of cigarettes
[pæk]
一包香菸

a carton of cigarettes
[ˋkartn̩]
一條香菸

a bar of chocolate
[bar]
一塊巧克力

a carton of ice cream
[ˋkartn̩]
一盒冰淇淋

a scoop of ice cream
[skup]
一球冰淇淋

a crowd of people
[kraʊd]
一群人

a school of fish
[skul]
一群魚

a swarm of bees
[swɔrm]
一群蜜蜂

a roll of toilet paper
[rol]
一捲衛生紙

a sheet of toilet paper
[ʃit]
一張衛生紙

a tube of toothpaste
[tjub]
一條牙膏

a pair of scissors
[pɛr]
一把剪刀

a piece of advice
[pis]
一句勸告

a round of applause
[raʊnd]
一片掌聲

1 I keep **a six-pack of beer** in the fridge to handle unexpected visits from my friends.

我的冰箱裡總會有一手啤酒，用來招待突然造訪的朋友。

2 She feeds **a** whole **flock of birds** in the square with bread crumbs every afternoon.

每天下午她都帶麵包屑來餵食廣場上的鳥群。

Notes crumb [krʌm] (n.) 麵包屑

派上用場

Exercise 請看圖並從下列單位用語中選出合適者填入空格。

a carton of	a loaf of	a slice of	a bar of
a herd of	a swarm of	half a dozen	a crowd of
a pack of	a scoop of	a roll of	a pair of

1. _____ cattle

2. _____ people

3. _____ bread

4. _____ bread

5. _____ eggs

6. _____ toilet paper

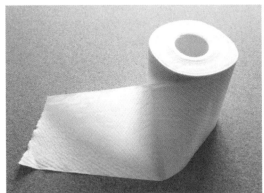

7. _____ cigarettes

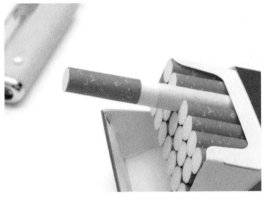

8. _____ ice cream

9. _____ chocolate

10. _____ scissors

Answer Key

1. a herd of cattle
2. a crowd of people
3. a slice of bread
4. a loaf of bread
5. half a dozen eggs

6. a roll of toilet paper
7. a pack of cigarettes
8. a scoop of ice cream
9. a bar of chocolate
10. a pair of scissors

Part 4

娛樂
Entertainment

運動
Sports

棒球
其他球類
游泳
水上運動
健身房
田徑
武術

棒球

baseball
['bes͵bɔl]
棒球

場地 →

球員 →

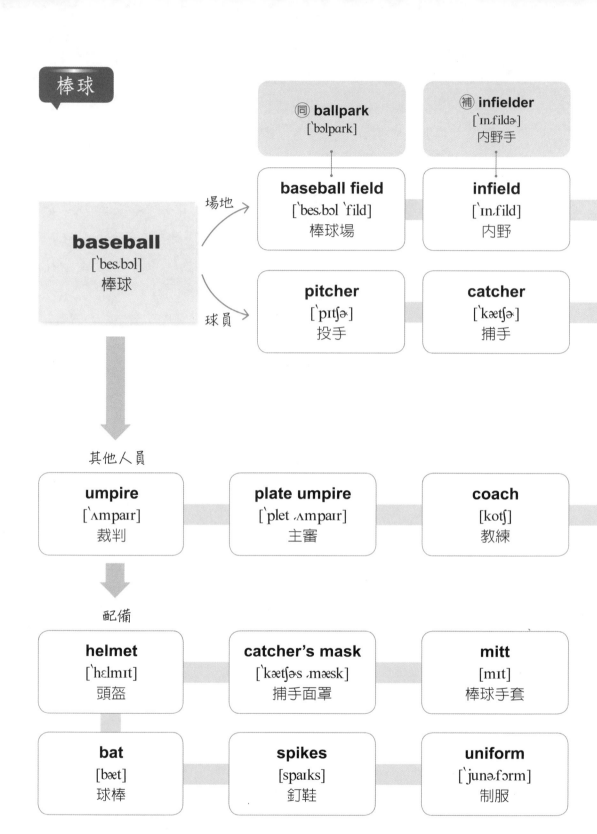

baseball field
['bes͵bɔl 'fild]
棒球場

⊜ **ballpark**
['bɔlpɑrk]

infield
['ɪn͵fild]
內野

⊕ **infielder**
['ɪn͵fildə]
內野手

pitcher
['pɪtʃə]
投手

catcher
['kætʃə]
捕手

其他人員

umpire
['ʌmpaɪr]
裁判

plate umpire
['plet ʌmpaɪr]
主審

coach
[kotʃ]
教練

配備

helmet
['hɛlmɪt]
頭盔

catcher's mask
['kætʃəs ͵mæsk]
捕手面罩

mitt
[mɪt]
棒球手套

bat
[bæt]
球棒

spikes
[spaɪks]
釘鞋

uniform
['junə͵fɔrm]
制服

⊕ outfielder
[ˋaʊtˏfildɚ]
外野手

pitcher's mound
[ˋpɪtʃɚs ˏmaʊnd]
投手丘

outfield
[ˋaʊtˏfild]
外野

bag
[bæg]
壘包

home plate
[ˋhom ˏplet]
本壘板

batter
[ˋbætɚ]
打擊手

first baseman
[ˋfɝst ˋbesmən]
一壘手

shortstop
[ˋʃɔrtˏstɑp]
游擊手

center fielder
[ˋsɛntɚ ˋfildɚ]
中外野手

cheerleader
[ˋtʃɪrˏlidɚ]
啦啦隊員

mascot
[ˋmæskət]
吉祥物

fan
[fæn]
粉絲；仰慕者

大師 小叮嚀

- 二壘手、三壘手的英文分別為：second baseman、third baseman；左外野手、右外野手分別叫作：left fielder 和 right fielder。
- 全壘打的英文是 home run，使用範例如下：
  He hit a home run. 他打出一支全壘打。
- 啦啦隊整個隊伍叫作 cheerleading squad，其中的隊長可稱為 the captain of a cheerleading team。
- 球場稱作 field 的通常是面積較大的草地，如棒球場、壘球場、足球場；稱作 court 的通常是方正矩形的場地，材質不定，如籃球場 (basketball court)、網球場 (tennis court)、羽球場 (badminton court) 等。

307

其他球類

basketball ['bæskɪt͵bɔl] 籃球	**volleyball** ['vɑlɪ͵bɔl] 排球	**badminton** ['bædmɪntən] 羽毛球
bowling ['bolɪŋ] 保齡球	**handball** ['hænd͵bɔl] 手球	**softball** ['sɔft͵bɔl] 壘球

可用腳踢的球類運動

【英】football /【美】soccer ['futbɔl / 'sakɚ] 足球	**American football** [ə'mɛrɪkən 'futbɔl] 美式橄欖球

關於籃球

referee [͵rɛfə'ri] 裁判 （籃球、足球、拳擊）	**guard** [gɑrd] 後衛	**forward** ['fɔrwəd] 前鋒

其他   再大一點

arena [ə'rinə] 體育館	**stadium** ['stedɪəm] 體育場	**athlete** ['æθlit] 運動員

tennis
[ˈtɛnɪs]
網球

table tennis
[ˈtebl ˌtɛnɪs]
桌球

pool
[pul]
撞球

dodge ball
[ˈdadʒ ˌbɔl]
躲避球

hockey
[ˈhakɪ]
曲棍球

golf
[gɔlf]
高爾夫球

rugby
[ˈrʌgbɪ]
英式橄欖球

· 需要跟著球員移動的裁判叫作 referee，反之一般稱為 umpire，如棒球、網球等。
· 從事球類運動常用動詞 play，但打保齡球要説 go bowling。
例：Let's go bowling. 我們去打保齡球吧。

center
[ˈsɛntə]
中鋒

dribble
[ˈdrɪbl]
v. 運球

shoot
[ʃut]
v. 投籃；射

(反) loser
[ˈluzə]
失敗者

foul
[faʊl]
v. / n. 犯規

scoreboard
[ˈskorˌbord]
記分板

winner
[ˈwɪnə]
優勝者

prize
[praɪz]
獎品

游泳

backstroke
[ˈbæk.strok]
仰泳

breaststroke
[ˈbrɛst.strok]
蛙泳

sidestroke
[ˈsaɪd.strok]
側泳

水上運動

water sports
[ˈwɔtɚ ˈspɔrts]
水上運動

(補) **surfboard**
[ˈsɝf.bord]
衝浪板

surfing
[ˈsɝfɪŋ]
衝浪

windsurfing
[ˈwɪnd.sɝfɪŋ]
滑浪風帆

waterskiing
[ˈwɔtɚ.skiɪŋ]
滑水

jet-skiing
[ˈʤɛt.skiɪŋ]
騎水上摩托車

snorkeling
[ˈsnɔrklɪŋ]
浮潛

scuba diving
[ˈskjubə .daɪvɪŋ]
水肺潛水

健身房

gym
[ʤɪm]
健身

work out
[ˈwɝk .aʊt]
鍛鍊;運動

aerobics
[ˌeəˈrobɪks]
有氧運動

310

butterfly (stroke)	**freestyle**	**dog paddle**	**dive**
[ˋbʌtɚˏflaɪ (ˋstrok)]	[ˋfriˏstaɪl]	[ˋdɔg ˏpædḷ]	[daɪv]
蝶式	自由式	狗爬式	跳水

· surf the Internet 是上網；瀏覽網頁的意思。
· windsurfing 是結合 sailing「風帆」和 surfing「衝浪」的水上運動。
　例 1：I'd like to go windsurfing. 我想去風帆衝浪。
　例 2：I'd like to learn how to windsurf. 我想學如何風帆衝浪。
· jet-ski 係因商標而得名，使用範例如下：
　I'd like to try out jet-skiing this summer. 今年夏天我想試試騎水上摩托車。
· 還有一種潛水運動 "skin diving"：不穿潛水衣，只穿戴面罩和蛙鞋的自由潛水。
· synchronized swimming「水上芭蕾」簡稱 synchro [ˋsɪnkro]，也叫作 water ballet。

parasailing	**sailing**	**(whitewater) rafting**
[ˋpærəˏselɪŋ]	[ˋselɪŋ]	[(ˏhwaɪtˋwɔtɚ) ˋræftɪŋ]
水上拖曳傘	駕帆船	（急流）泛舟

weight training	**squat**	**yoga**	**trainer**
[ˋwet ˏtrenɪŋ]	[skwat]	[ˋjogə]	[ˋtrenɚ]
重訓	深蹲	瑜珈	健身教練

田徑

track and field
[`træk ənd `fild]
田徑

田賽

径賽

javelin throw
[`dʒævlɪn ˌθro]
標槍

pole vault
[`pol ˌvɔlt]
撐竿跳

sprint
[sprɪnt]
n. 短跑　*v.* 衝刺

hurdles
[`hɝdḷz]
n. 跨欄

jogging
[`dʒɑgɪŋ]
n. 慢跑

武術

martial arts
[`mɑrʃəl `ɑrts]
武術

劍器類

赤手空拳

fencing
[`fɛnsɪŋ]
擊劍

kendo
[`kɛndo]
日本劍道

補 **fencer**
[`fɛnsə]
劍手

補 **parry**
[`pærɪ]
n. / v. 閃；擋開

Tai Chi
[`taɪ `tʃi]
太極拳

judo
[`dʒudo]
柔道

wrestling
[`rɛslɪŋ]
摔角

sumo wrestling
[`sumo ˌrɛslɪŋ]
相撲

shot put
[`ʃɑt ˌpʊt]
推鉛球

discus throw
[`dɪskəs ˌθro]
擲鐵餅

relay
[rɪ`le]
接力賽

marathon
[`mærəθɑn]
馬拉松

・「鉛球」的英文是 shot；「推鉛球」的英文是「放」鉛球，所以鉛球運動員叫作 a shot putter。
・跑馬拉松：run a marathon，馬拉松跑者：a marathon runner。

archery
[`ɑrtʃərɪ]
射箭

拳擊類運動如「打」空手道、柔道等，動詞都用 "do"；
練習則仍用 "practice"

aikido
[aɪ`kido]
合氣道

karate
[kə`ratɪ]
空手道

taekwondo
[taɪ`kɔndo]
跆拳道

boxing
[`bɑksɪŋ]
拳擊

kung fu
[`kən `fu]
功夫

1 **Synchronized swimming** is an Olympic swimming event.

水上芭蕾是奧運的游泳賽項之一。

Notes event [ɪˈvɛnt] (n.) 比賽項目

2 **Sailing** in the Mediterranean Sea is a fabulous experience!

在地中海揚帆出航是個絕妙經驗！

Notes the Mediterranean [ˌmɛdətəˈrenɪən] Sea 地中海

3 I got hit by a **volleyball** this morning, and now I have a lump on my head.

今早我被一顆排球砸到，現在頭上腫一塊。

Notes lump [lʌmp] (n.) 腫塊

4 In **baseball**, the **umpire**'s decision is final.

棒球比賽中，裁判的判決是最終決定。

5 We're going **jogging** tonight. Do you want to join us?

今晚我們要去慢跑。你要參一腳嗎？

6 My father likes to spend his leisure time on the **golf** course with his colleagues.

我老爸有空時喜歡和同事去高爾夫球場。

Notes leisure time 空閒時間　colleague [ˈkɑlig] (n.) 同事

7 He is the best **guard** I've ever seen.

他是我所見過最棒的後衛。

8 Doing **yoga** and **aerobics** can help keep you in good shape.

做瑜珈和有氧運動有助於保持好身材。

Notes good shape 好身材

派上用場

Exercise 請聆聽音檔，並根據所聽到的對話完成填空。

(When Anna and Patrick see a poster of James, an outstanding 1. ＿＿（運動員）＿＿ at their school, doing 2. ＿＿（柔道）＿＿, 3. ＿＿（擊劍）＿＿, and 4. ＿＿（射箭）＿＿, they have this discussion.)

Anna: I hear James is an excellent 5. ＿＿（武術家）＿＿. .

Patrick: He's good at judo, but not at 6. ＿＿（空手道）＿＿. He teaches judo in a summer camp. Because of his inspiring instruction, I've now become very interested in judo.

Anna: He's also a skillful 7. ＿＿（劍手）＿＿, isn't he?

Patrick: Yes. He 8. ＿＿（閃開）＿＿ keenly and fights vigorously. Few fencers can escape his strong attack.

Anna: Do you know that he's good at 9. ＿＿（射箭）＿＿, too?

Patrick: Yes. He has practiced 9. ＿＿（射箭）＿＿ for more than ten years.

Anna: By the way, did I tell you I started attending a community 10. ＿＿（瑜珈）＿＿ class?

Patrick: Really? How come?

Anna: I'm planning to learn 11. ＿＿（衝浪）＿＿ this coming summer vacation and I thought yoga would help me with my balance. Would you like to go with me?

Patrick: Sure, count me in. That's one of my favorite 12. ＿＿（運動）＿＿.

Answer Key

1. athlete
2. judo
3. fencing
4. archery
5. martial artist
6. karate
7. fencer
8. parries
9. archery
10. yoga
11. surfing
12. sports

Translation

（*Anna 和 Patrick 看到 James 的海報——他們學校一位傑出的運動員，精通柔道、擊劍和射箭，於是有了以下的討論。*）

Anna：我聽說 James 是一個傑出的武術家。

Patrick：他擅長柔道，但不擅長空手道。他在夏令營擔任柔道教學。因為他具啓發性的教學，讓我現在對柔道很有興趣。

Anna：他也是一位技巧純熟的劍手，對吧？

Patrick：對。他閃躲靈巧而攻勢猛烈。很少人可以躲過他的強力攻擊。

Anna：你知道他對射箭也很在行嗎？

Patrick：知道。他學射箭已超過十年了。

Anna：對了，我有跟你說我參加社區辦的瑜珈課程嗎？

Patrick：真假？妳怎麼會想去呢？

Anna：今年暑假我打算要學衝浪。我想瑜珈也許能鍛鍊平衡感。你要一起來嗎？

Patrick：好啊，算我一份。那可是我最喜愛的運動之一。

音樂
Music

曲風類型
音樂會
樂器
劇

classical music
[ˈklæsɪkl̩ ˌmjuzɪk]
古典樂

light music
[ˈlaɪt ˌmjuzɪk]
輕音樂

lounge music
[ˈlaʊndʒ ˌmjuzɪk]
沙發音樂

percussion
[pəˈkʌʃən]
打擊樂

blues
[bluz]
藍調

R&B
[ˌarənˈbi]
節奏藍調

hip-hop
[ˈhɪpɑp]
嘻哈樂

rock and roll
[ˌrak ən ˈrol]
搖滾樂

reggae
[ˈrɛge]
雷鬼樂

(補) **solo**
[ˈsolo]
n. 獨奏

(補) **chord**
[kɔrd]
n. 和音

concert
[ˈkɑnsət]
音樂會

recital
[rɪˈsaɪtl̩]
獨奏會

chorus
[ˈkorəs]
合唱團

band
[bænd]
樂團

composer
[kəmˈpozɚ]
作曲家

program
[ˈprogræm]
節目單

rehearsal
[rɪˈhɝsl̩]
n. 排練；彩排

jazz
[dʒæz]
爵士樂

house music
[ˈhaʊs ˌmjuzɪk]
浩室音樂

salsa music
[ˈsɑlsə ˌmjuzɪk]
騷莎音樂

rap
[ræp]
饒舌

(original) soundtrack
[(əˈrɪdʒənl̩) ˈsaʊndˌtræk]
原聲帶

大師小叮嚀

R&B 是 rhythm and blues 的簡稱；原聲帶音樂
可簡稱 OST。

conductor
[kənˈdʌktɚ]
指揮

alto
[ˈælto]
女低音

mezzo soprano
[ˈmɛtsosə ˈpræno]
女中音

soprano
[səˈpræno]
女高音

symphony
[ˈsɪmfənɪ]
交響樂

bass
[ˈbes]
男低音

baritone
[ˈbærəˌton]
男中音

tenor
[ˈtɛnɚ]
男高音

melody
[ˈmɛlədɪ]
旋律

lyrics
[ˈlɪrɪks]
歌詞

flat
[flæt]
降記號

baton
[bæˈtn̩]
指揮棒

staff
[stæf]
五線譜

meter
[ˈmitɚ]
拍子

sharp
[ʃɑrp]
升記號

樂器

harmonica
[harˋmanɪkə]
口琴

flute
[flut]
長笛

管樂器

(補) **violinist**
[͵vaɪəˋlɪnɪst]
小提琴手

(補) **cellist**
[ˋtʃɛlɪst]
大提琴演奏者

instrument
[ˋɪnstrəmənt]
樂器

弦樂器
(琴)

violin
[͵vaɪəˋlɪn]
小提琴

cello
[ˋtʃɛlo]
大提琴

keyboard
[ˋkiͺbord]
電子琴

piano
[pɪˋano]
鋼琴

打擊樂器

drum
[drʌm]
鼓

gong
[gɔŋ]
鑼

劇

drama
[ˋdramə]
戲劇

opera
[ˋɔpərə]
歌劇

comedy
[ˋkamədɪ]
喜劇

(同) **play**
[ple]
戲劇

clarinet
[ˌklærɪ`nɛt]
單簧管

saxophone
[`sæksəˌfon]
薩克斯風

trumpet
[`trʌmpɪt]
喇叭

(補) **guitar player**
吉他手

guitar
[gɪ`tar]
吉他

accordion
[ə`kɔrdɪən]
手風琴

organ
[`ɔrgən]
風琴

pianist
[pɪ`ænɪst]
鋼琴家

(補) **piano tuner**
[pɪˈænoˌtjunɚ]
鋼琴調音師

tambourine
[ˌtæmbə`rin]
鈴鼓

xylophone
[`zaɪləˌfon]
木琴

大師小叮嚀

彈奏樂器的動詞要用 play。
例：play piano 彈鋼琴

---

tragedy
[`trædʒədɪ]
悲劇

東方戲曲

Peking opera
[`piˈkɪŋ ˌopərə]
平劇

Taiwanese opera
[ˌtaɪwə`niz ˌopərə]
歌仔戲

大師小叮嚀

肥皂劇（連續劇）稱為 soap opera。

1 We're in a **rehearsal** right now.
我們正在排練。

2 I'm impressed with the **lyrics** of this song, which were written by Lin Xi.
這首由林夕填詞的歌感動了我。

3 The Three **Tenors**, Luciano Pavarotti, Plácido Domingo, and José Carreras attracted huge audiences at the benefit **concerts** they performed at.
世界三大男高音，帕華洛帝、多明哥及卡列拉斯為這場慈善音樂會吸引了大批人潮。
Notes audience [ˋɔdɪəns] (n.) 聽眾；觀眾；讀者

4 **Salsa** has its roots in the music of Cuba.
騷莎從古巴音樂演變而來。

5 I like to go to bars and listen to **lounge music** during my weekends. It's quite relaxing.
週末時我喜歡去酒吧聽聽沙發音樂，感覺很放鬆。

6 My brother played his **trumpet** so loudly last night that the neighbors called the police.
昨晚我弟弟練習小喇叭太大聲，結果鄰居報警了。

7 The London **Symphony** Orchestra is one of the most famous orchestras in the world.
倫敦交響樂團是世界最知名的交響樂團之一。

派 上 用 場

 50

Exercise 請聆聽音檔，並根據所聽到的對話完成填空。

Sabrina: I've been thinking of learning more about music. I think it will enrich my personality and make me more 1. ＿＿＿（優雅）＿＿＿.

Anna: What kind of music do you mean exactly? It would be fun if you could sing 2. ＿＿（歌仔戲）＿＿ or 3. ＿＿＿（平劇）＿＿＿.

Patrick: Or 4. ＿＿＿（連續劇）＿＿＿.

Sabrina: Come on! That's not even a kind of music. I mean 5. ＿＿＿（古典樂）＿＿＿.

Patrick: Then you should learn to play the 6. ＿＿＿（鋼琴）＿＿＿ or 7. ＿＿＿（小提琴）＿＿＿.

Sabrina: No violin. My brother drives me crazy every time he practices his violin. It's quite a 8. ＿＿＿（悲劇）＿＿＿!

Anna: It takes time to learn to play any 9. ＿＿＿（樂器）＿＿＿ well. Be patient with him.

Patrick: Maybe you can try the piano?

Sabrina: It's too expensive, and besides, I don't have enough 10. ＿＿＿（空間）＿＿＿ for it in my house.

Patrick: Maybe the 11. ＿＿＿（長笛）＿＿＿ would be best. It is not that expensive, and it's definitely not too big.

Sabrina: Brilliant! I'll 12. ＿＿＿（報名）＿＿＿ the class tomorrow.

Answer Key

1. elegant
2. Taiwanese opera
3. Peking opera
4. soap opera
5. classical music
6. piano
7. violin
8. tragedy
9. instrument
10. room
11. flute
12. register for

Translation

Sabrina：我最近想要學音樂。我想這能提升我的氣質，讓我更優雅。

　Anna：妳說的是哪種音樂？如果妳唱歌仔戲或平劇，應該蠻好玩的。

Patrick：或是演連續劇。

Sabrina：拜託！那根本不是音樂。我是在說古典樂。

Patrick：那妳應該學鋼琴或小提琴。

Sabrina：不要小提琴。每次我弟練小提琴的時候都快把我逼瘋了。簡直是個悲劇！

　Anna：每種樂器都需要時間學習。妳該對他有耐心。

Patrick：也許妳可以學鋼琴看看？

Sabrina：太貴了，而且我家也沒空間可以放。

Patrick：大概長笛最適合妳吧。不那麼貴，也絕對不會太大。

Sabrina：太好了！明天我就去報名。

電影
Movies

電影類型
電影從業人員
電影攝製

movie / film
[ˈmuvɪ / fɪlm]
電影

歷史
概要 →

silent film
[ˈsaɪlənt ˈfɪlm]
默片

film with sound
有聲電影

genre
[ˈʒɑnrə]
類型

各種
路線 →

thriller
[ˈθrɪlə]
驚悚片

horror movie
[ˈhɔrə ˈmuvɪ]
恐怖片

drama film
[ˈdrɑmə ˈfɪlm]
劇情片

porno
[ˈpɔrno]
色情片

literary film
[ˈlɪtəˌrɛrɪ ˈfɪlm]
文藝片

romance
[roˈmæns]
愛情片

comedy
[ˈkɑmədɪ]
喜劇

tragedy
[ˈtrædʒədɪ]
悲劇

同 **screenwriter**
[ˈskrinˌraɪtə]

幕後 →

scriptwriter
[ˈscriptˌraɪtə]
編劇

script supervisor
[ˈscript ˌsupəˈvaɪzə]
場記

experimental film
[ɪkˌspɛrəˈmɛntḷ ˈfɪlm]
實驗電影

documentary
[ˌdakjəˈmɛntərɪ]
紀錄片

black-and-white movie
[ˈblæk.ændˈhwaɪt ˈmuvɪ]
黑白片

action movie
[ˈækʃən ˈmuvɪ]
動作片

disaster film
[dɪˈzæstɚ ˈfɪlm]
災難片

detective movie
[dɪˈtɛktɪv ˈmuvɪ]
偵探片；推理片

musical
[ˈmjuzɪkḷ]
歌舞片

animated film
[ˈænəˌmetɪd ˈfɪlm]
動畫片

kung fu movie
[ˈkɔŋ ˌfu ˈmuvɪ]
武打片

science fiction movie
[ˈsaɪəns ˈfɪkʃən ˈmuvɪ]
科幻片

· 科幻片也可簡稱爲 sci-fi [ˈsaɪˈfaɪ] movie。
· porno 是 pornographic movie 的縮寫，亦稱 adult film
  或 erotic [ɪˈratɪk]（色情的）film。

電影攝影師也叫作 cinematographer
[ˌsɪnəməˈtagrəfɚ]，不分性別。

producer
[prəˈdjusɚ]
製片

director
[dəˈrɛktɚ]
導演

cameraman
[ˈkæmərəˌmæn]
攝影師

(talent) scout
[(ˈtælənt) ˈskaʊt]
星探

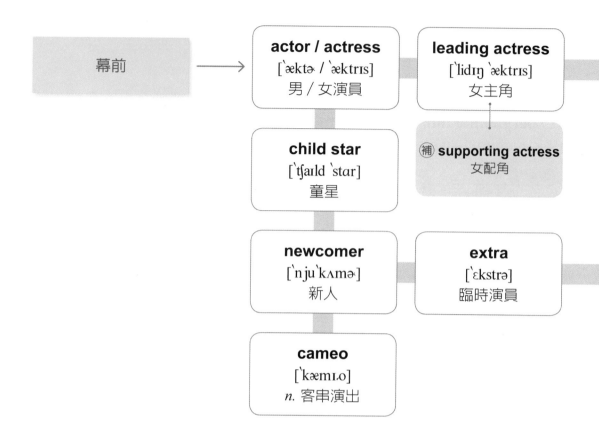

幕前 → **actor / actress** [ˈæktə / ˈæktrɪs] 男 / 女演員

leading actress [ˈlidɪŋ ˈæktrɪs] 女主角

(補) **supporting actress** 女配角

child star [ˈtʃaɪld ˈstɑr] 童星

newcomer [ˈnjuˈkʌmə] 新人

extra [ˈɛkstrə] 臨時演員

cameo [ˈkæmɪo] *n.* 客串演出

電影攝製

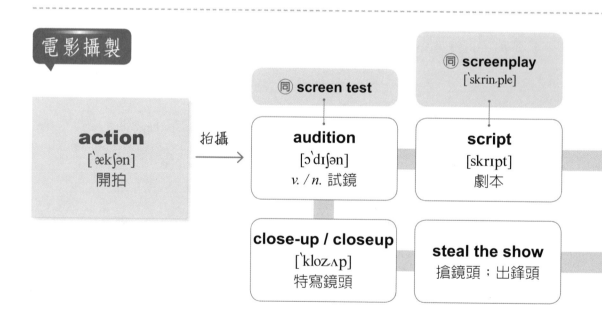

action [ˈækʃən] 開拍 → 拍攝

(同) **screen test**

audition [ɔˈdɪʃən] *v. / n.* 試鏡

(同) **screenplay** [ˈskrinˌple]

script [skrɪpt] 劇本

close-up / closeup [ˈklozʌp] 特寫鏡頭

steal the show 搶鏡頭；出鋒頭

leading actor
[ˈlidɪŋ ˈæktɚ]
男主角

protagonist
[proˈtægənɪst]
正派角色；主角

antagonist
[ænˈtægənɪst]
反派角色

(補) **supporting actor**
男配角

(同) **hero / heroine**
[ˈhɪro / ˈhɛro.ɪn]
男主角 / 女主角

(同) **villain**
[ˈvɪlən]

stand-in
[ˈstænd.ɪn]
定位替身

stunt man
[ˈstʌnt ˌmæn]
武打替身；特技表演者

· stunt man 亦稱 stunt performer。
· 電影拍攝前，代替演員站在表演位置設定佈景、燈光等的替身叫作 stand-in。電影的替身可分成兩種：stunt double 是危險動作的替身；而特殊技藝（如彈琴、歌唱、跳舞或裸戲）的替身則為 body double。
· screenplay 又可分寫 original「原著」和 adapted「改編」兩種。

(補) **shot**
[ʃat]
n. 拍攝；鏡頭

lines
[laɪnz]
台詞

shoot
[ʃut]
v. 拍攝

long shot
[ˈlɔŋ ˈʃat]
遠鏡頭

slow motion
[ˈslo ˈmoʃən]
慢鏡頭

panorama
[ˌpænəˈræmə]
全景

studio
[ˈstjudɪo]
攝影棚

location
[loˈkeʃən]
外景拍攝地

pan「移動攝影機拍攝全景」(v.) 是由 panorama 引申而來。
例：the panorama of city life 都市生活的各種樣貌

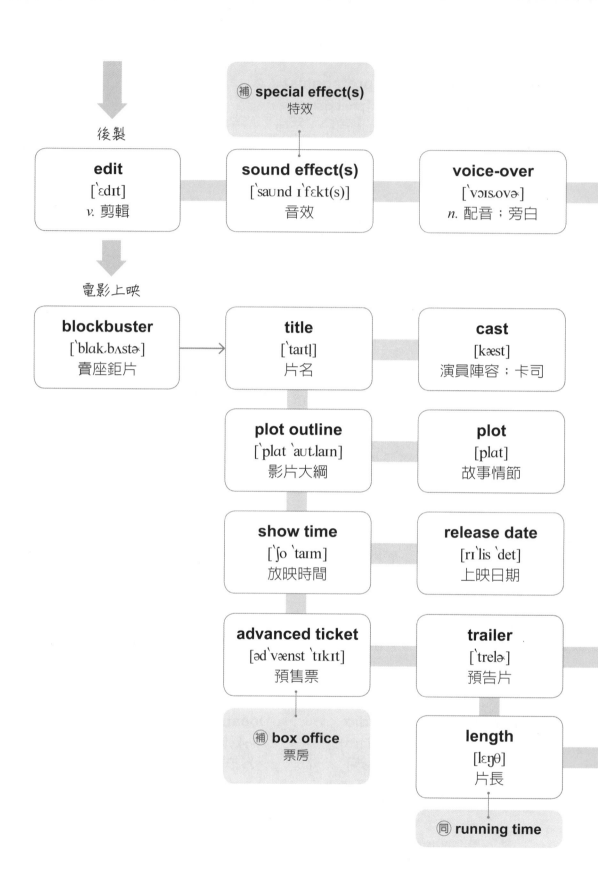

後製

edit
[ˈɛdɪt]
v. 剪輯

(補) **special effect(s)**
特效

sound effect(s)
[ˈsaʊnd ɪˈfɛkt(s)]
音效

voice-over
[ˈvɔɪsˌovə]
n. 配音；旁白

電影上映

blockbuster
[ˈblɑkˌbʌstə]
賣座鉅片

title
[ˈtaɪtl]
片名

cast
[kæst]
演員陣容；卡司

plot outline
[ˈplɑt ˈaʊtˌlaɪn]
影片大綱

plot
[plɑt]
故事情節

show time
[ˈʃo ˈtaɪm]
放映時間

release date
[rɪˈlis ˈdet]
上映日期

advanced ticket
[ədˈvænst ˈtɪkɪt]
預售票

trailer
[ˈtrelə]
預告片

(補) **box office**
票房

length
[lɛŋθ]
片長

(同) **running time**

330

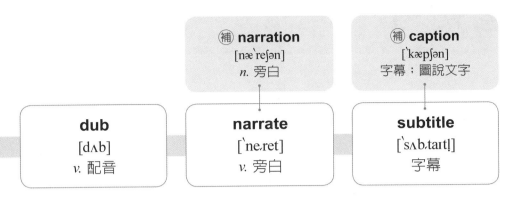

補 narration
[næˋreʃən]
n. 旁白

補 caption
[ˋkæpʃən]
字幕；圖說文字

dub
[dʌb]
v. 配音

narrate
[ˋne.ret]
v. 旁白

subtitle
[ˋsʌb.taɪtl]
字幕

大師 小叮嚀

- voice-over 指的是電玩人物、玩偶的配音，體育競賽現場戰況分析、廣告等的旁白也都屬此類。配音員則是 voice actor/actress 或 voice artist。跟演員一樣，配音也是一種表演藝術，配音員的聲音亦須演技 (voice acting)。
- dub 指的是爲動畫配音，或是替電影配上不同語言版本的發音。
  例：Angelina Jolie dubbed the voice of the Tigress in *Kung Fu Panda*.
  　　安潔莉娜裘莉爲《功夫熊貓》裡的悍嬌虎配音。
- narrate 的使用範例如下：
  Do you know who's narrating this documentary? Her voice sounds familiar.
  你知道誰幫這部紀錄片配旁白嗎？她的聲音聽起來很熟悉。
- caption 指的是電視上的原文字幕。另，招牌、告示板、商標、報紙照片或圖表上的文字或解說都稱爲 caption。而 subtitle 則是翻譯字幕（影音和文字不同語言）。
- 二輪戲院爲 second-run theater，首輪爲 first-run；露天戲院爲 open cinema。

Easter egg
[ˋistə ˏɛg]
片尾彩蛋

movie critic
[ˋmuvɪ ˋkrɪtɪk]
影評人

sequel
[ˋsikwəl]
續集

premiere
[prɪˋmɪr]
首映

同 first screening

1 *Steamboat Willie* was the first Mickey Mouse **film** that featured sound.
《汽船威利號》是米奇老鼠的第一部有聲電影。
Notes feature [fitʃə] (v.) 以……爲特色

2 The difference between a **musical** film and a stage musical is the use of lavish background scenery, which is difficult to create for the theater.
歌舞片和舞台音樂劇的不同處在於華麗的佈景，這對劇場來說是很難達成的。
Notes scenery [ˋsinərɪ] 風景；舞台佈景

3 New **special effects** techniques have made **disaster films** much more spectacular.
新的特效技術讓災難片益加壯觀。
Notes spectacular [spɛkˋtækjələ] (a.) 壯觀的

4 **Experimental film** is one of the major genres of film-making.
實驗電影是電影製作的主要類型之一。

5 An **audition** is used to evaluate the suitability of an **actor** or **actress** to perform a particular role.
試鏡是用來評量演員是否適合飾演某個特定角色。
Notes suitability [sutəˋbɪlətɪ] (n.) 合適度

6 Different from **extras**, who are usually used in the background of a film, **stunt men** replace the **leading actors** in dangerous scenes.
和常用來當作電影背景的臨時演員不同，武打替身在危險場景中代替主角上場。
Notes scene [sin] (n.) 場面；鏡頭

7 A **panorama** is a wide-angle view in painting, photography, film, or video.
「全景」是在繪畫、照片、電影或視訊影像上的一個廣角景象。
Notes wide-angle [ˋwaɪdˋæŋgl] (a.) 廣角的

8 Even though the leading actor and actress gave excellent performances, it was a young **newcomer** who **stole the show**.
儘管男女主角演得很出色，搶盡鋒頭的卻是一位新進演員。

9 Tommy is a **voice actor** who does **voice-overs** in **animated films** and television commercials.

湯米是一個配音員,他為動畫電影和電視廣告配音。

10 When adapting a book into a **screenplay**, the **screenwriter** not only worries about satisfying picky readers, but also about pleasing the audience members who have never read the book.

將書改編成劇本時,編劇不但得費心讓挑剔的原著讀者滿意,還得取悅從沒看過該書的觀眾。

Notes adapt [əˋdæpt] (v.) 改編;改寫

11 Before watching a movie, I have a look at the **plot outline** and **cast**.

看電影前,我會先看一下劇情大綱和演員名單。

12 *The Sound of Music* was the first film to defeat *Gone with the Wind* in ticket sales. It was a **blockbuster**, and played for more than a year in some **first-run theaters**.

《真善美》是第一部賣座超越《亂世佳人》的轟動鉅片,在某些首輪戲院甚至播放超過一年。

Exercise 請聆聽音檔，並根據所聽到的對話完成填空。

(Tina and Evelyn are chatting in a coffee shop.)

Evelyn: You look so happy! Did your 1. （白馬王子） give you a kiss?

Tina: Not exactly. But I just had a date with every woman's dream, Mr. Darcy.

Evelyn: Oh, I see. You just saw the 2. （電影） *Pride and Prejudice*. Right?

Tina: You got it! I saw it on DVD. Have you seen it? It's the first 3. （愛情喜劇） in history and the best!

Evelyn: I read the novel a long time ago and really liked Mr. Darcy. How does he look in the movie? Does he look like how Jane Austen described him in the book?

Tina: Almost the same. 4. （兩位男女主角都） are fine 5. （演出者） and 6. （飾演她姐妹的女配角） was great, too. But 7. （大體上說來） 8. （比起電影，我比較喜歡原著）, because the book allows me to use my imagination.

Evelyn: You're right. I'm a 9. （粉絲） of *Harry Porter*, and I like the books better than the 10. （電影）, too. Even though lots of 11. （特效） were used in the movies, the 12. （導演） ignored so many fascinating details.

Tina: My boyfriend hates reading. Since he never reads the books, he always thinks the movies are better.

Evelyn: What kinds of movies does he like?

Tina: You know, what men always like: 13. （科幻片）, 14. （恐怖片）, or 15. （有武打的動作片）. They'll watch anything as long as it has a little excitement.

Evelyn: Men! What are they thinking?

Answer Key

1. Prince Charming
2. movie
3. romantic comedy
4. Both the leading actor and actress
5. performers
6. the supporting actress who played her sister
7. in general
8. I like the book better than the movie version

9. fan
10. films
11. special effects
12. director
13. science fiction movies
14. horror movies
15. action movies with martial arts and fighting

Translation

（*Tina* 和 *Evelyn* 在咖啡館聊天。）

Evelyn：妳看起來好開心喔！是不是妳的白馬王子親了妳啊？

Tina：倒也不是啦。不過我剛剛跟所有女人的夢中情人達西先生約會。

Evelyn：喔，我知道了。妳剛看了電影《傲慢與偏見》，對吧？

Tina：沒錯！我剛看完 DVD，妳看過了嗎？它是史上第一部愛情喜劇，也是最棒的！

Evelyn：我很久以前讀過小說，而且非常喜歡達西先生。他在電影裡看起來如何？看起來和珍‧奧斯汀在小說中描述的一樣嗎？

Tina：幾乎一模一樣。兩位男女主角都是不錯的演員，飾演她姐妹的女配角也很棒。不過大體上說來，比起電影，我比較喜歡原著，因為原著可以讓我發揮想像力。

Evelyn：妳說的沒錯，我是哈利波特迷，比起電影，我也是比較喜歡書。雖然電影裡有大量特效，但導演忽略了許多很棒的細節。

Tina：我男朋友討厭看書。他從來沒看過這些書，所以他一直都覺得電影比較好看。

Evelyn：他喜歡看哪種類型的電影？

Tina：妳知道的，男生都喜歡：科幻片、恐怖片或是有武打的動作片。只要有一點點刺激的東西，他們就會喜歡。

Evelyn：天啊！真不知男生在想些什麼？

NOTES

藝術
Arts

繪畫
藝術風格
陶藝
手工藝
木雕・雕刻

繪畫

oil painting
['ɔɪl 'pentɪŋ]
油畫

→ 所需工具

brush
[brʌʃ]
畫筆

palette
['pælɪt]
調色盤

→ 可作畫板的物件

canvas
['kænvəs]
畫布

wood panel
['wʊd 'pænl]
木頭畫板

calligraphy
[kə'lɪɡrəfɪ]
書法

ink brush
['ɪŋk 'brʌʃ]
毛筆

portrait
['portret]
人像畫

sketch
[skɛtʃ]
素描

sketchbook
['skɛtʃˌbʊk]
素描本

charcoal
['tʃarˌkol]
炭筆

ukiyo-e
['ukijoˌe]
浮世繪

engraving
[ɪn'grevɪŋ]
版畫；雕刻

printmaking
['printˌmekɪŋ]
複製版畫

palette knife
[ˈpælɪt ˈnaɪf]
調色刀

painting knife
[ˈpentɪŋ ˈnaɪf]
畫刀

varnish
[ˈvɑrnɪʃ]
亮光漆

slate
[slet]
石板

fresco
[ˈfrɛsko]
壁畫

watercolor
[ˈwɑtɚˌkʌlɚ]
水彩畫；水彩顏料

egg tempera
[ˈɛg ˈtɛmpərə]
蛋彩畫 / 丹培拉畫法

ink and wash painting
[ˈɪŋk ænd ˈwɑʃ ˈpentɪŋ]
黑白墨水畫

colored pencil
[ˈkʌlɚd ˈpɛnsl]
彩色鉛筆

crayon
[ˈkreən]
蠟筆

pastel
[pæsˈtɛl]
粉蠟筆

woodblock printing
[ˈwʊdˌblɑk ˈprɪntɪŋ]
木版印刷

大師小叮嚀

· 東方的山水畫和西方的風景畫都是 landscape painting。
· knead [nid] 此動詞的意思是揉捏，素描時所使用的一種可隨意捏的橡皮擦就叫作 kneaded eraser。
· 「浮世繪」是日本的一種獨特繪畫形式，源於 17 世紀，主要描繪人們日常生活和風景。

藝術風格

依派別 →

Fauvism
[`fovɪzəm]
野獸派

Impressionism
[ɪm`prɛʃənˌɪzəm]
印象派

依年代先後 →

Gothic
[`gɑθɪk]
哥德式

Baroque
[bə`rok]
巴洛克

普普藝術 →

graffiti
[grə`fiti]
塗鴉

stencil graffiti
[`stɛnsl grə`fiti]
模板塗鴉

- Fauvism 於二十世紀初崛起，由於作品用色強烈大膽，線條揮灑自如，在 1905 年秋季沙龍中被評為「如野獸般狂野的畫法」而得名。代表畫家有：馬諦斯 (Matisse)。
- Cubism 在二十世紀初開始活躍於藝壇。畫家利用不同的視點將不同的面向同時表現，組合不同的素材來創造新主題，追求更真實的藝術。代表畫家有：畢卡索 (Picasso)。
- Abstractionism 是於二十世紀興起的美術思潮，作品不以自然具體的對象為主體，轉而描繪不受拘束、無具體型態的事物。代表畫家有：康丁斯基 (W. Kandinsky)。
- Impressionism 派別重視光與影的變化。作品多喜歡描繪自然風光，光影與色彩的融合為其特色。代表人物有：雷諾瓦 (Renoir)、莫內 (Monet)。

陶藝

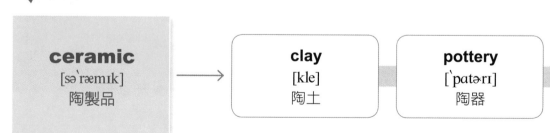

ceramic
[sə`ræmɪk]
陶製品

→

clay
[kle]
陶土

pottery
[`patərɪ]
陶器

Abstractionism
[æbˈstrækʃənˌɪzəm]
抽象派

Cubism
[ˈkjubɪzəm]
立體派

Dadaism
[ˈdadaˌɪzəm]
達達派

Surrealism
[səˈriəlˌɪzəm]
超現實主義

Renaissance
[rəˈnesns]
文藝復興

Modernism
[ˈmadənˌɪzəm]
現代主義

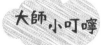

大師小叮嚀

· Surrealism 藝術思潮受到佛洛伊德 (Freud)《夢的解析》一書影響，對未知的潛意識感到好奇，作品充滿隱喻、暗示和似夢的描繪。代表人物有：達利 (Dali)。

· Dadaism 於第一次世界大戰期間形成。受到戰爭的衝擊，人們對於以往的道德和美學都喪失信心，藝術家貶低傳統價值，作家杜象 (Duchamp) 在印有蒙娜麗莎的圖片加上兩撇鬍子來反諷藝術，正是達達主義有名的作品。

· 普普藝術 Pop Art 中的 pop 為 popular 之縮寫，指的是流行、通俗藝術，於二十世紀後期出現，呈現日常生活的事物，廣告、商標都是作品。代表人物有：安迪沃荷 (Andy Warhol)。

---

porcelain
[ˈpɔrslɪn]
瓷器

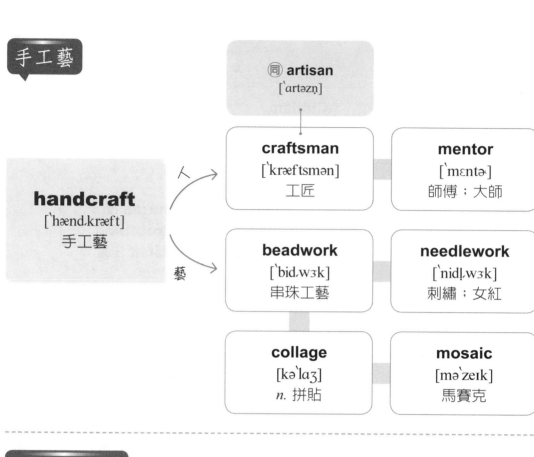

手工藝

handcraft
[ˈhænd.kræft]
手工藝

人 →

藝 →

(同) **artisan**
[ˈɑrtəzn̩]

craftsman
[ˈkræftsmən]
工匠

mentor
[ˈmɛntɚ]
師傅；大師

beadwork
[ˈbid.wɝk]
串珠工藝

needlework
[ˈnidl̩.wɝk]
刺繡；女紅

collage
[kəˈlɑʒ]
n. 拼貼

mosaic
[məˈzeɪk]
馬賽克

木雕・雕刻

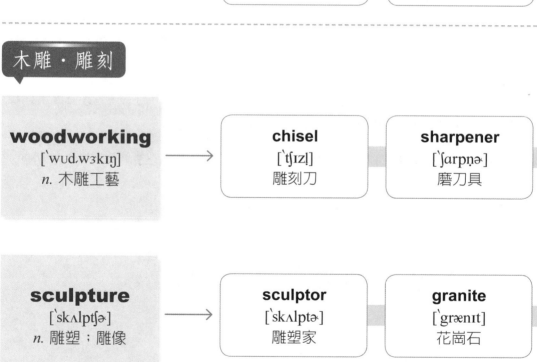

woodworking
[ˈwʊd.wɝkɪŋ]
n. 木雕工藝

chisel
[ˈtʃɪzl̩]
雕刻刀

sharpener
[ˈʃɑrpn̩ɚ]
磨刀具

sculpture
[ˈskʌlptʃɚ]
n. 雕塑；雕像

sculptor
[ˈskʌlptɚ]
雕塑家

granite
[ˈgrænɪt]
花崗石

apprentice
[əˋprɛntɪs]
學徒

彩色玻璃 (stained glass) 也是馬賽克拼貼藝術的一種；知名的「玫瑰窗」(rose window) 為經常可見於照片中、教堂裡鑲有彩色玻璃的圓花窗。

knitting
[ˋnɪtɪŋ]
n. 編織

sewing
[ˋsoɪŋ]
n. 縫紉

spinning
[ˋspɪnɪŋ]
n. 紡織

搭 **sewing machine**
縫紉機

relief
[rɪˋlif]
浮雕

marquetry
[ˋmarkətrɪ]
鑲嵌技術

marble
[ˋmarbḷ]
大理石

1　**Ukiyo-e**, which presented normal city life between the 17th and 20th centuries, is the main artistic genre of **woodblock printing** in Japan.

浮世繪畫風呈現十七到二十世紀間市井小民的生活，是日本重要的木版印刷藝術類型。

Notes present [prɪˈzɛnt] (v.) 展現；呈現

2　**Egg tempera** appeared in the Middle Ages and was used in the main style of painting during that period. The paint is created by mixing dry powdered pigments and egg yolk.

蛋彩畫出現在中世紀，被使用在當時的主要繪畫風格中。顏料是由乾顏料粉和蛋黃混合而成。

Notes pigment [ˈpɪgmənt] (n.) 顏料　　yolk [jok] (n.) 蛋黃

3　Painters who make **oil paintings** usually use a **palette** to mix colors and a **painting knife** to apply paint to the **canvas**.

油畫家通常用調色盤來混合顏色，用畫刀將顏料塗在畫布上。

4　*The Last Judgement* painted on the Sistine Chapel ceiling by Michelangelo is one of the most famous **frescoes** of the High **Renaissance** period.

西斯汀教堂天花板上由米開朗基羅創作的《最後的審判》是文藝復興極盛時期最有名的壁畫之一。

5　Woodcutting and **engraving** are examples of two **printmaking** techniques.

木版雕刻和版畫是兩種版畫複製技術的範例。

6　**Calligraphy**, in which characters are written with special **ink brushes**, is a significant art form in East Asia.

書法是東亞重要的一種藝術形式，用特別的毛筆來書寫字體。

Notes character [ˈkærɪktə] (n.) 文字；字體

7　The **kneaded eraser** is made of a pliable material like gum, which does not leave behind eraser residue, and is used mostly by artists.

軟橡皮擦是用像橡膠一樣的軟性材料製成，不會留下殘屑，大部分為藝術家使用。

Notes pliable [ˈplaɪəbḷ] (a.) 柔軟的　　residue [ˈrɛzə.dju] (n.) 殘餘；殘渣

8 **Beadwork** has recently become popular. Girls use needle and thread to string beads together to make bracelets, necklaces, or other types of jewelry.

串珠工藝最近很流行，女孩們用針線串珠以製作手環、項鍊和其他種類的飾品。

Notes string [strɪŋ] (v.)（用線）穿；串起

9 The man is shaping the **clay** as it turns on the wheel.

這個人正在幫輪上轉動的黏土塑形。

10 Michelangelo's *David* is perhaps the most well-known **sculpture** of all time.

米開朗基羅的《大衛像》大概是史上最有名的雕像。

Exercise 請聆聽音檔，並根據所聽到的對話完成填空。

(Tina and Evelyn are having afternoon tea at a 1.（路邊咖啡座）*.)*

Evelyn: What's that on the wall? It must have been done by someone who was completely out of his mind.

Tina: That's 2.（塗鴉）. It's a type of 3.（街頭藝術）. It's usually made with 4.（畫筆）. Look! The one on the other wall is 5.（模板塗鴉）, which is made with 6.（模板） and 7.（噴漆）.

Evelyn: 8.（街頭藝術）? You mean that's a 9.（類型） of art? I think they're just 10.（在牆上亂塗一通）.

Tina: Ha! That's art. Some people like it and some don't. You know Monet, right? He's considered to be one of the greatest artists in history. But do you know what happened to him when he first exhibited his 11.（油畫畫作） *Impression, Sunrise*? He was satirized by the 12.（批評家）. They said that his painting only gave an impression of the scene, and that's how the term 13.（印象派） developed.

Evelyn: 14.（說到繪畫）, I must say that Matisse's work is really powerful. People say that his paintings are like wild beasts, and 15.（我非常認同）.

Tina: You like 16.（野獸派的） paintings? I used to like them, too, but after seeing the Dali 17.（特展） at the art museum, I became interested in 18.（超現實主義）. 19.（拼貼） was one of the techniques that artists from that period liked to use. Those 20.（藝術作品） are so surprising!

Evelyn: I know that style of paintings. It's supposed to be an expression of the 21.（潛意識）, just like whatever is in your dreams.

Tina: That's right. I should draw a picture about my dream last night. Maybe I'll become an artist.

Evelyn: What was your dream about?

Tina: I was a billionaire and all my money was melting.

Evelyn: Well. That's really 22.（超現實）.

Answer Key

1. sidewalk café
2. graffiti
3. street art
4. brushes
5. stencil graffiti
6. stencils
7. spray paint
8. Street art
9. genre
10. scribbles on the wall
11. oil paintings
12. critics
13. Impressionism
14. When it comes to paintings
15. I can't agree more
16. Fauvist
17. exhibit
18. Surrealism
19. Collage
20. artworks
21. unconscious
22. surreal

Translation

（*Tina 和 Evelyn 在路邊咖啡座喝下午茶。*）

Evelyn：牆上那是什麼啊？一定是有人腦袋不正常才會這麼做。

　Tina：那是塗鴉。街頭藝術的一種，通常用畫筆創作。看！另外那面牆上的是模板塗鴉，是用模板和噴漆創作的。

Evelyn：街頭藝術？妳是說它們是藝術的一種？我覺得它們只是在牆上亂塗一通。

　Tina：哈！這就是藝術，有人喜歡有人不喜歡。妳知道莫內，對吧？他是公認最頂尖的藝術家之一，但妳知道他第一次公開展覽他的畫作《印象·日出》時發生什麼事嗎？批評家挖苦他，說他的畫作傳遞的只是景物的「印象」，這也是印象派一詞的由來。

Evelyn：說到繪畫，我不得不說馬諦斯的畫作很強烈，人們說他的畫作就像野獸一般，我非常認同。

　Tina：妳喜歡野獸派的畫啊？我以前也很喜歡，不過自從在美術館看了達利特展後，我開始喜歡超現實主義。拼貼是那個時期的藝術家愛用的技巧之一，那些作品都非常讓人驚豔！

Evelyn：我知道那種繪畫形式，那應該是一種潛意識的表現，就像妳夢裡出現的東西一樣。

　Tina：沒錯。我應該把我昨天夢到的東西畫出來，說不定我也會成為藝術家。

Evelyn：妳夢到什麼？

　Tina：我是個億萬富翁，我所有的錢都在融化。

Evelyn：呃，那也太超現實了。

NOTES

電玩
Video Games

電子遊樂場（街機）
電視遊樂器（家機）
電腦・手機遊戲

arcade
[arˋked]
電子遊樂場

arcade game
[arˋked ˋgem]
大型電玩；街機

claw machine
[klɔ məˋʃin]
夾娃娃機

Whac-A-Mole
[ˋhwækəˋmol]
打地鼠

air hockey
[ˋɛr ˋhakɪ]
桌上曲棍球

change machine
[ˋtʃendʒ məˋʃin]
兌幣機

token
[ˋtokən]
代幣

**video game /
console game**
[ˋvɪdɪo ˋgem /
ˋkansol ˋgem]
電動遊戲

console
[ˋkansol]
主機

cartridge
[ˋkartrɪdʒ]
卡帶

light gun
[ˋlaɪt ˋgʌn]
光線槍

stand
[stænd]
立架

dance machine
[ˈdæns məˈʃin]
跳舞機

pinball machine
[ˈpɪnˌbɔl məˈʃin]
彈珠台

foosball
[ˈfuzˌbɔl]
桌上足球

slot machine
[ˈslat məˈʃin]
吃角子老虎

redemption game
[rɪˈdɛmpʃən ˈgem]
可累計積分兌現的遊戲

foosball

coin slot
[ˈkɔɪn ˈslat]
投幣孔

vending machine
[ˈvɛndɪŋ məˈʃin]
自動販賣機

大師小叮嚀

· 補充機台的相關詞彙：
  跳舞機的感應墊是 dance pad，吃角子老虎的拉桿叫作 lever [ˈlɛvə]。
· 還有一種機台「俄羅斯輪盤」(roulette [ruˈlɛt]) 則是屬於博彩遊戲。

controller
[kənˈtrolə]
控制器

joystick
[ˈdʒɔɪˌstɪk]
搖桿

steering wheel
[ˈstɪrɪŋ ˈhwil]
方向盤

大師小叮嚀

light gun 用於射擊遊戲 (shooting game)，是電玩操縱器的一種。

電腦・手機遊戲

**PC game /
computer
game**
電腦遊戲
（單機遊戲）

online game
[ˈɑnˌlaɪn ˈgem]
線上遊戲

online chat
[ˈɑnˌlaɪn ˈtʃæt]
線上聊天

e-Sports
電子競技（電競）

mobile game
[ˈmobḷ ˈgem]
手機遊戲（手遊）

application
[æpləˈkeʃən]
應用程式

phubber
[ˈfʌbɚ]
低頭族

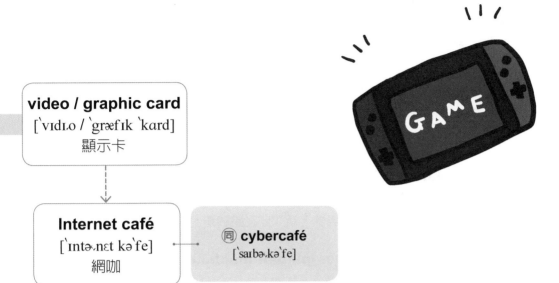

video / graphic card
['vɪdɪo / 'græfɪk 'kard]
顯示卡

Internet café
['ɪntəˌnɛt kə'fe]
網咖

(同) **cybercafé**
['saɪbəˌkə'fe]

download
['daʊnˌlod]
v. 下載

update
[ʌp'det]
v. 更新

大師小叮嚀

- PC 即爲 personal computer「個人電腦」。
- handheld game console 爲掌上型電玩，最早出現的是由日本 Nintendo（任天堂）公司研發的 GAME BOY 遊戲機。
- 應用程式 application 經常簡稱爲 APP，讀作 ['æp]，而非按三個字母唸。
- phub [fʌb] 是由 phone 和 snub [snʌb]（冷落）組成。
  例：No phubbing! 不要顧著滑手機而不看路！

1　**Slot machines** are a type of casino game. The player attempts to win money from the machine by pulling the **lever** on the side.

吃角子老虎是賭場遊戲的一種。玩家藉由扳下機器旁的拉桿，試圖從機器贏錢。

2　**Dance machines** are a revolution in **arcade games**. Players stand on a **dance pad** and move their bodies with the rhythm of the music.

跳舞機是大型電玩遊戲機的一大革命。玩家站在跳舞墊上，隨著音樂節奏舞動身體。

3　Like many other game machines, **pinball machines** were originally used for gambling.

跟很多其他遊戲機一樣，彈珠台最早是用來賭博的。

4　If someone uses a **token** instead of a coin to buy something from a **vending machine**, the currency detector may reject it and return it to the consumer.

如果有人用代幣而不是錢幣從自動販賣機買東西，驗幣機會拒絕接受，並把它退還給顧客。

Notes reject [rɪˋdʒɛkt] (v.) 拒收；（投幣機）退幣、退鈔

5　**Steering wheels** and **light guns** are two kinds of **video game controllers**. The former are used for playing driving games, whereas the latter are for shooting games.

方向盤和光線槍是電玩操縱器的二種。前者用來玩駕駛遊戲；後者則用來玩射擊遊戲。

6　In addition to controlling games, **joysticks** are also used for controlling machines like aircraft and tractors. Recently, small joysticks have even been adopted as controllers for mobile phones.

除了控制遊戲外，操作桿也可用來操縱像飛機或拖拉機等機器。近來，小型操作桿更被用來當作手機的操縱器。

Notes adopt [əˋdɑpt] (v.) 採用；接受

7　After the Nintendo Company released the GAME BOY, **handheld console games** grew in popularity.

自從任天堂公司推出 GAME BOY 之後，掌上型電動遊戲機就蔚為一股風潮。

Notes release [rɪˋlis] (v.) 發售；發行

Exercise 請聆聽音檔，並根據所聽到的對話完成填空。

(Tina, Evelyn and Eric are at the 1. （電子遊樂場） *.)*

Evelyn: Eric, what kind of games do you usually play? 2. ＿＿（射擊遊戲）＿＿ or 3. ＿（賽車遊戲）＿ ?

Eric: I used to play 4. ＿（格鬥遊戲）＿. Do you know the Street Fighter series? It was a lot of fun!

Tina: I know. My brother really liked it, too, but I've never played the 5. ＿（遊戲機）＿. I always play other games like 6. ＿＿（打地鼠）＿＿. It's my favorite!

Eric: That's for girls. Even 7. ＿（跳舞機）＿ are more exciting than hitting a plastic mole.

Tina: That's not the only game I play. I'm also good at 8. （俄羅斯方塊）. I even got the highest 9. ＿＿（分數）＿＿ and was able to enter my name. No one was able to knock it off the high score list.

Evelyn: Ever since I won US$300 from a 10. （吃角子老虎） in Las Vegas, I play the slots every time I see one. And you know what? I'm always lucky.

Eric: 11. ＿（這跟機率有關吧。）＿ It's impossible for you to win every time.

Tina: Hey! There's one over there. Let's go get some 12. ＿＿（代幣）＿＿ and try it. Then we'll see how lucky you are.

Evelyn: OK. Let's go.

Answer Key

1. arcade
2. Shooting games
3. driving games
4. fighting games
5. arcade game
6. Whac-A-Mole
7. dance machines
8. Tetris
9. score
10. slot machine
11. That's bound to chance.
12. tokens

Translation

（*Tina、Evelyn 和 Eric 在電子遊樂場。*）

Tina：Eric，你平常都玩什麼遊戲？射擊遊戲還是賽車遊戲？

Eric：我以前都玩格鬥遊戲。妳知道「快打旋風」那個系列嗎？那很好玩！

Tina：我知道，我哥也很愛玩，不過我從來沒玩過遊戲機，我都是玩其他像打地鼠之類的遊戲。那是我的最愛！

Eric：那是女生玩的遊戲。就連跳舞機都比打塑膠地鼠刺激。

Tina：我不是只玩打地鼠。我也很擅長俄羅斯方塊，我曾得過最高分，還能把名字輸入在機器裡，沒人可以打破我的紀錄呢。

Evelyn：自從我在拉斯維加斯的吃角子老虎贏得 300 美金，我每次只要看到拉霸機台都會玩一下，你們知道嗎？我每次都很幸運。

Eric：這跟機率有關吧。妳不可能每次都贏的。

Tina：嘿！那邊有一台吃角子老虎，我們去換些代幣來試試，這樣我們就知道妳有多幸運了。

Evelyn：好啊，走吧。

Part 5

交通
Transportation

陸上交通
Traffic

馬路相關
行人相關
行車上路
交通號誌與違規
汽・機車
汽車構造與零件
大眾交通工具

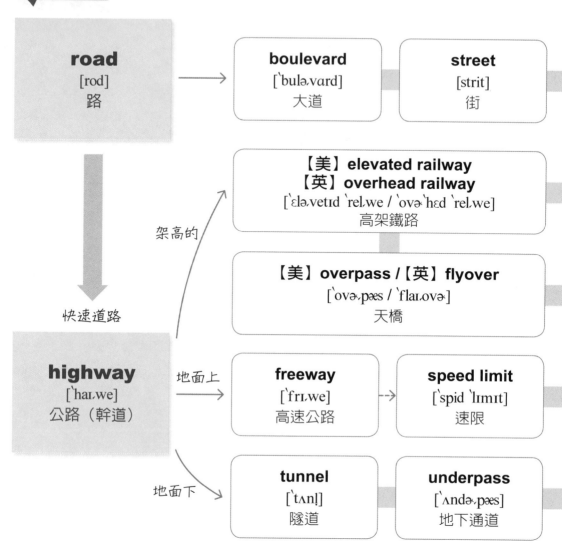

馬路相關

road [rod] 路

→ **boulevard** [ˈbuləˌvard] 大道

street [strit] 街

架高的 →【美】elevated railway 【英】overhead railway [ˈɛləˌvetɪd ˈrelˌwe / ˈovəˈhɛd ˈrelˌwe] 高架鐵路

【美】overpass /【英】flyover [ˈovəˌpæs / ˈflaɪˌovə] 天橋

快速道路 → **highway** [ˈhaɪˌwe] 公路（幹道）

地面上 → **freeway** [ˈfriˌwe] 高速公路 → **speed limit** [ˈspid ˈlɪmɪt] 速限

地面下 → **tunnel** [ˈtʌnl] 隧道

underpass [ˈʌndəˌpæs] 地下通道

· 變換車道用 switch/change lanes 來表達。

　例：Don't switch lanes without checking your mirrors and blind spot.
　　　沒有用鏡子確認視野死角前，不要任意變換車道。

· 在書寫地址時，可參考以下相對應的縮寫：

　Avenue: Ave.（大道）；Road: Rd.（路）；Street: St.（街）；Lane: Ln.（巷）。

· overpass 在歐美指樓與樓之間、供行人穿越有遮蔽的天橋，常見於購物中心和醫院，
　也可稱為 skywalk。美國大峽谷的觀景步道稱作 skywalk。

lane [len] 巷;車道	**alley** [ˋælɪ] 弄	**asphalt** [ˋæsfɔlt] 柏油

viaduct [ˋvaɪəˏdʌkt] 高架橋	**elevated road** [ˋɛləˏvetɪd ˋrod] 高架道路	**streetlight / streetlamp** [ˋstritˏlaɪt / ˋstritˏlæmp] 路燈

footbridge [ˋfʊtˏbrɪdʒ] 行人天橋	(補) **ETC (Electronic Toll Collection)** 電子收費	(補) **toll** [tol] 過路、橋等的費用

island [ˋaɪlənd] 安全島	**interchange** [ˋɪntəˏtʃendʒ] 交流道	**toll booth** [ˋtol ˏbuθ] 收費站

pedestrian underpass [pəˋdɛstrɪən ˋʌndəˏpæs] 行人地下道		**street tree** [ˋstrit ˋtri] 行道樹

大師小叮嚀

- 北美的高速公路(freeway 或 expressway)在英國稱爲 motorway。
- island「安全島」在英國叫作 refuge [ˋrɛfjudʒ] island。(難民是 refugee [ˏrɛfjuˋdʒi],重音在後面。)
- interchange「交流道」亦稱 junction。
- 北美的人行道稱爲 sidewalk,英國人則稱作 pavement。

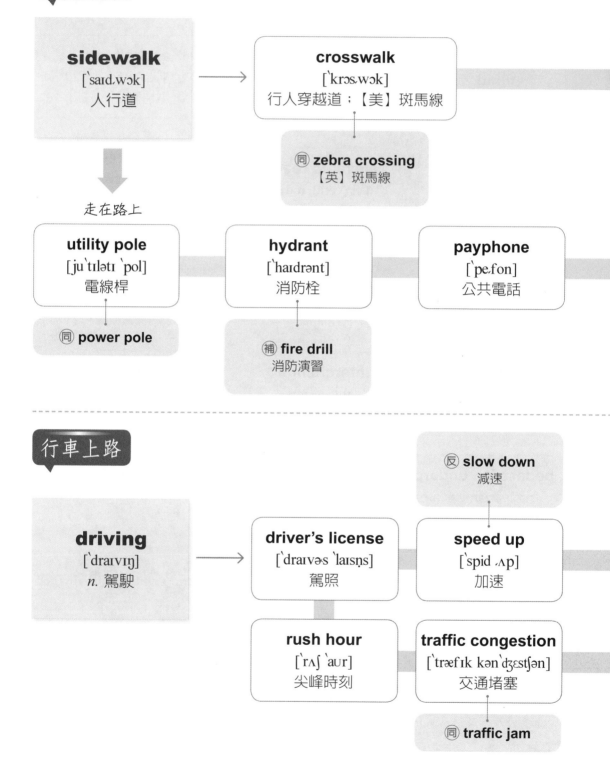

sidewalk
[ˈsaɪdˌwɔk]
人行道

crosswalk
[ˈkrɔsˌwɔk]
行人穿越道；【美】斑馬線

同 **zebra crossing**
【英】斑馬線

走在路上

utility pole
[juˈtɪlətɪ ˈpol]
電線桿

hydrant
[ˈhaɪdrənt]
消防栓

payphone
[ˈpeˌfon]
公共電話

同 **power pole**

補 **fire drill**
消防演習

行車上路

driving
[ˈdraɪvɪŋ]
n. 駕駛

driver's license
[ˈdraɪvəs ˈlaɪsn̩s]
駕照

speed up
[ˈspid ˌʌp]
加速

反 **slow down**
減速

rush hour
[ˈrʌʃ ˈaʊr]
尖峰時刻

traffic congestion
[ˈtræfɪk kənˈdʒɛstʃən]
交通堵塞

同 **traffic jam**

pedestrian
[pə`dɛstrɪən]
行人

intersection
[ˌɪntə`sɛkʃən]
十字路口

pedestrian scramble
[pə`dɛstrɪən `skræmbl̩]
全向十字路口

manhole
[`mæn͵hol]
下水道孔；人孔

sewer
[`suɚ]
下水道

大師，小叮嚀

pedestrian scramble 為在交叉路口供行人行走的 X 型斑馬線區塊，讓行人於交通繁忙時可以直接對角線穿越，不須等待兩次號誌。

(同) **back**
[bæk]
v. 倒車

pull over
[`pʊl `ovɚ]
靠邊停

drive in reverse
[rɪ`vɝs]
倒車

(make a) U-turn
[`ju͵tɝn]
迴轉

road sign
[`rod ͵saɪn]
路標

car accident
[`kar `æksədənt]
車禍

parking space
[`parkɪŋ `spes]
停車格

(補) **parking lot**
停車場

交通號誌與違規

traffic signal
['træfɪk 'sɪgnl]
交通號誌燈

traffic sign
['træfɪk 'saɪn]
交通號誌牌

NO ENTRY
['no 'ɛntrɪ]
禁止進入

TRAFFIC CIRCLE
['træfɪk 'sɝkl]
圓環

ONE WAY
['wʌn ˌwe]
單行道

同【英】ROUNDABOUT
['raʊndəˌbaʊt]

違規情形

**(traffic)
violation**
[('træfɪk) ˌvaɪə'leʃən]
（交通）違規行為

ticket
['tɪkɪt]
罰單

jaywalking
['dʒeˌwɔkɪŋ]
n. 違規穿越馬路

NO PASSING
[`no `pæsɪŋ]
禁止超車

NO STOPPING
[`no `stɑpɪŋ]
禁止暫停

NO U TURN
[`no `ju ˌtɝn]
禁止迴轉

UNDER CONSTRUCTION
[`ˌʌndɚ kən`strʌkʃən]
施工中

NO THROUGH ROAD
[`no `θru ˌrod]
此路不通

drive through a red light
闖紅燈

(同) **run a red light**

speeding
[`spidɪŋ]
n. 超速

(補) **speed limit**
速限

tow-away zone
禁止停車區域

(補) **tow**
[to]
v. 拖吊

大師小叮嚀

· traffic signal 大多指的是燈號，如「紅綠燈」traffic lights（亦稱 stop lights）。
  traffic sign 交通標誌，則是以圖、文字表達的指示牌。
· NO PASSING（禁止超車）是美式用法，英式用法為 NO OVERTAKING。

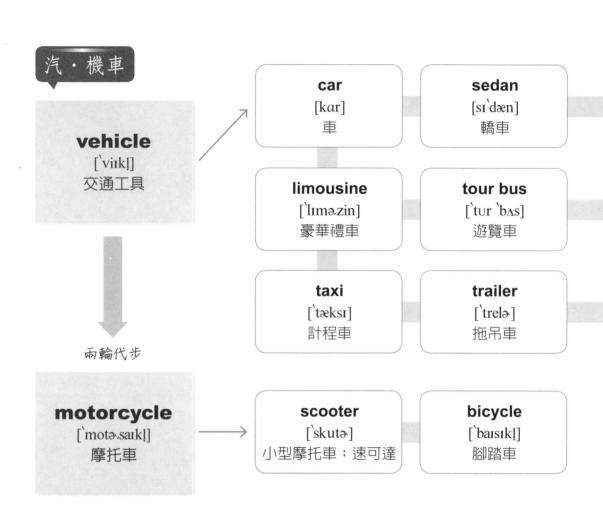

汽‧機車

vehicle
['viɪkl̩]
交通工具

兩輪代步

motorcycle
['motɚ‚saɪkl̩]
摩托車

car
[kɑr]
車

sedan
[sɪ'dæn]
轎車

limousine
['lɪmə‚zin]
豪華禮車

tour bus
['tur 'bʌs]
遊覽車

taxi
['tæksɪ]
計程車

trailer
['trelɚ]
拖吊車

scooter
['skutɚ]
小型摩托車；速可達

bicycle
['baɪsɪkl̩]
腳踏車

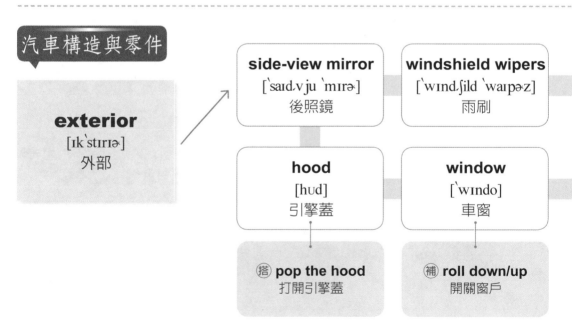

汽車構造與零件

exterior
[ɪk'stɪrɪɚ]
外部

side-view mirror
['saɪd‚vju 'mɪrɚ]
後照鏡

windshield wipers
['wɪnd‚ʃild 'waɪpɚz]
雨刷

hood
[hud]
引擎蓋

window
['wɪndo]
車窗

搭 **pop the hood**
打開引擎蓋

補 **roll down/up**
開關窗戶

sports car
[ˈspɔrts ˈkɑr]
跑車

convertible
[kənˈvɝtəbl]
敞篷車

RV (recreational vehicle)
[ˌrɛkrɪˈeʃənl ˈviɪkl]
家庭旅遊式休旅車

truck
[trʌk]
卡車；貨車

van
[væn]
廂型車

SUV (sport utility vehicle)
[ˈsport juˈtɪlətɪ ˈviɪkl]
運動休旅車

ambulance
[ˈæmbjələns]
救護車

fire engine
[ˈfaɪr ˈɛndʒən]
消防車

· limousine 在美國亦指（機場、車站等接送旅客的）小型巴士，limo [lɪmo] 為其簡稱。
· 為了舒適和方便，北美愈來愈多人開 SUV，發音就是說出三個字母 S-U-V。
· 兩門的轎跑車是 coupe [ˈkupe]；計程車也可說 cab [kæb]。
· 單輪車為 unicycle [ˈjunɪˌsaɪkl]、三輪車為 tricycle [ˈtraɪsɪkl] 或 pedicab [ˈpɛdɪˌkæb]、協力車為 tandem bike [ˈtændəmˌbaɪk]。

---

windshield
[ˈwɪndˌʃild]
擋風玻璃

headlight
[ˈhɛdˌlaɪt]
車頭大燈

taillight
[ˈtelˌlaɪt]
車尾燈

turn signal
[ˈtɝn ˈsɪgnl]
方向燈

fender
[ˈfɛndɚ]
擋泥板

license plate
[ˈlaɪsn̩s ˌplet]
車牌

bumper
[ˈbʌmpɚ]
保險桿

trunk
[trʌŋk]
後車廂

同 **mudguard**
[ˈmʌdˌgard]

「開／關車頭大燈」：turn on/off the headlights；「打方向燈」則為：use the turn signal 或直接以 signal 作動詞使用。

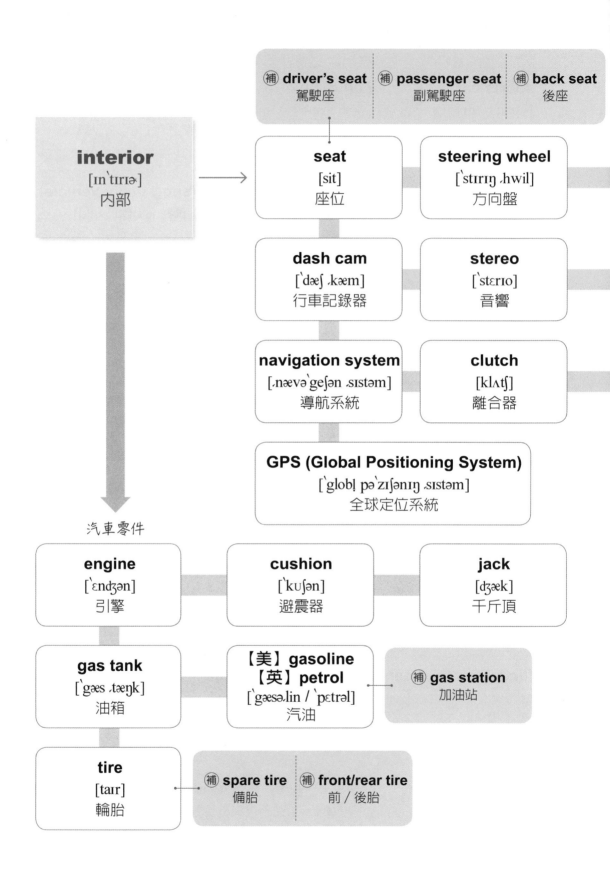

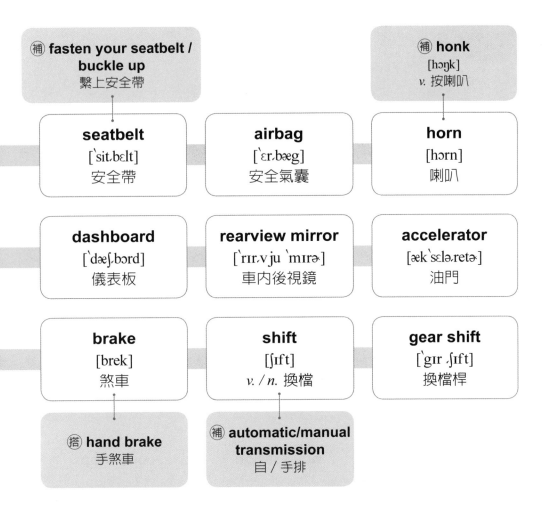

補 fasten your seatbelt / buckle up 繫上安全帶		補 honk [hɔŋk] v. 按喇叭
seatbelt [ˈsit͵bɛlt] 安全帶	**airbag** [ˈɛr͵bæg] 安全氣囊	**horn** [hɔrn] 喇叭
dashboard [ˈdæʃ͵bɔrd] 儀表板	**rearview mirror** [ˈrɪr͵vju ˈmɪrə] 車內後視鏡	**accelerator** [æk͵sɛlə͵retə] 油門
brake [brek] 煞車	**shift** [ʃɪft] v. / n. 換檔	**gear shift** [ˈgɪr ͵ʃɪft] 換檔桿
搭 hand brake 手煞車	補 automatic/manual transmission 自 / 手排	

大師小叮嚀

- 「煞車」動詞是 stop the car。
- 在車上一直指揮駕駛怎麼開車，或路要怎麼走的人稱為 back-seat driver。

  例：I don't want to give a ride to that annoying back-seat driver.
    我不想載那個愛指揮人開車的討厭傢伙。

- 一般加油站提供的油種：unleaded [ʌnˈlɛdɪd] gasoline 無鉛汽油、premium [ˈprimɪəm] gasoline 高級汽油、diesel [ˈdizl] 柴油。
- 「爆胎」(n.) 的英文是 flat tire。

  例：I got a flat tire yesterday. 我的車子昨天爆胎了。

  也可以用 go flat 表示。

  例：One of the rear tires just went flat. 其中一個後輪爆胎了。

- wheel [hwil]（車輪）也可指輪狀物，如摩天輪 Ferris Wheel、方向盤 steering wheel、齒輪 gear wheel 等；tire 則大多指輪胎。

大眾交通工具

捷運、高鐵

**MRT
(Mass Rapid
Transit)**
[ˈmæs ˈræpɪd ˈtrænsɪt]
大眾捷運系統

搭 **yield one's seat**
讓位

priority seat
[praɪˈɔrətɪ ˈsit]
博愛座

strap
[stræp]
（公共車輛上的）吊環

one-day pass
[ˈwʌnˌde ˈpæs]
一日票

fare
[fɛr]
票價

LRT (Light Rail Transit)
[ˈlaɪt ˈrel ˈtrænsɪt]
輕軌捷運系統

公車、計程車

bus
[bʌs]
公車

bus station
[ˈbʌs ˌsteʃən]
公車總站

bus stop
[ˈbʌs ˌstap]
公車停靠站

taxi stand
[ˈtæks ˌstænd]
計程車候客站

taxi meter
[ˈtæks ˌmitɚ]
計程錶

火車

train
[tren]
火車

train station
[ˈtren ˌsteʃən]
火車站

platform
[ˈplætˌfɔrm]
月台

【美】engineer /【英】engine driver
[ɛndʒəˈnɪr / ˈɛndʒənˌdraɪvɚ]
火車駕駛員

(補) **grab bar**
（牆上的）扶手

(補) **round-trip ticket**
來回票

handrail
[ˈhændˌdrel]
（電扶梯等的）扶手

EasyCard
[ˈiziˈkard]
悠遊卡

one-way ticket
[ˈwʌnˌwe ˈtɪkɪt]
單程票

line
[laɪn]
路線

terminal
[ˈtɝmənl]
終點站；航廈

Taiwan High Speed Rail
台灣高鐵

timetable
[ˈtaɪmˌtebl]
時刻表

route
[rut]
行進路線

shuttle
[ˈʃʌtl]
接駁車

initial charge
[ɪˈnɪʃəl ˈtʃardʒ]
起跳費用

night charge
[ˈnaɪt ˈtʃardʒ]
夜間加成

railroad (track)
[ˈrelˌrod (ˈtræk)]
鐵路；鐵軌

conductor
[kənˈdʌktɚ]
列車長

express
[ɪkˈsprɛs]
快車

1 **Traffic signs** come in all different shapes: circles, triangles, rectangles, and even pentagons and octagons.

交通標誌有許多不同形狀：圓形、三角形、長方形，甚至是五角形和八角形。

Notes pentagon [ˈpɛntəˌɡɑn] (n.) 五邊形　　octagon [ˈɑktəˌɡɑn] (n.) 八邊形

2 In Taiwan, some **traffic lights** count down the number of seconds left before the light changes.

在台灣，有些紅綠燈會倒數號誌轉換前的剩餘秒數。

3 Hey! You can't stop here. Don't you see that **NO STOPPING** sign?

嘿！你不能停在這裡。你沒看到那個「禁止暫停」標誌嗎？

4 **Streetlights** help **pedestrians** and drivers to see better at night.

路燈讓行人和駕駛人在夜晚看得更清楚。

5 In many parts of the city, **scooters** and **bikes** are not allowed to park on the **sidewalk**.

在市區內很多地方，機車和腳踏車不能停放在人行道。

6 All **cars** should slow down when passing the **tollbooths** on the **highway**.

所有車子在高速公路上經過收費站時應減速慢行。

7 When you get to the end of the street, take the **footbridge** across the **intersection** and then head north.

當你走到街道盡頭，走行人天橋通過十字路口，然後往北走。

Notes head [hɛd] (v.) 朝某特定方向行進

8 Drivers should only **honk** in an emergency.

汽車駕駛應只在緊急情況下按喇叭。

Notes emergency [ɪˈmɝdʒənsɪ] (n.) 緊急情況；突發事件

9 **Gasoline** ignites easily when exposed to high temperature and pressure.

汽油若處於高溫高壓中，很容易起火燃燒。

Notes ignite [ɪɡˈnaɪt] (v.) 點燃

10 It is not only illegal but also extremely dangerous to **make a U-turn** on a highway.

在高速公路上迴轉不但違法，而且非常危險。

11 He reduced speed and then **pulled over** to answer a phone call from his wife.

他減速後靠邊停下，接了妻子打來的電話。

12 The left rear **tire** went flat, but she didn't know how to put on the **spare tire**.

左後輪爆胎了，但她不知道怎麼換備胎。

Notes rear [rɪr] (a.) 後面的

13 The boy was almost run over by a bus because he was **jaywalking**.

那個男孩因違規穿越馬路而差一點被公車輾過。

Notes run over 壓過；溢出

14 He has received several **tickets** for **speeding** and illegal parking.

他收到了好幾張超速和違規停車的罰單。

Notes illegal [ɪ`ligl] (a.) 非法的；違反規則的

15 She carefully **backed** her car into the **parking space**.

她小心地將車倒入停車格內。

16 Be sure to hold on to the **grab bars** or **straps** to steady yourself when standing on a moving **vehicle**.

車子行進中要緊握扶手或拉環，以保持平衡。

Notes hold on 抓住   steady [`stɛdɪ] (v.) 使……穩定

17 We invited a firefighter to the factory to show the workers how to use a **fire extinguisher**.

我們請了一位消防員來工廠，向工人示範如何使用滅火器。

18 Hurry up! We have to catch the **train** to Taipei.

快點！我們得趕上那班往台北的列車。

Notes catch [kætʃ] (v.) 及時趕到；不錯過

19 I don't feel like going there by **taxi**, because the **night charge** kicks in right after 9:00 p.m.

我不想搭計程車去，因為一到九點就開始夜間加成了。

Notes kick in 開始

20 You should always signal before changing **lanes**.

切換車道前，一定要記得先打方向燈。

Notes signal [ˈsɪgnl] (v.) 發信號；示意

21 He added value to his **EasyCard** before he swiped it at the gate.

他在刷悠遊卡過閘門前先去加值。

Notes swipe [swaɪp] (v.) 刷卡；擦過

22 A modern city usually has a complex **sewer** system running beneath it.

一個現代化都市的地下通常都有複雜的污水處理系統運作。

Notes beneath [bɪˈniθ] (prep.) 在……之下

派上用場

Exercise 1 請根據提示完成字謎。

Across

6. 鐵路
7. 路線
8. 時刻表
11. 救護車
13. 十字路口
15. 扶手
16. 接駁車
17. 快車
18. 車道

Down

1. 消防栓
2. 交流道
3. 下水道孔
4. 票價
5. 行人
9. 豪華禮車
10. 儀表板
12. 列車長
14. 人行道

Answer Key

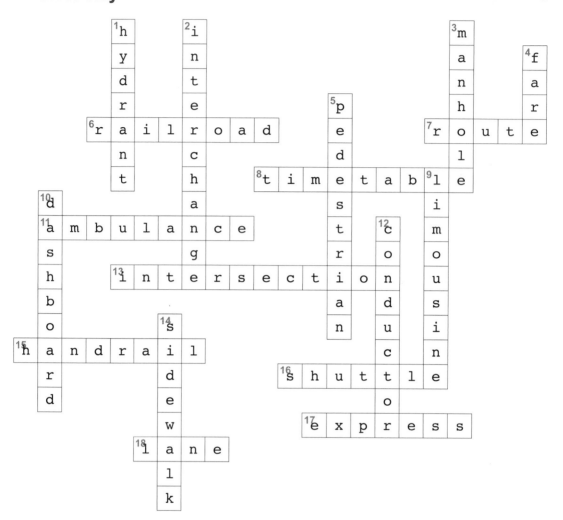

Across

6. 鐵路（railroad）
7. 路線（route）
8. 時刻表（timetable）
11. 救護車（ambulance）
13. 十字路口（intersection）
15. 扶手（handrail）
16. 接駁車（shuttle）
17. 快車（express）
18. 車道（lane）

Down

1. 消防栓（hydrant）
2. 交流道（interchange）
3. 下水道孔（manhole）
4. 票價（fare）
5. 行人（pedestrian）
9. 豪華禮車（limousine）
10. 儀表板（dashboard）
12. 列車長（conductor）
14. 人行道（sidewalk）

Tina Chang
5F, No. 6, Ln. 302
Zhongshan Rd.
Yonghe 234

Marvin Wu
8F, No. 6, Alley 49, Ln. 289
Sec. 2, Xinglong Rd.
Taipei 116

Tina: Are you going out? 1. （可不可以載我一程？）

Bobby: Yes, I guess so. I'm just going to the supermarket to get some food for the party. Where do you want to go?

Tina: I'm just going to the post office 2. （在轉角） . I want to send this letter to Marvin.

Bobby: OK. 3. （上車吧。）

(Bobby is driving a car and Tina is sitting next to him.)

Tina: Why are we going so slow?

Bobby: Because it's 4. （尖峰時間） . Maybe we can 5. （避開） this 6. （塞車） by getting on the 7. （快速道路） .

Tina: I hate this!

Bobby: 8. （我們除了等以外什麼都不能做。） Look, there's a 9. （交通警察） directing traffic in the middle of the 10. （十字路口） now.

Tina: I'm so jealous of the 11. （行人） . I feel like a bird in a cage. I would have gotten there faster if I had walked.

Bobby: 12. （耐心一點吧！）

Answer Key

1. Can you give me a ride?
2. on the corner
3. Hop in.
4. rush hour
5. get around
6. traffic jam
7. freeway
8. There's nothing we can do but wait.
9. police officer
10. intersection
11. pedestrians
12. Be patient!

Translation

234 永和市中山路
302 巷 6 號 5 樓
Tina Chang 寄

Marvin Wu 收
116 台北市興隆路 2 段
289 巷 49 弄 6 號 8 樓

  Tina：你要出門嗎？可不可以載我一程？

Bobby：是啊，沒錯。我要去超市買一些派對要用的東西。妳要去哪裡？

  Tina：我只是要去轉角的郵局，我要寄這封信給馬文。

Bobby：沒問題。妳可以順路搭我的車。

（Bobby 在開車，Tina 坐在他旁邊。）

  Tina：我們的速度怎麼這麼慢啊？

Bobby：因為現在是尖峰時間。走快速道路，我們也許能避開塞車。

  Tina：我討厭這樣！

Bobby：我們除了等以外什麼都不能做。妳看，有個交通警察正在十字路口中間指揮交
       通。

  Tina：我真嫉妒那些行人，我覺得好像籠中鳥一樣。如果我用走的，應該會更快到那
       邊。

Bobby：耐心一點吧！

Exercise 3 請聆聽音檔，並根據所聽到的對話完成填空。 59

(Anna is talking to Patrick about a car accident.)

Anna: Hey, Patrick! Are you alright? I heard that you 1. （發生車禍） yesterday morning.

Patrick: Thanks. I'm fine. But the 2. （轎車） I just bought has a bunch of dents and scratches on the 3. （引擎蓋） and 4. （後照鏡） .

Anna: What happened?

Patrick: Well, as I was passing through an 5. （十字路口） at 5:00 in the morning, a 6. （敞篷車） just 7. （闖紅燈） as if there were no 8. （紅綠燈） at all. I immediately hit the brakes, slowed down, and 9. （按喇叭） to warn the driver.

Anna: Did the car stop then?

Patrick: The driver did slow down 10. （一瞬間） later, but I wish he hadn't. That car was then immediately hit by a 11. （跑車） that was right behind it. I think they were probably having a race or something. And what followed was 12. （一團糟） .

Anna: Was anybody hurt? It doesn't sound like your car was hit, was it? Where did the dents and scratches come from?

Patrick: Those two hotshots weren't hurt, but they thought I was responsible for their 13. （撞車） . They started cursing, shouting, and throwing stuff at my car.

Anna: So that's what happened to your car. Then what did you do?

Patrick: I just 14. （加速） , 15. （輾過他們） . Now if you'll excuse me, I need to clean the bloodstains off the 16. （擋泥板） and 17. （輪胎） .

Anna: Oh my god!

Patrick: Just kidding! I 18. （報警） right away. I can't stand people who have road rage.

Answer Key

1. had a car accident
2. sedan
3. hood
4. side-view mirrors
5. intersection
6. convertible
7. ran the light
8. traffic signal
9. honked
10. a split second
11. sports car
12. a huge mess
13. collision
14. sped up
15. ran them over
16. fenders
17. tires
18. called the police

Translation

（*Anna* 和 *Patrick* 正在聊有關車禍的事。）

Anna：嗨！Patrick，你還好吧？我聽說你昨天早上發生車禍。

Patrick：謝謝關心，我沒事。不過我新買的轎車的引擎蓋和後照鏡上多了很多凹洞和擦痕。

Anna：發生什麼事了？

Patrick：清晨五點我正要通過一個十字路口，有一台敞篷車闖紅燈，好像那裡完全沒有紅綠燈似的。我馬上踩煞車減速，並按喇叭警告對方。

Anna：那輛車有停下來嗎？

Patrick：對方猶豫了一瞬間即減低車速，但我倒希望他沒這樣做。因為那台車馬上就被後面的一台跑車撞上。我想當時那兩台車可能在比賽或什麼的吧。接下來就是一團糟了。

Anna：有人受傷嗎？聽起來你的車沒被撞到，不是嗎？怎麼會有凹洞和擦痕呢？

Patrick：那兩位帥哥是沒受傷，但他們認為撞車都是我的錯。他們開始咒罵、咆哮，還向我的車亂丟東西。

Anna：所以你的車子才會變成那樣囉。那你後來怎麼辦？

Patrick：我就加速輾過他們了。失陪一下，我要去清理擋泥板和輪胎上的血跡了。

Anna：喔，我的天啊！

Patrick：騙妳的！我當然是馬上報警。我最受不了那些馬路惡霸了。

海上交通
Sea Transportation

船的種類
船的各部分
航海相關

船的種類

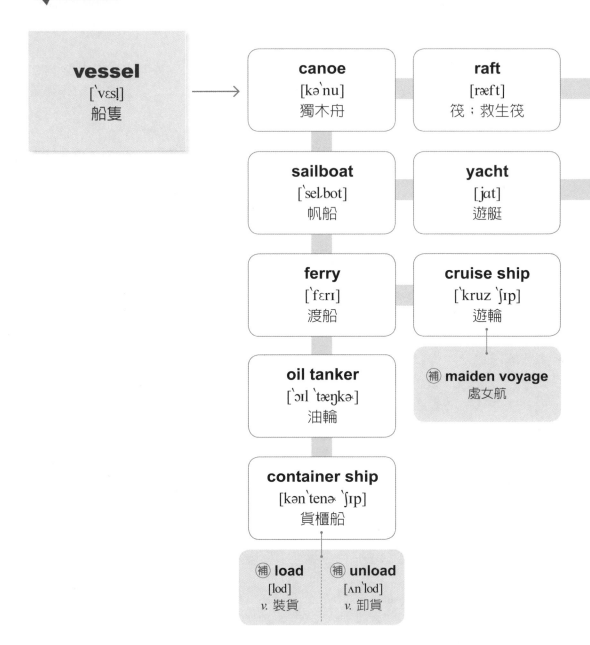

vessel
[`vɛsl]
船隻

canoe
[kə`nu]
獨木舟

raft
[ræft]
筏；救生筏

sailboat
[`sel.bot]
帆船

yacht
[jɑt]
遊艇

ferry
[`fɛrɪ]
渡船

cruise ship
[`kruz `ʃɪp]
遊輪

補 **maiden voyage**
處女航

oil tanker
[`ɔɪl `tæŋkə]
油輪

container ship
[kən`tenə `ʃɪp]
貨櫃船

補 **load**
[lod]
v. 裝貨

補 **unload**
[ʌn`lod]
v. 卸貨

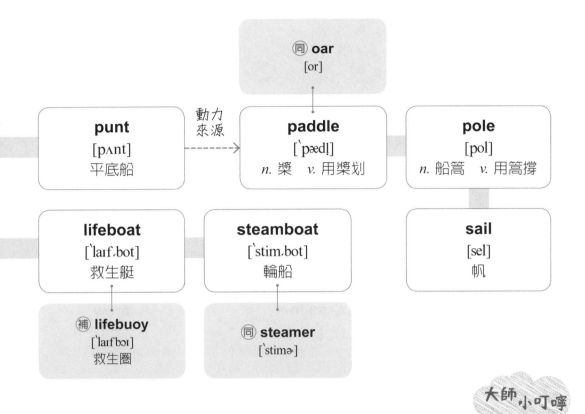

- punt 的底是平的（常見航行於英國牛津和劍橋大學校內的小河中），用 pole 抵住河底使船前進。徐志摩《再別康橋》中的「尋夢？撐一支長篙，向青草更青處漫溯」描繪的正是用 pole 撐 punt 的情景。
- paddle 只有一支，由划槳人 (paddler) 於中心支撐、左右划動使船前進，獨木舟屬於此類；oar 則有兩支，通常固定在船上。
- ferry 為渡船，指載客、貨過岸的短程船運。從九龍到香港島，從淡水到八里的船運皆屬此類。
- 救生、泛舟用，或一般小船，皆可稱為 dinghy [ˈdɪŋgɪ]。
- 英國皇家郵輪 Royal Mail Ship 縮寫為 RMS，曾被認為是航運品質的標誌，而其中最為人熟知的應該是 RMS Titanic（鐵達尼號），其早期船型為 steamship「輪船」（簡稱 SS）。
- oil tanker 亦稱 oiler 或 petroleum tanker。
  [pəˈtrolɪəm]

383

船的各部分

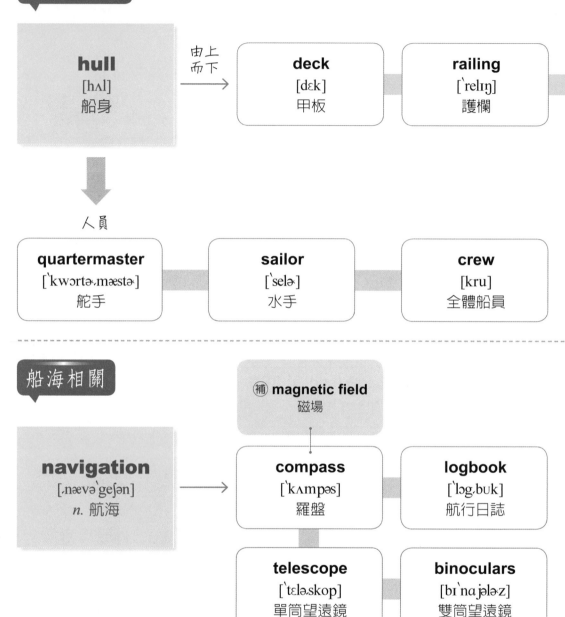

hull
[hʌl]
船身

由上
而下 →

deck
[dɛk]
甲板

railing
[ˋrelɪŋ]
護欄

人員

quartermaster
[ˋkwɔrtɚ͵mæstɚ]
舵手

sailor
[ˋselɚ]
水手

crew
[kru]
全體船員

船海相關

navigation
[͵nævəˋgeʃən]
n. 航海

補 **magnetic field**
磁場

compass
[ˋkʌmpəs]
羅盤

logbook
[ˋlɔg͵bʊk]
航行日誌

telescope
[ˋtɛlə͵skop]
單筒望遠鏡

binoculars
[bɪˋnajələz]
雙筒望遠鏡

rudder	cabin
[ˈrʌdɚ]	[ˈkæbɪn]
舵	船艙

大師小叮嚀

· deck 除了指船上的地面外，也可指任何類似甲板的地方，如飛機或雙層公車的頂層。deck chair 指的則是在海邊或泳池畔擺放的帆布摺疊躺椅。
· 相關俚語：to see how the wind blows「見風轉舵」
· 船上的艙等大致說法如下：stateroom（特等房）、grand/first-class cabin（頭等艙）、second-class cabin（二等艙）、third-class cabin（三等艙）。
  有些遊輪的艙房則依價位由低至高分別為：Inside（內室）、Oceanview（海景房）、Balcony（陽台房）、Suite（套房）。
· sailor 也可稱為 mariner [ˈmærənɚ]；crew 則指在飛機或船上工作的全體人員。

cruise ship

1 I **poled** the **punt** up the river and **paddled** the **canoe** down the river.
我以篙撐平底船逆流而上，再用槳划獨木舟順流而下。

2 Even though the Titanic was the largest **steamer** in the world before she sailed and was touted as the safest ship ever built, she tragically sank into the ocean's depths on her **maiden voyage** in 1912.
雖然鐵達尼號在她以史上最安全的船為號召吸引顧客出航前，是當時世界上最大的輪船，她卻悲劇性地在 1912 年處女航中沉入海底深處。
Notes tout [taʊt] (v.) 招攬

3 A **lifeboat** is a boat designed to save people's lives when they get into trouble at sea. After the sinking of the Titanic, big ships such as **cruises ships** were required to have a sufficient number of lifeboats for all passengers on board.
救生艇是設計來拯救在海上遇上麻煩的人們。在鐵達尼號沉船後，諸如遠洋郵輪此類的大型船隻都必須有足夠數量的救生艇供船上乘客使用。
Notes on board 在船上的

4 This lady's **cabin** is on the second level. Please show her the way.
這位小姐的艙房位於第二層，請帶她去。

5 A **logbook** is a record of a voyage. They are often used to explain sea disasters in the same way that a black box is used to investigate airplane crashes.
航海日誌是航行的紀錄，常被用來說明海難原因，如同黑盒子被用來調查空難原因一般。
Notes voyage [ˈvɔɪdʒ] (n.) 航海；旅行　investigate [ɪnˈvɛstəˌget] (v.) 調查；研究

6 A **compass** and **binoculars** are two great navigational tools for sailors. They use the former to determine direction and the latter to see distant objects.
羅盤和雙筒望遠鏡是水手們的兩樣航海得力助手。他們用前者來決定方位，用後者來看清遠方物體。
Notes navigational [ˌnævəˈgeʃənəl] (a.) 航行的；航運的

▶ 61

Exercise 請聆聽音檔，並根據所聽到的對話完成填空。

(Tina and Evelyn are going on a trip to Japan by ship.)

Evelyn: This is my first time on a 1.＿＿＿＿（郵輪）; everything is so new to me!

Tina: Me, too. It's my first time to stand on the 2.＿＿＿＿（甲板） and lean on the 3.＿＿＿＿（護欄） looking out to sea. I'm feeling like I'm Rose.

(Tina opens her arms.)

Evelyn: Oh! Stop it! I don't think our ship has anything to do with the Titanic.

(Evelyn grabs the railing and is quiet for a while.)

Evelyn: Is this ship safe? I mean, does it carry enough 4.＿＿＿＿（救生艇）?

Tina: 5.（放輕鬆一點嘛。） Ever since the Titanic sank in 1912, all big ships need to have enough lifeboats for all of the 6.＿＿＿＿（乘客）.

Evelyn: Don't even mention that word!

Tina: Alright, let's change the subject. Do you like 7.＿＿＿＿（水上運動）?

Evelyn: I went 8.＿＿＿＿（泛舟） once. It was exciting but also a little dangerous.

Tina: Oh, yeah? I really like 9.＿＿＿＿（滑水）! It makes me feel like I'm an ancient Chinese kung fu master who can walk on the surface of water.

Evelyn: You've got a wild 10.＿＿＿＿（想像力）.

Answer Key

1. cruise ship
2. deck
3. railing
4. lifeboats
5. Take it easy.
6. passengers
7. water sports
8. rafting
9. waterskiing
10. imagination

Translation

（*Tina 和 Evelyn 在前往日本的船上。*）

Evelyn： 這是我第一次坐郵輪，所有事都好新奇！

Tina： 我也是。這是我第一次站在甲板上倚著欄杆眺望大海，我覺得我好像 Rose 喔。
（*Tina 張開她的雙臂。*）

Evelyn： 喂，別再講了！我們這艘船和鐵達尼號一點關係都沒有。
（*Evelyn 抓著欄杆沉默了一會兒。*）

Evelyn： 這艘船安全嗎？我是說它有足夠的救生艇嗎？

Tina： 放輕鬆一點。自從鐵達尼號在 1912 年沉船後，所有大型船隻被必須有足夠的救生艇供乘客使用。

Evelyn： 別再提那個名字！

Tina： 好好好，我們換個話題吧。妳喜歡水上活動嗎？

Evelyn： 我泛舟過一次，很刺激可是也有點危險。

Tina： 是喔？我很喜歡滑水！它讓我覺得自己像中國古代的武術大師，可以在水面上行走。

Evelyn： 妳的想像力太豐富了。

空中交通
Air Travel

機場
飛機相關
機組人員

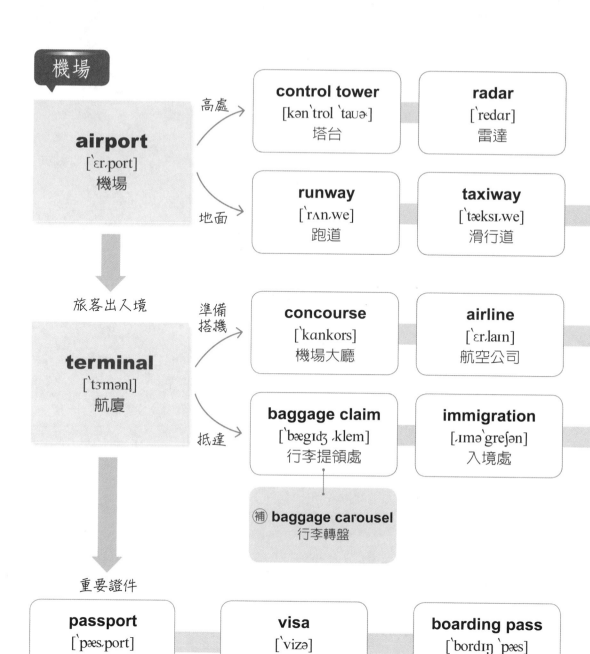

機場

airport
[ˈɛrˌport]
機場

高處

地面

control tower
[kənˈtrol ˈtaʊə]
塔台

radar
[ˈredɑr]
雷達

runway
[ˈrʌnˌwe]
跑道

taxiway
[ˈtæksɪˌwe]
滑行道

旅客出入境

terminal
[ˈtɜmənl]
航廈

準備
搭機

抵達

concourse
[ˈkankors]
機場大廳

airline
[ˈɛrˌlaɪn]
航空公司

baggage claim
[ˈbægɪdʒ ˌklem]
行李提領處

immigration
[ˌɪməˈɡreʃən]
入境處

補 **baggage carousel**
行李轉盤

重要證件

passport
[ˈpæsˌport]
護照

visa
[ˈvizə]
簽證

boarding pass
[ˈbordɪŋ ˈpæs]
登機證

landmark
[ˈlændˌmɑrk]
地面標示

apron
[ˈeprən]
停機坪

hangar
[ˈhæŋɚ]
機棚

ground crew(s)
[ˈɡraʊnd ˌkru(z)]
地勤人員

gate
[get]
登機門

customs
[ˈkʌstəmz]
海關

搭 **customs duty**
關稅

大師小叮嚀

· 飛機「起飛」是用 take off；「降落」稱作 land。
· 我們到 baggage carousel [ˌkærəˈsel] 去 claim 行李。
· customs 控管動物或物品 import（輸入）或 export（輸出），並依法處理 restricted/
forbidden goods（違禁品）；immigration officer（移民官）則控管人員進出國家。

aircraft
[ˋɛr͵kræft]
飛機

flight
[flaɪt]
班機

cabin
[ˋkæbɪn]
座艙

nonstop flight
[nɑnˋstɑp ˋflaɪt]
直達機

transit
[ˋtrænsɪt]
v. / n. 轉機；過境

connecting flight
[kəˋnɛktɪŋ ˋflaɪt]
接著要轉乘的班機

hijacking
[ˋhaɪ͵dʒækɪŋ]
劫機

flight crew
[ˋflaɪt ˋkru]
空勤人員組

captain
[ˋkæptɪn]
機長

pilot
[ˋpaɪlət]
正駕駛

大師小叮嚀

· 座艙等級的說法如下：
  first class（頭等艙）；business class 或 executive class（商務艙）；
  premium economy class（豪華經濟艙）；economy class「經濟艙」
· aircraft hijacking 亦稱 skyjacking [ˈskaɪˌdʒækɪŋ]。相關字彙包括 hijacker [ˈhaɪˌdʒækɚ] (n.)
  「劫機者」；hijack [ˈhaɪˌdʒæk] (v.)「劫機」。
  例：The plane had been hijacked. 這架飛機被劫持了。
· 「暈機」的形容詞是 airsick [ˈɛrˌsɪk]。例：I feel airsick. 我暈機了。

airsickness
[ˈɛrˌsɪknɪs]
暈機

chartered plane
[ˈtʃartəd ˈplen]
包機

turbulence
[ˈtɜbjələns]
亂流

copilot
[ˈkoˌpaɪlət]
副駕駛

flight attendant
[ˈflaɪt əˈtɛndənt]
空服員

大師小叮嚀

pilot「正駕駛」也可稱爲 the first officer；
copilot「副駕駛」亦稱 the second officer。

1 A **runway** is a strip of land at an **airport** for airplanes to take off and land on.
機場的跑道是讓飛機起飛、降落的長形陸地。
Notes strip [strɪp] (n.) 一塊;一片

2 The engineers are checking the wings and engines of the plane in the **hangar** to ensure the safety of the flight.
飛機維修員正在機棚裡檢查飛機的雙翼和引擎,以確保飛航安全。
Notes ensure [ɪnˈʃur] (v.) 確保;保證

3 At large airports, it may take thirty minutes to travel along the **taxiway** to the **runway**.
在大型機場,光從滑行道到飛機跑道可能就得花上三十分鐘。

4 Whether it's in a hotel, a railway station, or in an **airport terminal**, **concourses** are always spacious and beautiful.
不管是在飯店、車站或機場航廈,它們的大廳都很寬敞、漂亮。
Notes spacious [ˈspeʃəs] (a.) 寬敞的

5 A **visa**, which is usually stamped or glued inside a **passport**, permits foreigners to formally enter the country.
簽證,通常蓋章或黏貼於護照內頁,是給外國人進入一國的正式許可。
Notes stamp [stæmp] (v.) 蓋上戳印　　glue [glu] (v.) 黏貼

6 **Flight attendants** are trained to deal with all kinds of emergencies.
空服員被訓練處理任何緊急狀況。

7 The common symptoms of **airsickness** are dizziness, nausea, and fatigue.
暈機最常見的症狀是頭暈目眩、噁心想吐和疲勞感。
Notes nausea [ˈnɔʃɪə] (n.) 反胃作嘔　　fatigue [fəˈtig] (n.) 勞累

8 **Hijackers** use passengers as hostages to force the flight to a given location.
劫機者將乘客當成人質來迫使飛機飛往指定的目的地。
Notes hostage [ˈhɑstɪdʒ] (n.) 人質　　force [fɔrs] (v.) 強迫

Exercise 請聆聽音檔，並根據所聽到的對話完成填空。

(Tina and Evelyn are at the airport.)

Tina: Wow! The 1. （機場大廳） was built in fine style.

Evelyn: Did you 2. （再次檢查） your 3. （待辦清單） ? I don't want you to leave anything you need at home.

Tina: 4. （放心。） I'm sure I've got everything with me. Take out your 5. （護照） , we should 6. （辦理登機手續）. Let's go!

(After they have their 7. （登機證） .)

Tina: The attendants were so nice; they were smiling the whole time when they were dealing with my stuff.

Evelyn: Yup. You know what? I have thought of being a 8. （空服員） before. How about you?

Tina: Me? Never! I'm not tall enough, and I get 9. （暈機） . Besides, 10. （亂流） makes me nervous.

Evelyn: Well, maybe we should go by ship next time.

Tina: Oh, no! I forgot to bring my sunglasses! I can't sunbathe without them.

Evelyn: See. You're always such a 11. （糊塗蛋） . I told you to check everything before you left home.

Tina: Don't look at me like that! I can buy some in the 12. （免稅商店） . 13. （沒什麼大不了的。）

Evelyn: 14. （隨妳怎麼說！）

395

Answer Key

1. concourse
2. double-check
3. to-do list
4. Don't worry.
5. passport
6. check in
7. boarding passes
8. flight attendant
9. airsick
10. turbulence
11. scatterbrain
12. duty free shop
13. It's not a big deal.
14. Whatever you say!

Translation

（*Tina 和 Evelyn 在機場。*）

　　Tina：哇！這個機場大廳蓋得真漂亮。

Evelyn：妳有再次檢查妳的應帶物品清單嗎？我希望妳不要把該帶的東西忘在家裡了。

　　Tina：放心啦！我確定我該帶的都帶齊了。拿出妳的護照，我們該去辦理登機手續了。
　　　　　走吧！

（*她們拿到登機證之後。*）

　　Tina：那些服務人員好好喔。他們在幫我辦理的時候一直面帶微笑呢。

Evelyn：對啊。妳知道嗎？我曾經想過要當空姐呢。妳有想過嗎？

　　Tina：我？從來沒有！我不夠高，而且我會暈機。還有，碰到亂流我會很緊張。

Evelyn：那，也許下次我們應該改搭船。

　　Tina：噢，不！我忘了帶我的太陽眼鏡！沒有它們，我不能做日光浴。

Evelyn：看吧～妳真是個糊塗蛋。我早就跟妳說要在出門前檢查所有該帶的東西。

　　Tina：別這樣看我嘛！我可以去免稅商店買一副。沒什麼大不了的啦。

Evelyn：隨妳怎麼說！

Part 6

教育
Education

教育制度
The Education System

教育階段與學制
文憑、證書和學位
教職員與校友

教育階段與學制

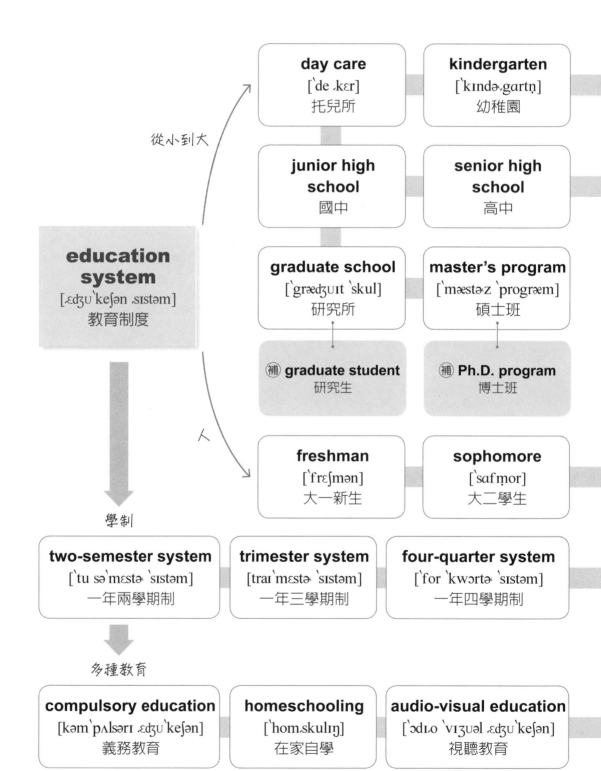

education system
[ˌɛdʒʊˈkeʃən ˌsɪstəm]
教育制度

從小到大

day care
[ˈde ˌkɛr]
托兒所

kindergarten
[ˈkɪndəˌɡɑrtn̩]
幼稚園

junior high school
國中

senior high school
高中

graduate school
[ˈɡrædʒʊɪt ˈskul]
研究所

master's program
[ˈmæstəz ˈproɡræm]
碩士班

(補) **graduate student**
研究生

(補) **Ph.D. program**
博士班

freshman
[ˈfrɛʃmən]
大一新生

sophomore
[ˈsafm̩or]
大二學生

學制

two-semester system
[ˈtu səˈmɛstə ˈsɪstəm]
一年兩學期制

trimester system
[traɪˈmɛstə ˈsɪstəm]
一年三學期制

four-quarter system
[ˈfor ˈkwɔrtə ˈsɪstəm]
一年四學期制

多種教育

compulsory education
[kəmˈpʌlsərɪ ˌɛdʒʊˈkeʃən]
義務教育

homeschooling
[ˈhomˌskulɪŋ]
在家自學

audio-visual education
[ˈɔdɪo ˈvɪʒʊəl ˌɛdʒʊˈkeʃən]
視聽教育

⑥【英】primary school

補 **primary**
[ˋpraɪ͵mɛrɪ]
a. 小學的；初級的

elementary school
[ͺɛləˋmɛntərɪ ˋskul]
小學

secondary school
[ˋsɛkən͵dɛrɪ ˋskul]
中學

college
[ˋkɑlɪdʒ]
學院；大學

junior college
[ˋdʒunjɚ ˋkɑlɪdʒ]
二專

tertiary education
[ˋtɝʃiɛri ͵ɛdʒuˋkeʃən]
高等教育

university
[͵junəˋvɝsətɪ]
大學

大師小叮嚀

· 新學年開始都會有新生訓練 (orientation [͵orɪɛnˋteʃən]) 幫助新生熟悉環境等。
· 三學期制是上、下學期加上夏季班，四學期制則是上、下學期加上春季班和夏季班。

junior
[ˋdʒunjɚ]
大三學生

senior
[ˋsinjɚ]
大四學生

fifth-year senior
[ˋfɪfθ͵jɪr ˋsinjɚ]
大五學生

spring term
[ˋsprɪŋ ͵tɝm]
春季班

summer term
[ˋsʌmɚ ͵tɝm]
夏季班

social education
[ˋsoʃəl ͵ɛdʒuˋkeʃən]
社會教育

reformatory education
[rɪˋfɔrmə͵torɪ ͵ɛdʒuˋkeʃən]
感化教育

diploma
[dɪˈplomə]
畢業文憑 / 證書

degree
[dɪˈgri]
學位

bachelor's degree
[ˈbætʃələz dɪˈgri]
學士學位

(補) **commencement**
[kəˈmɛnsmənt]
高中或大學畢業典禮

教職員與校友

faculty
[ˈfækḷtɪ]
教員

(補) **staff**
[stæf]
職員
* faculty = teaching staff

行政

principal
[ˈprɪnsəpḷ]
中 / 小學校長

president
[ˈprɛzədənt]
大學校長

聘任

(補) **vice president**
副校長

教學

professor
[prəˈfɛsɚ]
教授

associate professor
[əˈsoʃɪet prəˈfɛsɚ]
副教授

alumni association
[əˈlʌmnaɪ əˌsosɪˈeʃən]
校友會

alumnus
[əˈlʌmnəs]
男校友

alumna
[əˈlʌmnə]
女校友

(補) 複數形
alumni
[əˈlʌmnaɪ]

(補) 複數形
alumnae
[əˈlʌmˌni]

master's degree
[ˈmæstəz dɪˈgri]
碩士學位

Ph.D. (doctor of philosophy)
博士學位

(補) **dissertation**
[ˌdɪsəˈteʃən]
碩士論文

(補) **thesis**
[ˈθisɪs]
博士論文

- 高中畢業文憑的英文叫作 high school diploma。
- diploma 指的是文憑證書；degree 指的則是學位（資格），而非紙本證書。
- 文學碩士爲 M.A. (Master of Arts)，理工碩士爲 M.S. (Master of Science)。

contract
[ˈkɑntrækt]
聘書

full-time
[ˈfʊlˈtaɪm]
專任的

part-time
[ˈpɑrtˈtaɪm]
兼任的

(同) **instructor**
[ɪnˈstrʌktə]

assistant professor
[əˈsɪstənt prəˈfɛsə]
助理教授

visiting professor
[ˈvɪzɪtɪŋ prəˈfɛsə]
客座教授

lecturer
[ˈlɛktʃərə]
講師

alma mater
[ˈælmə ˈmɑtə]
母校

school anthem
[ˈskul ˈænθəm]
校歌

PTA (Parent-Teacher Association)
親師會

- 通常由研究生兼職擔任、主要協助教授行政、教學或研究工作的職務稱爲助教 teaching assistant (TA)，與助理教授之職位不同。
- alumni 可泛指男女校友。
- 國歌叫作 national anthem。

1 **Primary** education generally begins when children are four to eight years of age.

初級教育通常始於孩童四到八歲時。

2 He has finished his **freshman** year of science.

他已讀完大學理科一年級。

3 Her one aim in life is to go to **university**.

她的人生目標之一是上大學。

4 He has a **degree** in Literature at Cambridge University.

他擁有劍橋大學的文學學位。

5 He will get his **master's degree** by next summer.

明年夏天他就可以獲得碩士學位了。

6 I wonder what type of test **Professor** Lee is going to give us.

真不知道李教授會用什麼樣的方式考我們。

Notes wonder [ˋwʌndɚ] (v.) 疑惑；想知道

Exercise 請聆聽音檔，並根據所聽到的對話完成填空。

(Anna and Jenny are talking about their courses.)

Anna: How long have you been studying here in the US?

Jenny: Just one year. I'll get my 1. （碩士學位） next fall.

Anna: What's your 2. （主修） ?

Jenny: I'm majoring in 3. （心理學） .

Anna: How many 4. （學分） do you have this 5. （學期） ?

Jenny: Thirteen. I'm 6. （被淹沒） by all the presentations and reports.

Anna: You're 7. （負荷過多） !

Jenny: What about you? Aren't you going to graduate?

Anna: Yeah.

Jenny: What do you plan to do after you graduate?

Anna: I want to teach after I graduate. If not, maybe I will go for my 8. （博士學位） .

Jenny: Sounds great!

Anna: When are you going to have your 9. （期末考） ?

Jenny: 10. （下下禮拜） . Well, I need to go to the library to study. See you.

Anna: Bye.

Answer Key

1. master's degree
2. major
3. psychology
4. credits

5. semester
6. overwhelmed
7. overloaded
8. Ph.D.

9. final exam
10. In two weeks

Translation

（*Anna 和 Jenny 正在討論學校的課程。*）

Anna：妳在美國求學多久了？

Jenny：我只來了一年。明年秋天我就會拿到碩士學位。

Anna：妳的主修是什麼？

Jenny：我主修心理學。

Anna：妳這學期修幾個學分？

Jenny：十三個。我快被所有的上台和書面報告淹沒了。

Anna：妳負荷過多啦！

Jenny：妳呢？妳不是快畢業了嗎？

Anna：是啊。

Jenny：畢業後妳打算做什麼？

Anna：畢業後我想教書。不然，或許我會去念博士學位。

Jenny：聽起來不錯耶！

Anna：妳什麼時候期末考？

Jenny：下下禮拜。那我要去圖書館讀書了。拜囉。

Anna：拜拜。

校園
Campus

課程和考試
學校相關
課堂相關
功・過

課程和考試

學生

register
[ˋrɛdʒɪstɚ]
v. 註冊

regular student
[ˋrɛgjələ ˋstjudn̩t]
正規學生（有選到課的學生）

auditor
[ˋɔdɪtɚ]
旁聽生

修課

academic year
[͵ækəˋdɛmɪk ˋjɪr]
學年

semester
[səˋmɛstɚ]
學期

credit
[ˋkrɛdɪt]
學分

同 **term**
[tɝm]

同 **unit**
[ˋjunɪt]

major
[ˋmedʒɚ]
v. / n. 主修（課程）

minor
[ˋmaɪnɚ]
v. / n. 副修（課程）

period
[ˋpɪrɪəd]
一堂課

同 **session**
[ˋsɛʃən]

audit
[ˈɔdɪt]
v. 旁聽

transfer
[trænsˈfɜ]
v. 轉系；轉學

student ID
學生證

required course
[rɪˈkwaɪrd ˈkors]
必修課

elective course
[ɪˈlɛktɪv ˈkors]
選修課

(補) **enroll in**
選修……課程

(補) **optional**
[ˈɑpʃənl]
a. 非必須的

recess
[rɪˈsɛs]
n. 課間休息

lecture material
[ˈlɛktʃɚ məˈtɪrɪəl]
講義

(同) **break**
[brek]

(同) **handout**
[ˈhændaʊt]

- transfer (v.) 的使用範例如下：
  He transferred from the Department of Japanese. 他是從日文系轉過來的。
  「轉學生」為 transfer student。transfer 作名詞用時，重音移至第一音節。
- student ID 的 ID 為 identification 之縮寫。
- major (v.) 和 in 搭配使用。例：I'm majoring in English. 我主修英文。
  ※ 亦可用現在簡單式：I major in English.
- English major (n.) 指「主修英文的學生」。
  例：I'm an English major. 我的主修是英文。

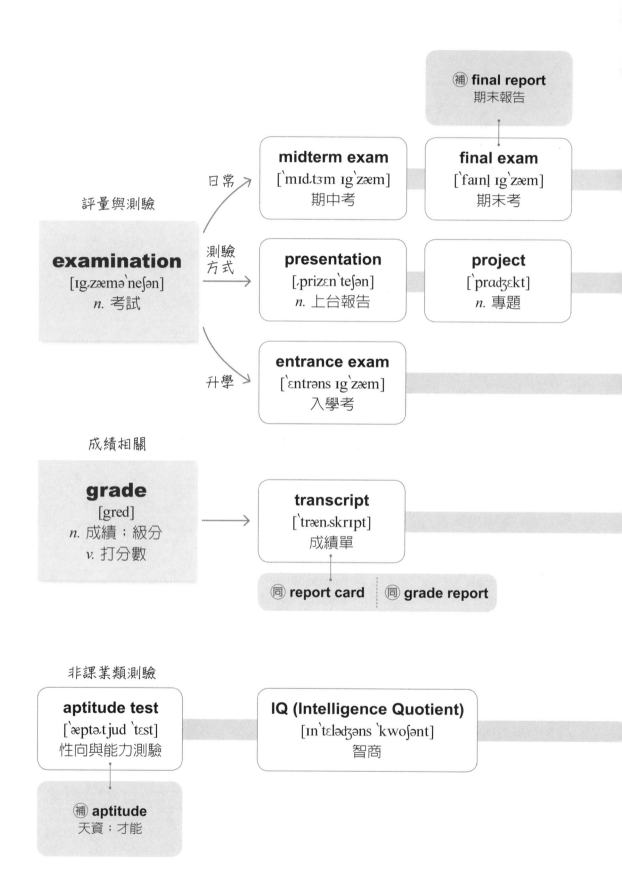

評量與測驗

examination
[ɪɡˌzæməˈneʃən]
n. 考試

日常 → **midterm exam**
[ˈmɪdˌtɝm ɪɡˈzæm]
期中考

final exam
[ˈfaɪnḷ ɪɡˈzæm]
期末考

㊢ **final report**
期末報告

測驗方式 → **presentation**
[ˌprizɛnˈteʃən]
n. 上台報告

project
[ˈprɑdʒɛkt]
n. 專題

升學 → **entrance exam**
[ˈɛntrəns ɪɡˈzæm]
入學考

成績相關

grade
[ɡred]
n. 成績；級分
v. 打分數

→ **transcript**
[ˈtrænˌskrɪpt]
成績單

㊂ **report card** | ㊂ **grade report**

非課業類測驗

aptitude test
[ˈæptəˌtjud ˈtɛst]
性向與能力測驗

IQ (Intelligence Quotient)
[ɪnˈtɛlədʒəns ˈkwoʃənt]
智商

㊢ **aptitude**
天資；才能

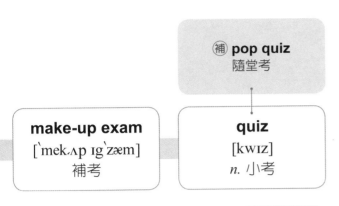

pop quiz ㊜
隨堂考

make-up exam
[ˋmekˏʌp ɪgˋzæm]
補考

quiz
[kwɪz]
n. 小考

dictation test
[dɪkˋteʃən tɛst]
聽寫測驗

written exam
[ˋrɪtṇ ɪgˋzæm]
筆試

oral exam
[ˋorəl ɪgˋzæm]
口試

joint entrance exam
[ˋdʒɔɪnt ˋɛntrəns ɪgˋzæm]
聯考

flunk
[flʌŋk]
v. 當掉（某人）；考試不及格

fail ㊜
[fel]
v. 不及格

pass ㊜
[pæs]
v. 及格；通過

EQ (Emotional Intelligence Quotient)
[ɪˋmoʃənḷ ɪnˋtɛlədʒəns ˋkwoʃənt]
情緒智商

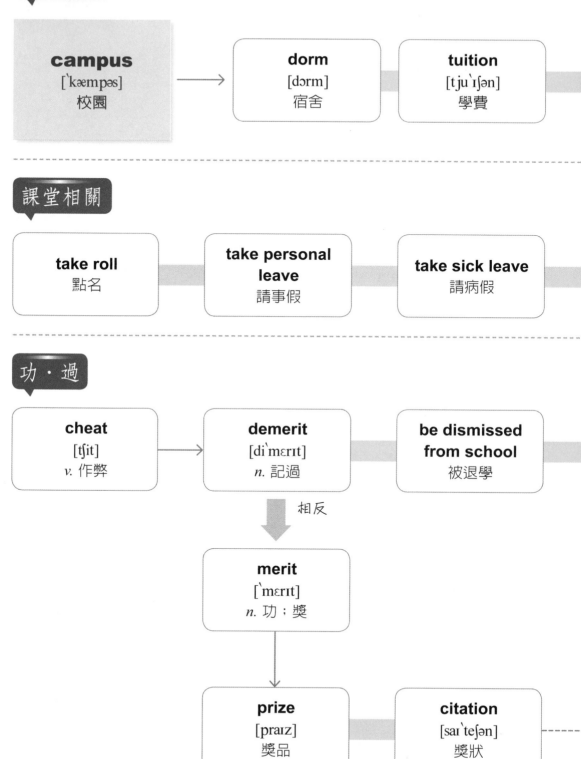

學校相關

campus
[ˈkæmpəs]
校園

dorm
[dɔrm]
宿舍

tuition
[tjuˈɪʃən]
學費

課堂相關

take roll
點名

take personal leave
請事假

take sick leave
請病假

功・過

cheat
[tʃit]
v. 作弊

demerit
[diˈmɛrɪt]
n. 記過

be dismissed from school
被退學

相反

merit
[ˈmɛrɪt]
n. 功；獎

prize
[praɪz]
獎品

citation
[saɪˈteʃən]
獎狀

412

living expenses
[ˈlɪvɪŋ ɪkˈspɛnsɪz]
生活費

utilities (expenses)
[juˈtɪlətɪz (ɪkˈspɛnsɪz)]
水電瓦斯費

miscellaneous expenses
[ˌmɪsɪˈenɪəs ɪkˈspɛnsɪz]
雜費

skip class
翹課

absence
[ˈæbsn̩s]
n. 缺席

(補) **absent**
[ˈæbsn̩t]
a. 缺席的

(反) **present**
[ˈprɛzn̩t]
a. 在場的；出席的

withdraw from school
自動退學

take leave of absence
休學

其他校園常用用語補充如下：
· I live on campus. 我住校內。
  I live off campus. 我住校外。
  I rent a place off campus. 我在校外租房子。
· Don't cheat on the exam! 考試不要作弊！
· Are you going to apply for a scholarship?
  你要申請獎學金嗎？
· Did the teacher take roll? 老師有點名嗎？
· I got a demerit. 我被記過了。

apply for a scholarship
申請獎學金

1 How many **credits** are you taking this **semester**?

這學期你修幾個學分？

2 I have three **required** and two **elective courses** this **term**.

這學期我有三堂必修課和兩堂選修課。

3 My parents paid my **tuition**, but I still took a part-time job to cover my **living expenses**.

父母支付了我的學費，但我還是做一份兼職工作來支應生活開銷。

Notes cover [ˋkʌvɚ] (v.) 足夠支付

4 Miss Lee **took** two days **personal leave** to attend a funeral last week.

李小姐上星期請二天事假去參加喪禮。

Notes funeral [ˋfjunərəl] (n.) 喪禮

5 Christina **majored** in English and **minored** in international trade when she was in school.

克麗絲汀娜在校時主修英文，輔修國際貿易。

6 **EQ** is more important than **IQ** in competitive job markets.

在競爭的職場，情緒智商比智商還要重要。

Notes competitive [kəmˋpɛtətɪv] (a.) 競爭的

7 The **entrance exam** for graduate school includes an **oral exam** in addition to a **written exam**.

研究所入學考除了筆試還有口試。

Exercise 請聆聽音檔，並根據所聽到的對話完成填空。

Tina: Did you do well on your graduate school 1. ＿＿（入學考）＿＿ ?

Evelyn: Not really.

Tina: How come?

Evelyn: I didn't do well on the 2. ＿＿（口試）＿＿ .

Tina: What did the 3. ＿＿（教授）＿＿ ask?

Evelyn: One of the three asked me to talk about my own 4. ＿＿（缺點）＿＿ . And the other two just made sarcastic remarks.

Tina: Don't worry. They were trying to test your EQ. How did you 5. ＿＿（回答）＿＿ ?

Evelyn: I said that my mother always complains about my messy bedroom and that I felt nervous.

Tina: You got it right. Never 6. ＿＿（露出馬腳）＿＿ by saying "I'm lazy" or "my English is poor." Did you take any classes in 7. ＿＿（補習班）＿＿ ?

Evelyn: No, I couldn't 8. ＿＿（負擔得起）＿＿ it.

Tina: What if you don't get accepted?

Evelyn: No big deal. 9. ＿（不經一事，不長一智。）＿ Besides, 10. ＿＿（校友）＿＿ from my school will help me find a job after I graduate.

Answer Key

1. entrance exam
2. oral exam
3. professors
4. weaknesses
5. reply
6. give yourself away
7. cram schools
8. afford
9. Live and learn.
10. alumni

Translation

　Tina：妳研究所入學考考得好嗎？

Evelyn：不怎麼好。

　Tina：為什麼？

Evelyn：我的口試不順利。

　Tina：教授問了什麼問題？

Evelyn：其中一位要我談談自身的缺點，其他兩位只說了一些諷刺的話。

　Tina：不要擔心，他們只是想測試妳的情緒智商。妳怎麼回答？

Evelyn：我說我媽媽總是抱怨我的房間太亂，而且，我有一點緊張。

　Tina：這樣說就對了。千萬不要露出馬腳說「我很懶惰」或是「我的英文不好」。妳有到補習班補習嗎？

Evelyn：沒有，我負擔不起。

　Tina：如果妳沒有被錄取呢？

Evelyn：沒什麼大不了的。不經一事，不長一智。此外，學校的校友在我畢業後會幫我找工作。

學院與科系
Colleges & Departments

常見學院
人文科系
醫護科系
理工科系
商管科系
其他

嚴選例句 ▶ 68
派上用場

college
[ˈkɑlɪdʒ]
學院

field
[fild]
領域

department
[dɪˈpɑrtmənt]
科系

College of Liberal Arts
文學院

College of Science
理學院

College of Education
教育學院

medical school
醫學院

人文科系

College of Liberal Arts
文學院

Department of English
英語學系

Department of Political Science
政治學系

Department of Foreign Languages and Literatures
外國語文學系

College of Engineering 工學院	College of Business 商學院	College of Management 管理學院

law school 法學院

Department of Diplomacy 外交學系	Department of Law 法律學系	Department of Journalism 新聞學系

Department of Mass Communication 大眾傳播學系	Department of Library and Information Science 圖書資訊學系

> ・外文科系的名稱只須在 department of 後加上語言名。例：
> Department of Spanish 西班牙文系、Department of French 法文系、
> Department of German 德文系
> ・注意「外交」diplomacy [dɪˈploməsɪ]、「外交官」diplomat [ˈdɪpləmæt]
> 和「外交的」diplomatic [dɪpləˈmætɪk] 三字的重音不一樣。

Department of **Pharmacology**
[ˌfɑrməˈkɑlədʒɪ]
藥理學系

Department of **Veterinary Medicine**
[ˈvɛtərəˌnɛrɪ ˈmɛdəsn̩]
獸醫學系

人

動物

理工科系

College of Science
理學院

Department of **Mathematics**
[ˌmæθəˈmætɪks]
數學系

Department of **Chemistry**
[ˈkɛmɪstrɪ]
化學系

College of Engineering
工學院

Department of **Civil Engineering**
[ˈsɪvl̩ ˌɛndʒəˈnɪrɪŋ]
土木工程學系

Department of **Architecture**
[ˈɑrkəˌtɛktʃə]
建築學系

Department of Anatomy
[əˈnætəmɪ]
解剖學系

**Department of
Nursing**
護理學系

 vet
[vɛt]
獸醫
(= veterinarian)

Department of Physics
[ˈfɪzɪks]
物理學系

Department of Biology
[baɪˈalədʒɪ]
生物學系

Department of Electrical Engineering
[ɪˈlɛkrɪkl̩ ɛndʒəˈnɪrɪŋ]
電機工程學系

**Department of Computer Science and
Information Engineering**
資訊工程學系

商管科系

College of Business
商學院

貿易 →
Department of International Trade
國際貿易學系

金融
經濟 →
Department of Banking and <u>Finance</u>
[faɪˈnæns]
財務金融學系

計算 →
Department of <u>Accounting</u>
[əˈkaʊntɪŋ]
會計學系

College of Management
管理學院

→
Department of Business <u>Administration</u>
[ədˌmɪnəˈstreʃən]
企業管理學系

Department of Hotel Management
旅館管理系

其他

Department of Fine Arts
美術學系

Department of Music
音樂學系

Department of <u>Botany</u>
[ˈbatənɪ]
植物學系

Department of <u>Horticulture</u>
[ˈhɔrtɪˌkʌltʃɚ]
園藝學系

Department of Economics
[ˌikəˈnamɪks]
經濟學系

Department of Insurance
[ɪnˈʃʊrəns]
保險學系

Department of Statistics
[stəˈtɪstɪks]
統計學系

Department of Information Management
資訊管理學系

Department of Transportation Management
運輸管理學系

Department of Tourism
[ˈtʊrɪzəm]
觀光事業學系

Department of Physical Education
[ˈfɪzɪkḷ ˌɛdʒʊˈkeʃən]
體育學系

horticulture 的字首 horti-，意指 garden 或 plant。

423

1 **Medical schools** teach subjects such as human **anatomy**, genetics, biochemistry, and human biology.
醫學院的教學包括人體解剖學、遺傳學、生物化學和人類生物學。
Notes genetics [dʒəˈnɛtɪks] (n.) 遺傳學　biochemistry [ˈbaɪoˈkɛmɪstrɪ] (n.) 生物化學

2 Most **civil engineering** today deals with power plants, bridges, roads, railways, flood control, and transportation.
今日的土木工程大部分是關於發電廠、橋樑、道路、鐵路、洪水防治和交通運輸。
Notes deal with 和……有關

3 **Journalism** is disseminated through various media, including newspapers, magazines, radio, television, and the Internet.
新聞學運用在許多不同的媒體上，包括報紙、雜誌、廣播、電視和網路。
Notes disseminate [dɪˈsɛmə͵net] (v.) 散播

4 She is studying **economics** in college.
她在大學讀經濟。

5 I think we will spend a little while on **botany**, especially the grasses of high mountain areas.
我想我們會花點時間在植物學上，特別是高山草本類。

6 **Horticulture** is classically defined as the growing or cultivation of garden plants.
園藝學的傳統定義是花園植物的栽培與耕種。

7 He decided to be a **veterinarian** because he loves animals so much.
他非常熱愛動物，因此決定要當獸醫。

派上用場

Exercise 珍妮剛考完大學學測，興趣廣泛的她正在擬定自己的志願，請幫她填上各科系的英文名稱。

1. 會計學系　　〔　　　　　　　　　　　　　　　〕

2. 土木工程學系〔　　　　　　　　　　　　　　　〕

3. 化學系　　　〔　　　　　　　　　　　　　　　〕

4. 外國語文學系〔　　　　　　　　　　　　　　　〕

5. 電機工程學系〔　　　　　　　　　　　　　　　〕

6. 政治學系　　〔　　　　　　　　　　　　　　　〕

7. 法律學系　　〔　　　　　　　　　　　　　　　〕

8. 經濟學系　　〔　　　　　　　　　　　　　　　〕

9. 企業管理學系〔　　　　　　　　　　　　　　　〕

10. 國際貿易學系〔　　　　　　　　　　　　　　　〕

11. 大眾傳播學系〔　　　　　　　　　　　　　　　〕

12. 資訊管理學系〔　　　　　　　　　　　　　　　〕

13. 新聞學系　　〔　　　　　　　　　　　　　　　〕

14. 生物學系　　〔　　　　　　　　　　　　　　　〕

Answer Key

1. Department of Accounting
2. Department of Civil Engineering
3. Department of Chemistry
4. Department of Foreign Languages and Literatures
5. Department of Electrical Engineering
6. Department of Political Science
7. Department of Law
8. Department of Economics
9. Department of Business Administration
10. Department of International Trade
11. Department of Mass Communication
12. Department of Information Management
13. Department of Journalism
14. Department of Biology

數學
Mathematics

數字
幾何
運算
學理

number
[ˋnʌmbɚ]
數字；數量

odd
[ɑd]
a. 奇數的

even
[ˋivən]
a. 偶數的

integer
[ˋɪntədʒɚ]
整數

decimal
[ˋdɛsɪml̩]
小數

decimal point
[ˋdɛsɪml̩ ˋpɔɪnt]
小數點

round down/up
四捨五入

fraction
[ˋfrækʃən]
分數

numerator
[ˋnjumɚˌretɚ]
分子

幾何

geometry
[dʒɪˋɑmətrɪ]
幾何學

geometric figure
[dʒɪəˋmɛtrɪk ˋfɪgjɚ]
幾何圖案

circle
[ˋsɝkl̩]
圓

digit
[ˈdɪdʒɪt]
（0 到 9 之間的任一）數字

three-digit number
[ˈθri ˈdɪdʒɪt ˈnʌmbɚ]
三位數

大師,小叮嚀

・number 和 digit 不同：
　10 這個 number 含有兩個 digits：1 和 0。
・小數的唸法：6.9 是 six point nine。
・round down/up 用法及說法如下：
　Seven point four is rounded down to seven. 7.4 四捨五入爲 7。
　Five point eight is rounded up to six. 5.8 四捨五入爲 6。
・分數的唸法如下：
　「三分之一」one-third；「三分之二」two-thirds（分子如爲 2 以上，
　分母的英文字要加 s）。

denominator
[dɪˈnamə‚netɚ]
分母

origin
[ˈɔrədʒɪn]
圓心

radius
[ˈredɪəs]
半徑

diameter
[daɪˈæmətɚ]
直徑

運算

operation
[ˌɑpəˈreʃən]
n. 運算

plus
[plʌs]
prep. 加

minus
[ˈmaɪnəs]
prep. 減

mental arithmetic
[ˈmɛntl̩ əˈrɪθmətɪk]
n. 心算

check
[tʃɛk]
n. / v. 驗算

power
[ˈpauɚ]
次方

6 squared (= 6 to the second power)
[ˈsɪks ˈskwɛrd]
6 的平方

3 cubed (= 3 to the third power)
[ˈθri ˈkjubd]
3 的立方

application
[ˌæpləˈkeʃən]
應用題

solution
[səˈluʃən]
解答

volume
[ˈvaljəm]
體積；容積

area
[ˈɛrɪə]
面積

times
[taɪmz]
prep. 乘

(A) divided by (B)
[dəˈvaɪdɪd ˈbaɪ]
(A) 除以 (B)

補 **quotient**
[ˈkwoʃənt]
商數

補 **remainder**
[rɪˈmaɪndə]
餘數

triple
[ˈtrɪpl]
a. 三倍的 *v.* 使成三倍

quadruple
[ˈkwadrʊpl]
a. 四倍的 *v.* 使成四倍

infinitely large
[ˈɪnfənɪtlɪ ˈlardʒ]
a. 無限大的

square root
[ˈskwɛr ˌrut]
平方根

cube root
[ˈkjub ˌrut]
立方根

· 加、減、乘所相對應的單字 (plus, minus, times) 為介系詞，「等於」equal 是動詞，所以字尾加 "s"。
　例：Two times three equals six. 2×3 = 6
· Eight divided by two equals four. 中 divided 是 p.p.，表被動，整句的意思是「八被二除等於四」。
· double 和 triple 的使用範例如下：
　I'll have a pepperoni and mushroom with double cheese, please.
　我要一份義大利香腸蘑菇披薩，加上雙份起司，麻煩你。
　My salary has tripled. 我的薪水變成原來的三倍。
· 平方根、立方根的表達方式如下：
　The square root of 9 is 3. 9 的平方根是 3。
　The cube root of 8 is 2. 8 的立方根是 2。
· 九九乘法表叫作 multiplication table(s) [ˌmʌltəpləˈkeʃən ˈtebl(z)]，或簡稱 times table(s) [ˈtaɪmz ˈtebl(z)]。

學理

algebra [ˈældʒəbrə] 代數	**logic** [ˈlɑdʒɪk] 邏輯	**mathematical logic** [ˌmæθəˈmætɪkl̩ ˈlɑdʒɪk] 數學邏輯
statistics [stəˈtɪstɪks] 統計學	**calculus** [ˈkælkjələs] 微積分	**equation** [ɪˈkweʃən] 方程式
dynamics [daɪˈnæmɪks] 力學	**gas dynamics** [ˈgæs daɪˈnæmɪks] 氣體動力學	**fluid dynamics** [ˈfluɪd daɪˈnæmɪks] 流體動力學

大師小叮嚀

· 代數 algebra 是含有 x、y（此處的 x 和 y 稱作 variable「變數」）的學科。
· a statistic：一個數據
· statistics 除了「不只一個統計數據」，亦指「統計學」。
　例：I need to see the statistics before I make a decision. 我做決定之前需要看一些數據。

1 I'm not good at **mental arithmetic**.
我心算不好。

2 The **equations** in **algebra** and **calculus** give me headaches.
代數和微積分中的方程式讓我頭疼。

3 I spend about NT$120,000 per semester on tuition, utilities, and miscellaneous living expenses. **Plus** rent, the total amount is nearly NT$130,000.
我每學期大約花十二萬在學費、水電費和生活雜費，加上房租，總共要花將近十三萬。
Notes total [ˈtotl̩] (a.) 總計的

4 My parents **tripled** my allowance after I entered college because of my increased living expenses.
我上大學之後因為生活費增加，父母將我的零用錢增加為三倍。
Notes allowance [əˈlaʊəns] (n.) 零用錢

5 Could you teach me how to memorize the **multiplication tables**?
你可以教我怎麼背九九乘法表嗎？
Notes memorize [ˈmɛməˌraɪz] (v.) 記住；背熟

6 The **area** of Taiwan is 36,000 square kilometers, and the population is 23,000,000.
台灣土地面積是三萬六千平方公里，人口則是二千三百萬。
Notes population [ˌpɑpjəˈleʃən] (n.) 人口

派上用場

　　舉凡銀行交易、國際貿易到日常生活，數字扮演著極其重要的角色。不熟悉數字進位，有可能造成「千萬」的誤差。

　　英文中的數字單位只有 hundred「百」、thousand「千」、million「百萬」、billion「十億」、trillion「兆」。其他像是「萬」、「十萬」、「千萬」、「億」，則分別以 10 thousand、100 thousand、10 million、100 million 表達。

　　多練習才能熟悉數字英文的用法。接著就來試試，你是否能看到數字後馬上說出英文。

Exercise 1　▶ 70

[1] 八萬

[2] 六十七萬

[3] 二百三十萬

[4] 二百三十萬七千

[5] 五千六百萬

[6] 一億

[7] 五十七億

Answer Key

[1] eighty thousand

[2] six hundred (and) seventy thousand

[3] 2.3 million

[4] 2 million 3 hundred (and) 7 thousand

[5] fifty six million

[6] one hundred million

[7] 5.7 billion

Exercise 2 請聆聽音檔，並根據所聽到的對話完成填空。 71

Tina: I visited the museum yesterday.

Evelyn: Did you see anything good?

Tina: They had several interesting Picassos. They were all composed of many
1. （幾何圖形） .

Evelyn: He was so talented. Unlike my brother, Picasso transformed lifeless circles,
triangles, and squares into vivid paintings.

Tina: What does your brother do?

Evelyn: He's a 2. （數學系學生）. He only cares about 3. （代數） and 4. （微積分） .

Tina: And 5. （方程式） , right?

Evelyn: 6. （夠了。） Give me a break.

Tina: It's not that bad. 7. （往好的方面看。） You don't have to worry about getting
stuck on really hard 8. （數學） problems. There's always someone
who can help you.

Evelyn: Yeah, but he's still so boring. You know, I heard that Picasso once said, "If
only we could pull out our brain and use only our eyes." I don't think my
brother would agree.

Answer Key

1. geometric figures
2. math major
3. algebra
4. calculus

5. equations
6. Enough already.
7. Look on the bright side.
8. math

Translation

Tina： 我昨天去參觀博物館。

Evelyn： 妳有沒有看到什麼好玩的展覽品？

Tina： 他們有幾幅有趣的畢卡索畫作。它們都是由幾何圖形所構成的。

Evelyn： 他真的很有天賦。不像我弟弟，畢卡索把沒有生命的圓形、三角形和正方形轉化成栩栩如生的畫作。

Tina： 妳弟弟是做什麼的？

Evelyn： 他是數學系學生。他只在乎代數和微積分。

Tina： 還有方程式，對不對？

Evelyn： 夠了，饒了我吧。

Tina： 沒那麼糟啦。往好的方面看，妳不必擔心被艱澀的數學題困住，總是有人可以幫妳解題。

Evelyn： 是啊，不過他還是很無趣。妳知道，畢卡索有句名言：「用感性去欣賞，而非用理性去看。」我想他是不會認同的。

標點符號
Punctuation

標點符號

嚴選例句 ▶ 72
派上用場

標點符號

同【英】full stop

comma
['kɑmə]
逗號 (,)

period
['pɪrɪəd]
【美】句號 (.)

apostrophe
[ə'pɑstrəfɪ]
撇號 (')

question mark
['kwɛstʃən 'mɑrk]
問號 (?)

quotation mark(s)
[kwo'teʃən 'mɑrk(s)]
引號 (" ")

colon
['kolən]
冒號 (:)

dollar sign
['dɑlə 'saɪn]
金錢符號 ($)

ellipsis
[ɪ'lɪpsɪs]
刪節號 (...)

slash
[slæʃ]
斜線 (/)

square brackets
['skwɛr 'brækɪts]
方括弧 ([ ])

parentheses
[pə'rɛnθəsɪz]
圓括弧 (( ))

補 **backslash**
['bækslæʃ]
倒斜線 (\ )

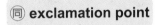
（同）**exclamation point**

dash
[dæʃ]
破折號 (—)

hyphen
[ˈhaɪfən]
連接號 (-)

exclamation mark
[ˌɛksklə`meʃən `mɑrk]
驚嘆號 (!)

semicolon
[ˌsɛmɪˈkolən]
分號 (;)

asterisk
[ˈæstərɪsk]
星號 (*)

hashtag
[ˈhæʃˌtæg]
井號 (#)

underline
[ˌʌndəˈlaɪn]
底線 (___)

dotted line
[ˈdɑtɪd ˈlaɪn]
虛線 (---)

（同）**underscore**
[ˌʌndəˈskor]

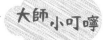
大師小叮嚀

- 井字號 (#) 的英文是 pound sign。自 2007 年社群網路將「井字號」稱為 hashtag，但在一般用法中仍叫作 "pound sign"；「井字鍵」則是 "pound key"。
- 所謂「斜槓青年 slash youth」，指的是身兼多職、彈性就業者，英文說法中的 slash 即為上列斜線的意思；源自用斜線列出多項職業、身分（如 student/writer/actor）。其他相關詞彙還有「斜槓人生 slash life」、「斜槓族 slashie」。
- postscript [ˈpostˌskrɪpt]（附記），一般簡寫成 P.S.；其中，字首 post- 意為 after，字根 script 則是指 writing。
- 校對稿件時用的「插入號 (^)」英文叫作 caret [ˈkærət]。
- 「書名號 (《 》)」為 French quotes，在英文裡極少使用。

1 The **comma** is a punctuation mark that is used mostly to separate parts of a sentence and to separate single items in a list.

逗號是用來將一句話分段，或為一連串的項目作間隔的標點符號。

Notes punctuation [ˌpʌŋktʃuˈeʃən] (n.) 標點符號

2 A **postscript** (P.S.) is a sentence or paragraph after a letter, an essay, or a book.

附記是在書信、文章或書籍內容結束後加上的一句或一段話。

Notes paragraph [ˈpærəˌgræf] (n.)（文章的）段；段落

3 **Periods** are used in abbreviations and decimals, but they are most commonly found at the end of sentences.

句號可作為縮寫的符號或是小數點，但最常見的還是在句子結尾。

Notes abbreviation [əˌbriviˈeʃən] (n.) 縮略；簡稱

4 The **colon** is commonly used to introduce a list of things.

冒號後常跟著一串清單。

5 Though they look similar, you should note the many differences between how the **hyphen** and **dash** are used.

雖然連接號和破折號很相似，但要注意兩者的使用方法有諸多不同。

6 The **dash** is often used to separate parts of a sentence.

破折號可以將一句話分段。

7 The **hyphen** joins two words together, or shows that a word has been divided into two parts at the end of a line of text.

連接號可將兩個字結合，或表示在行末的字被分成兩段。

Notes join [dʒɔɪn] (v.) 使連結

8 **Hyphens** are used to form compound adjectives.

連接號用以構成複合形容詞。

派上用場

Exercise 請寫出圈起來之標點符號的英文名稱。

[1] Sorry, I can't make it this time. 〔   〕逗號

[2] I don't really want to eat out tonight. 〔   〕撇號

[3] Perhaps next time. 〔   〕句號

[4] I think that would be fine! 〔   〕驚嘆號

[5] I know your name starts with an A... 〔   〕刪節號

[6] It's OK — I forgot your name, too. 〔   〕破折號

[7] If married, write the name of your husband / wife in the space provided.

〔   〕斜線

[8] It's just my way of saying "Thanks." 〔   〕引號

Answer Key

[1] comma

[2] apostrophe

[3] period / full stop

[4] exclamation point/mark

[5] ellipsis

[6] dash

[7] slash

[8] quotation marks

Translation

[1] 不好意思，這次不行。

[2] 今晚我不想出去外面吃。

[3] 也許下次吧。

[4] 我想那應該會很好玩！

[5] 我記得你的名字是 A 開頭的⋯⋯

[6] 沒關係啦──我也忘記你的名字了。

[7] 如果已婚，請在空格內寫下你丈夫 / 妻子的姓名。

[8] 這只是我說「謝謝」的方式。

自然
Nature

星座&生肖
The Western & Chinese Zodiac Signs

占星學
星座
星座特質
生肖

占星學

astrology
[ə`strɑlədʒɪ]
占星學

→

astrologer [ə`strɑlədʒɚ] 占星學家	**constellation** [͵kɑnstə`leʃən] 星群；星座

**the four
elements of
the zodiac**
星座的四象

→

fire sign [faɪr `saɪn] 火象星座	**earth sign** [ɝθ `saɪn] 土象星座

星座

**The Signs of
the Zodiac**
[`zodɪæk]
十二星座

↗

Aries [`ɛriz] 牡羊座	**Taurus** [`tɔrəs] 金牛座
Cancer [`kænsɚ] 巨蟹座	**Leo** [`lio] 獅子座
Libra [`librə] 天秤座	**Scorpio** [`skɔrpɪo] 天蠍座
Capricorn [`kæprɪkɔrn] 摩羯座	**Aquarius** [ə`kwɛrɪəs] 水瓶座

birth stone
['b3θ 'ston]
出生石

ruling planet
['rulɪŋ 'plænɪt]
守護行星

wind sign
['wɪnd 'saɪn]
風象星座

water sign
['watə 'saɪn]
水象星座

Gemini
['ʤɛmə͵naɪ]
雙子座

Virgo
['vɜgo]
處女座

Sagittarius
[͵sæʤɪ'tɛrɪəs]
射手座

Pisces
['paɪsiz]
雙魚座

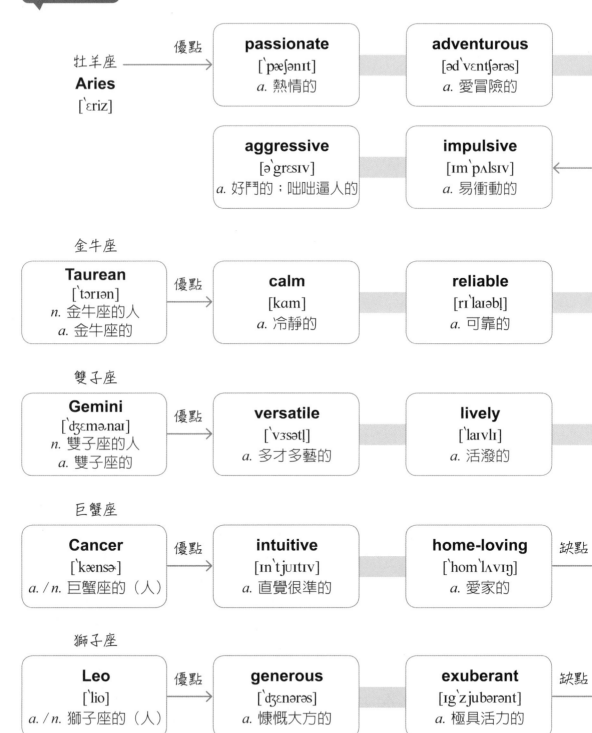

星座特質

壯羊座
Aries
[ˈɛriz]

優點 →

passionate
[ˈpæʃənɪt]
a. 熱情的

adventurous
[ədˈvɛntʃərəs]
a. 愛冒險的

aggressive
[əˈgrɛsɪv]
a. 好鬥的；咄咄逼人的

impulsive
[ɪmˈpʌlsɪv]
a. 易衝動的

金牛座
Taurean
[ˈtɔrɪən]
n. 金牛座的人
a. 金牛座的

優點 →

calm
[kɑm]
a. 冷靜的

reliable
[rɪˈlaɪəbl]
a. 可靠的

雙子座
Gemini
[ˈdʒɛmənaɪ]
n. 雙子座的人
a. 雙子座的

優點 →

versatile
[ˈvɝsətl]
a. 多才多藝的

lively
[ˈlaɪvlɪ]
a. 活潑的

巨蟹座
Cancer
[ˈkænsɚ]
a. / n. 巨蟹座的（人）

優點 →

intuitive
[ɪnˈtjuɪtɪv]
a. 直覺很準的

home-loving
[ˈhomˈlʌvɪŋ]
a. 愛家的

缺點

Leo
[ˈlio]
a. / n. 獅子座的（人）

優點 →

generous
[ˈdʒɛnərəs]
a. 慷慨大方的

exuberant
[ɪgˈzjubərənt]
a. 極具活力的

缺點

hard-working
[hard`wɜkɪŋ]
a. 工作認真的

缺點

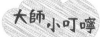

Aries 和其他星座不同之處在於一個字有三種用法：
a.「人」（單複數同形）：We have two Aries in my family.
　我們家有兩個牡羊座。
b.「星座」：Aries is the first sign of the zodiac. 牡羊座是十
　二星座裡的第一個。
c.「形容詞」：She is a typical Aries boss. 她是一個典型的
　牡羊座老闆。

loyal
[`lɔɪəl]
a. 忠誠的

缺點 →

stubborn
[`stʌbən]
a. 固執的

jealous
[`dʒɛləs]
a. 嫉妒的

conversational
[ˌkɑnvə`seʃən]
a. 健談的

缺點 →

moody
[`mudɪ]
a. 情緒化的

inconsistent
[ˌɪnkən`sɪstənt]
a. 反覆無常的

depressed
[dɪ`prɛst]
a. 憂鬱的

clinging
[`klɪŋɪŋ]
a. 黏人的

同【口語】**clingy**
[`klɪŋɪ]

conceited
[kən`sitɪd]
a. 自負的

gullible
[`gʌləbl]
a. 易受騙的

exuberant 比 energetic 更強烈。

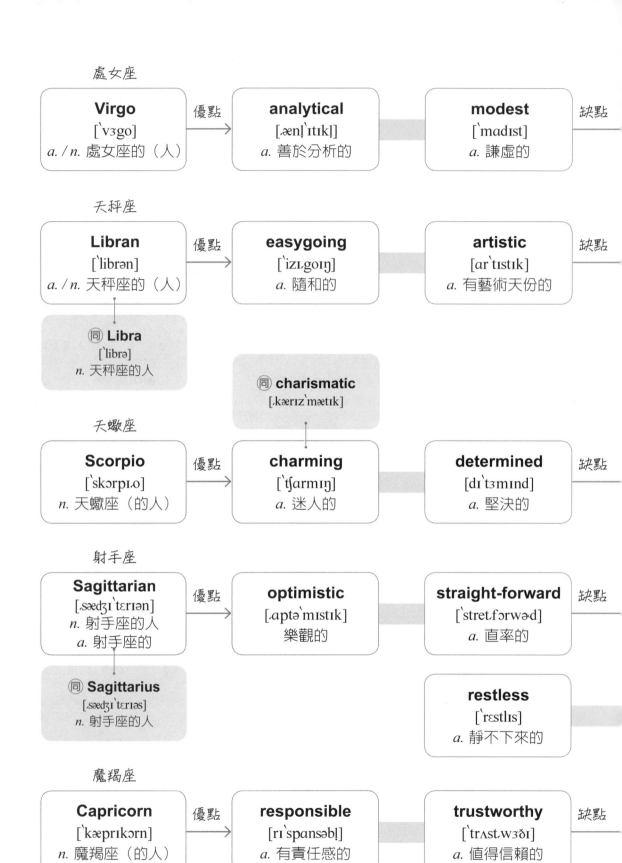

處女座

Virgo
[ˋvɝgo]
a. / n. 處女座的（人）

優點 →

analytical
[͵ænlˋɪtɪk!]
a. 善於分析的

modest
[ˋmɑdɪst]
a. 謙虛的

缺點

天秤座

Libran
[ˋlɪbrən]
a. / n. 天秤座的（人）

優點 →

easygoing
[ˋizɪ͵goɪŋ]
a. 隨和的

artistic
[arˋtɪstɪk]
a. 有藝術天份的

缺點

（同）**Libra**
[ˋlɪbrə]
n. 天秤座的人

（同）**charismatic**
[͵kærɪzˋmætɪk]

天蠍座

Scorpio
[ˋskɔrpɪo]
n. 天蠍座（的人）

優點 →

charming
[ˋtʃɑrmɪŋ]
a. 迷人的

determined
[dɪˋtɝmɪnd]
a. 堅決的

缺點

射手座

Sagittarian
[͵sædʒɪˋtɛrɪən]
n. 射手座的人
a. 射手座的

優點 →

optimistic
[͵ɑptəˋmɪstɪk]
樂觀的

straight-forward
[ˋstretˋfɔrwəd]
a. 直率的

缺點

（同）**Sagittarius**
[͵sædʒɪˋtɛrɪəs]
n. 射手座的人

restless
[ˋrɛstlɪs]
a. 靜不下來的

魔羯座

Capricorn
[ˋkæprɪkɔrn]
n. 魔羯座（的人）

優點 →

responsible
[rɪˋspɑnsəb!]
a. 有責任感的

trustworthy
[ˋtrʌst͵wɝðɪ]
a. 值得信賴的

缺點

cold
[kold]
a. 冷漠的

perfectionist
[pəˋfɛkʃənɪst]
n. 完美主義者

extravagant
[ɪkˋstrævəgənt]
a. 奢侈的

trivial
[ˋtrɪvɪəl]
a. 輕浮的

(同) **frivolous**
[ˋfrɪvələs]

possessive
[pəˋsɛsɪv]
a. 佔有慾強的

reticent
[ˋrɛtəsn̩t]
a. 沉默的

childish
[ˋtʃaɪldɪʃ]
a. 幼稚的

reckless
[ˋrɛklɪs]
a. 魯莽的

大師小叮嚀

· 有時候習慣直接用星座代表人稱使用，這在會話中是
  被允許的。
· possessive 的用法：
  possessive of ＋人「對某人有佔有慾」
  possessive about ＋物「對某物有佔有慾」
· Capricorn 的形容詞是 Capricornean [ˌkæprɪˋkɔrnɪən]。
  例：a typical Capricornean look 典型的魔羯座長相

persistent
[pəˋsɪstənt]
a. 頑固的；執拗的

pessimistic
[ˌpɛsəˋmɪstɪk]
悲觀的

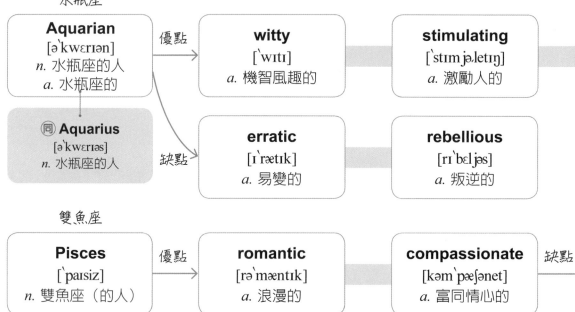

水瓶座

Aquarian
[əˋkwɛrɪən]
n. 水瓶座的人
a. 水瓶座的

優點

witty
[ˋwɪtɪ]
a. 機智風趣的

stimulating
[ˋstɪmjəˌletɪŋ]
a. 激勵人的

㊂ **Aquarius**
[əˋkwɛrɪəs]
n. 水瓶座的人

缺點

erratic
[ɪˋrætɪk]
a. 易變的

rebellious
[rɪˋbɛljəs]
a. 叛逆的

雙魚座

Pisces
[ˋpaɪsiz]
n. 雙魚座（的人）

優點

romantic
[rəˋmæntɪk]
a. 浪漫的

compassionate
[kəmˋpæʃənet]
a. 富同情心的

缺點

生肖

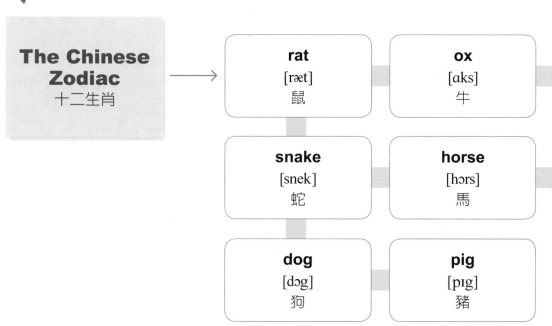

The Chinese Zodiac
十二生肖

rat
[ræt]
鼠

ox
[ɑks]
牛

snake
[snek]
蛇

horse
[hɔrs]
馬

dog
[dɔg]
狗

pig
[pɪg]
豬

progressive
[prəˈgrɛsɪv]
a. 思想先進的

・erratic 是指一個人的言行善變,讓人捉摸不定,時有失常演出。
　例:erratic behavior 反覆無常的行為
・fickle 多被用來形容一個人對「友情」或「愛情」的善變與不忠。

unrealistic
[ˌʌnrɪəˈlɪstɪk]
a. 不切實際的

⑤ **impractical**
[ɪmˈpræktɪkl]

fickle
[ˈfɪkl]
a. (感情) 善變的

passive
[ˈpæsɪv]
a. 消極的

⑤ **positive**
[ˈpɑzətɪv]
積極的

tiger
[ˈtaɪgɚ]
虎

rabbit
[ˈræbɪt]
兔

dragon
[ˈdrægən]
龍

sheep
[ʃip]
羊

monkey
[ˈmʌŋkɪ]
猴

rooster
[ˈrustɚ]
雞

1 A: What's your sign? B: I'm a **Virgo**.

A：你是什麼星座？　B：處女座。

2 **Taureans** are considered to have a calm, loyal, and reliable character.

金牛座的人被認為具有冷靜、忠誠而可靠的性格。

Notes character [ˈkærɪktɚ] (n.) 個性

3 **Scorpio** is the eighth sign of the zodiac, which corresponds to the period from October 23 to November 21.

天蠍座是黃道帶的第八宮，相當於十月二十三日到十一月二十一日這段期間。

Notes corresponds to 相當於

4 A **rooster** or a cock is a male chicken; a female chicken is called a hen.

Rooster 或 cock 指的是公雞，而母雞叫作 hen。

5 Serpent is another word for **snake**.

Snake 又稱為 serpent。

6 Sadly, it was John's fun-loving and **impulsive** nature that caused the failure of this marriage.

很遺憾，約翰好玩和衝動的個性導致了這椿婚姻的失敗。

Notes nature [ˈnetʃɚ] (n.) 天性

7 Children often act **jealously** when a new baby arrives.

新生兒到來時，小孩常會嫉妒。

8 Students may find it difficult if an instructor's lectures are **inconsistent** with the assigned readings.

如果老師講課和指定的閱讀文章不一致，學生會很難進入狀況。

Notes instructor [ɪnˈstrʌktɚ] (n.) 大學講師

9 I didn't have a strong sense of security as a child, so I became quite **clingy**.

我小時候缺乏安全感，所以變得很黏人。

10 My friend Sophia, who is a best-selling author, attributed her success to her **intuitive** sense of what readers want.

我朋友蘇菲亞是一個暢銷作家，她將她的成功歸功於她對於讀者的期望有著敏銳的直覺。

Notes attribute A to B 將 A 歸因於 B

11 If she wasn't so **conceited**, people might actually listen to Dr. Lee's ideas.

如果她沒有這麼自負，大家可能會聽李博士的意見。

12 Dealing with a **persistent** salesman who won't take no for an answer is annoying.

和鍥而不捨、不肯被拒絕的推銷員周旋是件惱人的事。

Notes annoying [əˈnɔɪɪŋ] (a.) 令人討厭的

13 Tim is a gifted but **erratic** baseball player.

提姆是一位有天份但狀況不穩定的棒球選手。

14 Jamie is quite **possessive** about her toys. If anyone touches them, she screams.

潔美對於她的玩具有很強的佔有慾。如果有人摸它們，她就會尖叫。

15 Gary thinks that homosexual lovers have the right to get married, which in some places is a very **progressive** idea.

蓋瑞認為同性戀情侶有權利結婚，這個觀點在某些地方是非常先進的。

Notes homosexual [ˌhoməˈsɛkʃuəl] (a.) 同性戀的

16 It's hard to plan our vacations very far in advance, because my husband is so **fickle**.

很難儘早規劃我們的假期，因為我丈夫非常善變。

Exercise 請聆聽音檔，並根據所聽到的對話完成填空。

Evelyn: My new roommate is a 1. _____（自負的）   2. _____（勢利鬼）. I can't stand her anymore. Are all Leos like that?

Tina: Some Leos do have a few 3. _____（令人討厭的）   4. _____（特質）, but you have to admit that they are 5. _____（非常有活力的） and 6. _____（大方的）.

Evelyn: I prefer 7. _____（相處） with Virgos, because they're 8. _____（勤奮的） and 9. _____（謙虛的）.

Tina: But I heard that they're 10. _____（完美主義者）. And they can be so 11. _____（挑剔的）.

Evelyn: Yeah, but at least they're 12. _____（獨立自主的）.

Tina: What other traits do you 13. _____（欣賞）? For instance, what kind of guy are you looking for?

Evelyn: Well, I'd like him to be 14. _____（像金牛座一樣忠誠）, 15. _____（像雙子座一樣多才多藝）, as 16. _____（有創造力的） as a Cancer, as 17. _____（謙遜的） as a Virgo, 18. _____（討人喜歡的） like a Libra, as 19. _____（迷人的） as a Scorpio, 20. _____（樂觀的） like a Sagittarius, and as 21. _____（有耐心的） as a Capricorn.

Tina: Gee! Where are you going to find a 22. _____（如意郎君） like that?

Answer Key

1. conceited
2. snob
3. unpleasant
4. traits
5. exuberant
6. generous
7. hanging out
8. diligent
9. modest
10. perfectionists
11. picky

12. self-sufficient
13. admire
14. as loyal as a Taurus
15. as versatile as a Gemini
16. creative
17. humble
18. pleasant
19. charming
20. optimistic
21. patient
22. Mr. Right

Translation

Evelyn：我的新室友是一個自負的勢利鬼。我再也受不了她了,獅子座的人都跟她一樣嗎?

Tina：有些獅子座的人的確有一些令人討厭的特質,但妳不得不承認他們是非常有活力又大方的。

Evelyn：我比較喜歡跟處女座相處,因為他們勤奮又謙虛。

Tina：但我聽說他們是完美主義者。他們有可能非常挑剔。

Evelyn：或許吧,不過他們至少是獨立自主的人。

Tina：妳還欣賞其他哪些特質?比如說,妳在找什麼樣的對象?

Evelyn：嗯,我希望他能像金牛座一樣忠誠,像雙子座一樣多才多藝,像巨蟹座一樣有創造力,像處女座一樣謙遜,像天秤座一樣討人喜歡,像天蠍座一般迷人,像射手座一樣樂觀,並且像魔羯座一樣有耐心。

Tina：天啊!妳要上哪兒去找這樣的如意郎君啊?

NOTES

自然現象
Natural Phenomena

地震・火山
風
雨・雪
全球暖化

嚴選例句 ▶ 75

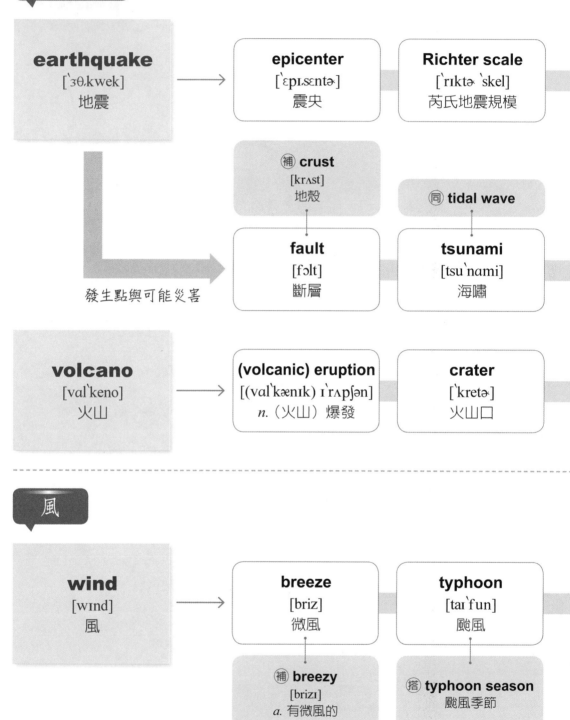

地震・火山

earthquake
[ˈɝθˌkwek]
地震

epicenter
[ˈɛpɪˌsɛntɚ]
震央

Richter scale
[ˈrɪktɚ ˈskel]
芮氏地震規模

發生點與可能災害

補 **crust**
[krʌst]
地殼

fault
[fɔlt]
斷層

同 **tidal wave**

tsunami
[tsuˈnami]
海嘯

volcano
[vɑlˈkeno]
火山

(volcanic) eruption
[(vɑlˈkænɪk) ɪˈrʌpʃən]
n. （火山）爆發

crater
[ˈkretɚ]
火山口

風

wind
[wɪnd]
風

breeze
[briz]
微風

typhoon
[taɪˈfun]
颱風

補 **breezy**
[brizɪ]
a. 有微風的

搭 **typhoon season**
颱風季節

aftershock
[ˈæftɚˌʃɑk]
餘震

・火山分成三種：
active volcano 活火山、dormant volcano 休火山、
extinct volcano 死火山
・地震規模的表達方式如下：
The earthquake measured 7.1 on the Richter scale.
這是一場芮氏規模 7.1 的地震。

(補) **mudslide**
[ˈmʌdˌslaɪd]
n. 山崩

landslide
[ˈlændˌslaɪd]
n. 土石流；坍方

famine
[ˈfæmɪn]
饑荒

lava
[ˈlɑvə]
熔岩

acid rain
[ˈæsɪd ˈren]
酸雨

hurricane
[ˈhɝɪˌken]
颶風

windstorm
[ˈwɪndˌstɔrm]
暴風

tornado
[tɔrˈnedo]
龍捲風

(補) **rotate / spin**
[ˈrotet / spɪn]
v. 旋轉

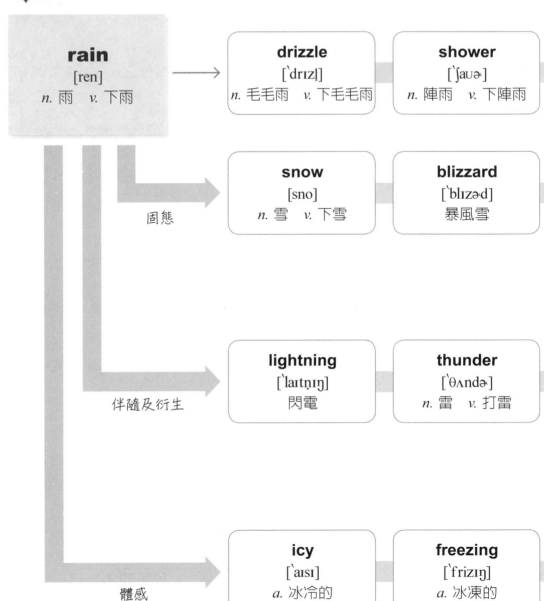

pouring rain
[ˈporɪŋ ˈren]
傾盆大雨

torrential rain
[tɔˈrɛnʃəl ˈren]
豪雨

thunderstorm
[ˈθʌndɚˌstɔrm]
雷雨

frost
[frɔst]
n. 霜　*v.* 下霜

hail
[hel]
n. 冰雹　*v.* 下冰雹

補 **defrost**
[dɪˈfrɔst]
v. 除霜

storm
[stɔrm]
n. 暴風雨　*v.* 颳暴風雨

flood
[flʌd]
n. / *v.* 洪水

補 **stormy**
[ˈstɔrmɪ]
a. 暴風雨的

補 **flooding**
[ˈflʌdɪŋ]
n.（洪水）氾濫

chilly
[ˈtʃɪlɪ]
a. 冷颼颼的

全球暖化

補 **greenhouse effect**
溫室效應

搭 **ozone layer**
臭氧層

atmosphere
[ˈætməsˌfɪr]
大氣層

greenhouse gases
[ˈɡrinˌhaʊs ˈɡæsɪz]
溫室氣體

ozone
[ˈozon]
臭氧

water vapor
[ˈwatɚ ˈvepɚ]
水氣

carbon dioxide
[ˈkɑrbən ˌdaɪˈɑksaɪd]
二氧化碳

infrared
[ɪnfrəˈrɛd]
紅外線

radiation
[ˌrediˈeʃən]
輻射

嚴選例句

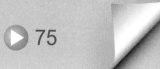

1 Is it so hot because the greenhouse effect is worsening?

天氣那麼熱，是因為溫室效應愈來愈嚴重了嗎？

Notes worsen [ˈwɜsṇ] (v.)（使）惡化

2 It's supposed to **drizzle** the next couple of days.

接下來幾天應該會下毛毛雨。

Notes be supposed to 被認為；據說；應該

3 An **earthquake** is the result of a sudden release of stored energy in the Earth's **crust**.

地震是因為地殼瞬間釋放儲存在地下的能量。

Notes sudden [ˈsʌdn] (a.) 突然的；意外的

4 **Earthquakes**, **volcanic eruptions**, and other underwater disturbances all have the potential to cause a **tsunami**.

地震、火山爆發和其他海底的異常活動都可能會造成海嘯。

Notes disturbance [dɪsˈtɜbəns] (n.) 混亂

5 A **tornado** is a violently rotating column of air.

龍捲風為強烈旋轉的氣柱。

Notes column [ˈkaləm] (n.) 圓柱體

6 **Greenhouse gases** absorb **infrared radiation** and release heat. This is known as the greenhouse effect, and it contributes to global warming.

溫室氣體吸收紅外線輻射並釋放熱能，此即導致全球暖化的溫室效應。

Notes absorb [əbˈsɔrb] (v.) 吸收   global warming 全球暖化

7 The **flooding**, which was caused by **torrential rain**, resulted in a tragic loss of human lives.

這次豪雨所帶來的水災造成了人員傷亡的悲劇。

Notes tragic [ˈtrædʒɪk] (a.) 悲劇性的；悲慘的

NOTES

天氣
Weather

天氣狀況
天氣預報
氣候

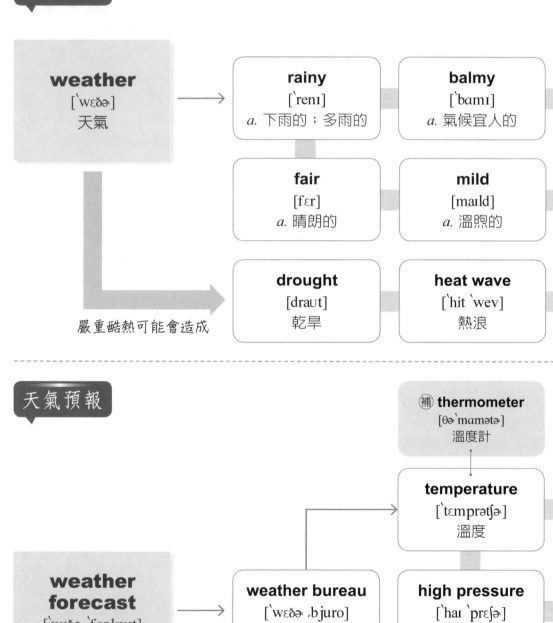

天氣狀況

weather
[ˈwɛðɚ]
天氣

rainy
[ˈrenɪ]
a. 下雨的；多雨的

balmy
[ˈbɑmɪ]
a. 氣候宜人的

fair
[fɛr]
a. 晴朗的

mild
[maɪld]
a. 溫煦的

drought
[draʊt]
乾旱

heat wave
[ˈhit ˈwev]
熱浪

嚴重酷熱可能會造成

天氣預報

(補) **thermometer**
[θɚˈmɑmətɚ]
溫度計

temperature
[ˈtɛmprətʃɚ]
溫度

weather forecast
[ˈwɛðɚ ˈfɔrˌkæst]
天氣預報

weather bureau
[ˈwɛðɚ ˌbjuro]
氣象局

high pressure
[ˈhaɪ ˈprɛʃɚ]
高壓

pascal
[ˈpæskl̩]
帕（氣壓單位）

補 dense fog
濃霧

同 cloudy
[ˋklaʊdɪ]

airy
[ɛrɪ]
a. 有微風的

cool
[kul]
a. 涼爽的

foggy
[ˋfagɪ]
a. 多霧的

overcast
[ˋovɚˌkæst]
a. 陰暗的

sunny
[ˋsʌnɪ]
a. 陽光充足的

scorching
[skɔrtʃɪŋ]
a. 灼熱的

humid
[ˋhjumɪd]
a. 濕熱的；潮濕的

snowy
[snoɪ]
a. 下雪的；多雪的

sandstorm
[ˋsændˌstɔrm]
沙塵暴

sunny smile 指陽光般的微笑。
例：You have a sunny smile.
你笑得好燦爛。

 大師小叮嚀

補 degree(s)
[dɪˋgri(z)]
（溫）度

補 humidity
[hjuˋmɪdətɪ]
濕度

Celsius
[ˋsɛlsɪəs]
攝氏

Fahrenheit
[ˋfærənˌhaɪt]
華氏

moisture
[ˋmɔɪstʃɚ]
濕氣

low pressure
[ˋlo ˋprɛʃɚ]
低壓

land breeze
[ˋlænd ˋbriz]
陸風

sea breeze
[ˋsi ˋbriz]
海風

 大師小叮嚀

國際上統一用「百帕」(hectopascal) 作為氣壓
單位，1 帕等於 1 牛頓 / 平方公尺。

氣候

climate
[ˈklaɪmɪt]
氣候

dry season
[ˈdraɪ ˈsizn̩]
乾季

monsoon
[manˈsun]
季風;雨季

tropical climate
[ˈtrɑpɪkl̩ ˈklaɪmɪt]
熱帶氣候

temperate climate
[ˈtɛmprɪt ˈklaɪmɪt]
溫帶氣候

alpine climate
[ˈæplaɪn ˈklaɪmɪt]
高山氣候

oceanic climate
[oʃɪˈænɪk ˈklaɪmɪt]
海洋性氣候

arid climate
[ˈærɪd ˈklaɪmɪt]
乾燥氣候

polar climate
[ˈpolɚ ˈklaɪmɪt]
極地氣候

climate change
[ˈklaɪmɪt ˈtʃɛndʒ]
氣候變遷

El Niño
[ɛl ˈninjo]
聖嬰現象

equator
[ɪˈkwetə]
赤道

反 **La Niña**
[laˈninja]
反聖嬰現象

tropical cyclone
[ˈtrapɪkl̩ ˈsaɪklon]
熱帶氣旋

continental climate
[ˌkantəˈnɛntl̩ ˈklaɪmɪt]
大陸型氣候

Mediterranean climate
[ˌmɛdətəˈrenɪən ˈklaɪmɪt]
地中海型氣候

Arctic Circle
[ˈarktɪk ˈsɝkl̩]
北極圈

Antarctic Circle
[ænˈtarktɪk ˈsɝkl̩]
南極圈

大師小叮嚀

· El Niño（西班牙文，意思是 the boy）指嚴重影響全球氣候的太平洋熱帶海域的大風
　及海水的大規模移動。
· La Niña（西班牙文，意思是 the girl）指赤道附近東太平洋水溫異常下降，導致氣候
　異常的現象。

嚴選例句

76

1 Lovely **weather**, isn't it? I hope it stays this way.
天氣真好，不是嗎？希望連續都有好天氣。

2 What's the **climate** like in Taiwan?
台灣的氣候如何？

3 Sometimes the **temperature** climbs to 37 or more degrees **Celsius** in the summer.
夏天的氣溫有時會飆到 37 度甚至更高。

4 What's the **weather forecast** for today?
今天的天氣預報如何？

5 It's a little stuffy in here, isn't it? I think it's more **humid** in here than it is outside.
這裡有點通風不良，不是嗎？我想這裡比外面還要濕熱。
Notes stuffy [ˈstʌfɪ] (a.) 通風不良的；悶熱的

6 This **heat wave** claimed sixty lives. It was the worst in the last fifty years.
這一波熱浪奪走了六十條人命，是近五十年來最嚴重的一次。
Notes claim [klem] (v.)（疾病、意外）奪去（生命）

7 **El Niño** and **La Niña** have contributed to the decrease in harvest yields over the last decade.
聖嬰及反聖嬰現象造成近十年的農產收穫減少。
Notes decade [ˈdɛked] (n.) 十年

8 Because **Mediterranean climates** are so **sunny** and **balmy**, many tourists are drawn to countries like Italy and Greece.
由於地中海型氣候陽光充足、氣候宜人，吸引許多遊客前往義大利、希臘等國旅遊。
Notes draw [drɔ] (v.) 吸引

9 Tropical areas around the **equator** nurture a great number of rain forests.
赤道周圍的熱帶地區培育了大片雨林。

Exercise 1 請聆聽音檔，並根據所聽到的對話完成填空。

(Patrick and Sabrina are talking about the weather in Taiwan.)

Sabrina: It's quite hot, isn't it?

Patrick: It sure is, but the whole city was covered in a 1. ＿＿＿（濃霧）＿＿＿ this morning. That was weird.

Sabrina: I know. The 2. ＿＿＿（溫度計）＿＿＿ shows that the 3. ＿＿＿（氣溫）＿＿＿ is 35 degrees 4. ＿＿＿（攝氏）＿＿＿. The 5. ＿＿＿（氣象局）＿＿＿ says that's normal for the summer.

Patrick: And there are lots of typhoons here in the summer, too.

Sabrina: Right. The 6. ＿＿＿（颱風季節）＿＿＿ runs from July to October.

Patrick: 7. ＿＿＿（熾熱的）＿＿＿ weather like this makes me think about 8. ＿＿＿（全球暖化）＿＿＿.

Sabrina: The 9. ＿＿＿（溫室氣體）＿＿＿ emitted are a result of increased human activities.

Patrick: We have a real crisis on our hands.

Answer Key

1. dense fog
2. thermometer
3. temperature
4. Celsius
5. weather bureau
6. typhoon season
7. Scorching
8. global warming
9. greenhouse gasses

Translation

（*Patrick 和 Sabrina 正在談論台灣的天氣。*）

Sabrina：天氣真熱，對吧？

Patrick：是很熱，但今早整個城市都起了濃霧。這很不尋常。

Sabrina：我知道。溫度計顯示氣溫是攝氏 35 度。氣象局說在夏天這樣是正常的。

Patrick：而且這裡的夏天會有很多颱風。

Sabrina：沒錯。七到十月是颱風季節。

Patrick：這種燖熱的天氣讓我想到全球暖化。

Sabrina：人類活動的增加造成溫室氣體的排放。

Patrick：我們都面臨真正的危機。

Tina: What are you doing?

Evelyn: I'm listening to a news program.

Tina: What's it saying?

Evelyn: That the US president is trying to influence the 1. （二氧化碳排放） policies of some 2. （開發中國家）.

Tina: I have heard that, too. The 3. （溫室效應） is caused by excessive 4. （二氧化碳）, and 5. （水氣）, which are the so-called greenhouse gases. This results in large-scale climate changes and global warming.

Evelyn: The writing is on the wall.①

Tina: I've been told that around seventy-five thousand 6. （物種） will disappear from the earth when a 7. （攝氏 0.1 度） change occurs in the average temperature.

Evelyn: And the ice caps in the 8. （北極圈） and 9. （南極圈） are melting, resulting in a rise in 10. （海平面）.

Tina: As for 11. （氣候） changes, 12. （豪雨） and even 13. （洪水氾濫） will happen where there shouldn't be rainfall, 14. （宜人的） 15. （天氣） will be replaced by 16. （乾旱）, and the list goes on.

Evelyn: Keep in mind the wise saying, "The wind that blows out the candle also kindles the fire."② That is another side effect of urbanization.

Answer Key

1. carbon emissions
2. developing countries
3. greenhouse effect
4. carbon dioxide
5. water vapor
6. species
7. 0.1 (zero-point-one) degree Celsius
8. Arctic Circle
9. Antarctic Circle
10. sea levels
11. climate
12. torrential rains
13. flooding
14. balmy
15. weather
16. droughts

Notes

① The writing is on the wall. 為聖經典故「牆上見字」，用以比喻「不祥之兆」。
② The wind that blows out the candle also kindles the fire.「吹熄燭火的風亦可助長火勢。」用來比喻「水能載舟，亦能覆舟」。

Translation

　　Tina：妳在做什麼？

Evelyn：我在聽新聞節目。

　　Tina：它在說什麼？

Evelyn：新聞節目說美國總統想要干預開發中國家的二氧化碳排放管制政策。

　　Tina：我聽說當平均攝氏溫度改變 0.1 度時會有七萬五千種生物從地球上消失。

Evelyn：而且南北極圈的冰帽正在融化，造成海平面上升。

　　Tina：至於氣候變遷，不該下雨的地方會出現豪雨，甚至洪水氾濫；宜人的天氣將被乾旱取代。例子太多，不勝枚舉。

Evelyn：切記「水能載舟，亦能覆舟。」這句至理名言，那是都市化的另一個副作用。

動植物
Fauna & Flora

動物
植物

嚴選例句 ▶ 79
派上用場 ▶ 80

fauna
[ˈfɔnə]
動物的總稱

海裡 →

octopus
[ˈɑktəpəs]
章魚

cuttlefish
[ˈkʌtl̩ˌfɪʃ]
花枝;烏賊;墨魚

sea cucumber
[ˈsi ˈkjukəmbɚ]
海參

sea urchin
[ˈsi ˈɝtʃɪn]
海膽

herd
[hɝd]
(牲畜)群

hippopotamus
[ˌhɪpəˈpɑtəməs]
河馬 (= hippo)

yak
[jæk]
犛牛

beaver
[ˈbivɚ]
河狸

mammal
[ˈmæml̩]
哺乳類

elephant
[ˈɛləfənt]
大象

panda
[ˈpændə]
貓熊

rhino
[ˈraɪno]
犀牛 (= rhinoceros)

camel
[ˈkæml̩]
駱駝

pangolin
[pæŋˈgolɪn]
穿山甲

dolphin
[ˈdɑlfɪn]
海豚

squid
[skwɪd]
魷魚

coral
[ˋkɔrəl]
珊瑚

jellyfish
[ˋdʒɛlɪˌfɪʃ]
水母

seahorse
[ˋsi ˌhɔrs]
海馬

補 **coral reef**
珊瑚礁

reindeer
[ˋrenˌdɪr]
馴鹿

buffalo
[ˋbʌflˌo]
水牛

otter
[ˋɑtɚ]
水獺

bear
[bɛr]
熊

koala
[koˋalə]
無尾熊

cattle
[ˋkætl]
牛

llama
[ˋlamə]
駱馬

alpaca
[ælˋpækə]
羊駝

whale
[hwel]
鯨魚

· 爲聖誕老人拉雪橇的是馴鹿，而非麋鹿 (elk)。
· 駱駝背上的駝峰英文叫作 hump [hʌmp]。

479

不同羊不同名稱

kid [kɪd] 小山羊	goat [got] 山羊	he-goat / billy [ˈhiˈgot / ˈbɪlɪ] 公山羊

predator
[ˈprɛdətə]
掠食性動物 →

hound [haʊnd] 獵犬	wolf [wʊlf] 狼
lynx [lɪŋks] 山貓	補 coyote [ˌkaɪˈoti] 北美野狼

amphibian
[æmˈfɪbɪən]
兩棲類 →

tadpole [ˈtædˌpol] 蝌蚪	frog [frɔg] 青蛙
toad [tod] 蟾蜍	newt [njut] 蠑螈

reptile
[ˈrɛptl]
爬蟲類 →

alligator [ˈæləˌgetə] 短吻鱷	crocodile [ˈkrakədaɪl] 長吻鱷
turtle [ˈtɝtl] 海龜	tortoise [ˈtɔrtəs] 陸龜

she-goat / doe	antelope	sheep	lamb
[ˈʃiˈgot / ˈdo]	[ˈæntlop]	[ʃip]	[læm]
母山羊	羚羊	綿羊	小羊

tiger	panther	leopard cat
[ˈtaɪgɚ]	[ˈpænθɚ]	[ˈlɛpɚd ˈkæt]
虎	豹	石虎

補 **lion**
[ˈlaɪən]
獅

補 **leopard**
[ˈlɛpɚd]
花豹

大師小叮嚀

· 有句諺語 The old hound is the best.（老獵犬最有經驗）即「薑是老的辣」。
· 雌性的獅和虎分別稱為 lioness [ˈlaɪənɪs]「母獅」、tigress [ˈtaɪgrɪs]「母虎」。
· cub [kʌb] 是指熊、獅、虎、狼等的幼獸。
· crocodile 與 alligator 不同之處在於嘴部的長度，crocodile 的嘴巴比較長。
· venom [ˈvɛnəm] (n.)「（蛇、蜘蛛等的）毒液」；一般的毒藥是 poison [ˈpɔɪzn̩]；毒素則為 toxin [ˈtaksɪn]，特指有害環境或健康的物質。

snake	venomous snake	cobra
[snek]	[ˈvɜnəməs ˈsnek]	[ˈkobrə]
蛇	毒蛇	眼鏡蛇

chameleon	lizard	gecko
[kəˈmiljən]	[ˈlɪzɚd]	[ˈgɛko]
變色龍	蜥蜴	壁虎

flora
[ˋflorə]
植物的總稱

由下
至上

root
[rut]
根

stem
[stɛm]
莖

chlorophyll
[ˋklorəfɪl]
葉綠素

photosynthesis
[ˌfotəˋsɪnθəsɪs]
光合作用

產生

花飾周邊

bloom
[blum]
v. / n. 開花

petal
[ˋpɛtl]
花瓣

bouquet
[buˋke]
花束

pollen
[ˋpalən]
花粉

fragrance
[ˋfregrəns]
花香

常見花種

narcissus
[narˋsɪsəs]
水仙

lily
[ˋlɪlɪ]
百合

water lily
[ˋwatɚ ˋlɪlɪ]
荷花

chrysanthemum
[krɪˋsænθəməm]
菊花

sunflower
[ˋsʌnˏflauɚ]
向日葵

jasmine
[ˋdʒæsmɪn]
茉莉

azalea
[əˋzeljə]
杜鵑花

tulip
[ˋtjuləp]
鬱金香

freesia
[ˋfrizɪə]
小蒼蘭

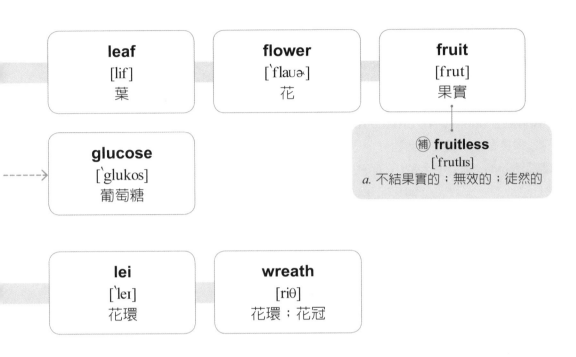

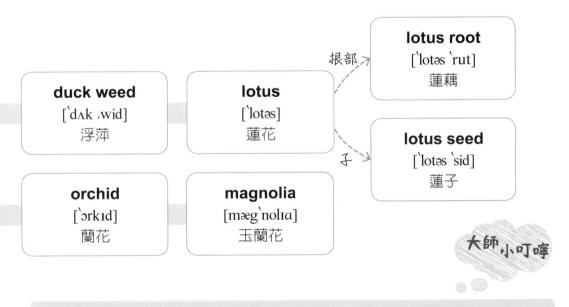

- photo（光）＋ syn-（合成；集合）＝光合作用 (photosynthesis)。
- lei 是夏威夷迎賓用的花環；wreath 則是戴在頭上的花冠或掛在門牆上的節慶花環。

1　Butterfly **orchids** are expensive plants and need special care.

蝴蝶蘭是昂貴的植物，需要特別用心照料。

Notes plant [plænt] (n.) 植物；工廠

2　**Flowers** and **fruits** are the reproductive organs of plants.

花及果實是植物的生殖器官。

Notes reproductive [ˌriprəˋdʌktɪv] (a.) 生殖的

3　I'm allergic to **pollen**.

我對花粉過敏。

Notes be allergic to 對⋯⋯過敏

4　This perfume is made from dried rose **petals**.

這款香水是由乾燥的玫瑰花瓣所製成。

5　Don't believe a word he says. Those are **crocodile tears** that he's crying.

不要相信他說的任何一句話，他是貓哭耗子假慈悲。

6　A **leopard** cannot change his spots.

江山易改，本性難移。（花豹脫不了身上的斑點。）

Notes spot [spɑt] (n.) 斑點；汙漬

7　The hibernating **snakes** began to move.

冬眠的蛇開始活動了。

Notes hibernate [ˋhaɪbɚˌnet] (v.) 冬眠

8　**Panthers** and **lions** are **predators**.

豹和獅子都是掠食性動物。

派上用場

 80

Exercise 請聆聽音檔，並根據所聽到的對話完成填空。

Evelyn: The weather is getting warm.

Tina: Yeah, summer is almost here.

Evelyn: How have you been?

Tina: Couldn't be better. I visited the 1. ＿＿＿（植物園）＿＿＿ with my parents yesterday.

Evelyn: With your parents? You're so 2. ＿＿＿（孝順的）＿＿＿. I went to the zoo in Mucha with my boyfriend last Sunday. We had so much fun. What did you see?

Tina: There were some beautiful 3. ＿＿＿（蓮花）＿＿＿ and 4. ＿＿＿（荷花）＿＿＿. They looked really healthy. How about you?

Evelyn: Let's see. We saw lots of 5. ＿（兩棲類動物）＿ like 6. ＿＿（蠑螈）＿＿ and 7. ＿＿（樹蛙）＿＿, and we saw a 8. ＿＿＿（母獅）＿＿＿ taking care of her 9. ＿＿（小獅子）＿＿.

Tina: My parents felt as if they had gone through a time warp. We often went there when I was a kid.

Evelyn: Sounds like you have a really 10. ＿＿＿（親密的）＿＿＿ family.

Tina: The Bible says, "Gray hairs are the splendors of the old." You should spend more time with your parents.

Evelyn: But, I'm busy with work and they're getting old. Isn't it too late?

Tina: 11. ＿＿＿（有開始就不會太遲。）＿＿＿ Parents want nothing but their children's 12. ＿＿＿（陪伴）＿＿＿.

Answer Key

1. arboretum
2. filial
3. lotuses
4. water lilies
5. amphibians
6. newts

7. tree frogs
8. lioness
9. lion cub
10. close-knit
11. Better late than never.
12. companionship

Translation

Evelyn：天氣漸漸變暖了。

　Tina：是啊，夏天快來了。

Evelyn：妳最近好嗎？

　Tina：好得不得了。我昨天和我爸媽一起去參觀植物園。

Evelyn：和妳父母？妳真孝順。上禮拜日我和我的男友去木柵動物園。真好玩。妳們看了些什麼？

　Tina：有很多美麗的蓮花和荷花，開得很茂盛。妳們呢？

Evelyn：我想想。我們去看了許多兩棲類動物，像是蠑螈和樹蛙，還看到母獅照顧小獅子。

　Tina：我爸媽感覺好像歷經時光倒流。小時候他們常帶我去那裡。

Evelyn：聽起來妳有個關係非常親密的家庭。

　Tina：聖經說：「白髮是老年人的榮耀。」妳應該多花一點時間陪陪妳的父母親。

Evelyn：但我工作忙碌，他們也愈來愈老了。會不會太遲了？

　Tina：有開始就不會太遲。父母親想要的只是孩子的陪伴。

顏色與形狀
Colors & Shapes

顏色
形狀

嚴選例句 ▶81
派上用場

pigment
[ˈpɪgmənt]
顏料；色素

→

hue	**saturation**
[hju]	[ˌsætʃəˈreʃən]
色系	飽和度

 紅色系

red
[rɛd]
n. / a. 紅色（的）

→

pink	**metallic copper**
[pɪŋk]	[məˈtælɪk ˈkɑpɚ]
n. / a. 粉紅色（的）	*n. / a.* 金屬銅色（的）

 橙色系

orange
[ˈɔrəndʒ]
n. / a. 橘色（的）

→

beige	**brown**
[beʒ]	[braʊn]
n. / a. 米／駝色（的）	*n. / a.* 棕色（的）

 黃色系

yellow
[ˈjɛlo]
n. / a. 黃色（的）

→

golden yellow	**canary**
[ˈgoldn̩ ˈjɛlo]	[kəˈnɛrɪ]
n. / a. 金黃色（的）	*n. / a.* 淡黃色（的）
champagne	**mustard**
[ʃæmˈpen]	[ˈmʌstɚd]
n. / a. 香檳色（的）	*n. / a.* 芥茉黃（的）

綠色系

green
[grin]
n. / a. 綠色（的）

emerald
[ˈɛmərəld]
n. / a. 祖母綠（的）

turquoise
[ˈtɜkwɔɪz]
n. / a. 藍綠色（的）

aqua
[ˈækwə]
n. / a. 水綠色（的）

dark green
[ˈdɑrk ˈgrin]
n. / a. 墨綠色（的）

apple green
[ˈæpḷ ˈgrin]
n. / a. 蘋果綠（的）

olive
[ˈɑlɪv]
n. / a. 橄欖綠（的）

藍色系

blue
[blu]
n. / a. 藍色（的）

powder blue
[ˈpaʊdɚ ˈblu]
n. / a. 粉藍色（的）

royal blue
[ˈrɔɪəl ˈblu]
n. / a. 寶藍色（的）

sapphire blue
[ˈsæfaɪr ˈblu]
n. / a. 青玉藍（的）

navy blue
[ˈnevɪ ˈblu]
n. / a. 海軍藍（的）

紫色系

purple
[ˈpɝpḷ]
n. / a. 紫色（的）

fuchsia
[ˈfjuʃə]
n. / a. 紫紅色（的）

violet
[ˈvaɪəlɪt]
n. / a. 紫羅蘭色（的）

plum
[plʌm]
n. / a. 梅紅色（的）

lavender
[ˈlævəndɚ]
n. / a. 薰衣草色（的）；淡紫色（的）

・汽車車體反射出的金屬顏色即為 metallic。
　例：My car is metallic silver. 我的車是金屬銀色的。
・「藍綠色」也可以說 greenish blue。
・to dress in green：穿綠色的衣服

大師小叮嚀

489

shape
[ʃep]
形狀

heart [hart] 心形	**oval** [ˋovl] 橢圓形
rectangle [rɛkˋtæŋgl] 長方形	**trapezoid** [ˋtræpəˌzɔɪd] 梯形
polygon [ˋpalɪˌgan] 多邊形	**pentagon** [ˋpɛntəˌgan] 五角形

還有這些形狀

zigzag
[ˋzɪgzæg]
Z 形;之字形;閃電形

立體

three-dimensional (= 3D)
[ˋθridəˋmɛnʃənl]
a. 立體感的;3D 的

sphere [sfɪr] 球體;球面	**bladder** [ˋblædə] 囊狀物

circle ['sɜkḷ] 圓形	sector ['sɛktə] 扇形	square [skwɛr] 正方形

rhombus ['rɑmbəs] 菱形	triangle ['traɪˌæŋgḷ] 三角形

hexagon ['hɛksəˌgɑn] 六角形	heptagon ['hɛptəˌgɑn] 七角形	octagon ['ɑktəˌgɑn] 八角形

V-shape ['vi`ʃep] V 形	U-shape ['ju`ʃep] U 形	L-shape ['ɛl`ʃep] L 形
(補) X-shape ['ɛks`ʃep] X 形	(補) T-shape ['ti`ʃep] T 形	(補) H-shape ['etʃ`ʃep] H 形

cone [kon] 圓錐體	cube [kjub] 正方體

大師小叮嚀

· 可以記住下列字源：
  penta-：五、hexa-：六、hepta-：七、octa-：八、poly-：多、gon：角
· the Pentagon「美國五角大廈」，美國國防部所在地。
· 這些表形狀的單字只要在字尾加上 "al" 就是形容詞。
· U-turn：（車輛）迴轉。
  例：We just passed the entrance. I guess you'll have to make a U-turn.
      我們剛錯過入口，我想你得迴轉。
· traffic cone：（交通）三角錐
· ice cream cone：冰淇淋甜筒（cone 是盛裝冰淇淋的錐形餅乾）

嚴選例句

1 The goal posts in American football are described as "**H-shaped**."
美式足球的球門是 H 形。
Notes describe [dɪˋskraɪb] (v.) 形成……的形狀

2 The clear **turquoise** sea reminds me of the good old days when I was a student in Ocean City, Maryland.
這片清澈蔚藍的海洋勾起我在馬里蘭州海洋城讀書時的美好回憶。
Notes remind [rɪˋmaɪnd] (v.) 使想起；提醒

3 If you see someone driving in a **zigzag** pattern, call the police immediately.
如果你看到有人蛇行駕駛，就馬上報警。
Notes pattern [ˋpætɚn] (n.) 圖案；形態

4 The earth isn't a perfect **sphere**; it's an oblate spheroid.
地球不是正圓的，而是個橢圓球體。
Notes oblate [ˋɑblet] (a.) 扁圓的　spheroid [ˋsfɪrɔɪd] (n.) 球體

5 Snowflakes come in all sizes and patterns, but all of them are **hexagonal**.
雪花有各種不同的大小和花樣，但它們都是六邊形。

6 The sky is **sapphire blue** and the sun is **golden yellow**.
天空是深藍色的，而太陽是金黃色的。

7 Your sports car is in **metallic silver**. It's so fancy.
你的跑車是金屬銀色的，看起來好高檔。
Notes fancy [ˋfænsɪ] (a.) 花俏的；昂貴的

8 **Saturation** refers to the intensity of a specific **hue**.
飽和度指的是某一顏色的強度。
Notes specific [spɪˋsɪfɪk] (a.) 特定的

派上用場

Exercise 連連看。

形狀

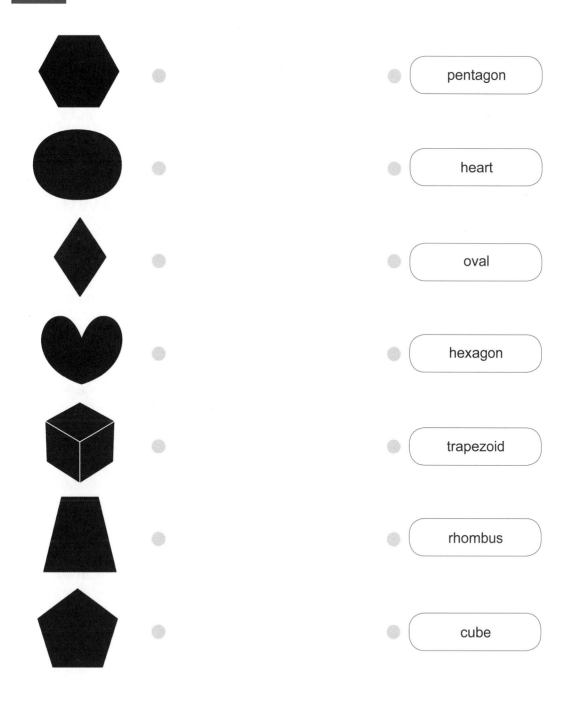

- pentagon
- heart
- oval
- hexagon
- trapezoid
- rhombus
- cube

紫羅蘭色	navy blue
祖母綠色	turquoise
海軍藍色	violet
淡黃色	royal blue
藍綠色	aqua
米色	emerald
水綠色	beige
寶藍色	canary

Answer Key

SHAPES

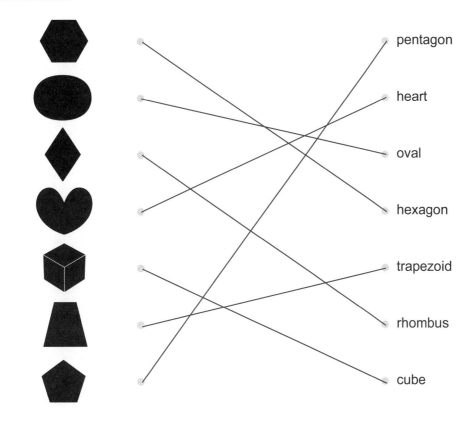

- pentagon
- heart
- oval
- hexagon
- trapezoid
- rhombus
- cube

COLORS

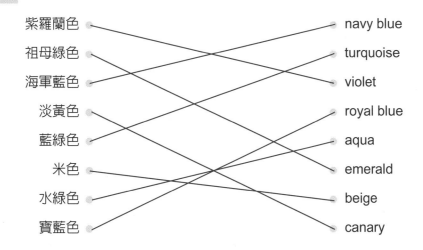

紫羅蘭色
祖母綠色
海軍藍色
淡黃色
藍綠色
米色
水綠色
寶藍色

- navy blue
- turquoise
- violet
- royal blue
- aqua
- emerald
- beige
- canary

Part 8

新聞
News

社會
Society

新聞媒體
知名景點
名人八卦

嚴選例句 ▶ 82
派上用場

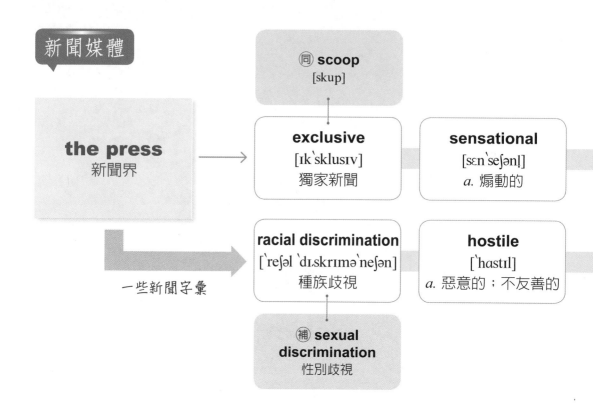

新聞媒體

同 scoop
[skup]

the press
新聞界

exclusive
[ɪkˋsklusɪv]
獨家新聞

sensational
[sɛnˋseʃən!]
a. 煽動的

一些新聞字彙

racial discrimination
[ˋreʃəl dɪ͵skrɪməˋneʃən]
種族歧視

hostile
[ˋhɑstɪl]
a. 惡意的；不友善的

補 sexual
discrimination
性別歧視

知名景點

National Palace
Museum
國立故宮博物院

Sun Yat-sen
Memorial Hall
國父紀念館

Taipei Fine Arts
Museum
台北市立美術館

世界四大博物館

the State Hermitage Museum
[ˋhɝmɪtɪdʒ]
聖彼得堡冬宮

the Metropolitan Museum of Art
[͵mɛtrəˋpɑlətn̩]
紐約大都會博物館

		搭 rescue team 搜救隊

fatality [fəˈtælətɪ] 死亡事故；死者	casualty [ˈkæʒjʊəltɪ] 意外事故；傷亡人員	rescue [ˈrɛskju] v. / n. 營救

privilege [ˈprɪvlɪdʒ] 特權	friction [ˈfrɪkʃən] n. 衝突；磨擦	strike [straɪk] n. 罷工

補 conflict
[ˈkɑnflɪkt]
n. 衝突

大師小叮嚀

三人死亡：three fatalities
15 人傷亡（包括受傷和死亡）：fifteen casualties

大師小叮嚀

· hermit [ˈhɜmɪt] 是「隱士」，hermitage 則是「隱居之處」。
· 世界四大博物館之首是巴黎的羅浮宮 (the Louvre)，位於俄國 (Russia) 聖彼得堡 (Saint Petersburg) 的 the State Hermitage Museum 則是世界第二大博物館。台北的故宮也舉世聞名。

the Louvre [ˈðə ˈluvɚ] 法國羅浮宮	the British Museum 大英博物館

名人八卦

gossip
[ˋgasəp]
八卦消息

scandal
[ˋskændl]
醜聞

paparazzi
[͵papəˋratsɪ]
狗仔隊（常複數形）

long-distance relationship
遠距離戀愛

soul mate
[ˋsol ͵met]
靈魂伴侶

newlywed
[ˋnjulɪ͵wed]
新婚者

補 **ideal mate**
理想伴侶

unfaithful
[ʌnˋfeθfəl]
a. 不忠誠的

player
[ˋpleɚ]
花心玩咖

has/have an affair with sb.
外遇

the other woman/man
小三；小王

one-night stand
一夜情

has/have a crush on sb.
迷戀某人

(fall in) love at first sight
一見鍾情

Mr. Right
真命天子

flash marriage
閃婚

shotgun wedding
[ˈʃɑtˌɡʌn ˈwɛdɪŋ]
奉子成婚

補 Miss Right
真命天女

two-time
[ˈtuˌtaɪm]
劈腿

cheat on sb.
出軌

大師小叮嚀

· paparazzi 的單數是 paparazzo。
· 破壞他人家庭的「第三者」也可稱為 homewrecker [ˈhomˌrɛkə]；mistress [ˈmɪstrɪs] 則指「情婦」。

1 Many museums in the UK, including **the British Museum**, are free to all visitors.

英國有許多博物館都免收門票，包括大英博物館。

2 The Jade Cabbage in the **National Palace Museum** has two grasshoppers on it that symbolize fertility.

故宮裡的翠玉白菜上有二隻蚱蜢，象徵多子多孫。

Notes fertility [fɝˋtɪlətɪ] (n.) 繁殖力

3 The glass pyramid at the entrance to **the Louvre** was designed by the Chinese-American architect I. M. Pei.

羅浮宮入口的玻璃金字塔是由美藉華人貝聿銘先生所設計。

Notes pyramid [ˋpɪrəmɪd] (n.) 金字塔

4 **Racial discrimination**, a common problem in many workplaces, must be addressed by the business community.

種族歧視的問題存在於許多工作場合，商界一定要正視。

5 After a successful preliminary negotiation, the air traffic controllers agreed not to call a **strike**.

在初步薪資協商成功後，這些航管人員同意不罷工了。

Notes preliminary [prɪˋlɪməˌnɛrɪ] (a.) 初步的

6 I don't understand why he has such a **hostile** attitude toward me.

我不明白他為什麼對我充滿敵意。

7 The brave firefighters **rescued** many people from the burning building.

英勇的消防隊員們從燃燒的建築裡救出許多人。

8 **The press** should use its power as a watchdog to uncover important information, and comminicate it to the public.

新聞界應該善用其力量扮演監督的角色，挖掘重要的資訊傳播給大眾。

Notes watchdog [ˋwatʃˌdɔg] (n.) 監督人；監察機構　uncover [ʌnˋkʌvə] (v.) 揭露；發掘

派上用場

Exercise 請根據提示完成字謎。

Across

2. 八卦消息
5. 煽動的
6. 獨家新聞
8. 特權
9. 罷工
10. 傷亡人員

Down

1. 惡意的
3. 新婚者
4. 歧視
7. 營救
8. 狗仔隊
11. 醜聞

Answer Key

```
                                              ¹h
                                               o
                              ²g  o  s  s  i  p
                                               t
      ³n              ⁴d                        i
⁵s  e  n  s  a  t  i  o  n  a  l                l
      w              s
      l        ⁶e  x  c  l  u  s  i  v  e
⁷r    y              r
 e    w        ⁸p  r  i  v  i  l  e  g  e
⁹s  t  r  i  k  e     a        m
 c          d        p        i
 u                   a        n
 e                   r        a
        ¹⁰c  a  ¹¹s  u  a  l  t  y
              c     z        i
              a     z        o
              n     i        n
              d
              a
              l
```

Across   Down

2. 八卦消息（gossip）   1. 惡意的（hostile）

5. 煽動的（sensational）   3. 新婚者（newlywed）

6. 獨家新聞（exclusive）   4. 歧視（discrimination）

8. 特權（privilege）   7. 營救（rescue）

9. 罷工（strike）   8. 狗仔隊（paparazzi）

10. 傷亡人員（casualty）   11. 醜聞（scandal）

經濟
Economy

景氣與指標
外匯·股票·公債
個體經濟

嚴選例句 ▶ 83
派上用場

景氣與指標

inflation
[ɪnˈfleʃən]
n. 通貨膨脹

fluctuate
[ˈflʌktʃuˌet]
v. 物價波動

recession
[rɪˈsɛʃən]
n. 經濟衰退

(補) **depression**
[dɪˈprɛʃən]
不景氣；蕭條（期）

GNP (=Gross National Product)
國民生產毛額

GDP (= Gross Domestic Product)
國內生產毛額

(反) **boom**
[bum]
榮景

uneven distribution of wealth
貧富不均

unemployment rate
[ˌʌnɪmˈplɔɪmənt ˌret]
失業率

globalization
[ˈglobəˌlaɪzeʃən]
全球化

會影響全世界

oil export embargo
石油輸出禁運

crude oil
[ˈkrud ˈɔɪl]
原油

air pollution
[ɛr pəˈluʃən]
空氣污染

oil crisis
[ˈɔɪl ˈkraɪsɪs]
石油危機

各種指標

welfare system
[ˈwɛlfɛr ˈsɪstəm]
福利制度

health insurance program
健保制度

standard of living
生活水準

補 **bankruptcy**
[`bæŋkrʌptsɪ]
n. 破產

pickup
[`pɪkʌp]
n. 復甦

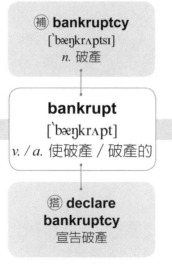

bankrupt
[`bæŋkrʌpt]
v. / a. 使破產 / 破產的

bubble economy
[`bʌbḷ ɪ`kanəmɪ]
泡沫經濟

同 **turn-up**
[`tɜn.ʌp]

搭 **declare bankruptcy**
宣告破產

underdeveloped country
未開發國家

developing country
開發中國家

developed country
已開發國家

alternative energy
[ɔl`tɜnətɪv `ɛnə˞dʒɪ]
替代能源

green energy
[`grin `ɛnə˞dʒɪ]
綠能

solar energy
[`solə˞ `ɛnə˞dʒɪ]
太陽能

大師小叮嚀

life expectancy
[`laɪf ɪk`spɛktənsɪ]
平均壽命

· 注意下列四個字的發音與含義：
economy [ɪ`kanəmɪ] (n.) 經濟
economics [ˌikə`namɪks] (n.) 經濟學
economist [i`kanəmɪst] (n.) 經濟學者
economic [ˌikə`namɪk] (a.) 經濟（上）的；產生經濟效益的
· 「破產」常用 go bankrupt。
例：She went bankrupt in 2019. 她在 2019 年破產了。

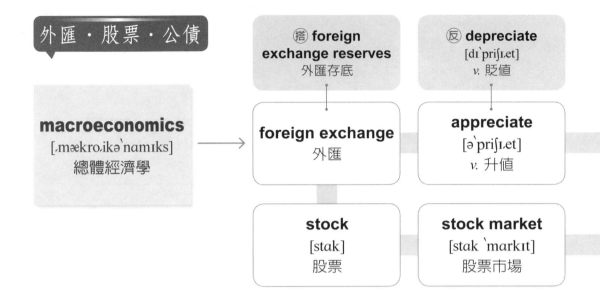

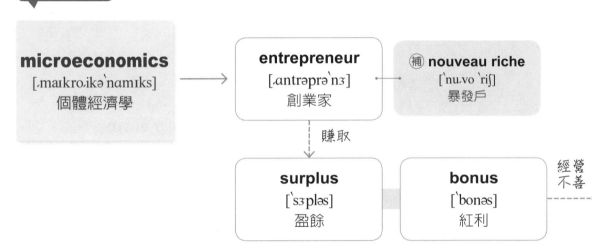

補 monopolize
[məˈnɑpl̩ˌaɪz]
v. 壟斷；獨佔

niche market
[ˈnɪtʃ ˈmɑrkɪt]
利基市場

monopoly
[məˈnɑplɪ]
n. 獨佔市場；專賣權

stock exchange
[stɑk ɪksˈtʃendʒ]
證券交易所

government bond
[ˈgʌvɚnmənt ˈbɑnd]
政府公債

大師小叮嚀

幣值升、貶值的說法如下：
New Taiwan dollar depreciated
against the US dollar.
新台幣對美元下跌。
The RMB has appreciated 9
percent against the US dollar.
人民幣對美元已漲 9%。

大師小叮嚀

macro 宏大的；micro 微小的

deficit
[ˈdɛfɪsɪt]
赤字

downsizing
[ˈdaʊnˌsaɪzɪŋ]
n. 縮編

income tax
[ˈɪnˌkʌm ˈtæks]
所得稅

1 He went **bankrupt** during the Great **Depression**.

他在經濟大蕭條時破產了。

2 You may have noticed that Taiwan's **unemployment rate** has been increasing in recent years.

你可能發現到近年來台灣的失業率一直上升。

Notes notice [ˋnotɪs] (v.) 看到；注意到；察覺

3 I want to know more about the challenges facing India as it undergoes **globalization**.

我想更了解印度如何面對全球化的挑戰。

Notes undergo [ˌʌndəˋgo] (v.) 經歷；忍受

4 Taiwan is the fifth-largest holder of **foreign exchange reserves** in the world.

台灣的外匯存底排名世界第五。

Notes holder [ˋholdə] (n.) 持有者；保持者

5 The London Stock Exchange, founded in 1801, is one of the largest **stock exchanges** in the world.

倫敦證券交易所創立於 1801 年，是世界上最大的證交所之一。

Notes found [faʊnd] (v.) 創辦；建立

6 You must define your **niche market** before deciding on your marketing strategy.

擬定行銷策略前你必須先找出利基市場。

Notes define [dɪˋfaɪn] (v.) 界定；給……下定義

7 He declared **bankruptcy** after becoming unable to pay off his credit card debt.

在無力償還卡債後他宣布破產。

Notes pay off 償清債務

8 Inflation is rising rapidly; the dollar is **depreciating**.

通貨膨脹迅速；美金正在貶值。

派上用場

Exercise 請根據提示完成字謎。

Across

2. 升值
3. 股票
6. 失業
9. 物價波動
11. 赤字
12. 縮編
13. 創業家

Down

1. 破產
3. 盈餘
4. 紅利
5. 全球化
7. 壟斷
8. 經濟學
10. 福利

Answer Key

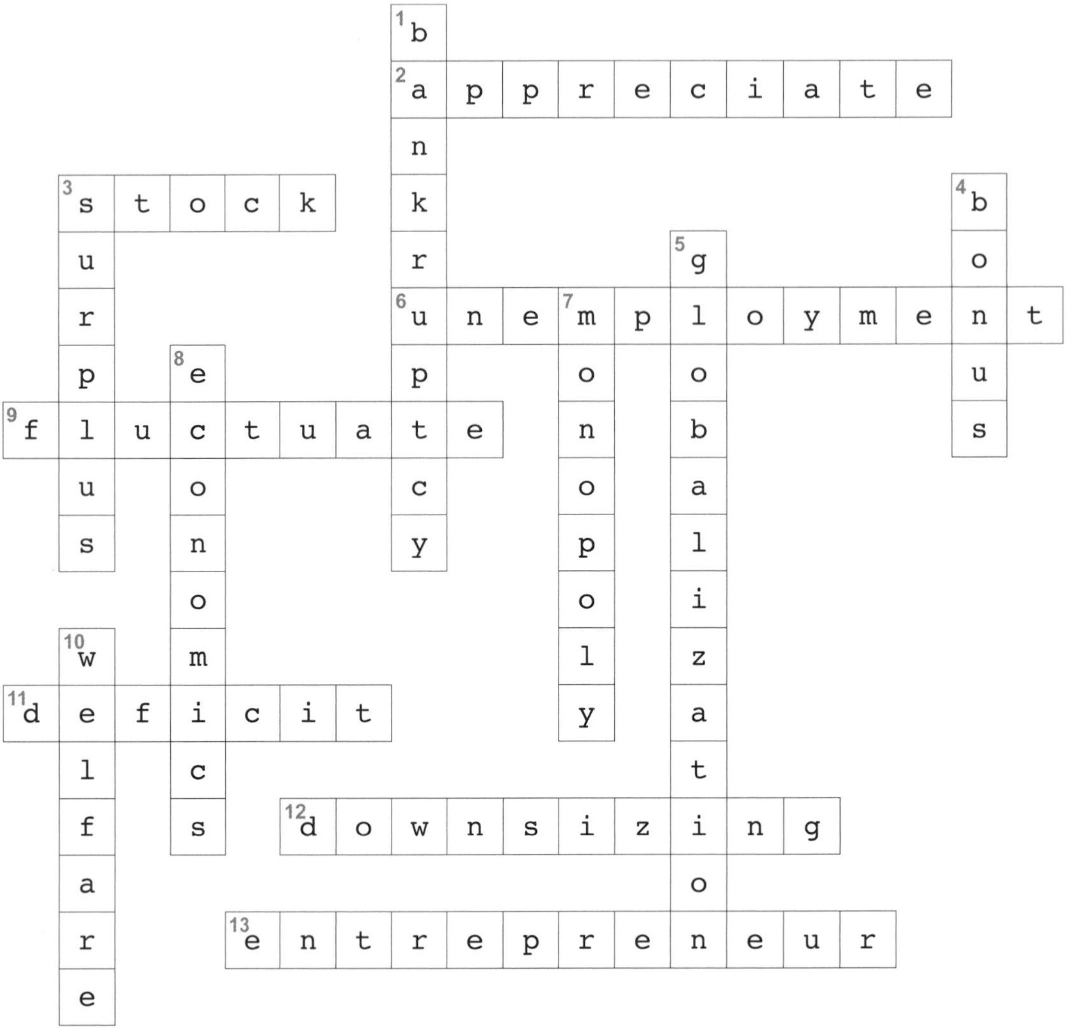

					¹b										
				²a	p	p	r	e	c	i	a	t	e		

The crossword grid:

```
                    ¹b
                    ²a  p  p  r  e  c  i  a  t  e
                     n
      ³s  t  o  c  k  k                              ⁴b
      u              r              ⁵g              o
      r           ⁶u  n  e  ⁷m  p  l  o  y  m  e  n  t
      p        ⁸e     p     o     o                 u
   ⁹f  l  u  c  t  u  a  t  e     n     b           s
      u        o           c     o     a
      s        n           y     p     l
               o                 o     i
         ¹⁰w   m                 l     z
   ¹¹d  e  f  i  c  i  t         y     a
      l        c                       t
      f        s        ¹²d  o  w  n  s  i  z  i  n  g
      a                                o
      r              ¹³e  n  t  r  e  p  r  e  n  e  u  r
      e
```

Across

2. 升值（appreciate）
3. 股票（stock）
6. 失業（unemployment）
9. 物價波動（fluctuate）
11. 赤字（deficit）
12. 縮編（downsizing）
13. 創業家（entrepreneur）

Down

1. 破產（bankruptcy）
3. 盈餘（surplus）
4. 紅利（bonus）
5. 全球化（globalization）
7. 壟斷（monopoly）
8. 經濟學（economics）
10. 福利（welfare）

商業
Business

公司行號
商業活動

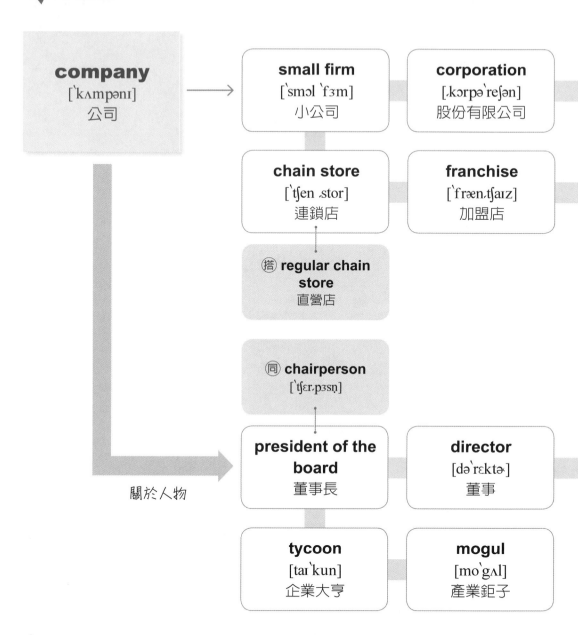

公司行號

company
[ˈkʌmpənɪ]
公司

關於人物

small firm
[ˈsmɔl ˈfɜm]
小公司

corporation
[ˌkɔrpəˈreʃən]
股份有限公司

chain store
[ˈtʃen ˌstor]
連鎖店

franchise
[ˈfræntʃaɪz]
加盟店

(搭) **regular chain store**
直營店

(同) **chairperson**
[ˈtʃɛrˌpɜsn̩]

president of the board
董事長

director
[dəˈrɛktə]
董事

tycoon
[taɪˈkun]
企業大亨

mogul
[moˈgʌl]
產業鉅子

- tycoon 和 mogul 的區別：
  前者通常專用於商業界，後者則可指各產業中的重要人物。
- national [ˈnæʃən]] (a.) 國有的；nationalization [ˌnæʃən]əˈzeʃən] (n.) 國有化
- private [ˈpraɪvɪt] (a.) 私有的；privatization [ˌpraɪvətaɪˈzeʃən] (n.) 民營化
- A 和 B 合併，可以說 A and B merged 或 A merged with/into B。

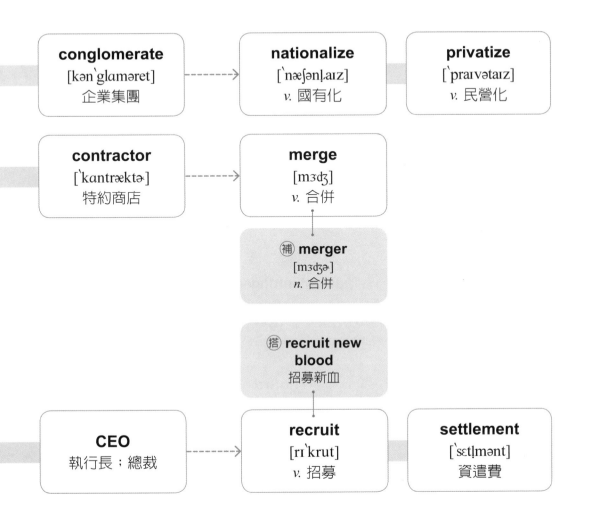

| conglomerate
[kənˈglɑməret]
企業集團 | → | nationalize
[ˈnæʃənlˌaɪz]
v. 國有化 | privatize
[ˈpraɪvətaɪz]
v. 民營化 |

| contractor
[ˈkɑntræktə]
特約商店 | → | merge
[mɝdʒ]
v. 合併 |

補 merger
[mɝdʒə]
n. 合併

搭 recruit new blood
招募新血

| CEO
執行長；總裁 | → | recruit
[rɪˈkrut]
v. 招募 | settlement
[ˈsɛtḷmənt]
資遣費 |

大師小叮嚀

· trans-：跨越；multi-：多個

transnational [trænsˈnæʃənl] (a.) 跨國的；multinational [ˈmʌltɪˈnæʃənl] (a.) 多國的

· 招募的名詞為 recruitment [rɪˈkrutmənt]，使用範例如下：

Volunteer recruitment for the 2021 Tokyo Olympic Games began several years before the opening ceremony. 2021 東京奧運在開幕前幾年就開始招募志工。

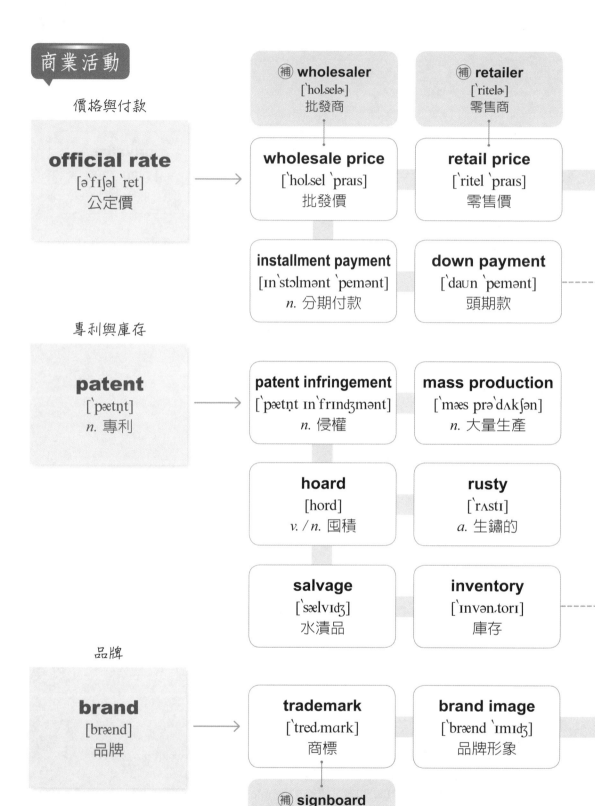

商業活動

價格與付款

official rate
[əˈfɪʃəl ˈret]
公定價

補 **wholesaler**
[ˈholˌselə]
批發商

補 **retailer**
[ˈritelə]
零售商

wholesale price
[ˈholˌsel ˈpraɪs]
批發價

retail price
[ˈritel ˈpraɪs]
零售價

installment payment
[ɪnˈstɔlmənt ˈpemənt]
n. 分期付款

down payment
[ˈdaʊn ˈpemənt]
頭期款

專利與庫存

patent
[ˈpætn̩t]
n. 專利

patent infringement
[ˈpætn̩t ɪnˈfrɪndʒmənt]
n. 侵權

mass production
[ˈmæs prəˈdʌkʃən]
n. 大量生產

hoard
[hord]
v. / n. 囤積

rusty
[ˈrʌstɪ]
a. 生鏽的

salvage
[ˈsælvɪdʒ]
水漬品

inventory
[ˈɪnvənˌtorɪ]
庫存

品牌

brand
[brænd]
品牌

trademark
[ˈtredˌmark]
商標

brand image
[ˈbrænd ˈɪmɪdʒ]
品牌形象

補 **signboard**
[ˈsaɪnˌbord]
招牌

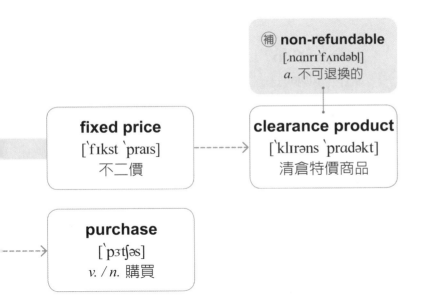

non-refundable
[ˌnɑnrɪˋfʌndəbl]
a. 不可退換的

fixed price
[ˋfɪkst ˋpraɪs]
不二價

clearance product
[ˋklɪrəns ˋprɑdəkt]
清倉特價商品

purchase
[ˋpɝtʃəs]
v. / n. 購買

大師小叮嚀

- patent 還可作爲形容詞 (a.)「有專利的」，以及動詞 (v.)「取得專利權」，例：apply for a patent on sth.「爲⋯⋯申請專利」。
- claim 可用來表達申請保險理賠：claim sth. on one's insurance；claim the stolen car on your insurance 或 make an insurance claim。前者 claim 爲動詞，後者作名詞。
- 「(品牌)代言人」就叫作 face，例：new face of (品牌名) 2020。

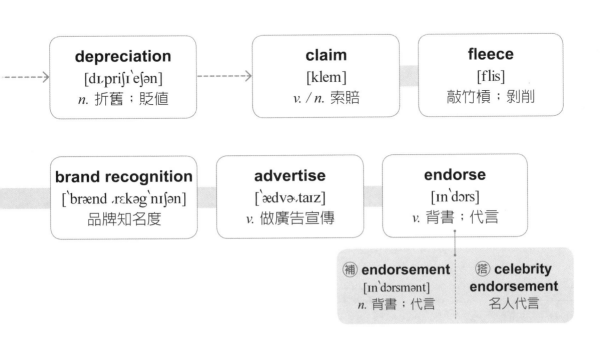

depreciation
[dɪˌpriʃɪˋeʃən]
n. 折舊；貶值

claim
[klem]
v. / n. 索賠

fleece
[flis]
敲竹槓；剝削

brand recognition
[ˋbrænd ˌrɛkəgˋnɪʃən]
品牌知名度

advertise
[ˋædvɚˌtaɪz]
v. 做廣告宣傳

endorse
[ɪnˋdɔrs]
v. 背書；代言

endorsement
[ɪnˋdɔrsmənt]
n. 背書；代言

celebrity endorsement
名人代言

519

行銷

launch [lɔntʃ] 推出新產品;使上市	**promotion** [prə`moʃən] *n.* 促銷	**offer a discount** 提供優惠
recall a product 回收產品	**price war** [`praɪs `wɔr] *n.* 削價競爭	**blind competition** [`blaɪnd ˌkɑmpə`tɪʃən] *n.* 惡性競爭
import [ɪm`port] *v.* 進口	**export** [ɪks`port] *v.* 出口	**dumping** [`dʌmpɪŋ] *n.* 傾銷

大師小叮嚀

· 「七折優惠」就是 a discount of 30 percent 或 a 30 percent discount。
例:They offered me a 30 percent discount on a coat with a small stain.
　　這件外套有個小汙點,店家幫我打了七折。

1 I bought shares in the phone company when it was **privatized**.
我在電信公司民營化的時候買進它的股份。
Notes share [ʃɛr] (n.) 股份

2 The media **mogul** owns a **conglomerate** that has TV channels, radio stations, and publishes magazines and newspapers worldwide.
這個媒體鉅子的企業集團擁有電視頻道、廣播電台，並在全球發行雜誌和報紙。
Notes publish [ˈpʌblɪʃ] (v.) 發行

3 The country's two biggest banks are set to **merge** by the end of the year.
這個國家最大的兩間銀行已經準備在年底前合併。

4 Immediately after the earthquake, people started **hoarding** bottled water and canned food.
地震之後，大家馬上開始囤積瓶裝水和罐頭。

5 You need to be careful when buying souvenirs because some local stores have been **fleecing** tourists.
你買紀念品時要小心，因為有些當地商家會向遊客敲竹槓。
Notes souvenir [ˈsuvənɪr] (n.) 紀念品；伴手禮

6 Our new solar battery is protected by several local and international **patents**.
我們的太陽能電池在國內外都有專利保障。
Notes solar [ˈsolɚ] (a.) 太陽的

7 Defective food products should be **recalled** immediately in order to protect the health of consumers.
有瑕疵的食用性商品應該馬上回收，以保障消費者的健康。
Notes defective [dɪˈfɛktɪv] (a.) 有缺陷的

8 My brother's cosmetics company secured many student customers with youthful **advertising** and low-priced products.
我哥哥的化妝品公司以充滿年輕活力的廣告和低價位的產品吸引了許多學生顧客。
Notes secure [sɪˈkjʊr] (v.) 獲得

9 I spend nearly US$500 on **imported** food every month.

我每個月花將近 500 美元在進口食品上。

10 Some fabrics are sold to **retailers**, but most are **purchased** by clothing manufacturers.

有些布料會賣給零售商,但大多數還是由成衣製造商購買。

Notes fabric [ˋfæbrɪk] (n.) 布　manufacturer [ˌmænjəˋfæktʃərɚ] (n.) 製造業者;廠商

派上用場

 85

Exercise 請聆聽音檔，並根據所聽到的對話完成填空。

Tina: I'm really excited about the 1. ＿（推出）＿ of our new 2. ＿（系列）＿ of
rose 3. ＿（護膚）＿ products. With the new 4. ＿（專利成分）＿, there won't
be a problem selling products even though they're 5. ＿（大量生產）＿.

Evelyn: We shouldn't be too 6. ＿（樂觀的）＿ during a 7. ＿（不景氣）＿. We're experiencing
8. ＿（通貨膨脹）＿, 9. ＿（物價波動）＿, and a low rate of 10. ＿（消費）＿.

Patrick: I agree with you. The 11. ＿（失業率）＿ is climbing[1] and the GDP is
going the other way. We should try 12. ＿（積極的）＿ 13. ＿（廣告）＿ to
14. ＿（刺激）＿ the desire to 15. ＿（購買）＿.

Tina: How about doing some 16. ＿（大促銷）＿ by offering 17. ＿（折扣）＿ [2]
on all of the products in our 18. ＿（加盟店）＿? After all, we're part of a
19. ＿（跨國企業集團）＿ and have ample[3] 20. ＿（資金）＿.

Evelyn: But we'd better avoid a 21. ＿（削價競爭）＿. That usually leads to 22. ＿（惡性競爭）＿.

Tina: We can also hire a 23. ＿（名人）＿ to 24. ＿（代言）＿ our products.

Evelyn: Good. These great 25. ＿（策略）＿, in addition to the strong 26. ＿（品牌形象）＿,
will definitely drum up business.[4]

Tina: We won't let the 27. ＿（總經理）＿ down. Let's go for it!

523

Answer Key

1. launch
2. line
3. skin care
4. patented ingredients
5. mass produced
6. optimistic
7. depression
8. inflation
9. price fluctuations
10. consumption
11. unemployment rate
12. positive
13. advertising
14. stimulate
15. purchase
16. heavy promotion
17. discounts
18. franchises
19. transnational conglomerate
20. capital
21. price war
22. blind competition
23. celebrity
24. endorse
25. strategies
26. brand image
27. general manager

Notes

① climb [klaɪm] (v.)（物價等）上升
② 針對某產品提供某折扣常用：offer ... discount on sth.，注意介系詞用 on。
③ ample [ˋæmpl] (a.) 大量的；充裕的
④ drum up business「創造業績」，drum up sth. 就是「使……興隆」的意思。

Translation

Tina：我們新推出的玫瑰護膚系列讓我好興奮喔。因為含有專利成分，就算大量生產也不用擔心會滯銷。

Evelyn：時代不景氣，我們也不能太樂觀。現在還有通貨膨脹、物價波動和低消費率的問題。

Patrick：我贊成妳的說法。最近失業率攀升，國內生產毛額下降，我們應該用積極的廣告來刺激買氣。

Tina：我們辦個大促銷，在各加盟店做全館折扣如何？反正我們公司是跨國集團，資本充裕。

Evelyn：但最好避免削價競爭，這常會導致惡性競爭。

Tina：我們還可以邀請名人為產品代言。

Evelyn：很好。有了這些策略，再加上有力的品牌形象，一定能創造業績。

Tina：我們不會讓總經理失望的。加油吧！

銀行和金融
Banking & Finance

銀行

金融

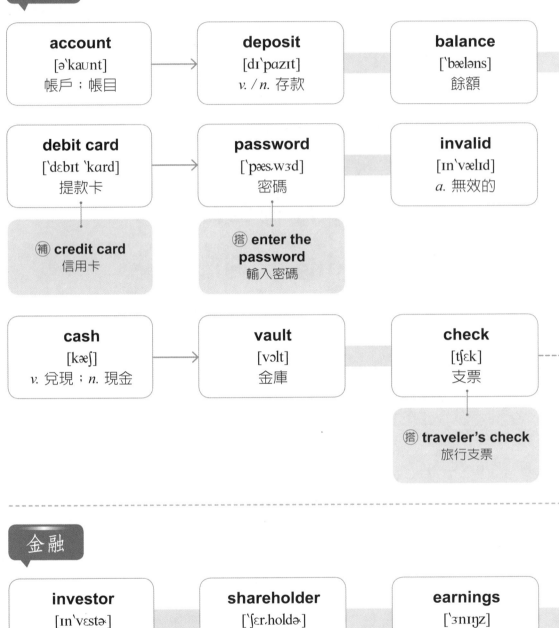

銀行

account
[əˈkaʊnt]
帳戶；帳目

deposit
[dɪˈpazɪt]
v. / n. 存款

balance
[ˈbæləns]
餘額

debit card
[ˈdɛbɪt ˈkard]
提款卡

password
[ˈpæs.wɝd]
密碼

invalid
[ɪnˈvælɪd]
a. 無效的

(補) **credit card**
信用卡

(搭) **enter the password**
輸入密碼

cash
[kæʃ]
v. 兌現；*n.* 現金

vault
[vɔlt]
金庫

check
[tʃɛk]
支票

(搭) **traveler's check**
旅行支票

金融

investor
[ɪnˈvɛstɚ]
投資人

shareholder
[ˈʃɛr.holdɚ]
股東

earnings
[ˈɝnɪŋz]
n. 獲利

withdraw
[wɪðˈdrɔ]
v. 提款

大師小叮嚀

「查詢餘額」就是 check one's balance。
例：I'd better check my balance at the ATM. 我最好到提款機查詢一下餘額。

serial number
[ˈsɪrɪəl ˈnʌmbə]
序號

dividend
[ˈdɪvəˌdɛnd]
股息

blue-chip stock
[ˈbluˌtʃɪp ˈstak]
績優股；藍籌股

527

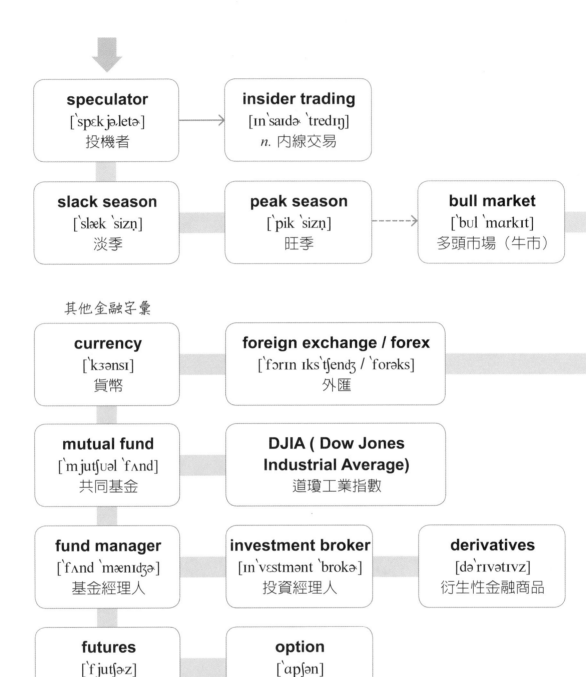

speculator
[ˈspɛkjəˌletə]
投機者

insider trading
[ɪnˈsaɪdə ˈtredɪŋ]
n. 內線交易

slack season
[ˈslæk ˈsizn̩]
淡季

peak season
[ˈpik ˈsizn̩]
旺季

bull market
[ˈbʊl ˈmarkɪt]
多頭市場（牛市）

其他金融字彙

currency
[ˈkɜənsɪ]
貨幣

foreign exchange / forex
[ˈfɔrɪn ɪksˈtʃendʒ / ˈforəks]
外匯

mutual fund
[ˈmjutʃuəl ˈfʌnd]
共同基金

DJIA (Dow Jones Industrial Average)
道瓊工業指數

fund manager
[ˈfʌnd ˈmænɪdʒə]
基金經理人

investment broker
[ɪnˈvɛstmənt ˈbrokə]
投資經理人

derivatives
[dəˈrɪvətɪvz]
衍生性金融商品

futures
[ˈfjutʃəz]
期貨

option
[ˈapʃən]
選擇權

bear market
[ˈbɛr ˈmarkɪt]
空頭市場（熊市）

Wall Street
華爾街
（紐約金融中心）

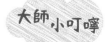
大師小叮嚀

・peak season 的 peak 即「山峰；頂點」。
・多頭市場是指行情看漲的市場；空頭市場是指行情看跌的市場。
　例：Many investors are optimistic in a bull market and hysterical in a bear market.
　　　許多投資人在多頭市場中態度積極，在空頭市場中卻歇斯底里。
・香港恆生指數：Hang Seng Index
・台灣加權指數：TWI（即 TSEC Weighted Index；TSEC = Taiwan Stock Exchange Corporation「台灣證券交易所」）

1 My husband's success in investing is reflected in his bank **balance**.
從我先生的銀行餘額可看出他投資的成功。
Notes reflect [rɪˈflɛkt] (v.) 反映；表現

2 You can **cash traveler's checks** at banks in most countries.
在大部分國家的銀行，你都可以兌現旅行支票。

3 To protect the property of its customers, a bank's **vault** should be impregnable.
銀行金庫理當十分牢固才能保障客戶的財產。
Notes impregnable [ɪmˈprɛgnəbl̩] (a.) 堅不可摧的

4 In a **bear market**, **shareholders** anxiously hope for a recovery in share value.
空頭市場裡，股東們焦急地盼望股價回升。
Notes anxiously [ˈæŋkʃəslɪ] (adv.) 焦急地

5 **Dividends** will be sent to **shareholders** within ten days of the end of the fiscal year.
股息會在會計年度結束後十日內發給股東。
Notes fiscal year 會計年度；財政年度

6 **Wall Street**, a narrow street in New York City, is considered to be the heart of the American financial market.
華爾街是紐約市的一條狹窄街道，卻是公認的美國金融市場核心。

7 The **Dow Jones Industrial Average** plunged ninety points in less than an hour this afternoon.
今天下午道瓊工業指數不到一小時就大跌了 90 點。
Notes plunge [plʌndʒ] (v.) 驟降

8 I need some local **currency**, because many store-owners don't accept **credit cards**.
我需要一些本地貨幣，因為很多店家不收信用卡。

9 The shrewd **fund manager** is renowned for his accurate forecasts.
這位精明的基金經理人以他精準的預測享負盛名。
Notes shrewd [ʃrud] (a.) 精明的；敏銳的　renowned [rɪˈnaʊnd] (a.) 有名望的

派上用場

  87

Exercise 請聆聽音檔，並根據所聽到的對話完成填空。

Tina: 1. ＿＿（投資）＿＿ is practically a universal activity nowadays. Since I've recently started receiving my 2. ＿＿（退休金）＿＿, I'm going to give it a shot.[1]

Evelyn: It's an important thing to learn. Retired people often 3.（遭受［壞事]）the effects of inflation.

Tina: I'm totally on board.[2] But how do I start?

Evelyn: Go talk to an 4.（投資經理人）at a bank.

Tina: I can't believe my ears![3] Aren't bank services limited to accepting 5. ＿＿（存款）＿＿ and making 6. ＿＿（貸款）＿＿? 7. ＿＿（提領）＿＿ money from the ATM is the only thing I do at the bank.

Evelyn: You're so out of the loop![4] Banking services directed at 8. ＿＿（個人）＿＿ have expanded to include pension and 9. ＿＿（退休）＿＿ planning, 10. ＿＿（保險）＿＿ and investment products, issuing[5] 11.（衍生性金融商品）, and the list goes on.

Tina: Do you think their services are reliable?

Evelyn: Yes, my broker is very professional and always has time to advise me in both the 12. ＿＿（淡季）＿＿ and the 13. ＿＿（旺季）＿＿. Do you want to hear something really great? My decision to buy 14. ＿＿（績優股）＿＿ in January has already resulted in significantly[6] higher 15. ＿＿（利潤）＿＿ for the year.

Tina: Wow! So you've become one of the 16. ＿＿（暴發戶）＿＿, like all those 17. ＿＿（投機者）＿＿ I see on TV.

Evelyn: Not yet, but maybe someday. And do remember to invest honestly. Many people have gone to jail for 18. ＿＿（內線交易）＿＿. We should really learn from their mistakes.

531

Answer Key

1. Investing
2. pension
3. suffer from
4. investment broker
5. deposits
6. loans
7. Withdrawing
8. individuals
9. retirement
10. insurance
11. derivatives
12. slack season
13. peak season
14. blue chips
15. earnings
16. nouveau riche
17. speculators
18. insider trading

Notes

① give it a shot = give it a try「試試看」
② on board 贊成
③ I can't believe my ears! 難以相信自己的耳朵，意思就是「你說什麼？我真不敢相信！」。
④ loop 是圈或環，因此 out of the loop（在圓圈之外）即「消息不靈通」。
⑤ issue [ˋɪʃju] (v.) 發行（舉凡報紙、雜誌、郵票、貨幣、股票的發行都用 issue。）
⑥ significantly [sɪgˋnɪfəkəntlɪ] (adv.) 顯著地　significant [sɪgˋnɪfəkənt] (a.) 重大的；顯著的

Translation

　Tina：現在幾乎人人都做投資。最近我開始領退休金了，也打算試試看。

Evelyn：學習是很重要的。退休的人往往因為通貨膨脹而大受損失。

　Tina：我完全贊同。但我該怎麼開始呢？

Evelyn：去找銀行的投資經理人啊。

　Tina：我真不敢相信！銀行不是只有存款和貸款服務嗎？我到銀行都只會從提款機領錢而已耶。

Evelyn：妳真是太落伍了！銀行針對個人的服務已經擴大到退休金與退休生活規劃、保險與投資產品、發行衍生性金融商品，還有很多呢。

　Tina：妳認為他們的服務可靠嗎？

Evelyn：是啊！我的經理人非常專業，而且在淡旺季都會撥空給我建議。妳想聽一件很棒的事嗎？我一月份買的績優股已經幫我今年賺了極高的利潤。

　Tina：哇！那妳也跟電視上的那些投機者一樣成了暴發戶啦。

Evelyn：現在還不是，也許以後吧。但是投資要正正當當。很多人都因為內線交易而坐牢。我們真的應該引以為戒。

政治
Politics

黨派與中央首長
政府機關
國家問題
美國兩黨政治
國際組織

嚴選例句 ▶ 88
派上用場

黨派與中央首長

democracy
[dɪˈmɑkrəsɪ]
民主

(同) **governing party**

ruling party
[ˈrulɪŋ ˈpɑrtɪ]
執政黨

opposition party
[ˌɑpəˈzɪʃən ˈpɑrtɪ]
在野黨；反對黨

(補) **political parties**
政黨

高層長官

president
[ˈprɛzədənt]
總統

vice president
[ˈvaɪs ˈprɛzədənt]
副總統

prime minister
[ˈpraɪm ˈmɪnɪstɚ]
行政院長

(補) **emperor**
[ˈɛmpərɚ]
皇帝

政府機關

Office of the President
總統府

Executive Yuan
行政院

Legislative Yuan
立法院

Ministry of Foreign Affairs
外交部

Ministry of Economic Affairs
經濟部

Ministry of National Defense
國防部

National Immigration Agency
移民署

Agency Against Corruption
廉政署

National Taxation Bureau
國稅局

534

capitalism
[ˈkæpətḷˌɪzəm]
資本主義

socialism
[ˈsoʃəlˌɪzəm]
社會主義

communism
[ˈkɑmjʊˌnɪzəm]
共產主義

premier
[ˈprimɪɚ]
總理；首相

inauguration
[ɪnˌɔgjəˈreʃən]
就職典禮

inaugural address
[ɪnˈɔgjərəl əˈdrɛs]
就職演說

Judicial Yuan
司法院

Examination Yuan
考試院

Control Yuan
監察院

Ministry of the Interior
內政部

Ministry of Finance
財政部

Ministry of Justice
法務部

Ministry of Labor
勞動部

Bureau of Foreign Trade
國貿局

Bureau of Consular Affairs
領事局

Tourism Bureau
觀光局

國家問題

兩岸關係

cross-Strait relations
兩岸關係

→

the status quo
[ðə ˌstetəs ˈkwo]
現狀

referendum
[ˌrɛfəˈrɛndəm]
n. 公投

國際恐攻

terrorist
[ˈtɛrərɪst]
恐怖分子

→

suicide bomber
[ˈsuəˌsaɪd ˈbamɚ]
自殺炸彈客

suicide bombing
[ˈsuəˌsaɪd ˈbamɪŋ]
自殺式炸彈攻擊

美國兩黨政治

The White House
白宮

↗

Democratic Party
[ˌdɛməˈkrætɪk ˈpartɪ]
民主黨

Republican Party
[rɪˈpʌblɪkən ˈpartɪ]
共和黨

CIA
(Central Intelligence Agency)
中央情報局

NASA (National Aeronautics and Space Administration)
美國國家航空暨太空總署

EPA
(Environmental Protection Agency)
美國環境保護署

reunification	independent sovereign state
[ˌriˌjunəfəˈkeʃən]	主權獨立國家
n. 統一	

missile	biochemical weapons	nuclear weapons test
[ˈmɪsḷ]	[ˈbaɪoˈkɛmɪkḷ ˈwɛpənz]	核武試爆
飛彈	生化武器	

The House of Representatives	The Senate
眾議院	[ðəˈsɛnɪt]
	參議院

FBI
(Federal Bureau of Investigation)
聯邦調查局

大師小叮嚀

・「議會」有以下幾種説法：
  a. 英國體制的 Houses of Parliament 包括 the House of Lords（上議院）和 the House of Commons（下議院）。
  b. 美國體制的國會 Congress 包括 the Senate（參議院）和 the House of Representatives（眾議院）。
  c. 台灣體制爲 the Legislative Yuan（立法院）。
・國會議員在美國稱爲 congressperson（參議員是 senator，眾議員是 representative），在台灣爲 legislator（立法委員），在英國則爲 member of parliament (MP)。

國際組織

**The UN
(United Nations)**
聯合國

**The EU
(European Union)**
歐盟

**WHO
(World Health Organization)**
世界衛生組織

**WTO
(World Trade Organization)**
世界貿易組織

**ISO
(International Organization for Standardization)**
國際標準化組織

**IMF
(International Monetary Fund)**
國際貨幣基金組織

OPEC [ˈopɛk]
(Organization of Petroleum Exporting Countries)
石油輸出國家組織

APEC [ˈæpɛk]
(Asia-Pacific Economic Cooperation)
亞太經合會

嚴選例句

1   The **CIA**, a government organization in the United States, collects information about other countries and also engages in covert actions all over the world.
美國政府機構裡的中央情報局蒐集其他國家的情報，並在全球進行秘密行動。
Notes engage in 從事於　covert [ˋkʌvət] (a.) 暗地的

2   **NASA** is the agency responsible for spacecraft and space exploration programs in the US.
美國太空總署負責研發太空梭和太空漫遊計畫。
Notes agency [ˋedʒənsɪ] (n.) 代理機構；專業行政機構

3   **The EU** is an organization of European countries that have joint policies on trade, agriculture, and finance.
歐盟為一歐洲國家的聯合組織，這些國家有共同的貿易、農業及金融政策。
Notes joint [dʒɔɪnt] (a.) 聯合的

4   The Japanese **emperor** is the symbol of Japan.
日本天皇是日本的象徵。

5   The **President** gave a brilliant **inaugural address**.
總統發表了一場很棒的就職演說。
Notes brilliant [ˋbrɪljənt] (a.) 優秀的；出色的

6   **Suicide bombing** is a ruthless form of armed violence.
自殺式炸彈攻擊是一種殘忍的武裝暴力。

7   North Korea conducted a **nuclear weapons test** last week.
上週北韓進行了核武試爆。
Notes conduct [kənˋdʌkt] (v.) 指揮；實施；進行

8   To maintain **the status quo** means to keep things the way they are now.
維持「現狀」就是指讓事情保持不變。

9   The **IMF** is an international organization that monitors the global financial system.
國際貨幣基金組織是一個監督全球金融系統的國際機構。
Notes monitor [ˋmɑnətə] (v.) 監控；監視

派上用場

Exercise 你知道下列組織的英文名稱嗎？請與方框中的選項配對。學會這些字，以後看新聞、讀報紙就不會一頭霧水！

Ⓐ NATO   Ⓓ WTO   Ⓖ EU   Ⓙ APEC
Ⓑ ISO   Ⓔ WHO   Ⓗ UN   Ⓚ OPEC
Ⓒ IMF   Ⓕ WHA   Ⓘ WCO   Ⓛ EFTA

1. 歐盟   [   ]

2. 國際貨幣基金組織   [   ]

3. 世界衛生組織   [   ]

4. 聯合國   [   ]

5. 石油輸出國家組織   [   ]

6. 世界貿易組織   [   ]

7. 亞太經合會   [   ]

8. 國際標準化組織   [   ]

Answer Key

1. Ⓖ   2. Ⓒ   3. Ⓔ   4. Ⓗ   5. Ⓚ   6. Ⓓ   7. Ⓙ   8. Ⓑ

宗教
Religions

宗教
信仰

嚴選例句 ▶89
派上用場

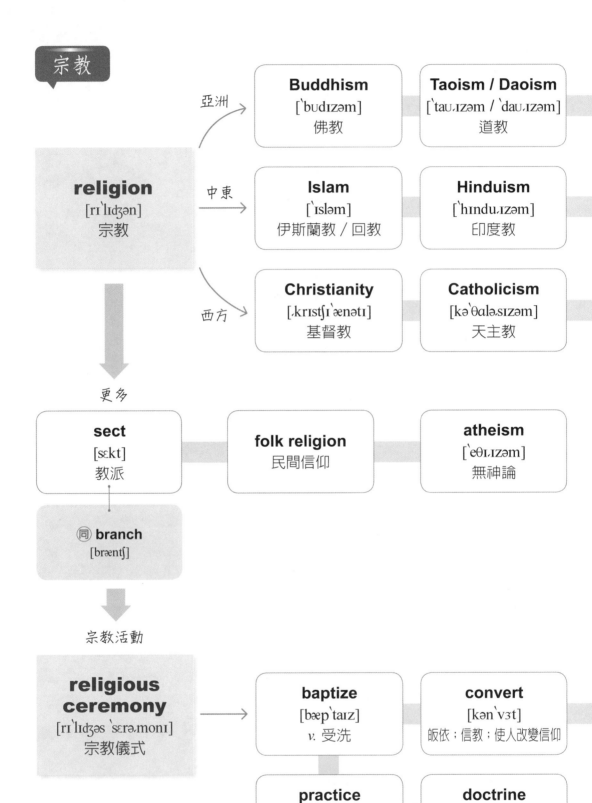

宗教

religion
[rɪˈlɪdʒən]
宗教

亞洲 →
Buddhism
[ˈbudɪzəm]
佛教

Taoism / Daoism
[ˈtaʊˌɪzəm / ˈdaʊˌɪzəm]
道教

中東 →
Islam
[ˈɪsləm]
伊斯蘭教 / 回教

Hinduism
[ˈhɪnduˌɪzəm]
印度教

西方 →
Christianity
[ˌkrɪstʃɪˈænətɪ]
基督教

Catholicism
[kəˈθaləˌsɪzəm]
天主教

更多

sect
[sɛkt]
教派

folk religion
民間信仰

atheism
[ˈeθɪˌɪzəm]
無神論

同 branch
[bræntʃ]

宗教活動

religious
ceremony
[rɪˈlɪdʒəs ˈsɛrəˌmonɪ]
宗教儀式

baptize
[bæpˈtaɪz]
v. 受洗

convert
[kənˈvɜt]
皈依；信教；使人改變信仰

practice
[ˈpræktɪs]
v. / n. 實踐

doctrine
[ˈdaktrɪn]
教條

Shinto
[`ʃɪnto]
日本神道教

Sikhism
[`sikɪzəm]
錫克教

Judaism
[`dʒudɪɪzəm]
猶太教

大師小叮嚀

· 字尾綴有 ism 的名詞表某種主義、學說、行為特徵等；將字尾 ism 改成 ist，則表示尊崇或視某主義為主要行為依據的人。例：Taoism「道教」→ Taoist「道教徒」；atheism「無神論」→ atheist「無神論者」。

· 伊斯蘭教徒稱為 Muslim [`mʌzləm]；Christian [`krɪstʃən] 基督徒、Protestant [`pratɪstənt] 新教徒。

· 天主教和基督教讀的聖經幾乎完全一樣，但是天主教比較注重祭典儀式，比較尊奉瑪利亞；基督教則比較素簡、尊奉耶穌。

· 猶太教的聖經沒有新約，因為他們不相信新約中所提的耶穌就是舊約中所預言的救世主 (Messiah)，認為救世主應該如君王般華麗地降臨，而非生活貧困的木匠。

worship
[`wɜʃɪp]
崇拜；敬仰

preach
[pritʃ]
傳教；佈道

pray
[pre]
v. 祈禱

sutra
[`sutrə]
佛經

the Bible
[`ðə `baɪbl̩]
聖經

the Koran
[`ðə ko`ran]
可蘭經（伊斯蘭教）

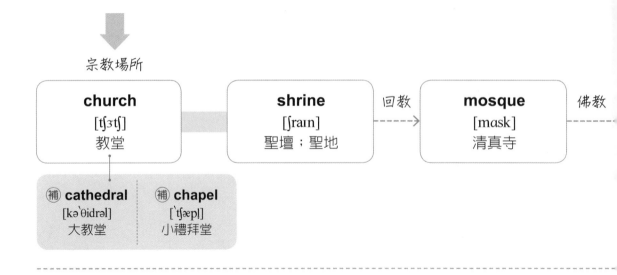

宗教場所

| church [tʃɜtʃ] 教堂 | shrine [ʃraɪn] 聖壇；聖地 | 回教 → | mosque [mask] 清真寺 | 佛教 |

補 **cathedral** [kə`θidrəl] 大教堂 | 補 **chapel** [`tʃæpl] 小禮拜堂

信仰

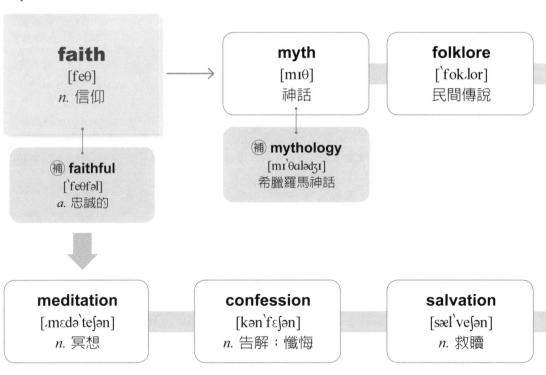

faith [feθ] *n.* 信仰

→ **myth** [mɪθ] 神話

folklore [`fokˌlor] 民間傳說

補 **faithful** [`feθfəl] *a.* 忠誠的

補 **mythology** [mɪ`θɑlədʒɪ] 希臘羅馬神話

meditation [ˌmɛdə`teʃən] *n.* 冥想

confession [kən`fɛʃən] *n.* 告解；懺悔

salvation [sæl`veʃən] *n.* 救贖

大師小叮嚀

表白；告白：make a confession to 某人

544

temple
[ˋtɛmpl]
寺廟；殿堂

legend
[ˋlɛdʒənd]
傳奇故事

superstition
[͵supəˋstɪʃən]
n. 迷信

補 **superstitious**
[͵supəˋstɪʃəs]
a. 迷信的；盲目的

pious
[ˋpaɪəs]
a. 虔誠的

反 **impious**
[ɪmˋpaɪəs]
a. 褻瀆的；不孝的

nirvana
[nɪrˋvænə]
n. 涅盤；往生

搭 **attain nirvana**
（某人）往生

transmigration
[͵trænsmaɪˋgreʃən]
n. 輪迴

補 **reincarnation**
[͵rinkarˋneʃən]
n. 靈魂轉世；輪迴

karma
[ˋkarmə]
業障；因果

補 **causation**
[kɔˋzeʃən]
因果關係

1 Though he claims to be an **atheist**, he turns to **religion** from time to time for comfort.

他自稱無神論者，卻仍不時向宗教尋求慰藉。

Notes claim [klem] (v.) 宣稱　turn to 轉向……

2 **The Bible** is to Christians what **the Koran** is to Muslims.

聖經對基督徒的重要性就如同可蘭經對穆斯林一樣。

3 The **sect** was short-lived, because the preachers didn't **practice** what they **preached**.

這個教派僅維持短暫的時間，因為那些佈道者說一套做一套。

4 After suffering a personal tragedy, she **converted** to **Buddhism** to seek inner peace.

經歷自身的悲劇後，她皈依佛教以尋求內心平靜。

Notes inner ['ɪnə] (a.) 內心的；內在的

5 The **pious** woman knelt down and **prayed** silently to God.

那位虔誠的婦人跪下，默默向上帝禱告。

6 Some Chinese people are quite **superstitious**. They may, for example, consider the number four to be unlucky.

有些中國人相當迷信。舉例來說，有人會認為「四」是一個不吉利的數字。

7 Whenever he feels upset, he tries to calm down by **meditation**.

每當心煩意亂時，他會試著以冥想來沉靜思緒。

Notes upset ['ʌp.sɛt] (a.) 心煩的；苦惱的

8 The idea of **transmigration** has great significance in both **Hinduism** and Buddhism.

輪迴在印度教和佛教皆具有極大的意義。

Notes significance [sɪg'nɪfəkəns] (n.) 重要性；含義

9 She told me that she found personal **salvation** through reading the Bible.

她告訴我她在讀聖經時找到個人救贖。

10 Chinese customs and culture are closely bound to **folk religion**.

中國習俗與文化和民間信仰有密切的關係。

Notes be bound to 和……有密切關係

派上用場

Exercise 請根據提示完成字謎。

Across

4. 儀式
5. 崇拜
7. 業障
9. 虔誠的
10. 告解
11. 無神論
13. 基督徒
15. 教堂

Down

1. 宗教
2. 民間傳說
3. 穆斯林
6. 受洗
8. 迷信
12. 小禮拜堂
13. 皈依
14. 寺廟

Answer Key

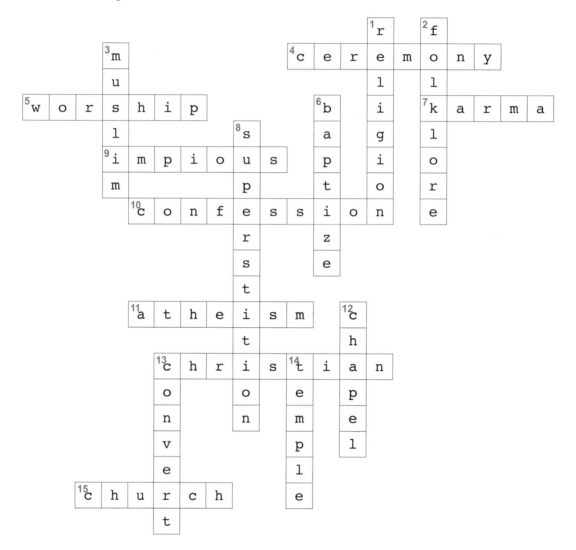

Across

4. 儀式（ceremony）

5. 崇拜（worship）

7. 業障（karma）

9. 褻瀆的（impious）

10. 告解（confession）

11. 無神論（atheism）

13. 基督徒（christian）

15. 教堂（church）

Down

1. 宗教（religion）

2. 民間傳說（folklore）

3. 穆斯林（muslim）

6. 受洗（baptize）

8. 迷信（superstition）

12. 小禮拜堂（chapel）

13. 皈依（convert）

14. 寺廟（temple）

醫學
Medicine

藥品
治療
急救
醫美整形
外科手術

藥品

patent medicine
[ˈpætn̩t ˈmɛdəsn̩]
成藥

Vaseline®
[ˈvæsl̩.in]
凡士林

digestive
[dəˈdʒɛstɪv]
消化藥

治療

therapy
[ˈθɛrəpɪ]
療法

反 **cold compression**
冰敷

physical therapy
[ˈfɪzɪk̩l ˈθɛrəpɪ]
物理治療

hot compression
[ˈhat kəmˈprɛʃən]
熱敷

chemotherapy
[ˌkɛmoˈθɛrəpɪ]
n. 化療

radiotherapy
[redɪoˈθɛrəpɪ]
n. 放射治療

急救

first aid
[ˈfɜst ˌed]
急救

CPR
心肺復甦術

artificial respiration
[ˌɑrtəˈfɪʃəl ˌrɛspəˈreʃən]
人工呼吸

搭 **first aid kit**
急救箱

補 **AED**
自動體外心臟除顫器

家禽 (poultry) 和家畜 (livestock) 若不是放養的 (free-range)，體內可能有抗生素 (antibiotic) 和生長激素 (growth hormone)，會致癌 (carcinogenic)，少吃爲妙。

sleeping pill
[ˋslipɪŋ ˋpɪl]
安眠藥

Viagra®
[ˋvaɪæɡrə]
威而剛

Viazome®
[ˋvaɪəzom]
威而柔

- 字首 osteo- 指「骨頭」。
- hypnotize [ˋhɪpnəˌtaɪz] (v.) 對……施催眠術
  例：Is the patient hypnotized? 病人被催眠了嗎？

osteopathy
[ˌɑstɪˋɑpəθɪ]
n. 整骨

electrotherapy
[ɪˋlɛktrəˋθɛrəpɪ]
n. 電療

acupuncture
[ˋækjuˌpʌŋktʃə]
n. 針灸

還有這些療法 - - - - →

hypnotherapy
[ˌhɪpnoˋθɛrəpɪ]
n. 催眠療法

aromatherapy
[əˌroməˋθɛrəpɪ]
n. 芳香療法

blood transfusion
[ˋblʌd trænsˋfjuʒən]
輸血

IV
點滴

IV 的使用範例如下：
I was too nauseous to eat, so the doctor gave me an IV.
我反胃吃不下飯，所以醫生讓我打點滴。

⑪ **autotransfusion**
[ˌotoˋtrænsˋfjuʒən]
n. 自體輸血

⑪ **EKG**
心電圖

plastic surgery
[ˈplæstɪk ˈsɝdʒərɪ]
整形手術

由上
而下

eyelid surgery
[ˈaɪlɪd ˈsɝdʒərɪ]
眼皮手術

nose job
[ˈnoz ˈdʒab]
隆鼻

IPL (= intense pulsed light)
脈衝光

Botox
[boˈtaks]
肉毒桿菌

breast enlargement
[ˈbrɛst ɪnˈlardʒmənt]
隆乳

(同) **breast enhancement**   (同) **breast augmentation**

anesthesia
[ˌænəsˈθiʒə]
n. 麻醉

surgery
[ˈsɝdʒərɪ]
外科手術

appendectomy
[ˌæpənˈdɛktəmɪ]
闌尾切除術

heart transplantation
[ˈhart ˌtrænsplænˈteʃən]
心臟移植

(補) **lung transplantation**
肺臟移植

(補) **liver transplantation**
肝臟移植

scaling
[ˋskelɪŋ]
n. 洗牙

tooth whitening
[ˋtuθ ˋhwaɪtn̩ɪŋ]
牙齒美白

facelift
[ˋfeslɪft]
n. 拉皮

hyaluronic acid
[haɪəluˋranɪk ˋæsɪd]
玻尿酸

eliminate laugh lines
[ɪˋlɪmənet ˋlæf ˋlaɪnz]
消除法令紋

breast reduction
[ˋbrɛst rɪˋdʌkʃən]
縮胸手術

liposuction
[ˋlɪpoˏsʌkʃən]
n. 抽脂

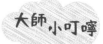

· plastic surgery 亦稱 cosmetic surgery（美容手術）。
· Botox injection：施打肉毒桿菌
· 脈衝光 (IPL) 也可因最早的廠牌名而叫作 photoderm。
　例：I'll get photoderm next week. 我下禮拜要打脈衝光。

Caesarian section
[siˋzɛrɪən ˋsɛkʃən]
剖腹產手術

amputate
[ˋæmpjəˏtet]
v. 截（肢）

circumcision
[ˏsɝkəmˋsɪʒən]
包皮環割術

vivisection
[ˏvɪvəˋsɛkʃən]
n. 活體解剖

rehabilitation
[ˏrihəˏbɪləˋteʃən]
n. 復健

sex reassignment / change
[ˋsɛks ˏriəˋsaɪnmənt / ˋtʃendʒ]
變性手術

· Caesarian section 字面上解釋為「帝王切開術」，因傳說凱撒
　大帝 (Caesar) 是經由剖腹產所生而得名。簡稱 C-section。
· 麻醉分為 local anesthesia（局部麻醉）和 general anesthesia
　（全身麻醉）。

1　Morphine is sometimes used to relieve pain during **surgery**.
外科手術中有時會使用嗎啡作為止痛劑。
Notes relieve [rɪˋliv] (v.) 釋放；解放

2　**Facelift** surgeries are typically performed under **local anesthesia**.
拉皮手術通常是在局部麻醉的情況下完成。
Notes perform [pəˋfɔrm] (v.) 執行；完成

3　**Liposuction** surgeries not only remove body fat but also blood and many other liquids from the body.
抽脂手術移除的不僅是脂肪，還有血液和許多其他體液。
Notes remove [rɪˋmuv] (v.) 去掉；消除

4　Take some **digestives** if you suffer from indigestion.
消化不良的話就吃一些消化藥。
Notes suffer from 受⋯⋯之苦；受⋯⋯困擾

5　I'd like to have a more prominent nose, so I'm thinking about getting a **nose job**.
我想要鼻子更挺一點，所以我正考慮去隆鼻。
Notes prominent [ˋprɑmənənt] (a.) 突出的；顯眼的

6　Don't have a **breast enlargement** just to please someone else.
不要為了討好誰而隆乳。

7　**CPR** may help a victim of cardiac arrest to regain consciousness.
心肺復甦術可以幫助心跳停止的病人恢復意識。
Notes victim [ˋvɪktɪm] (n.) 犧牲者；受害者；患病者

Exercise 請聆聽音檔，並根據所聽到的對話完成填空。

Doctor: Do your broken legs hurt?

Patient: Thanks, doctor. They feel OK after I took those 1. ＿＿＿＿（止痛藥）＿＿＿＿ .

Doctor: Good. You can 2. ＿＿（逐漸地）＿＿ take fewer of them. You put your life at risk when you rode in that motorcycle race without wearing knee protectors and shin guards. Fortunately, new developments in 3. ＿＿＿（整骨）＿＿＿ have kept you from becoming an 4. ＿＿（截肢病患）＿＿ .

Patient: Did I lose a lot of blood?

Doctor: Yes, you did. We had to give you 5. ＿（心肺復甦術）＿ , a 6. ＿＿＿（輸血）＿＿＿ and nutrients through an 7. ＿＿＿（點滴）＿＿＿ . Be careful not to knock it over, OK?

Patient: I'll be careful. Will I need to go through 8. ＿＿＿（復健）＿＿＿ ?

Doctor: Of course. It's called 9. ＿＿（物理治療）＿＿ , and it will help restore your muscles and bones.

Patient: Will it be difficult?

Doctor: Inevitably. Hopefully you've learned a lesson from all this.

Answer Key

1. pain killers
2. gradually
3. osteopathy
4. amputee
5. CPR
6. transfusion
7. IV
8. rehabilitation
9. physical therapy

Translation

醫生：妳骨折的兩條腿還痛嗎？

病人：吃完止痛藥就不痛了。謝謝你，醫生。

醫生：那不錯，妳可以漸漸減少藥量了。不戴上護膝和護脛就參加摩托車比賽，妳真是在玩命。幸好現在整骨技術很發達，妳才能免於截肢。

病人：我流了很多血嗎？

醫生：是啊，當時我們必須幫妳做心肺復甦術、輸血，還打點滴補充營養。小心別打翻了，好嗎？

病人：好的。我會需要做復健嗎？

醫生：那當然。這叫物理治療，有助於恢復妳的肌肉和骨頭。

病人：我會吃很多苦頭嗎？

醫生：免不了的。希望妳能因此得到教訓。

法律
Law

犯罪作惡
訴訟審理
刑責懲罰

嚴選例句　▶92
派上用場

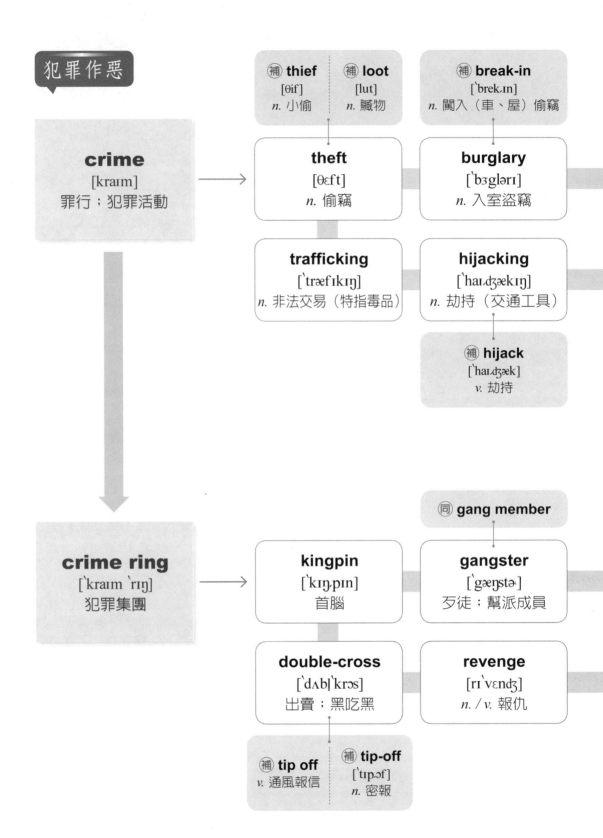

犯罪作惡

crime
[kraɪm]
罪行；犯罪活動

補 **thief**
[θif]
n. 小偷

補 **loot**
[lut]
n. 贓物

補 **break-in**
[ˋbrekˏɪn]
n. 闖入（車、屋）偷竊

theft
[θɛft]
n. 偷竊

burglary
[ˋbɝglərɪ]
n. 入室盜竊

trafficking
[ˋtræfɪkɪŋ]
n. 非法交易（特指毒品）

hijacking
[ˋhaɪˏdʒækɪŋ]
n. 劫持（交通工具）

補 **hijack**
[ˋhaɪˏdʒæk]
v. 劫持

crime ring
[ˋkraɪm ˏrɪŋ]
犯罪集團

同 **gang member**

kingpin
[ˋkɪŋˏpɪn]
首腦

gangster
[ˋgæŋstɚ]
歹徒；幫派成員

double-cross
[ˋdʌbl̩ˋkrɔs]
出賣；黑吃黑

revenge
[rɪˋvɛndʒ]
n. / *v.* 報仇

補 **tip off**
v. 通風報信

補 **tip-off**
[ˋtɪpˏɔf]
n. 密報

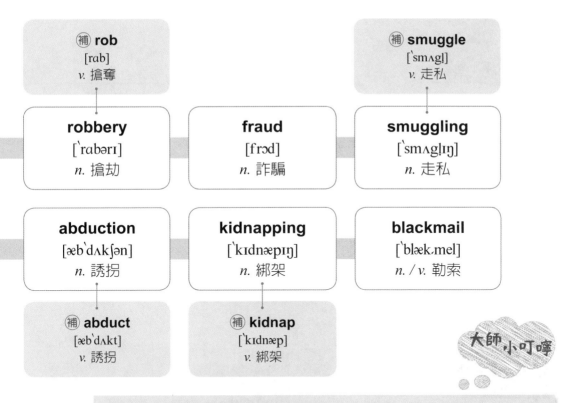

補 **rob**
[rab]
v. 搶奪

補 **smuggle**
[ˈsmʌgl]
v. 走私

robbery
[ˈrabərɪ]
n. 搶劫

fraud
[frɔd]
n. 詐騙

smuggling
[ˈsmʌglɪŋ]
n. 走私

abduction
[æbˈdʌkʃən]
n. 誘拐

kidnapping
[ˈkɪdnæpɪŋ]
n. 綁架

blackmail
[ˈblækˌmel]
n. / v. 勒索

補 **abduct**
[æbˈdʌkt]
v. 誘拐

補 **kidnap**
[ˈkɪdnæp]
v. 綁架

大師小叮嚀

- 「贓物」也可以用 stolen goods 表示。
- 以下三個相關單字也要牢記：
  kidnapper [ˈkɪdnæpə] 綁匪；hostage [ˈhastɪdʒ] 人質；ransom [ˈrænsəm] 贖金
- 幫派團體亦稱 gang [gæŋ]；ring [rɪŋ] 在此是「集團」的意思。

desperado
[ˌdɛspəˈrado]
亡命之徒

undercover agent
[ˌʌndəˈkʌvə ˈedʒənt]
臥底

informant
[ɪnˈfɔrmənt]
線民

gun down
[ˈgʌn ˌdaun]
槍擊致重傷或死亡

assassination
[əˌsæsəˈneʃən]
n. 暗殺

murder
[ˈmɝdə]
n. / v. 謀殺

補 **shootout**
[ˈʃutˌaut]
n. 槍戰

補 **assassinate**
[əˈsæsɪnˌet]
v. 暗殺

massacre
[ˈmæsəkə]
n. 大屠殺

圖謀不軌

legal loophole	**bribe**	**bribery**
[ˈligl̩ ˈlupˌhol]	[braɪb]	[ˈbraɪbərɪ]
法律漏洞	*n.* 賄款 *v.* 賄賂	*n.* 賄賂

東窗事發

suspect	罪證 確鑿 →	**criminal**	**repeat offender**
[ˈsʌspɛkt]		[ˈkrɪmən l̩]	[rɪˈpit əˈfɛndɚ]
嫌疑犯		罪犯	累犯

 訴訟審理

 D.A. (district attorney)
地方檢察官

case	偵查 →	**prosecutor**
[kes]		[ˈprɑsɪˌkjutɚ]
案件		檢察官

提起公訴 ↓

搭 **file a lawsuit**
提起訴訟

補 **indict**
[ɪnˈdaɪt]
v. 起訴

indictment	**lawsuit**
[ɪnˈdaɪtmənt]	[ˈlɔˌsut]
起訴書	*n.* 法律訴訟

verdict	**judge**
[ˈvɝdɪkt]	[dʒʌdʒ]
n. 裁定	法官

corruption [kəˋrʌpʃən] *n.* 貪污	embezzlement [ɪmˋbɛzḷmənt] *n.* 盜用公款

accomplice
[əˋkɑmplɪs]
共犯

· 在西方國家是由電腦抽籤選出的百姓組成之陪審團裁定，然後由法官來宣判。
· 法院；法庭 (court) 可分為：civil（民事）、criminal（刑事）、district（地方）、higher
（高等）、supreme（最高）、juvenile（少年）等。

court [kort] 法院；法庭	trial [ˋtraɪəl] *n.* 審判	西方 →	jury [ˋdʒʊrɪ] 陪審團

sentence [ˋsɛntəns] *n.* / *v.* 判決	be sentenced to death 被判死刑

法庭攻防

⟨同⟩ **claimant**
['klemənt]

plaintiff
['plentɪf]
n. 原告

accuse
[ə'kjuz]
v. 控告

⟨同⟩ **the accused**

defendant
[dɪ'fɛndənt]
n. 被告

plead
[plid]
v. 辯護；答辯

confession
[kən'fɛʃən]
n. 認罪陳述

affidavit
[æfə'devɪt]
書面證詞；具結書

⟨搭⟩ **plead guilty**
認罪

⟨補⟩ **confess**
[kən'fɛs]
v. 坦承

刑責懲罰

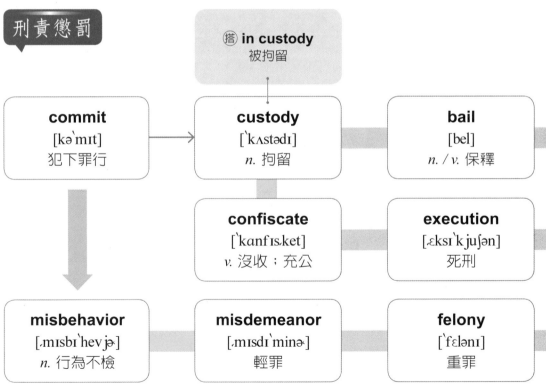

⟨搭⟩ **in custody**
被拘留

commit
[kə'mɪt]
犯下罪行

custody
['kʌstədɪ]
n. 拘留

bail
[bel]
n. / *v.* 保釋

confiscate
['kanfɪsˌket]
v. 沒收；充公

execution
[ˌɛksɪ'kjuʃən]
死刑

misbehavior
[ˌmɪsbɪ'hevjɚ]
n. 行為不檢

misdemeanor
[ˌmɪsdɪ'minɚ]
輕罪

felony
['fɛlənɪ]
重罪

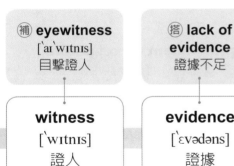

witness
[ˈwɪtnɪs]
證人

evidence
[ˈɛvədəns]
證據

alibi
[ˈæləˌbaɪ]
不在場證明

perjury
[ˈpɝdʒərɪ]
偽證

guilty
[ˈgɪltɪ]
有罪的

innocent
[ˈɪnəsn̩t]
無辜的

大師小叮嚀

- alibi 也當動詞：He agrees to alibi her. 他同意證明她不在場。
- 相關用法舉例如下：
  I plead (not) guilty to the charge. 我（不）承認那項指控。
  I don't know whether he is guilty or innocent. 我不知道他到底是有罪還是無辜的。
  Tom is going to stand trial for murder. 湯姆將因謀殺而面臨審判。
  He was bailed out by his father. 他被父親保釋出來。
  Jack is on parole. 傑克正在假釋期間。
- 宣布大赦某人：announce (an) amnesty for sb.
- the third degree 是嚴刑逼供、嚴厲盤問的意思。

probation
[proˈbeʃən]
緩刑

parole
[pəˈrol]
n. 假釋

life imprisonment
[ˈlaɪf ɪmˈprɪzn̩mənt]
終生監禁

amnesty
[ˈæmˌnɛstɪ]
n. 大赦；特赦

監獄
管理

jailer
[ˈdʒelə]
獄卒

prisoner
[ˈprɪznə]
囚犯

juvenile delinquency
[ˈdʒuvənl̩ dɪˈlɪŋkwənsɪ]
少年犯罪

1 The serial killer was **sentenced** to **life imprisonment** without **parole**.

這名連續殺人犯被判無期徒刑，且不得假釋。

Notes serial [ˋsɪrɪəl] (a.) 連續的

2 The law states that anyone who is **accused** of a **crime** is presumed **innocent** until proven **guilty**.

法律明定，任何被告在證明有罪之前均視同無辜。

Notes presume [prɪˋzum] (v.) 假定；認為

3 The **affidavit** is not admissible as **evidence** because it was filed after the deadline.

這份口供是在期限後才取得，因此不予採納。

Notes admissible [ədˋmɪsəbl] (a.) 可採納的

4 The secretary was not charged with **embezzlement** because he took advantage of a **legal loophole**.

那個秘書鑽法律漏洞，並未被控盜用公款。

Notes be charged with 被指控

5 Two innocent bystanders were **gunned down** on the street in a gang **shootout**.

兩名無辜的路人在幫派街頭槍戰中中彈身亡。

Notes bystander [ˋbaɪˌstændə] (n.) 旁觀者

6 The thief **double-crossed** his partners and **tipped off** the police about their next **burglary**.

那名竊賊出賣他的同夥，告訴警方他們計畫的下樁竊案。

Notes thief [θif] (n.) 賊；小偷

7 He was taken into **custody** and later **indicted** for drug **trafficking** and **murder**.

他被拘留，隨後因涉嫌毒品交易和謀殺而被起訴。

8 After the **jury** delivered a guilty **verdict**, the **defendant**'s attorney announced his intention to file an appeal with the supreme **court**.

陪審團判決有罪後，被告的律師宣稱欲上訴到最高法院。

Notes attorney [əˈtɜnɪ] (n.) 律師；法定代理人

9 The defendant's request for **bail** was refused because of a previous conviction.

那名被告之前的罪行使得他申請保釋被駁回。

Notes conviction [kənˈvɪkʃən] (n.) 定罪；證明有罪

10 The accused **pleaded** not guilty to the charge and presented an iron-tight **alibi**.

被告不承認那項指控，並提出強而有力的不在場證明。

11 The **gang members** were already gone by the time the police arrived, so it's likely that someone in the department **tipped** them **off**.

警察趕到時歹徒們已經逃跑了，看來極可能局裡有人通風報信。

派上用場

Exercise 請將下列法律相關詞彙之選項填入 1 ～ 9 正確的定義描述前之括弧。

Ⓐ witness	Ⓓ plaintiff	Ⓖ kidnap	Ⓙ in custody
Ⓑ amnesty	Ⓔ trafficking	Ⓗ blackmail	Ⓚ murder
Ⓒ confiscate	Ⓕ massacre	Ⓘ fraud	Ⓛ suspect

(   ) 1. the buying and selling of illegal things, such as guns, drugs, and endangered animals

(   ) 2. the act of an authority, such as a government, by which a pardon is granted to a large group of individuals

(   ) 3. to seize by some authority

(   ) 4. a person who files a lawsuit against another person

(   ) 5. the state of being kept injail, especially while one is awaiting trial

(   ) 6. the crime of killing a person, especially with intent

(   ) 7. the person in a law court who tells the jury and judge what she or he knows about the case

(   ) 8. to seize a person by force and demand a ransom in exchange for releasing that person

(   ) 9. a person who is believed to have committed a crime

Answer Key

1. Ⓔ   2. Ⓑ   3. Ⓒ   4. Ⓓ   5. Ⓙ   6. Ⓚ   7. Ⓐ   8. Ⓖ   9. Ⓛ

NOTES

國家圖書館出版品預行編目（CIP）資料

英文字彙速記指引 / 詹婷婷等作；郭岱宗主編. --初版. --
臺北市：波斯納, 2020.07
面；　公分
ISBN 978-986-98329-2-2（平裝）

1. 英語　2. 詞彙

805.12　　　　　　　　　　　　　　　　109006478

English Vocabulary Guide
英文字彙速記指引

主　　編 / 郭岱宗
作　　者 / 詹婷婷、解鈴容、吳岳峰、王有慧、戴蕙珊、呂陶然
執行編輯 / 游玉旻

出　　版 / 波斯納出版有限公司
地　　址 / 100 台北市館前路 26 號 6 樓
電　　話 / (02) 2314-2525
傳　　真 / (02) 2312-3535
客服專線 / (02) 2314-3535
客服信箱 / btservice@betamedia.com.tw
郵撥帳號 / 19493777
帳戶名稱 / 波斯納出版有限公司

總 經 銷 / 時報文化出版企業股份有限公司
地　　址 / 桃園市龜山區萬壽路二段 351 號
電　　話 / (02) 2306-6842

出版日期 / 2020 年 7 月初版一刷
定　　價 / 600 元
I S B N / 978-986-98329-2-2

English Vocabulary Guide 英文字彙速記指引
Copyright 2020 by 郭岱宗、詹婷婷、解鈴容、吳岳峰、王有慧、戴蕙珊、呂陶然
Published by Posner Publishing

貝塔網址：www.betamedia.com.tw

喚醒你的英文語感！

Get a Feel for English !

喚醒你的英文語感！

Get a Feel for English !